임헌영의
미국문학기행

임헌영의 **미국문학기행**

초판 1쇄 인쇄 2026년 2월 20일
초판 1쇄 발행 2026년 2월 27일

지은이 임헌영
펴낸이 정순구
책임편집 조수정
기획편집 정윤경 조원식
마케팅 황주영

출력 블루엔
용지 한서지업사
인쇄 한영문화사
제본 한영제책사

펴낸곳 (주) 역사비평사
등록 제300-2007-139호 (2007.9.20)
주소 10497 : 경기도 고양시 덕양구 화중로 100(비전타워21) 506호
전화 02-741-6123~5
팩스 02-741-6126
홈페이지 www.yukbi.com
이메일 yukbi88@naver.com

임헌영의

미국문학기행

American Literature Travel

역사비평사

차례

소설보다 더 재미있게,
문학을 통해 미 대륙 여행하기

헤겔이 "미국은 미래의 나라다"라고 했을 때 그 미래가 어떤 의미인지는 정확히 모르겠다. 프로이센 제국의 어용 철학자였던 그는 최고의 예우를 받으며 자신의 책무에 충실하면서도 '만인의 자유'를 지향하는 '절대정신'이라는 개념을 창출한 위대한 철학자였다. 이런 취지에서 볼 때 미국이야말로 세계인이 갈망하는, 만인이 자유로울 수 있는 나라로 상정했을 수도 있겠다.

미국이 세계인에게 평등과 기회의 나라로 주목받으며 급부상한 것은 제1차 세계대전(1914~1918) 이후였다. 유럽 제국주의의 패권을 장악했던 영국은 이때부터 그 위력을 미국에 넘겨주게 되었다. 미국이 제국주의의 왕관을 쓴 이후 세계 곳곳에서 벌어지는 거의 모든 전쟁에 직간접적으로 검은 손을 댄 것은 이미 널리 알려진 사실이다. 재래식 제국주의의 이미지를 완전히 성형수술해버린 미국이란, 냉철하게 말하면 '인류 역사상 가장 막강한 제국주의의 백과전서다'라고 할 수 있다. 세계 제패制霸의 면류관을 쓴 초강력 제국주의 국가이면서 세계인 다수에게 유토피아의 환상을 심어줄 정도로 수천의 가면을 쓴 나라가 바로 미국이다. 그러나 아무리 많은 가면으로 바꿔 꾸며도 결코 변하지 않는 제국주의의 기본 바탕은 백인 우월주의와 기독교 근본주의 신앙이라는 사실이다. 이 두 가지 만고불변의 황금률을 깨닫지 못하면 감히 미국을 안다고 호언장담할 수 없다.

이전까지 백인 기독교 근본주의 신앙의 본토였던 유럽 여러 나라와 오늘날의 미국은 너무나 다르다. 광활한 대지와 풍요로운 지하자원 등 천혜의 자연환경에 더해 전 세계 최고 두뇌들로 이루어진 통치 구조를 기반으로 천의 가면을 쓴 채 지구 위 어느 나라든 등치고 간 빼먹지만 '탱큐'라는 찬사를 받고 있는 나라! 아니, 정작 간을 빼앗긴 나라들은 오히려 보약이라도 먹은 듯이 착각할 정도니, 미국이라는 세계의 보안관은 최면술과 마술에 능수능란하다. 바로 고도의 문화·예술까지도 선도해왔기 때문이다.

미국문학기행을 펴내면서 서두에 너무 골치 아픈 화두를 꺼내 행여 이 책이 재미없다고 외면당할까 봐 우려스럽다. 하지만 오히려 본문으로 들어가보면 그 반대이니 안심하셔도 된다. 쉽고 재미있게 미 대륙의 형성과 지리, 자연 풍광, 유럽 백인들의 원주민 약탈사부터 앵글로 색슨 주도의 정치·경제·사회사, 그리고 제국주의로의 전환 과정과 그 변모 등을 두루 살펴볼 수 있도록 천착했다. 물론 '문학기행'인 만큼 주요 작가들의 삶과 문학, 활동도 놓치지 않았다. 그들의 생가, 활동 무대, 관련 유적도 소개했다. 전작인 『임헌영의 유럽문학기행』과 달리, 이번에는 문학인만 선정하지 않고 조지 워싱턴, 토머스 제퍼슨, 링컨, 루스벨트 등의 정치인, 카네기와 록펠러 등 기업인, 흑인민권운동을 대표하는 마틴 루서 킹도 다루었다. 이 책은 '미국문학기행'이라는 제목을 달았지만 넓게 보면 '미국인문역사기행'이라고 할 수 있기 때문이다.

그러니 독자들이여, 부디 이 책을 통해 미국의 진짜 모습을 볼 수 있기를 간절히 바란다. 외람되지만 이 책을 읽지 않고 미국이나 한미 관계 혹은 세계사를 논하지 말기를 기대하면서, 유럽 제국주의가 미 제국주의로 바뀐 뒤 그 번적이던 국제 보안관의 배지가 녹슬어버린 자초지종을 살펴보고자 이 책은 쓰여졌다.

헤겔이 미국을 미래의 나라로 봤을 때는 유럽조차도 근대적인 제국주의로 발돋움하기 전이었다. 홉스봄이 객관적인 사관으로 세계사를 바라본 바로는 '제국의 시대'란 1875~1914년으로, 바로 유럽 제국주의의 절정이었다. 그 제국주의의 영광이 사라지자 제1차 세계대전의 패전국인 독일의 철학자 오스발트 슈펭글러(Oswald Spengler)는 『서구의 몰락(Der Untergang des Abendlandes)』(제1권 1918, 제2권 1922)을 썼다. 역사와 민족사의 흥망성쇠를 문명사적으로 본 그의 역사 인식은 토인비에게도 영향을 끼쳤다. 그러나 서양(유럽) 제국주의의 영광은 슈펭글러의 경종을 비웃기라도 하듯 한층 더 견고해진 제국주의의 면류관이 미국으로 넘어갔다. 그 후 유럽은 미국과 의좋게 손잡고 형님 먼저 아우 먼저 하면서 제국주의의 단물을 나눠가며 잘도 빨아먹었다. 냉철하게 따져보면 민주화나 진보 사상, 복지주의 등 우리가 목을 길게 빼고 오매불망 침을 흘리며 닮고자 했던 유럽이란, 결국 이런 유럽-미국 백인 기독교 신앙의 우월주의적 제국주의의 단물을 거름 삼아 잠시 꽃피웠던 장자의 호접몽이 아니었던가.

어쨌건 지구인의 운명을 한 손에 거머쥐고 있는 미 제국주의는 여전히 건재한가?

첫 경고음은 미 공산당의 최고 이론가였던 루이스 코리(Lewis Corey)가 펴낸 『미국 자본주의의 쇠락(The Decline of American Capitalism)』(1934)에서 발아했다. 이후 황금만능주의인 자본주의의 횡포가 윤리적 타락과 범죄로 복마전으로 변해가자 그걸 미화하려고 '자유경제주의'라는 근사한 말로 포장한 게 현재의 미 제국주의 체제다. 그러나 아무리 멋있는 이론으로 황금 덧칠을 해도 그 본질은 감출 수가 없어서 제2차 세계대전 이후 미국의 마르크스주의 정치경제학자인 폴 스위지(Paul Sweezy)와 폴 알렉산더 바란(Paul Alexander Baran)(둘의 공동 저서 『독점자본(Monopoly Capital)』)을 비롯해 영국의 경제학자 모리스 돕(Maurice Dobb) 등 숱한 선지자들이 천년왕국의 아성처럼 굳건해 보이는 미 제국주의조차 허망하게 무너질 것이라며 그 대응책까지 정확히 제시했다. '독점자본-제국주의 체제-전쟁상인'의 삼두체제는 필연적으로 멸망할 것이기에, 그 해결책은 제국주의적·야만적 침략 지배구조를 사해동포주의와 평화 정착으로 갈아엎는 길밖에 없음은 장황하게 더 늘어놓지 않아도 누구나 알 만한 상식이다.

그런데도 미국의 지배계급은 기어이 지구촌의 헌병대를 지탱하고자 온갖 무리수를 두느라 오늘과 같은 지구촌 전체의 위기를 초래하고 있다. 이에 에이미 추아(Amy Chua)의 『제국의 미래(Day of Empire)』, 앨프리드 맥코이(Alfred W. McCoy)의 『대전환: 2030 미국 몰락 시나리오(In the Shadows of the American Century: The Rise and Decline of US Global Power)』, 탐 엥겔하트(Tom Engelhardt)의 『미국, 변화인가 몰락인가(Mission Unaccomplished: TomDispatch Interviews with American Iconoclasts and Dissenters)』, 피터 헤더(Peter Heather)와 존 래플리(John Rapley)의 『제국은 왜 무너지는가: 로마, 미국 그리고 새로운 세계 질서(Why Empires Fall: Rome, America, and the Future of the West)』, 심지어 미 국가정보위원회(National Intelligence Council)의 전략보고서 『2025년, 달라진 세계(Global Trends 2025: A Transformed World)』에 이르기까지 수많은 지식인과 학자는 오늘의 미국에 빨간 신호등이 켜져 있음을 역설한다.

우리나라 식자들 중 상당수는 여전히 헤겔적 미국 미래론의 몽유병자로 떠돌며 시대를 역류하고 있다. 그래서 나는 감히 이 책을 펴내기로 했다. 갈 길이 바쁜데, 역사학자도 정치학자도 미국문학 전공자도 아닌, 한낱 문학평론가 주제에 분수 넘치는 짓이라는 충고가 들리는 듯해서 낯이 뜨겁다.

이제 독자 제현의 손에 이 책을 맡길 수밖에 없다.

2026년 2월

임헌영

01. 아메리카 대륙의 원주민과 그 약탈자들

natives and looters

미국의 베링육교 자연보존 공원 Bering Land Bridge National Preserve　신생대 빙하기 때 해수면 하강으로 베링해협은 육지처럼 이어져 있었다. 아시아와 아메리카를 잇는 이 육로(베링육교)를 통해 아시아인들이 알래스카로 이주해 살기 시작했는데, 바로 이들이 최초의 아메리카인이라고 본다. 알래스카 수어드 반도(Seward Peninsula)에 위치한 이 공원에는 베링육교의 흔적이 남아 있다.

1　아메리카 대륙의 원주민

북아메리카 대륙에 인간이 처음 등장한 것은 언제일까? 고고학자들은 DNA 분석을 통해 3만 년 전부터 아메리카 대륙에 원주민이 있었다고 추정한다. 이 원주민에 대해서는 아시아인들의 ① 북대서양 이주설, ② 태평양 이주설, ③ 남대서양 이주설, ④ 베링해협 유입설 등 여러 가지가 있으나, 고고학계에서는 네 번째인 '베링해협 유입설'이 가장 유력하다고 본다. 이 주장은 홍적세 빙하시대에 몽골족이 시베리아를 거쳐 베링육교(Bering land bridge, Beringia: 마지막 빙하기에 아시아 쪽 시베리아 동부와 알래스카 사이의 북극해·베링해 일부 구간이 얼음 대륙으로 연결된 통로)를 건너가 아메리카 대륙으

카호키아 마운드 역사 유적 700년경부터 사람이 거주했으며, 이곳의 '도시'는 대략 1050~1150년에 급격히 확장되었다. 이 역사 유적에는 주거 또는 고분으로 사용되었던 거대한 마운드(mound)가 120여 개 있는데, 가장 유명한 멍크스 마운드(Monk's Mound)는 길이 291m, 너비 236m, 높이 30m로, 두 개의 큰 계단 모양이며 이집트 피라미드를 웃도는 규모다.

로 이동했다는 설로, 그 한 가지 근거로 원주민들에게 몽골반점이 있다는 인종학적 특징을 든다. 이들이 최초의 아메리카인이라는 것이 거의 정설로 굳어 있다. 이후 이들은 점차 남쪽으로 이동하여 아메리카 대륙 전역에 흩어져 살게 되었다. 베링육교라는 뜻의 전문용어인 '베링기아(Beringia)'는 스웨덴의 식물학자 에리크 훌텐(Eric Hultén, 1894~1981)이 처음 사용했다. 베링육교 관련 유적은 미국과 러시아에서 볼 수 있다.

10~17세기 무렵에 북아메리카 원주민들이 남긴 유적은 일리노이주의 이스트세인트루이스와 콜린스빌 사이에 위치한 카호키아(Cahokia Mound State Historic Site) 및 뉴멕시코 북부의 차코 공원(Chaco Culture National History Park)에 남아 있다.

뉴멕시코 차코 공원 푸에블로인들은 오늘날 미국의 남서부 지역을 지배했으며, 뉴멕시코의 차코 캐니언(Chaco Canyon)은 850~1250년 동안 종교·문화·정치의 중심지였다. 차코 사회는 1020~1110년경 절정에 이르렀다. 위 사진은 종교의식이나 회의 때 사용했던 공간인 '키바(kiva)'이다.

미국에서 아메리카 원주민을 일컫는 용어로는 'Indigenous peoples of the Americas', 'American Indian', 'Native American' 등이 쓰인다. 인디언이라는 호칭은 ① 콜럼버스가 아메리카 대륙을 인도로, 그곳 원주민을 인도인으로 착각한 데서 비롯되었다는 설, ② 그들의 아름답고 자연 친화적 삶의 방식을 보고 '신의 품속'이라는 뜻의 스페인어 '인디오스(In Dios)'라고 붙인 데서 유래했다는 설 등이 있다.

북아메리카에서 점점 다양화된 원주민(토착민)은 500여 종족에 이르는데, 주요 토착민은 다음과 같다.

나바호족(Navajo / Navaho), 네즈퍼스족(Nez Perce, 니미푸Nimiipuu), 누트카

족(Nootka), 라코타족(Lakota), 모하비족(Mohave), 모호크족(Mohawk), 모히 칸족(Mahican / Mohican), 샤이엔족(Cheyenne), 세네카족(Seneca), 세미놀족 (Seminole), 쇼쇼니족(Shoshone), 수족(Sioux), 아베나키족(Abenaki), 아시니 보인족(Assiniboin), 아파치족(Apache), 와이언도트족(Wyandot), 이로쿼이족 (Iroquois), 주니족(Zuni), 체로키족(Cherokee), 촉토족(Choctaw), 카이오와족 (Kiowa), 카이유스족(Cayuse), 코만치족(Comanche), 크리족(Cree), 클라마스족 (Klamath), 파이우트족(Paiute), 호피족(Hopi), 휴런족(Huron) 등.

아메리카 대륙의 원주민들은 문자를 쓰지 않았지만 그들이 사용했던 어휘, 예컨대 아보카도(avocado), 카누(canoe), 칠리(chili), 초콜릿(chocolate), 큰사슴(moose), 피칸(pecan), 감자(potato), 담배(tobacco), 토마토(tomato), 토템(totem), 너구리(raccoon) 등등 수백 단어가 영어로 정착했다. 최근 들어 원주민 문학에 대한 관심과 연구가 고조되고 있는데, 이런 현상은 현대 문명에 찌든 문학예술이 막다른 골목에 처하자 그들의 직관력과 자연 친화적 우주관이 동양 사상처럼 신선하게 느껴지고, 또한 억압받았던 약소민족의 인간 해방 사상을 그로부터 찾아냈기 때문인 것으로 풀이하고 있다.

2 잔혹한 약탈자들

평화롭게 살던 원주민 세계에 유럽인들이 발을 들여놓은 것은 10세기경부터다. 노르웨이 탐험가가 처음 북아메리카 북동부의 그린란드를 항해한 이후 한동안 중단됐다가 15~17세기의 대항해시대를 맞아 신대륙 탐험이 활발해져 유럽 각국에서는 탐험 사업에 박차를 가했다. 가장 먼저 등장하는 인물은 바로 우리가 잘 알고 있는 이탈리아 출신의 크리스토퍼 콜럼버스(Christopher Columbus, 1451~1506)이다. 1492년 제1회 항해 이후 그는 4차에 걸쳐 오늘날의 중앙아메리카 카리브해 연안을 탐험하고 약탈과 원주민 학살을 감행했다. 현재 미국과 중앙아메리카 일부 나라에서는 콜럼버스가 아메리카 대륙에 첫발을 디딘(그가 도착한 곳은 과나하니섬으로, 콜럼버스는 이곳을 '산살바도르'로 명명했다) 10월 12일을 '콜럼버스의 날'로 기념하고 있다.

콜럼버스가 스페인 왕실의 지원을 받아 미지의 땅을 발견했다는 소식에 자극받은 영국도 존 캐벗(John Cabot, 약 1450~1499, 베네치아 국적)의 항해와 탐험을 허가하고 지원했다. 그는 헨리 7세의 인가로 아시아 항로 개척을 위해 서쪽으로 항해를 시작했고, 1497년 캐나다 노바스코샤주(Nova Scotia)에 속하는 케이프브레턴섬(Cape Breton Island)을 관찰했다.

이후로 탐험이 대성행하면서 이탈리아 피렌체 출신의 아메리고 베스푸치(Amerigo Vespucci, 1454~1512, 3차에 걸쳐 중남미 일대 탐험), 스페인 출신의 에르난 코르테스(Hernán Cortés, 1485~1547, 아스텍제국 정복)와 프란시스코 피사로(Francisco Pizarro, 1478?~1541, 잉카제국 정복) 등도 신대륙 개척에 가세했다. 그러나 신대륙 탐험과 동시에 이들에 의한 원주민 대학살과 약탈이 자행되었고, 가톨릭 전교도 아울러 이루어졌다. 이런 식으로 유럽인들 주도하의 식민지 개척 시대가 시작되었다.

존 캐벗의 탐험 이후 영국은 엘리자베스 1세(재위 1558~1603) 때 해적왕 프랜시스 드래이크(Francis Drake, 1540?~1596)를 해군 제독으로 기용하여 대서양에서 공공연하게 스페인 보물선을 약탈하며 신대륙에 대한 야욕을 키웠다. 엘리자베스 1세의 총애를 받았던 월터 롤리(Walter Raleigh, 1553?~1618)는 정치인·탐험가·작가·시인이면서 북아메리카에 잉글랜드의 첫 식민지(지금의 노스캐롤라이나 로어노크섬, 이곳을 '버지니아'라고 직접 명명) 건설을 추진하고 개척한 인물인데, 그의 시는 지극히 우아하다.

> 거짓 사랑이여, 안녕, 너는 거짓말의 신탁소.
>
> 안식의 치명적인 원수이자 적;
>
> 모든 근심거리의 근원인 질투심 많은 아이,
>
> 비열한 사생아, 분노에 사로잡힌 짐승;
>
> 과오로 이끄는 길, 음모로 가득찬 사원,
>
> 그 미치는 힘 하나부터 열까지 이성에 어긋난다.
>
> —「안녕, 거짓된 사랑(Farewell, False Love)」, 박기열 옮김, 『16세기 영시』, 탐구당, 1996.

> 우리의 인생이란? 그것은 하나의 수난극;
>
> 우리의 웃음은 음악의 빠른 반주;
>
> 어머니의 뱃속은 극장의 의상실
>
> 이 짧은 희극을 위해 옷을 차려입는.
>
> 하늘은 판결을 내리는 날카로운 관객이라,
>
> 연기가 틀린 자를 앉아서 늘 채점을 한다.
>
> 찌는 듯한 햇볕을 가려주는 무덤은
>
> 연극이 끝났을 때 내려진 막과 같아라.
>
> 이와 같이 우리는 연기를 하며, 최후의 안식을 향해 행진하도다.
>
> 죽을 땐 엄숙하기만 하고— 그건 결코 농담이 아냐.
>
> —「인생이란 무엇이뇨(What is Our Life)」, 위의 책.

그러나 아무리 시가 우아한들 이 시대에 등장하는 인물들은 모두 세계사에서 탐험가라는 호칭을 달고 당대 국왕의 신임과 국민의 환호를 받으며 탐험과 개척을 했지만, 결과적으로 보면 축재를 위한 약탈자들의 긴 행렬에 서 있었다는 것을 부인하기 어렵다. 그들이 평화로운 대륙에 들어서면서 맨 먼저 한 일은 원주민의 삶의 터전인 토지를 무력으로 약탈하고 문화를 파괴하며 노동을 착취한 범죄였다.

3 메이플라워호의 모험

1600년대 초 영국국교회(성공회)의 개혁이 미진하다면서 성립된 분리주의 회중파는 존 스미스(John Smyth, 1554?~1612)의 영향이 크다. 그는 1607년(혹은 1608) 영국의 박해를 피해 네덜란드로 망명하여 침례교를 세운 인물이기도 하다. 이 침례교는 훗날 미국의 최대 교파로 성장하게 된다. 한편 영국에서 분리주의 회중파 목사로 있던 존 로빈슨(John Robinson, 1576~1625)은 회중파 교회의 창립자 가운데 한 사람으로서 그 역시 영국의 탄압을 피해 신도들을 이끌고 네덜란드로 이주했다. 그러나 존 로빈슨을 비롯한 분리주의 회중파 청교도들은 네덜란드에서 외국인 비숙련공으로 살기가 어려워지자 종교의 자유 및 풍요로운 삶을 찾기 위해 신대륙 이주를 결심했다.

1620년 9월 16일, 영국 청교도들, 곧 네덜란드에 있던 영국인 분리주의자들이 식민지 건설 회사인 버지니아 회사로부터 신대륙 정착 허가를 받고 메이플라워호에 올랐다. 승객 102명(침례파 35명, 기타 67명, 승무원 25~30명)을 태운 메이플라워호는 영국 서남부의 플리머스항으로 돌아갔다가 그곳에서 다시 출항, 신대륙으로 향했다. 원래 이 배는 프랑스, 노르웨이, 독일, 스페인 등을 오가며 화물(주로 포도주)을 운반했지만, 크리스토퍼 존스(Christopher Jones)가 선장을 맡으면서 이주민들 수송을 담당했다. 그리고 바로 그때 오늘날의 매사추세츠주 플리머스로 최초의 청교도들, 즉 필그림 파더스(Pilgrim Fathers: 순례자 시조)를 수송했던 것이다. 크리스토퍼 존스는 1609~1622년간 이주민들의 수송을 맡았는데, 그가 죽은 뒤 선단이 해체되고 1624년 메이플라워호 운행도 끝났다.

4,425km의 험로를 66일간 항해하면서 승객 한 명과 선원 한 명이 죽었고, 또 한 승객은 아들을 얻어 세례명을 '오세아누스'로 지었다. 메이플라워호는 1620년 11월 21일 매사추세츠주 코드곶(Cape Cod)의 끝에 위치한 자연항인 프로빈스타운(Provincetown)에 도착했다.

이곳에서 다시 버지니아(제임스타운Jamestown Settlement: 1607년 영국 이주민이 최초로 개척하여 정착한 곳)를 향해 떠났으나 ① 태풍, ② 항해 실수, ③ 네덜란드인들의 선장 매수로 뉴암스테르담(현 뉴욕) 가까이로 못 가게 해서, ④ 승객 일부가 영국령 가까이 못 가게 납치했다는 등등의 미확인 이유로 당초 목적지인 버지니아행이 좌절되었다. 그러자 배 안의 지도자들은 자신들이 버지니아 회사가 허가해줬던 영토를 개척하는 것이 아니기 때문에, 다시 말해 특허장을 사용할 수 없게 되었으므로 자유롭게 활동하기 어렵다고 판단하여 스스로 시민정치체를 만들자는 결정을 내렸고, 이에 상륙에 앞서 자치선언문(메이플라워 서약)을 작성하여 41명의 성인 남성에게 서명을 받았다. 이 선언문은 미국 헌법의 기원으로 평가받기도 한다.

메이플라워 서약(*Mayflower Compact*)

신의 이름으로 아멘. 아래 서명한 우리들은 경외하는 군주, 신의 은총으로 말미암은 영국, 프랑스, 아일랜드의 군주이자 신앙의 수호자인 제임스 국왕의 충직한 신하들로서 신의 영광과 기독교 신앙의 증진, 그리고 우리 왕과 조국의 명예를 위해 항해하여 버지니아 북부에 최초의 식민지를 건설하

플리머스 바위 메이플라워호를 타고 온 청교도들이 아메리카 대륙의 플리머스에 상륙하여 처음 밟았다고 전하는 바위다. 이를 기념하기 위해 '1620'이라는 숫자를 새겨 넣었다.

고자 하노라. 이 문서를 통해 우리 자신들을 더 잘 조직하여 보전하고 위에 말한 목적들을 충분히 달성하기 위해 신과 각자의 면전에서 엄숙히, 그리고 상호 간에 정치적 시민공동체를 결성하기로 약속하노라. 또한 식민지의 공공선을 위해 가장 적절하다고 여겨지는 법, 명령, 규칙, 헌법, 직책들을 시의에 맞게 제정할 것과 우리 모두는 이 식민지 정부에 모든 합당한 복종을 바치기로 약속하노라. 이의 증인으로서 우리는 아래 이름을 쓰고 서명하노라. 11월 11일(※구력 날짜임. 신력 그레고리력으로는 11월 21일) 코드곶. 제임스 국왕의 영국·프랑스·아일랜드 치세 18년, 스코틀랜드 치세 54년, 서기 1620년.

그들은 태풍을 만난 데다 원주민의 공격까지 받아 서향하여 1620년 12월 17일 플리머스항에 도착한 뒤 3일간 장소 물색 끝에 12월 21일 플리머스 바위(Plymouth Rock)에 정박했다. 그리고 첫 거주지를 자신들이 떠나온 영국 항구의 이름을 따서 '플리머스'로 호칭했다.

「메이플라워 서약」의 서명자 중에서 윌리엄 브레드퍼드(William Bradford, 1590?~1657)는 네덜란드의 레이던(Leiden) 시절부터 초기 플리머스 정착촌에 이르기까지 청교도 분리주의자들의 지도자로서, 정착 후 다섯 차례에 걸쳐 30여 년간 플리머스 식민지 총독을 지낸 인물이다. 그의 저서 『플리머스 식민지의 역사(Of Plymouth Plantation)』(1651)는 미국의 첫 역사서로 평가받을 만큼 유명한데, 그 책에 서술된 글을 보면 당시의 공포스러움이 느껴진다.

> 넓은 대양, 고난의 바다를 그렇게 지난 후 그들은 이제 환영해주는 친구도 없고 유흥을 즐기거나 날씨에 지친 몸을 쉬게 할 여인숙도 없는 곳에 도착했다. 집도 없었고, 구원을 청하거나 자주 방문할 수 있는 마을은 더더욱 없었으며, 야만인들은 언제라도 그들의 몸에 화살을 퍼부을 준비가 되어 있었다. 그리고 그곳의 겨울이 살을 에는 듯 지독하며, 잔인하고 날카로운 눈보라가 언제라도 들이닥치리라는 것을 알고 있었기에, 그들은 날씨에 겁먹은 얼굴로 서 있었다. 나무와 잡목밖에 없는 그 나라는 황량하고 거친 색조를 띠고 있었다.
> —캐서린 반 스팬커렌, 박강순 옮김, 『미국의 문학』, 주한미국대사관, 2004, 17쪽 재인용.

첫 도착 후 10년의 세월이 흘렀으나 인구는 겨우 300명에 지나지 않았는데 13년 뒤에는 천연두가 전염병으로 번졌으며, 1640년대 말까지도 농기구는 쟁기뿐이었다.

1633년 플리머스는 이 지역의 행정 중심지가 되면서 플리머스 식민지의 수도 역할을 했다. 그러다가 1691년에 플리머스 식민지가 매사추세츠 베이

매서소이트 동상 Statue of Massasoit

메이플라워호가 플리머스에 상륙하고 몇 달이 지난 1621년 3월 왐파노아그 부족연맹의 대추장 매서소이트(Massasoit, 1581?~1661)가 필그림 이주민들에게 정착에 필요한 경작과 고기잡이 등을 가르쳐주고 협조해준 일을 기려 300주년이 되는 1921년에 세운 동상이다. 플리머스 바위를 전시해놓은 곳과 길 하나를 사이에 두고 있다. 1970년부터 매년 뉴잉글랜드 미국인디언연합회가 이 동상 앞에서 원주민 권익 찾기 시위를 벌인다.

(Massachusetts Bay) 식민지로 통합되었다. 플리머스는 매사추세츠주 보스턴에서 남동쪽으로 64km 떨어져 있으며, 플리머스 카운티의 중심 도시로 관청 소재지이자 여름 휴양지다. 이곳에는 메이플라워호와 필그림 마을을 재현한 각종 유적이 있다. 마을 뒤쪽 언덕에는 25m 높이의 필그림 기념비(플리머스 선조 기념상, 국립선조기념비)가 있는데, 필그림이 정착하기 전 그곳에는 2천여 왐파노아그족(Wampanoag)이 거주하고 있었다. 그들의 도움으로 첫 수확을 하자 추수감사절 잔치를 함께했다. 그러나 이주자들은 이내 배신했고 원주민들의 땅을 차지하기 위해 약탈과 살육을 감행했다. 이게 바로 미국 역사의 미래를 보여주는 밑그림이 된다.

이제 북쪽의 큰 도시 보스턴을 잠시 지나쳐서 북동향으로 좀 더 올라가보자. 바로 캐나다 동부 해안의 노바스코샤이다. 퀘벡에 처음 마을을 창설한 프랑스의 군인이자 외교관이며 탐험가인 사뮈엘 드 샹플랭(Samuel de Champlain, 1574~1635)이 1605년 아카디아(Acadia)라는 별칭을 붙인 이 지역은 시인 헨리 롱펠로의 서사시 『에반젤린(Evangeline: A Tale of Acadie)』(1847)의 무대다. 영국이 이 일대에서 프랑스인 추방령을 내린 조처(1755~1764)로

플리머스 선조 기념상, 국립선조기념비 National Monument to the Forefathers   1889년 25m 높이의 거대한 화강암 조각상으로 완성되었다. 선조상의 오른손은 천국을 향하고, 왼손은 성경을 들고 있는 모습이다. 아래 네 개의 부탑은 청교도들이 세운 원칙을 상징하는 인물들이 앉아 있으며 각각 도덕, 법, 교육, 자유를 나타낸다.

인해 신혼부부가 헤어진 아픔을 그린 이 서사시는 미국 문학사에서 첫 로맨스로 기록된다. 『에반젤린』의 배경인 그랑프레(Grand-Pré: '넓은 초원'이라는 뜻)는 노바스코샤에서 인구가 가장 많은 곳으로, 1961년 추방자의 후손이 토지를 기증하여 현재는 국립사적지(Grand-Pré National Historic Site)로 지정되었으며, 매년 7월에 아카디아 축제를 열어 남녀 주인공을 선발한다. 『에반젤린』의 내용은 대강 이러하다.

그랑프레의 대장간 집 아들 가브리엘은 에반젤린과 혼인신고를 마친 다음 날 영국군 점령으로 추방당하고, 부부는 생이별하게 된다. 에반젤린이 미국 각지를 떠돌며 남편을 찾아다녔으나 만나지 못한다. 수십 년 동안 남편을

에반젤린 동상 캐나다 노바스코샤 그랑프레 역사공원에는 에반젤린이 가브리엘과 결혼식을 올린 교회(Memorial church)를 재현해놓고 그 앞에 에반젤린 동상을 세웠다.

찾다가 어느덧 노파가 되어버린 그녀는 자선단체 봉사원으로 필라델피아의 의료원에서 일하던 중 남편을 만나지만, 그는 아내의 이름을 부를 힘조차 없이 에반젤린의 키스를 받으며 죽고 만다. 얼마 뒤 에반젤린도 숨을 거두고 그의 곁에 묻힌다.

『에반젤린』에서 가브리엘로 묘사된 이야기의 실제 모델은 루이 아르세노(Louis Arceneaux)라는 이름의 아카디아인인데, 그가 노바스코샤주에서 추방당한 뒤 미국으로 와서 살았다고 전하는 집은 루이지애나주 남쪽의 세인트 마틴 패리시(St. Martin Parish)에 있다. 아카디아 양식의 가옥 등을 포함하여 이 지역은 '롱펠로–에반젤린 주립사적지(Longfellow-Evangeline State Historic Site)'로 조성되어 있다.

independence pioneers and early artists

벤저민 프랭클린
Benjamin Franklin
1706. 1. 17 ~ 1790. 4. 17

조지 워싱턴
George Washington
1732. 2. 22 ~ 1799. 12. 14

토머스 제퍼슨
Thomas Jefferson
1743. 4. 13 ~ 1826. 7. 4

워싱턴 어빙
Washington Irving
1783. 4. 3 ~ 1859. 11. 28

1 보스턴, 미국 역사의 첫걸음

영국이 국내의 정치적 혼란과 프렌치-인디언 전쟁(1754~1763)에 따른 막대한 전비 지출 등의 국가재정 난국으로 미 식민지에 대한 경제적 압박을 점점 조이면서 「설탕법(Sugar Act)」(1764, 설탕을 비롯해 포도주·커피 등의 품목에 수입관세 부과)을 통과시킨 데 이어 「인지세법印紙稅法(Stamp Act)」(1765, 신문·팸플릿 등 출판물과 법률적으로 유효한 각종 증명서·허가증 등에 인지를 부착하게 해서 세금 징수)까지 제정하기에 이르렀다.

그러자 버지니아 식민지 의회 의원인 패트릭 헨리(Patrick Henry, 1736~1799)가 「인지세법」에 반대하는 연설을 하면서 식민지 입법권을 주장하고, 그 결의안을 채택할 것을 제의했다. 그가 의정 단상에서 "카이사르에게는 브루투스가 있었고 찰스 1세에게는 크롬웰이 있었습니다. 조지 3세 역시…"라는 대목에서 잠시 멈칫하자 의장이 "반역이다!"라고 외쳤고, 의사당 곳곳에서도 "반역이다!"라는 목소리가 퍼졌다. 만약 「인지세법」을 유지시킨다면 조지 3세 역시 과거의 카이사르나 찰스 1세처럼 죽음을 면치 못할 것이라는 뜻이 내포된 패트릭 헨리의 연설에 의원들이 큰 충격을 받았던 것이다. 장내가 혼란에 빠지자 패트릭 헨리는 "그러나 조지 3세는 역사의 교훈으로부터 도움을 받을 수 있을 것입니다. 만약 이 말이 반역이라면, 여러분 마음대로 하십시오"라고 하여 위기를 넘겼다. 그는 식민지 대표만이 유일하게 식민지인에게 과세할 수 있다면서 버지니아 의회가 동의하지 않는 세금은 납부해서는 안 된다고 주장했다. 이것이 곧 의회에서 가결된 「버지니아 결의(Virginia Resolves)」(1765)이다.

패트릭 헨리는 1774년과 1775년 버지니아 대표로 대륙회의에 참가하여 자유와 권리를 강조하면서 급진파를 대변한 인물이기도 하다. 1775년 3월

보스턴 학살 사건 1770년 3월 5일 보스턴 주의회 의사당 앞에서 군중을 향해 총을 쏘는 영국군을 묘사한 그림이다. 폴 리비어(Paul Revere, 1735~1818)가 헨리 펠럼(Henry Pelham 1749~1806)의 원작 판화를 모방하여 채색 동판화로 만들어서 유명해졌다. 출판된 팸플릿의 그림에는 '자의적 권력의 열매 또는 피비린내 나는 학살(*The Fruits of Arbitrary Power, or the Bloody Massacre*)'이라는 제목이 달렸다.

버지니아 의회가 해산당했을 때는 리치먼드에서 개최한 비합법 민중대회에서 "자유가 아니면 죽음을 달라!(Give me liberty or give me death!)"는 연설(나중에 만들어진 허구라는 설도 있음)을 하며 영국과의 개전을 주장했다.

1765년 여름부터 인지세에 항거하는 새로운 세력으로 '자유의 아들(Sons of Liberty)'이 일어나 영국의 인지 취급을 비판하고 인지 불태우기 운동을 전개했다. 그뿐만 아니라 「설탕법」에 항의해 영국 상품 불매운동까지 일어나는 등 거센 저항이 계속되자 현지의 영국 상인들은 분위기가 더 악화되어 식민지 시장을 상실할까 우려하여 영국 의회에 「인지세법」의 철회를 요청했고, 의회는 마침내 철회를 의결했다(1766. 3. 18). 그러나 영국 의회는 다른 한편으로 「숙영법(Quartering Act)」(1765)을 제정하여 식민지인은 식민지에 주둔하고 있는 영국군에게 숙박(병영) 및 필요한 식량과 물품을 제공해야 한다고 강제했다. 뉴욕과 매사추세츠 주의회는 영국군에 대한 물품 보급 요구를 표결에 부쳐 거부했다. 그러자 영국은 1767년 뉴욕 의회를 해산해버렸고, 이에 전 식민지가 저항의 기운에 휩싸였다.

1770년 3월 5일 영국군의 총격으로 보스턴 시민 5명이 죽고 6명이 부상한 '보스턴 대학살(Boston Massacre, Incident on King Street)' 사건은 독립전쟁의 단초가 됐다. 자신들은 아메리카 대륙에 정착하면서 수없이 많은 원주민을 죽이고 토지를 빼앗았건만 11명의 사상자를 낸 사건을 '대학살(Massacre)'이라고 과장법을 쓴 건 미국식 과장과 선동법이다. 훗날 세계 최강대국이 된 미국이 지구상에서 저질렀던 학살과 만행을 상기하면서 이 대목을 읽어주기 바란다.

이 사건의 개요는 이렇다. 보스턴에서 관세 감독관이 세금 정책에 대한 군중의 계속된 항거로 괴롭힘을 당하자 영국 정부는 정규군 4대 연대를 추가로 주둔시켰다. 보수가 적었던 군인들은 비번 때 부업으로 온갖 돈벌이를 하면서 식민지 노동자와 경쟁 관계가 되었다. 이런 상황에 에드우드 가릭이라는 가발 제작 도제가 영국군 장교에게 자기 스승이 받아야 할 빚을 받으러 갔고, 그와 시비가 붙어 영국군 주둔 막사 앞의 보초와 충돌이 일어나자 급기야 근처에 있던 직공들이 가세한 군중이 보초에게 눈뭉치와 돌을 던지기 시작하면서 총격전까지 벌어진 것이다. 그런데 이 사건에 대한 재판에서

옛 주의회 의사당 Old State House(Boston) 보스턴에서 가장 오래된 건물로, 1798년까지 매사추세츠 주의회 의사당으로 사용하다가 지금은 역사박물관으로 바뀌었다. 1776년 7월 18일 발코니에서 「독립선언」이 낭독되었던 곳으로도 유명하다. 이 건물 앞의 바닥에는 '보스턴 대학살터 1770년 3월 5일(SITE OF THE BOSTON MASSACRE MARCH 5. 1770)'이라고 쓰인 원형의 표식이 있다(32쪽 사진 참조).

영국군 대부분이 가벼운 처벌을 받자 여론은 더욱 악화되었다. 피살자 합동 장례식은 북아메리카 대륙 최대의 군중집회로 확대되었다. 이 사건으로 영국군은 시내에서 철수했으며, 새 세법(타운센드법)은 폐기됐다. 보스턴시는 사건이 일어난 이듬해인 1771년부터 매년 이날에 추모 행사를 열었는데 1783년까지 이어졌다. 보스턴 학살 사건은 1776년 「독립선언」 채택의 명분이 되었으며 영국 정부의 부당한 대우의 한 사례로 언급된다.

학살터는 데본셔 거리(Devonshire Street)와 스테이트 거리(State Street)의 교차로 부근 옛 주의회 의사당 앞에 둥근 원으로 표시되어 있다.

이후 보스턴은 미국 독립과 건국을 주도한 역사적 명승지로 부각되었고 지금은 그곳들을 잇는 도보 탐방 코스인 '프리덤 트레일(Freedom Trail)'이

벙커 힐 기념탑　1775년 6월 17일 보스턴 북부 찰스타운에서 영국군과 맞붙은 벙커 힐 전투를 기념하기 위해 1825~1843년간 67m 높이로 세운 오벨리스크 모양의 기념탑이다. 벙커 힐 전투는 장비가 부족하고 훈련이 덜 된 식민지군 민병대가 영국군에 패했지만 영국군에 큰 피해도 입혀서 결과적으로 큰 자신감을 안겨주었고 저항 정신도 키울 수 있었던 중요한 전투였다.

만들어졌다. 시내 4km에 걸쳐 다음과 같은 역사적인 17개 주요 관광 명소가 있다.

보스턴 코먼(Boston Common: 세계 최초의 도심 공원), 매사추세츠주 의사당(Massachusetts State House), 파크 스트리트 교회(Park Street Church: 1809년 건립된 유서 깊은 교회), 그래너리 묘지(Granary Burying Ground: 「독립선언」을 작성한 새뮤얼 애덤스, 존 핸콕 등이 묻힌 곳이며, 보스턴 학살 사건의 희생자 및 독립전쟁에 참여한 이들이 묻힌 곳), 킹스 채플(King's Chapel: 1688년 영국성공회 교회로 최초의 비청교도 교회로 건립, 나중에 유니테리언 교회로 바뀜), 킹스 채플 묘지(King's Chapel Burying Ground), 벤저민 프랭클린의 동상(Benjamin Franklin statue and former site of Boston Latin School), 올드 코너 서점(Old Corner Bookstore), 올드 사우스 공회당(Old South Meeting House: 1729년 청교도 교회로 설립, 보스턴 차 사건 전야의 집회 장소, 현재는 박물관으로 활용), 옛 주의회 의사당(Old State House), 보스턴 대학살터(Site of the Boston Massacre), 패늘 홀(Faneuil Hall: 상인과 시민들의 집회 장소, 현재는 쇼핑센터로 활용), 폴 리비어 하우스(Paul Revere House), 올드 노스 교회(Old North Church: 독립전쟁 당시 교회 첨탑의 등불로 중요 정보 전달), 콥스 힐 묘지(Copp's Hill Burying Ground), 벙커 힐 기념탑(Bunker Hill Monument), USS 컨스티튜션(USS Constitution: 3개의 돛을 가진 목조 선박으로 미국 독립 후 각종 해전에 참가. 세계에서 가장 오래된 군함) 등등.

이렇듯 보스턴과 그 주변은 둘러볼 곳이 굉장히 많기에 역사 탐방 기행의 순서로 따진다면 제일 먼저 가서 찬찬히 살펴보는 게 좋다.

1773년 11월, 보스턴 항구에 차茶를 실은 영국 동인도회사의 무역선 세 척이 입항했다. 식민지 상인들과 밀수업자 등 이권을 가진 계층이 이 배에 실린 차 상자의 하역을 강력하게 막아섰고 항구 노동자들도 가세했다. 그러던 중 12월 16일 저녁, 50명 단위의 3개조가 모호크(Mohawk) 인디언으로 위장하여 하역 대기 중인 배에 올라가 342개의 차 상자를 부수고 바다에 던져버렸다. 바로 미국 독립전쟁의 도화선이 된 보스턴 차 사건이다. 이 사건으로 미국인은 차 대신 커피를 마시기 시작했다. 영국이 아메리카 식민지에 차 수출 독점권을 부여한 동인도회사의 차만 수입해서 마시게 한 것에 대한 식민지인들의 차 불매운동으로 표출된 저항이었다.

엄청난 양의 차 상자를 바다에 던져버린 사건은 전역으로 확산되었고, 이와 비슷한 저항이 계속됐다. 영국은 1774년 4개 법('참을 수 없는 법')을 제정하여 보복책을 썼는데, 그 핵심 내용은 보스턴항을 폐쇄하고 매사추세츠주

보스턴 차 사건을 묘사한 석판화 풍자화가인 나다니엘 커리어(Nathaniel Currier)가 1846년에 그린 석판화 〈보스턴 항구에서의 차 파기(The Destruction of Tea at Boston Harbor)〉이다.

의 자치정부 권한을 축소하며, 매사추세츠주 관리가 법을 어기면 영국에서 재판을 받게 강제한다는 것이었다. 또한 다시 입법된 「숙영법」(1774)을 통해 영국 군인의 숙박을 식민지인이 제공하도록 강요했다. 그뿐만 아니라 「퀘벡법(Quebec Act)」(1774)으로 오하이오강과 미시시피강 사이의 영국령 프랑스인 마을 및 퀘벡에 대한 경계를 강화하고 가톨릭교도에게 정치권을 부여하자, 식민지인들은 영국이 자기들을 교황에게 복속시킬 음모이며 그로 인해 가톨릭이 우세해질 것이고, 자신들에 대한 처벌을 계획하기 위한 흉계라고 불안해했다. 이에 모든 지역이 매사추세츠에 내린 영국의 조처에 반대하고 매사추세츠주를 저항의 상징으로 보면서 반영反英 결의문을 채택했다.

마침내 영국 의회가 제정한 4개 법률, 이른바 '참을 수 없는 법'에 대항하고 식민지의 권리와 자유를 위해 식민지 의회의 대표들이 모였다. 당시 북

보스턴 티 파티 선상 박물관 Boston Tea Party Ships & Museum　바닷가에 세워진 이 박물관에는 1773년 보스턴 차 사건이 실제 일어났던 선박도 함께 전시하고 있다. 우리나라에서 '보스턴 차 사건'으로 번역된 Boston Tea Party는 당시 동인도회사 무역선에 오른 식민지인들이 바다를 커다란 찻주전자라고 외치며 차 상자를 바다에 던져서 '티 파티(Tea Party)'를 열었다는 의미다.

아메리카 대륙의 식민지는 각 지역별로 주의회가 따로 있었는데, 그 지역 의회가 함께 모인 첫 회의가 바로 대륙회의(Continental Congress)였다. 제1차 회의는 1774년 9월 5일부터 10월 26일까지 약 6주간 펜실베이니아 필라델피아 카펜터스 홀(Carpenters' Hall)에서 강온파로 혼합된 대표 56명이 참가하여 개최되었다. 13개 식민지 중 조지아주가 불참한 가운데, 영국에 대한 변함없는 충성파(대지주, 국교회 성직자, 대상인 등) 대 독립애국파(자영 농민, 서부 개척인, 소상인, 직공, 선원)가 대립했다. 이 회의는 처음엔 강경 급진파가 주도했으나 나중에는 온건파의 의견을 따라 타협하여, 영국 정부가 주도하는 식민지 통합에 반대하면서 온건한 탄원서("가장 자비로운 군주" 등 표현)를 내기로 했다. 그런 한편 영국군의 공격에 대비해 보스턴은 군사적 준비를 하며 영국과 통상 단절 및 영국 상품 불매운동을 벌이고, 당면 문제 협의를 위한 대륙협회를 조직하여 대표자들이 다음 해 봄에 다시 모이기로 결의했다. 주요 참가자는 조지 워싱턴, 패트릭 헨리 등이었다.

2 필라델피아에서 공포된 독립선언서

제2차 대륙회의는 1775년 5월 10일부터 1781년 3월 1까지 필라델피아 의회(Philadelphia's State House)에서 개최되었다. 제1차 대륙회의에 불참했던 조지아도 참여했다. 난맥상 끝에 1775년 6월 14일 대륙회의에서는 영국에 맞서기 위해 식민지군대를 결성하고, 다음 날 조지 워싱턴 장군을 총지휘관으로 임명했다. 그러면서도 화해의 시도로 「올리브 가지 청원서(Olive Branch Petition)」—올리브 가지는 평화와 화해를 상징한다—를 영국 왕에게 보냈으나(7월 8일), 조지 3세는 수령조차 하지 않았다. 그러자 대륙회의는 영국의 「항해법(Navigation Acts)」을 무시하고 아메리카 전역의 항구를 유럽 모든 나라에 개항했으며, 당시 실질적인 법적 권한이 없음에도 불구하고 타국에 파견할 대사 지명, 조약 체결, 군대 조직, 장군의 지명, 유럽으로부터 부채 차입, 지폐 발행 등을 행사했다. 이때 대륙회의 내 영국 충성파는 영국으로 돌아가거나 캐나다로 피신했다.

이런 상황인데도 독립이 아닌 대영제국 내부에서 불만 사항을 시정하는 수준 정도로만 싸우자는 인식이 적지 않았다. 그런데 이즈음 토머스 페인(Thomas Paine, 1737~1809)의 명저 『상식(Common Sense)』(1776. 1)이 출간되어 유통되었다. 이 책이 순식간에 베스트셀러에 오르면서 여론을 고조했고, 독립운동 지지 세력은 확대일로로 들어섰다. 토머스 페인은 이 저서에서 "왕정(영국 왕실)은 이교도(노르만 정복자)들에 의해 처음으로 이 세상에 도입되었고, 이스라엘의 자손들이 그들의 이 풍습을 모방했다. 그것은 악마가 우상숭배를 널리 행해지게 하기 위해 그때까지 손을 대었던 발명품 가운데서 가장 성공적인 것이었다. 이교도들은 죽은 왕을 신성시했다. 그리고 크리스트교 세계는 살아있는 왕을 신성시함으로써 그 계획을 더욱 발전시켰다"라면서 또 이렇게 말했다.

> 정신이 온전한 사람이라면 윌리엄 정복왕을 시조로 하는 이 군주들의 요구가 매우 명예로운 것이라고 말할 수 없다. 무장한 도적들을 이끌고 영국에 상륙한 뒤 원주민들의 동의도 받지 않고 제멋대로 영국 왕이 된 프랑스의 서자는 솔직히 말하면 그 근본은 매우 천박하고 비천하다. 거기에는 확실히 신성함이란 없다. 그러기에 세습권의 불합리성을 폭로하는 데 많은 시간을 허비할 필요가 없다. 그것을 믿을 만큼 어리석은 사람이 있다 하더라도 당나귀든 사자든 가리지 않고 숭배하고 환영하도록 내버려두자.
>
> —박광순 옮김, 『상식론』, 범우사, 2012, 249쪽.

토머스 페인의 『상식』은 영문판 기준 47쪽밖에 되지 않는 소책자이지만, 지금도 왕실을 유지하고 있는 나라나 특히 천황제 국가의 일본인에게 필독서로 권하고 싶을 만큼 왕실의 각종 사치, 허례허식 풍조와 위선을 날카롭게 비판함으로써 민주적 정치 형태와 국가란 무엇인지를 생각해보게 한다. 너무나 명쾌한 민주주의 예찬서이기에 전문을 다 인용하고 싶을 정도이나, 그럴 수 없어 중요 대목만 발췌했으니 꼭 찾아 읽어보길 바란다.

대륙회의는 1776년 7월 4일 「독립선언(Declaration of Independence)」을 만장일치로 채택하고 비준했는데, 이 선언서는 세계 민족해방투쟁사에 길이

독립선언Declaration of Independence

이 문서는 내용과 서명자들을 알아볼 수 있도록 만든 사본이며, 원본은 19세기의 보존 방식이 열악했던 탓에 심하게 훼손되어 판독하기가 쉽지 않다. 원본은 현재 워싱턴 D.C.의 국립문서보관소에서 관리하고 있다. 「독립선언」은 토머스 제퍼슨이 초안을 작성하고 벤저민 프랭클린과 존 애덤스가 수정 가필하여 대륙회의에 제출되었고, 13개 주 대표의 만장일치로 채택되었다. 선언서 하단 서명란의 제일 윗부분 가운데에 크게 쓴 서명이 존 핸콕(John Hancock)의 것인데, 그는 제2차 대륙회의의 의장을 맡았으며 선언서에 가장 먼저 서명했다.

남을 만할 희대의 명문이다. 아이러니한 사실은 현대 미국이 영국 국왕보
다 더 잔혹한 제국주의로 변신한 국가라는 점이다. 그렇기 때문에 오히려
미국인들이 재음미할 만한 절실성이 있다.

독립선언

인류의 역사에서 한 민족이 다른 한 민족과의 정치적 결합을 해소하고 세계
여러 나라 사이에서 자연법과 자연의 신의 법이 부여한 독립, 평등의 지위
를 차지하는 것이 필요하게 되었을 때, 인류의 신념에 대한 엄정한 고려는
우리로 하여금 독립을 요청하는 여러 원인을 선언하지 않을 수 없게 한다.

우리는 다음과 같은 것을 자명한 진리라고 생각한다. 즉, 모든 사람은 평
등하게 태어났으며, 조물주는 몇 개의 양도할 수 없는 권리를 부여했으며,
그 권리 중에는 생명과 자유와 행복의 추구가 있다. 이 권리를 보장하기 위
해 인류는 정부를 조직했으며, 이 정부의 정당한 권력은 인민의 동의로부터
나온다. 어떠한 형태의 정부이든 이러한 목적을 파괴할 때는 언제든지 정부
를 변혁 또는 폐지하여 인민의 안전과 행복을 가장 효과적으로 보장할 수
있는, 그러한 원칙에 기초를 두고 그러한 형태로 기구를 갖춘 새로운 정부
를 조직하는 것은 인민의 권리이다.

진실로 인간의 심려는 오랜 역사를 가진 정부를 경솔하고도 일시적인 원
인 때문에 변경해서는 안 된다는 것, 인간에게는 악폐를 참을 수 있는 데까
지는 참는 경향이 있다는 것을 가르쳐줄 것이다. 그러나 오랜 동안에 걸친
학대와 착취가 변함없이 동일한 목적을 추구하고 인민을 절대적 전제정치
밑에 예속시키려는 계획을 분명히 했을 때에는, 그런 정부를 타도하고 미래
의 안전을 위해서 새로운 보호 장치를 마련하는 것은 인민의 권리이자 의무
이다.

이와 같은 것이 지금까지 식민지가 견디어온 고통이었고, 이제야 종래의 정부를 변혁해야 할 필요성이 바로 여기에 있는 것이다. 현재 국왕이 대영제국을 통치해온 역사는 악행과 착취를 되풀이한 역사이며, 그 목적은 직접 이 땅에 절대적 전제정치를 세우려는 데 있다. 지금 이러한 진상을 밝히기 위하여 다음의 사실을 공정하게 사리를 판단하는 세계에 표명하는 바이다.

이렇듯 자연권을 침해한 정부에 대해 혁명이 정당하다는 통치 철학을 서술한 뒤, 이어서 "국왕은 공익을 위해 대단히 유익하고 필요한 법률을 허가하지 않았다. 국왕은 자신이 동의하지 않을 경우 긴급히 요구되는 중요한 법률이라 할지라도 시행해서는 안 된다고 식민지 총독에게 명령했다. 이렇게 하여 국왕의 동의를 얻지 못한 법률은 효력을 상실했고, 그는 그러한 법률을 무시하고 전혀 돌보지 않았다. 국왕은 사법권 수립에 관한 법률을 재가하지 않음으로써 재판을 가로막았다. 국왕은 평화로운 시기에도 우리 입법부의 동의 없이 상비군을 주둔시켰다. 그리고 그 군대가 시민의 권력으로부터 독립된 채 군림하도록 하려고 시도하였다. 이러한 탄압을 받을 때마다 그때그때 우리는 겸손한 언사로써 시정을 탄원"했지만 들어주지 않았다는 등, 영국 국왕의 폭정을 27개 항목에 걸쳐 소상히 나열하며 고발했다.

이어 결론으로 "이 국가(식민 통치하의 미연방 주)는 영국의 왕권에 대한 모든 충성의 의무에서 벗어나며, 대영제국과의 모든 정치적 관계는 완전히 해소되고 또 그렇게 될 수밖에 없다. 따라서 이 국가는 자유롭고 독립된 국가로서 전쟁을 개시하고 평화조약을 체결하고 동맹 관계를 맺고, 통상 관계를 수립하며, 독립국가가 마땅히 할 수 있는 모든 행동과 사무에 관한 완전한 권리를 갖고 있는 바이다. 우리는 이에 우리의 생명과 재산과 신성한 명예를 걸고 신의 가호를 굳게 믿으면서 이 선언을 지지할 것을 서로 굳게 맹세

독립기념관 Independence Hall　　1753년 펜실베이니아 식민지 의회 건물로 완공되었다. 1775~1781년까지 제2차 대륙회의가 개최된 곳이며, 1776년 7월 4일 「독립선언」이 발표되었다. '독립기념관'이라는 명칭은 이때부터 불렸다.

하는 바이다"라고 선언문을 맺은 뒤 56명의 서명을 기재했다.

이런 명문을 낳은 미국 독립투쟁 정신의 모체는 영국의 사상가 존 로크(John Locke, 1632~1704)였음을 알고 넘어가자. 근대 이후 세계사에서 민주주의를 모델로 삼은 정치혁명과 전체주의를 모델로 삼은 절대권력이 있는데, 전자의 모든 사상적 근원은 로크였고, 후자의 사상적 토대는 『리바이어던』의 저자 토머스 홉스(Thomas Hobbes, 1588~1679)였다.

보스턴 다음으로 독립전쟁 전후의 볼거리가 많은 곳이 필라델피아인데, 제일 중요한 곳은 독립역사공원(Independence National Historical Park)이다. 펜실베이니아 주의회(현 독립기념관)를 비롯하여 독립전쟁 전후의 유명한 유적과 '자유의 종'을 여기서 볼 수 있다.

자유의 종 Liberty Bell 1752년 펜실베이니아 의회가 의사당에 걸기 위해 영국 런던에 주문 제작했는데, 펜실베이니아 의회에서 「독립선언」이 낭독되었기 때문에 미국 독립전쟁의 상징이 되었다. 이 종에는 "온 땅 위의 모든 사람들에게 자유를 공표하라(Proclaim LIBERTY throughout all the land unto all the inhabitants thereof)"라는 글귀가 새겨져 있다. 이 글귀는 구약 「레위기」에 나오는 문구이다.

3 미국의 첫 위대한 작가, 벤저민 프랭클린

필라델피아에서 꼭 만나야 할 위대한 인물이 있다. 보스턴에서 태어나 필라델피아로 옮겨 활동한, "미국 최초의 위대한 작가"(데이비드 흄의 평) 벤저민 프랭클린이다. 그는 세계 최초의 자본주의적인 다양한 인간상에 부합하는 인물로, 가장 많은 직업을 가졌던 팔방미인이었다. 작가이자 인쇄업자, 정치 이론가, 정치인, 우체국장, 자연과학자, 발명가, 외교관, 시민운동가 등등 그를 나타내는 직함만도 여럿 있듯이 못하는 일이 없었다.

아무리 살기 좋대도 신대륙의 문화는 영국에 비해 낙후해서 조너선 스위프트(Jonathan Swift, 1667~1745)나 알렉산더 포프(Alexander Pope, 1688~1744)

펜실베이니아대학교 내 벤저민 프랭클린 청동상　벤저민 프랭클린이 설립자이자 초대 총장인 펜실베이니아대학교는 식민지 시대에 세워진 9개 대학 중 하나다. 이 대학 칼리지 홀(College Hall) 앞에는 청동으로 제작된 프랭클린 동상이 있다. 펜실베이니아대학 출신의 주요 인물로는 윌리엄 헨리 해리슨, 도널드 트럼프, 일론 머스크, 노암 촘스키 등이 있고, 한국의 서재필도 이 대학 동문이다.

등을 중심으로 한 신고전주의가 명성을 얻은 반세기 뒤에야 미국에서 모방될 정도였다. 가장 중요한 원인은 신대륙에서 문화는 돈이 안 되었기에, 1825년까지 미국 작가들은 자비로 출판을 해야만 했다. 따라서 부유한 계층만 글을 쓸 여유가 있었고, 유럽 명작은 해적판으로 성행했을 뿐이었다.

벤저민 프랭클린은 바로 이런 시대에 보스턴에서 태어났다. 그의 아버지는 영국 청교도로, 첫째 부인에게서 3남매를 얻은 후 미국으로 건너가 4남매를 더 낳았으나 그 부인은 죽었다. 이후 둘째 부인에게서 10남매를 더 얻어 프랭클린 집안의 자녀는 총 17남매(10남 7녀)였다. 벤저민은 둘째 아내의 소산으로 15번째였다. 아들로는 10번째인 막내이고 그의 아래로 두 여동생이 있었다. 그는 비누와 양초를 만들어 팔던 아버지(원래는 염색 일을 했으나 돈벌이가 신통찮아 양초 제조업으로 변경)를 돕느라 정규교육은 2년 정도밖에 받지 못했고 이후 순전히 돈벌이에 나섰다. 그는 땜장이, 벽돌공, 맷돌장이, 사기그릇장이 등 온갖 일에 기웃거렸으며, 사촌 형에게서는 대장간 일(칼 만들기)도 배웠고, 형의 인쇄소에 들어가서는 그 분야의 기술도 익혔다.

1723년 열일곱 살 때 벤저민은 형과 사이가 벌어지면서 보스턴을 떠나 필라델피아로 갔다. 이때 배를 탔는데, 선원들이 낚시로 대구를 잡아 올리는 광경을 볼 때마다 살생하지 않기로 한 자신의 의지 때문에 화급히 시선을 다른 데로 돌리곤 했다. 그러나 우연히 생선 배 속에 작은 생선이 들어 있는 걸 보고는 '너희들이 서로 잡아먹고 있다고 하면 우리가 너희를 먹지 않을 이유가 없다'고 생각하여, 이를 계기로 물고기를 실컷 먹었다. 이후 채식을 하되 생선은 즐기는 식사를 했다. 그는 "이성이 있는 동물이라는 것은 참 편리한 것이다. 하고 싶은 일이라면 무엇이든지 이유를 발견할 수 있고, 이유를 붙일 수도 있기 때문이다"라고 했다.

이듬해인 1724년, 그에게 새 인쇄소 창업을 권유하는 후원자가 생겨 기자재 구입차 런던으로 갔으나, 후원자의 약속 파기로 거기서 인쇄공으로 일하며 2년을 지내다가 스무 살 때 필라델피아로 돌아왔다. 여러 일을 전전하던 중 1728년 인쇄소 공동 경영을 거쳐 2년 뒤에는 단독 경영을 하면서 대성공했다.

> 그러는 동안에도 쉽사리 누를 수가 없는 청년 시대의 정욕에 못 견디어서, 나는 우연히 만난 천한 여자들과 자주 관계를 맺었다. 이것에는 비용이 좀 들고 몹시 불편도 하고 했으나, 무엇보다도 무서운 것은 나쁜 병에 걸리면 어떻게 하나 하는 건강상의 염려였다. 그렇지만 다행히도 그런 병에는 걸리지 않았다.　　　　　—양수정 옮김, 『프랭클린 자서전』, 범우사, 2001.

그는 필라델피아에 처음 갔을 때 하숙을 했던 집의 주인 딸 데버라 리드(Deborah Read, 1708~1774)에게 청혼했다. 그런데 여자 쪽 집안이 완강하게 결혼을 반대했던 탓에 그녀는 벤저민이 런던에 가 있을 때인 1725년 존 로저스와 결혼했다. 그러나 그는 결혼 지참금만 챙기고 행방불명(서인도제도에서 죽었다고 함)되었다. 이 때문에, 데버라 리드는 벤저민과 1930년 결혼을 했음에도 불구하고 혼인신고를 하지 못한 채(존 로저스의 생사가 확인되지 않아 중혼할 수 없었음) 내연의 처로서 사실혼 관계로만 남게 되었다.

프랭클린이 1732년에 처음 펴낸 뒤 1758년까지 매년 발간한 『가난한 리처드의 책력(Poor Richard's Almanack)』은 그를 일약 유명 인사로 만들었고, 큰돈도 벌게 해주었다. 매해 1만 부씩 판매된 장기 베스트셀러였다. 이 책력의 매력은 바뀌는 날짜마다 격언이나 명언이 한두 마디씩 적혀 있다는 것이었다. 이를테면 다음과 같다.

- 화를 내는 데 더딘 사람을 조심하라. 그는 무엇엔가 화가 나 있는데 공짜로는 화를 풀려 하지 않을 것이므로.
- 법이 없는 곳에는 빵도 없다.
- 나 자신만큼 자주 나를 속인 사람이 누가 있을까?
- 거짓말은 한 다리로 서지만, 진실은 두 다리로 선다.
- 강과 나쁜 정부에서는 가장 가벼운 것들이 위에서 헤엄친다.
- 가시를 심은 사람은 맨발로 다니면 안 된다.
- 자기 집 창이 유리로 되어 있거든 이웃집에 돌을 던지지 말라.
- 먹기 전에 회의를 열어라. 부른 배는 움직이기도, 생각하기도 싫어하는 법이다.
- 저녁을 굶으면 약이 필요 없다.

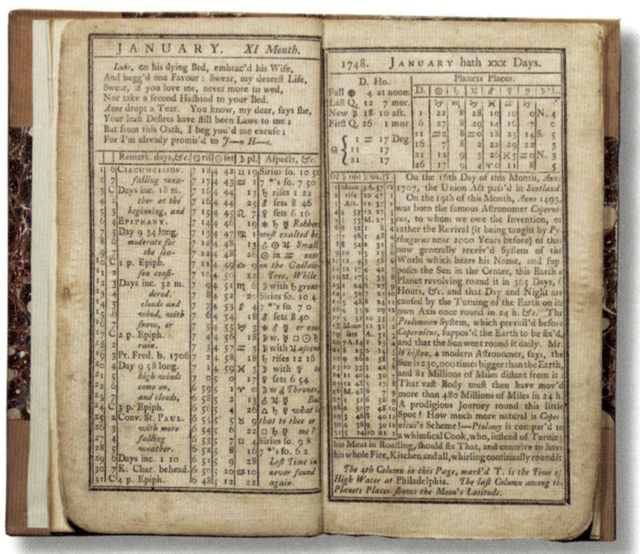

『**가난한 리처드의 책력**』(1748년판) 18세기에 책력은 기후 변화를 예측하는 내용이 들어 있기에 농부가 농사를 짓는 데 매우 유용했다. 여러 가지 상식이나 농사 정보, 실용 지식을 실은 책력이 다양하게 간행되었는데, 그중에서도 벤저민 프랭클린의 『가난한 리처드의 책력』이 큰 인기를 끌었다.

- 부는 그것을 갖고 있는 사람의 것이 아니라 그것을 즐기는 사람의 것이다.
- 믿을 만한 친구가 셋 있으니, 늙은 아내와 늙은 개, 그리고 현금이다.
- 부와 만족이 언제나 함께하는 것은 아니다.
- 결혼 전에는 눈을 크게 떠라. 그 후에는 반쯤 감아라.
- 내 원수를 사랑하라. 그들은 나의 잘못을 말해주니까.

나중에 그는 필라델피아 우체국장을 역임하고(1737년, 31세), 미국 최초의 학술단체인 미국철학학회(American Philosophical Society)를 결성했으며(1743년, 37세), 필라델피아대학(펜실베이니아대학으로 바뀜)을 설립하고(1751년, 45세), 체신장관 대리(1753년, 47세)도 맡는 등 관리까지 지냈다.

〈하늘에서 전기를 끌어당기는 프랭클린 Benjamin Franklin Drawing Electricity from the Sky〉 프랭클린의 발명품 중에서 오늘날까지 가장 유용하게 쓰이는 것은 피뢰침이다. 그는 번개가 칠 때 열쇠를 연에 달아 하늘에 날린 뒤 그 열쇠에서 불꽃이 튀는 것을 보고 번개의 정체가 전기라는 사실을 알아냈다. 이 그림은 바로 그러한 발명을 한 벤저민 프랭클린을 모티브로 삼아 그린 것이다. 신고전주의 화가 벤저민 웨스트(Benjamin West)가 1816년경에 그린 작품이다.

발명가로서 그가 만든 발명품들 중에 유명한 것은 이중초점 안경(Bifocals: 일반 렌즈와 돋보기 렌즈를 안경테에 함께 끼워 다초점 안경으로 만듦), 악기 아모니카(Armonica, The glass harmonica: 유리잔에 물을 채워 가장자리를 손가락으로 문지르면 음이 다르게 나오는 원리를 이용한 악기), 피뢰침 등이 있다. 특히 피뢰침은 번개가 전기의 일종이라는 사실을 증명하기 위해 그가 직접 커다란 연에 열쇠를 달고 하늘에 띄운 위험천만한 실험을 통해 발명한 것인데, 이를 성공함으로써 피뢰침이 널리 보급될 수 있었다.

뭉치지 않으면 죽는다 Join, or Die　　벤저민 프랭클린이 1754년에 그린 카툰이다. 1754~1763년 영국과 프랑스가 아메리카 대륙의 원주민 영토를 놓고 벌인 전쟁(프렌치-인디언 전쟁) 중 프랑스-인디언 연합에 맞서 식민지 13개주의 단합을 촉구하기 위해 그린 것이다. 이 카툰은 약 10년 뒤 미국 독립전쟁의 와중에 영국에 맞서 식민지인의 단결을 주장하는 상징으로 다시 쓰였다.

　　프랭클린이 남긴 많은 업적 가운데 가장 중요한 건 아마 1774년 런던에서 거리를 떠돌며 룸펜으로 살던 토머스 페인을 미국으로 오도록 권유한 일일 것이다. 페인이 쓴 책 『상식』이 없었다면 독립투쟁의 불길은 타오르지 못했을 수도 있기 때문이다. 미국 독립투쟁과 관련해 프랭클린 자신은 제2차 대륙회의에 참가하고 「독립선언」 작성을 위한 기초위원을 지냈으며, 70대 나이로 프랑스에 특파 사절로 가서 프랑스-아메리카 식민지 간 동맹조약의 체결(1778. 2. 6)을 세 건이나 이루어냈다. 이로써 프랑스는 미국 독립을 공식적으로 지지, 지원했다.

　　프랭클린은 프랑스에서 10여 년간 살았는데 그 사이 볼테르 등을 만났으며, 파리 사교계에서는 벤저민 붐이 크게 일어나기도 했다. 이런 인연으로 1779년(73세) 초대 주프랑스 미국 전권공사도 지냈다. 또한 영국과의 전쟁에서 아메리카 식민지인들이 승리하자 대영 강화회의 대표로서 평화 협상을 담당하여 영국이 미국의 독립을 승인하는 파리조약(1783) 체결을 성사시켰다. 그뿐만 아니라 펜실베이니아 주지사(1785, 1787년 재선)이자 펜실베이니아 대표로서 1787년 제헌회의에 참석하여 비록 자신은 단원제 의회를 선호했지만 이때는 양원제 도입을 제안해 채택하도록 하고 미국헌법에도 서명했다. 같은 해(1787), 그는 여든한 살 나이로 노예해방운동을 위해 노예폐지협회(Pennsylvania Abolitionist Society)의 의장으로 활약하며 의회에 노예제 폐지를 청원했다. 1790년 4월 17일 필라델피아 자택에서 숨을 거두었다.

세계인들은 그의 많은 업적을 기억하고 추모하는 데 무엇보다 『벤저민 프랭클린 자서전(The Autobiography of Benjamin Franklin)』을 전범으로 꼽는다. 그는 이 책 제1장 「소년 시절」의 앞부분에서 자서전이 무엇을 쓰는가를 알려준다.

선조들의 일화逸話를 모으는 것은 아무리 작은 일화일지라도 예부터 내게는 즐거운 일이었다. …(중략)… 나는 가난하고도 천한 집에서 태어나 자랐고, 출세해서 부유한 사람이 되어 이 세상에 어느 정도 유명한 사람이 되었다. 이 나이가 될 때까지 언제나 행운이 나를 따르고 있었다. 그러므로 나의 자손들은 나의 처세술을 알고 싶어할 것이다. 나는 그 처세술과 하나님의 축복으로 성공한 것이다. 내 자식들도 또한 나와 같은 환경에 있다면 나의 처세술을 본뜨는 것이 좋으리라고 생각할 것이다.

이 자서전에서 우리는 절제와 근면을 바탕으로 자기 관리와 시간 관리가 철저했던 프랭클린을 확실하게 엿볼 수 있다. 그의 자서전은 굉장히 구체적이고 실천적이어서 전 세계 청소년들이 본보기로 삼아 꿈을 키우기 위해서 누구나 읽을 만한 책이다.

4 조지 워싱턴과 토머스 제퍼슨

미국 독립전쟁(1775~1783, 혁명전쟁, 독립혁명)은 대륙 동부 해안의 13개 주가 독립을 위해 영국에 저항한 전쟁의 총칭이자 1776년 13개 주가 건국한 것까지도 포함한다. 이를 승리로 이끈 조지 워싱턴의 생가는 버지니아 포토맥강(Potomac River)의 풍광 좋은 곳에 위치한다.

조지 워싱턴은 열한 살 때 아버지가 죽고 어머니는 그의 유학을 반대하여 병정놀이에만 빠져 놀았는데 항상 대장 역을 맡았다. 정규학교교육은 비록 초등 과정에서 그쳤지만 역사·윤리·수학 등에 재능이 있었다. 열여섯 살 때 이복형 로런스(Lawrence Washington) 덕분에 토지측량사가 되어 돈벌이를 시작했다. 1759년 스물일곱 살 때 자신보다 한 살 연상의 과부인 마사 커스티스(Martha Dandridge Custis, 1731~1802)와 결혼했다. 자기 집안도 부자였지만 부인은 어마어마한 거부였다. 마사 커스티스는 스물다섯 살 때 첫 남편이 죽고 3년 뒤 조지 워싱턴과 재혼했다. 그녀는 전남편에게서 네 명의 자녀를 두었으나, 그중 아들 존 커티스(John Parke Custis)만 성년이 될 때까지 살아남았는데 그마저도 독립전쟁 때 전사했다(1781). 조지 워싱턴과의 사이에는 자식이 없었다.

스물일곱 살 때 버지니아주 하원의원으로 정계에 입문한 워싱턴은 주 의원을 지내다가(1774년까지 16년간), 자비로 1천 명의 군대를 인솔하여 보스턴을 구하러 가겠다며 군복도 스스로 정해 5개 카운티의 방위군 총사령관이 되었다. 이 명성으로 제2차 대륙회의(1775)에서 독립군 총사령관으로 임명받은 그는 고전과 실책을 거듭하면서 위기도 여러 차례 겪었으나 일관된 신념으로 전투를 지휘했다. 1781년 10월 미국은 워싱턴이 이끄는 요크타운 전투에서 영국군에 승리하면서 기선을 잡았고 마침내 1783년 파리조약을

마운트 버넌 Mount Vernon 초대 대통령 조지 워싱턴의 농원 저택으로, 이복형 로런스가 영국의 유명한 군인인 버넌(Edward Vernon)의 이름을 따서 농장의 이름을 지었다. 버지니아주 교외 포토맥 강가에 있다. 워싱턴은 이곳을 중심으로 형성된 대농장에서 흑인 노예들을 이용하여 경작했다.

체결했다. 그 뒤 워싱턴은 군 통수권을 연합회의에 반환하고 오랜만에 귀향했다.

그런데 대륙 각 주의 연합회의가 지역 이기주의로 인해 연방정부(1781년 수립) 역할을 하기엔 역부족인 탓에 혼란이 가속되자 워싱턴을 의장으로 세워 1787년 필라델피아에서 제헌회의를 구성하고 헌법을 제정했다. 11개 주가 이를 비준함으로써 유효화(13개 주 중 9주만 비준하면 유효화)되자, 선거인단에 의해 1789년 2월 4일 워싱턴이 대통령으로 선출되고 4월 30일 초대 대통령 취임식을 가졌다. 그때까지 세계에 이러한 정부 수반은 없었고—대통령제는 미국에서 시작되었다—따라서 이 감투를 처음 써본 그로서는 무슨 일을 해야 할지도 몰라서 영국의 왕처럼 군림했지만, 오직 능력 위주의

조지 워싱턴 묘 마운트 버넌의 붉은 벽돌 건물 안에 워싱턴 일가의 묘가 조성되어 있는데, 조지 워싱턴과 마사 워싱턴 부부의 석관도 그곳에 안장되어 있다. 이곳에서는 매일 오전과 오후 두 차례에 걸쳐 특별한 의식과 화환 봉헌식이 이루어진다.

공정한 인사권을 행사할 줄은 알았다.

두 번째 대통령직 임기가 6개월 남은 1796년, 예순네 살의 워싱턴은 3선 불출마를 위한 고별 연설에서 "조국에 대한 고마움, 그리고 수 세대에 걸친 선조들과 이 땅에 뜨거운 애정을 느끼면서, 나는 은퇴 후에 누리고자 스스로 다짐했던 생활을 즐거운 마음으로 기대해봅니다"라고 했다.

대통령직에서 내려온 그는 위스키 양조장, 군납 등의 사업을 했는데, 당국은 그에게 마운트 버넌(Mount Vernon) 기념관의 위스키 판매를 특별 허가했다. 이렇듯 만년을 여유롭게 즐기고 있을 때인 1798년 프랑스와 전쟁을 벌일 가능성이 높아지자 그는 다시 예순여섯의 나이에 총사령관으로 임명되었다. 그는 "내 몸에 남아 있는 모든 피를 조국에 바치겠다"라며 수락했다.

준準전쟁 상황까지 치달았던 프랑스와 미국은 협상을 통해 새로운 조약을 체결함으로써 전쟁 없이 평화롭게 끝났다.

워싱턴은 아름답고 멋진 마운트 버넌에서 가발은 쓰지 않고 염색만 한 채 무도회를 즐기며 댄서나 술꾼과 다름없는 나날을 보냈다. 그렇게 마음껏 즐기던 생활이었지만 치통으로 고생이 많았는데 나무로 만든 틀니부터 상아, 나중에는 심지어 사람(흑인 노예)의 치아도 사용했다. 어느 날 그는 악천후에 말을 타고 농장을 순시하다가 인후염이 악화되면서 죽음을 맞았다(1799. 12. 14). 오늘날 의사들은 당시 인후염의 치료법으로 알려진 정맥 절개로 피를 뽑은 것이 도리어 쇠약을 부추겼다고 한다. 유언장에는 "개인 시중을 든 윌리엄을 노예 신분에서 즉각 해방하고 그에게 연금 30달러를 줄 것이며, 아내가 죽으면 나머지 노예들도 해방시켜달라"고 했다.

조지 워싱턴의 전기들이 그를 너무 영웅화시켜버린 건 널리 알려진 사실이기에 여기서는 그에 관해서 더 보태지 않겠다. 다만 워싱턴과 함께 반드시 알고 넘어가야 할 인물인 프랑스의 대귀족 라파예트(Gilbert du Motier de La Fayette, 1757~1834)에 대해서는 잠깐 살펴보기로 하자.

오를레앙의 잔 다르크 부대 소속이었던 증조부가 왕실 근위대였으니 그 후손들 역시 줄줄이 왕실과 가까운 대귀족 집안 출신인 라파예트는 장가도

라파예트 청동상

미국 독립전쟁에 참전한 공을 기려 미국의 여러 도시에는 라파예트의 이름을 딴 기념물이 많다. 이 라파예트 청동상은 1876년 맨해튼 유니온 스퀘어(Union Square) 공원에 세워졌다.

잘 들어 더더욱 배경이 든든했다. 이런 그가 가문의 정치적 성향과 달리 미국이 반영反英 깃발을 들고 독립전쟁을 한다는 소식에 바로 미국 편이 되어 1777년 8월 5일 필라델피아로 가서 조지 워싱턴을 만나 곧 의기투합했다. 워싱턴이 라파예트를 참모로 기용하자 그는 "저는 이곳에 가르치기 위해서 온 것이 아니라 배우러 왔습니다"라고 응수하며, 소장 계급장을 달고 워싱턴과 나란히 행군하면서 전투에 헌신적으로 임했다. 그는 미국이 프랑스에 원했던, 즉 프랑스가 정식으로 미국 독립전쟁을 지원해서 군사와 경제와 무기를 두루 공급해주도록 도왔고, 독립전쟁의 분수령이 된 유명한 요크타운 전투(1781. 9~10)에서 맹활약하여 미국인들로부터 엄청난 지지와 존경을 받았다. 프랑스로 귀국한 후에는 파리 부르봉 거리(rue de Bourbon)에 자신의 이름을 딴 라파예트 호텔(Hôtel de La Fayette)을 세워 미국인들의 집합소 역할을 하게 해주었다. 또한 프랑스와 미국 간에 발생하는 여러 문제에 관한 협상의 중추가 되었다.

프랑스혁명(1789) 때는 삼부회를 소집하고 「인권선언」을 기초하며 입헌군주파로서 국민의 여망을 받기도 했으나, 민중파인 로베스피에르의 탄압과 체포령을 피해 피신하다가 잡혀서 투옥되었다. 총재정부와 미국의 교섭으로 풀려난 뒤 나폴레옹이 그를 기용하려 했지만, 거절했다. 그는 나폴레옹이 일으킨 50여 개 전투에서 300여만 명의 프랑스인이 목숨을 잃었다고 비판했다.

1824년 제임스 먼로 대통령(James Monroe, 1758~1831)과 미 의회가 라파예트를 초청하면서 군함을 파견해주겠다고 제안했으나, 이를 비민주적이라 하며 거절하고 여객선으로 르 아브르(Le Havre)항을 출발하여 8월 15일 뉴욕에 도착했다. 그는 전국적인 열렬한 대환영 속에서 미국 24개 주 전체를 둘러보았다. 이듬해에는 매사추세츠주에서 벙커 힐 기념탑 착공식에 참석하고 그 흙을 채취해 돌아갔다. 나중에 그 흙은 그의 묘에 뿌려졌다.

미국 독립전쟁 전후에 조지 워싱턴과 쌍벽을 이루는 또 한 인물이 토머스 제퍼슨이다. 「독립선언」의 초안자이며 제3대 대통령(재임 1801~1809)을 지낸 토머스 제퍼슨의 기념 시설은 그가 태어난 버지니아 섀드웰(Shadwell)과 그 근처 클리프턴(Clifton) 영지를 따라 국립사적지(National Register of Historic Places, NRHP)로 지정된 지구에 모여 있다.

그는 광범위한 지식욕으로 바이올린이나 첼로 등 악기 연주뿐만 아니라 모든 분야를 탐구했는데, 특히 베이컨, 존 로크, 뉴턴에 심취했다. 이 셋을 그는 "세상이 이제까지 만들어낸 가장 위대한 세 인물"이라고 고평했다. 엄

제퍼슨 장서 코너 미 의회도서관에는 토머스 제퍼슨의 방대한 장서 컬렉션을 확인할 수 있는 코너가 있다. 이곳은 제퍼슨 자신이 장서를 분류한 '기억(Memory)' '이성(Reason)' '상상(Imagination)'의 세 가지 범주로 정리되어 있으며, 독립선언서를 작성할 때 참고했던 자료들도 보존되어 있다.

청난 독서가인 데다 장서가로도 유명하여, 1814년 미영전쟁 중 워싱턴 도시 내 공공건물에 대한 영국군의 방화로 의회도서관이 불타자 자신의 장서 6천여 권을 의회도서관에 팔아 도서관 재건을 촉진했을 정도였다. 지금도 미국 의회도서관에는 토머스 제퍼슨의 장서가 한 코너를 장식하고 있다.

1772년 스물아홉 살의 토머스 제퍼슨 역시 스물세 살의 젊은 과부 마사 스켈턴(Martha Wayles Skelton, 1748~1782)과 결혼했다. 제퍼슨은 부잣집에 장가들었으나 결혼 이듬해인 1773년 장인이 죽은 뒤 135명의 노예와 45km² 규모의 영지 등 큰 재산과 함께 막대한 빚까지 물려받아 재정적인 문제에 당면했다. 게다가 아내는 6남매를 낳고 당뇨로 건강이 악화되어 막내를 출산한 지 4개월 뒤에 죽었다. 그들의 결혼 생활은 불과 10여 년 만에 끝났다.

아내는 죽으면서 자기 아이들에게 새어머니를 맞게 하는 것은 원치 않는다며 제퍼슨에게 재혼하지 말아달라고 부탁했다. 그는 아내가 죽은 뒤 오랫동안 방에 틀어박혀 있거나 홀로 말을 타고 달리는 등 외로움을 달래면서도 재혼은 하지 않았다. 하지만 그는 바람둥이였다.

1775년 제2차 대륙회의에 버지니아 대표로 참여한 제퍼슨은 존 애덤스(John Adams, 1735~1826, 훗날 제2대 대통령)와 절친했는데, 두 사람은 우정을 나누면서도 서로 정적 관계였다. 특히 정치적으로 존 애덤스가 중앙정부 중심의 연방주의를 지지했던 반면, 제퍼슨은 반연방주의(공화파, 훗날 민주공화파를 거쳐 민주당)를 옹호했다. 그가 벤저민 프랭클린의 후임으로 프랑스 주재 공사를 지낼 때(1785~1789) 제헌회의가 열렸는데(1787), 그때 자신은 참석하지 못했음에도 제헌회의가 개인의 인권에 대한 권리장전을 제정하지 못한 상태이고 중앙정부의 권한이 비대해진다는 이유로 연방주의에 반대하는 의견을 피력했다(기본권 조항은 미국헌법에 수정 조항으로 승인되어 삽입되었다). 1776~1779년까지 버지니아 하원의원으로 재직할 때는 사법제도 개혁에서 장자 상속권 폐지, 종교 자유법, 「더 많은 지식의 보급을 위한 법안(Bill for the More General Diffusion of Knowledge)」이라는 교육법 등을 주장할 만큼 진보적이었다. 또 반역과 살인을 제외한 사형선고를 금하는 법안도 제출했으나 1표 차로 부결당했다.

홀아비였던 그는 흑인 노예 소녀와 관계하여 사생아까지 두었다는 소문이 나돌았으나, 1804년 대통령 선거 때 압도적 승리로 재선에 성공했다. 두 번째 대통령직을 수행할 때 노예무역을 금지시켰지만 노예제도 자체는 폐기하지 못했다.

1826년 7월 4일 독립선언 50주년이 되는 날 제퍼슨은 83세를 일기로 사망했다. 같은 날, 그의 가장 큰 정적이면서 좋은 친구로 지내던 존 애덤스

는 자신이 죽기 직전 "토머스 제퍼슨은 아직 살아있는데…"라고 했다는데, 그 시간에 제퍼슨은 이미 유명을 달리했다.

버지니아주 샬러츠빌(Charlottesville)에 있는 몬티셀로(Monticello)는 토머스 제퍼슨이 자신의 농장에 직접 설계하여 지은 저택이다. 규모로 보나 아름다운 외관으로 보나 세계 국가원수들의 저택 가운데 뒤지지 않는 순번에 들 것이다. 영국의 휘그당 귀족들이 좋아했던 건축양식에 심취한 그는 몬티셀로에 자동문과 회전의자 등을 설치했다. 몬티셀로는 이탈리아어로 '작은 언덕'이라는 뜻이며, 실제로 저택이 언덕배기에 위치해서 주변 시야가 탁 트여 있다. 모양, 크기, 높이가 다른 방이 여러 개 있고, 3층으로 이루어진 건물이지만 밖에서 얼핏 보면 단층 건물로 착각할 수 있다. 저택 주변에는 여

버지니아대학 제퍼슨이 이상적 대학공동체로 창건한 대학으로, 사저인 몬티셀로와 함께 자신이 직접 신고전주의 양식으로 설계했다. 당시 법학과 신학을 의무적으로 가르치던 대학과 달리 버지대학교는 종교 교리와 분리함으로써 신학 교수는 한 명도 채용하지 않았다. 이 건물은 버지니아대학의 상징인 로툰다(Rotunda)로, 로마의 판테온을 축소한 모양이다.

러 식물과 야채를 키우는 정원, 근처 개울가에서 낚시해온 물고기를 식탁에 올리기 전까지 산 채로 가둬두어 냉장고 대용으로 활용했다는 연못 등도 있다. 제퍼슨은 몬티셀로 외에 종교교육이 빠진 순수 대학인 버지니아대학교도 설계하고 설립했다.

몬티셀로 영지에는 토머스 제퍼슨의 가족묘가 조성되어 있는데, 그도 여기에 묻혔다. 그의 묘비문은 자신이 직접 작성한 것이다.

미국독립선언서의 기초자이자 버지니아 종교 자유법의 제안자, 그리고 버지니아대학교의 아버지 토머스 제퍼슨, 여기 잠들다.

HERE WAS BURIED THOMAS JEFFERSON AUTHOR OF THE DECLARATION OF

AMERICAN INDEPENDENCE OF THE STATUTE OF

VIRGINIA FOR RELIGIOUS FREEDOM AND FATHER

OF THE UNIVERSITY OF VIRGINIA.

묘비의 받침 기단에는 또 이렇게 쓰여 있다.

구력 1743년 4월 2일 출생.

BORN APRIL 2 1743 O.S.

1826년 7월 4일 사망.

DIED JULY 4 1826.

생몰년 표기에서 'O.S.'는 구력舊曆, 즉 율리우스력을 말한다. 제퍼슨은 영국과 그 식민지인 아메리카에서 율리우스력을 쓸 때 태어나서 묘비에도 그것으로 표기되었다. 영국은 1752년에 신력법이 공포되어 정식으로 그레고리력을 사용하기 시작했다. 구력 1743년 4월 2일은 신력으로 1743년 4월 13일이다. 생몰년은 구력과 신력의 변화에 주의해야 한다.

여러 분야에서 탁월한 재능을 발휘하고 엄청난 독서가답게 석학이기도 했던 제퍼슨은 재벌, 법관, 종교 문제 등에 대해 날카로운 비판을 쏟아냈다. 먼저 재벌 문제에 대해서는 "나는 우리가 정부에 자신의 힘을 믿고 도전하며 우리의 법도 어길 수 있는 주식회사의 재벌이 생겨나서는 안 된다고 생각한다”고 경고했다. 법관 문제에 대해서는 “재판관들을 헌법 문제에 관한 최고의 중재인이라 생각하는 것은 매우 위험한 발상이며, 이러한 생각을 계속 가진다면 재판관들은 우리를 과두정치의 독재 체제로 몰아놓을 것이다”라면서, “재판관들의 표어는 ‘좋은 판결은 더 넓은 사법부의 권한이다(boni judicis est ampliare jurisdictionem)’라고 하지만, 그들의 권력은 그들이 평생 그 자리를 유지하는 만큼 매우 위험하며 자신의 입맛에 맞추려는 다른 정부 직원들만큼 책임감이 있지도 않다”라고 충고했다.

그는 미국 건국 초기에 가장 민주적인 혁명가였으나 인간의 권리는 백인 부르주아나 중산층에 국한된 것으로만 인식했다. “사람 밑에 사람 없고 사람 위에 사람 없다.” “모든 사람은 신 앞에 평등하다.” “자유는 하느님의 선물로, 이를 침해하는 것은 그의 분노를 일으킬 수밖에 없다.” “하느님이 공정하다는 사실을 생각할 때 조국을 위해 몸이 떨린다.” 등의 어록에도 불구하고, 그는 버지니아의 대농장에서 200여 명의 흑인 노예들을 부리며 안락한 생활을 누렸다. 앞서 서술했듯이 그의 대통령 재임 기간에도 연방정부는 노예무역만 금지했을 뿐, 각 주에서 잡혀 온 노예를 사고파는 데 관여하지도 않았고 노예제 철폐는 더더욱 할 수도 없었다.

‘몬티셀로의 성인聖人’ 혹은 ‘인민의 사람’으로 불리는 토머스 제퍼슨은 그 별명답게 박학다식하고 「독립선언」의 초안도 기초했을 만큼 탁월한 문장가로서 명성도 있었지만 결점도 있었다. 혀가 짧아 발음이 부정확했던 것이다. 이 때문에 의회에서 직접 한 연설은 두 번의 대통령 취임식 때뿐이고, 그 외에는 모두 교서를 보내 대독시켰다.

미국이 건국의 숭고한 이념을 주창한 것은 독립전쟁까지였고, 그 이후는 영국 제국주의와 똑같은 팽창주의의 길로 매진했는데, 그 기본 정신은 다음 세 가지다.

① 청교도 정신(Puritanism): 자본주의 윤리로서의 긍정적인 면과 신앙의 순수

성이라는 미명하에 다른 종교는 이단이라 탄압하고 배척하여 세일럼 마

녀재판 사건(1692~1693) 등이 일어나는 부정적인 양면성이 있다.

② 프런티어(Frontier Theory): 서부 개척과 같은 긍정적인 면과 침략 야욕의

부정적인 면이 있다.

③ 민주주의와 시민의식: 건국 설화가 필요 없이 유럽이 이룩한 진보적인

이념 위에서 새 역사를 창조할 수 있었던 행운의 나라지만 '다수의 독재'

가 얼마든지 이루어질 수 있는 이상한 나라이기도 하다.

산업화 과정 속에서 남북전쟁(1861~1865)을 치르며 연방제 의식이 강화된 데다 무기 생산까지 가능해진 미국은 세계 제일의 국가로 부상했다. 특히 제1차 세계대전 이후부터는 제국주의의 면류관을 영국에게서 이어받아 현재에 이르고 있다.

5   국기와 애국가의 탄생, 그리고 테쿰세의 저주

한 나라가 제대로 서려면 국가·국민을 지키는 군인과 국가·사회를 유지하는 데 필요한 각종 규범을 만드는 법률가만으로는 안 된다. 우선 멋진 국기가 있어야 하는데, 미국은 일찍부터 성조기星條旗(The Stars and Stripes)를 썼다. 그 도안자는 프랜시스 홉킨슨(Francis Hopkinson, 1737~1791)이다. 아마추어 작가, 작사자, 정치가이기도 한 그는 제2차 대륙회의의 위원이었고, 「독립선언」에 서명한 56명 가운데 한 사람이며, 화폐·수표·국기 등 많은 중요한 도안을 도맡았다. 그의 아버지는 벤저민 프랭클린의 친구였다.

미국은 독립선언을 한 이듬해인 1777년 6월 14일 의회가 정식으로 성조기를 국기로 채택했다. 프랜시스 홉킨슨은 나중에 국기, 국새 등의 도안료로 포도주 약간을 달라고 당국에 요청했다가 다시 현금 지급으로 수정 요구했다. 당국은 그가 제시한 금액이 적당하다고 보아 지불해주려 했으나, 의회 측에서 반대했다. 의회는 홉킨슨이 공직에 있을 때 도안을 했기 때문에 그가 받는 봉급이 곧 그 대가이며, 도안도 그 혼자 하지 않고 여러 사람이 함께 기여했다는 등의 이유를 내세웠다.

현재의 성조기는 13개의 붉고 흰 줄무늬(붉은 줄무늬 7개, 흰색 줄무늬 6개)가 가로로 그어진 바탕에 왼쪽 위 푸른 사각형에 50개의 흰색 별로 구성되어 있는데, 13개 줄은 미국 초기 연방에 가입한 13개 식민지의 숫자를 나타내고 50개 별은 현재 총 연방주의 숫자다. 1776년 독립선언 직후에는 왼쪽 상단 푸른색 바탕에 13개의 별이 원을 이룬 형태였으며, 이후 연방에 새로운 주(State)가 추가될 때마다 별 숫자도 변경되었다. 1912~1959년까지 48개의 별을 담은 국기가 사용되다가 1959년에 알래스카주가 추가되면서 59개의 별을 담았고, 1960년 하와이가 연방주로 가입한 뒤 오늘날 성조기의 별 숫자인 50개가 된 것이다. 이렇듯 연방주의 수에 따라 국기가 바뀌다 보니 1777년 이후 공식적으로 26회나 개정되어 현재 성조기는 27번째이다. 조지 워싱턴은 성조기에 대해 "별은 하늘에서 따오고, 붉은색은 영국의 색에서, 흰색 줄은 영국으로부터 분리를 표시"한다고 풀이했다.

미국의 애국가도 국기처럼 변천 과정을 거쳤다. 영국 식민지 시기에는 〈신이시여 폐하를 지켜주소서(God save the Queen)〉를 국가國歌로 부르다가 1798~1931년에는 〈컬럼비아 만세(Hail, Columbia)〉를 불렀다. 컬럼비아란 한때 미국을 일컫는 다른 용어로 쓰였던 데서 나왔다. 조지 워싱턴이 이 노래를 국가로 지정했는데 제1차 세계대전을 전후하여 인기가 하락하자 미 해군이 사용해온 〈별이 빛나는 깃발(The Star-Spangled Banner)〉을 1931년 의회에서 국가로 지정하는 결의안을 통과시키고 허버트 후버(Herbert Hoover, 1874~1964, 재임 1929~1933) 대통령이 승인함으로써 공식 국가로 인정되었다.

〈별이 빛나는 깃발〉의 작사자는 워싱턴 D.C. 조지타운 출신의 변호사로, 작가이자 시인이기도 한 프랜시스 스콧 키(Francis Scott Key, 1779~1843)이다. 그는 해방 노예의 아프리카 송환을 위한 '미국식민협회'에 참여했지만, 아이러니하게도 노예를 소유하고 있었고 노예해방운동 반대자를 변호했다. 작곡가 존 스미스(John Stafford Smith, 1750~1836)는 영국의 교회 오르간 연주자이면서 바흐의 악보 수집가였다.

이 노래가 처음 만들어진 것은 미영전쟁(1812~1815, 미국은 'War of 1812', 영국은 'American War of 1812 to 1815'로 부름) 중이었다. 이 전쟁은 미국과 영국 두 나라 간에 은근한 적대감이 있던 가운데 미국 대통령의 대응 미숙으로 일어났다. 당시 유럽에서는 나폴레옹전쟁(1803~1815)이 한창 진행 중이었는데, 프랑스의 나폴레옹이 영국을 경제적으로 고립시키기 위해 대륙봉쇄령(1806. 11. 21. 베를린에서 선포)을 단행하고 영국도 역봉쇄를 내려 다른 국가의 선박이 프랑스나 그 동맹국에 들어가는 것을 금지했다. 그리하여 미국의 해상 권리가 침해되고 무역 제재가 이루어지면서 북미 지역에 대한 통제권 갈등이 심화되었다.

미영전쟁의 발단은 1807년 6월 22일 버지니아주 노퍽(Norfolk) 해안에서 영국 전함 레퍼드호와 미국 프리깃함 체사피크호 간에 벌어진 해전이었다. 이를 제3대 대통령 토머스 제퍼슨(재임 1801~1809)이 신중히 대처하여 전쟁 확산을 막았으나, 제4대 대통령 제임스 매디슨(James Madison, 1751~1836, 재임 1809~1817)은 이런저런 이유로 독립 이후 성장한 서부 출신 젊은 의원들(국민주의 강경파)의 주전론, 곧 영국과의 전쟁을 받아들였다. 국민주의 강경파

는 영국이 캐나다의 인디언을 선동해 미국의 변경 지역을 유린한다면서 캐
나다를 공격하여 영토를 합병하자는 추악한 주장까지 했다. 그러자 캐나다
인디언들도 들고일어났다.

미영전쟁을 지지하는 세력은 서부와 남부의 토지를 노리는 농업 세력(켄
터키, 테네시, 조지아, 사우스캐롤라이나의 공화파)이었고, 반전파는 북동부와 중부
해안의 상공업 세력인 연방파로 무역에 이해관계가 걸려 있는 상인과 해운
업자들이었다. 매디슨 대통령이 1812년 6월 18일 영국에 선전포고를 하자
서부는 환호했지만 북동부는 '매디슨의 전쟁'이라며 빈정댔다. 전쟁 초기에
미국은 영국령 캐나다를 집중 공격했는데, 당시 캐나다 인구는 50만, 미국
은 700만인데도 쉽게 승리하지 못했다. 이런 판에 1814년 영국과 프랑스가
강화조약을 맺으면서 영국은 군대를 유럽에서 빼내 미국으로 대거 투입하
여 북부·중부·남부의 세 방향에서 공세를 강화했고, 8월에는 수도 워싱턴
D.C.까지 진격하여 백악관과 의회도서관 등 공공건물에 불을 질렀다. 그러
나 지방 민병대에 밀려 후퇴하기 시작한 영국 육군은 황폐화된 워싱턴을
떠나 해군과 합류하여 일격을 가하기 위해 볼티모어로 나아갔다.

한편 영국 함대는 1814년 9월 13일 밤부터 14일까지 미국의 맥헨리 요
새(Fort McHenry)를 맹포격했다(볼티모어 전투). 볼티모어가 맥헨리 요새에 방
어진을 구축해놓았기 때문이었다. 그 포격 장면을 목격하고 새벽까지도 여
전히 요새에 성조기가 펄럭이는 걸 본 프랜시스 스콧 키가 자부심과 긍지
를 느끼면서 시 한 편을 지었는데, 거기에 곡조를 붙인 노래가 오늘날 미국
의 공식 국가國歌가 된 것이다.

이해 연말에 벨기에의 겐트(Ghent)에서 양국 대표가 전쟁 이전의 상태로
되돌아간다는 조건으로 쉽게 협상하면서(1814. 12. 24) 이 전쟁은 양국 모두
얻은 것 없이 싱겁게 끝났다(평화협상조약이 미국에 도달되는 데 2개월이 걸려, 전

볼티모어 전투와 맥헨리 요새 위 그림은 1814년 9월 13일 맥헨리 요새에 영국 함대가 포격을 가하는 모습을 묘사한 것이다. 프랜시스 스콧 키가 포격 다음 날 새벽에 폐허가 된 그곳에서 여전히 펄럭이는 성조기를 보고 감격에 겨워 시를 쓴 것이 미국 국가가 되었다. 아래 사진은 메릴랜드주 체사피크만의 북단 볼티모어항 입구에 위치한 별 모양의 맥헨리 요새다. 워싱턴 D.C.로 가는 해상 길목에 있다.

쟁이 실질적으로 끝난 것은 1815년 2월이었다).

이 전쟁 중 큰 화를 당한 건 테쿰세(Tecumseh, 1768~1813)였다. '유성' 혹은 '하늘을 가르는 표범'이라는 뜻의 이름인 테쿰세는 쇼니족(Shawnee)의 추장으로, 쇼니 부족과 함께 5대호(미시간호) 연안의 프로피츠타운(Prophetstown, 오늘날 인디애나주 라피엣 북쪽)에 정착해 살고 있었다. 그는 미국의 팽창정책으로 백인들이 원주민 각 부족들로부터 토지 양도에 관한 협정을 얻어낸 것을 일체 부정했다. 백인의 침략에 대한 방어는 인디언의 결집과 연맹뿐이라는 신념을 가지고 남부 지역에 있는 여러 부족들과 연합을 시도하고자 프로피츠타운을 떠나 남부로 내려갔다.

그런데 테쿰세가 다른 부족과의 협상차 자리를 비운 동안 동생 텐스콰타와(Tenskwatawa, 1775~1836)가 인디애나주 티피카누 전투(Battle of Tippecanoe, 1811. 11. 7)에서 윌리엄 헨리 해리슨(William Henry Harrison, 1773~1841, 훗날 제9대 대통령) 군대에 크게 패하고, 프로피츠타운은 불살라졌다. 테쿰세는 돌아와서 미국에 대항하기 위해 이듬해인 1812년에 캐나다 주둔 영국군과 동맹했다. 하지만 그는 1813년 10월 5일 템스 전투(Battle of the Thames, Battle of Moraviantown)를 치르던 중 전사했다. 그의 죽음으로 원주민 부족연맹은 와해되었고, 원주민들도 설 땅을 잃어버렸다.

1810년 8월 12일 테쿰세가 인디애나주 빈세스(Vincennes)에서 한 연설은 실로 감동적이다. 그가 이 연설을 한 이유는 원주민의 땅 약 12,000km²를 얼토당토않은 금액과 소금 약간으로 백인들에게 양도한다는, 사기나 다름없는 포트웨인 조약(Treaty of Fort Wayne, 1809. 9. 30) 때문이었다. 당시 인디애나 준주지사로서 조약에 관한 미국 정부 측 교섭을 맡은 이가 바로 윌리엄 헨리 해리슨이었다. 이 조약을 체결할 때 참석하지 못했던 테쿰세는 원주민의 영토권을 주장하며 조약의 파기를 위해 다음과 같이 웅변했다.

나는 쇼니족이다. 나의 선조는 용맹스런 전사들이었다. 그들의 자손 역시 용맹스런 전사들이다. 그들로부터 나는 이 세상에 태어났을 뿐 내 종족에게서 아무것도 받지 않았다. 나는 내 스스로의 운명을 개척한 사람이다.

우주를 다스리는 영을 생각할 때, 오! 내 인디언 종족과 내 조국의 운명을 마음속의 생각만큼 위대하게 할 수 있으면 얼마나 좋을까? 그러면 내가 해리슨 주지사에게 가서 그 약정서를 찢어버리고 땅의 경계를 지워버리라는 말 대신에 '선생님, 당신은 당신 나라로 되돌아갈 자유가 있습니다'라고 말할 수 있을텐데. 지난 모든 세대와 소통하는 내 마음속의 존재가 내게 말한다. 옛날에 그리고 최근까지도 이 대륙에 백인은 없었다. 그리고 이 땅은 같은 부모의 자손이며 붉은 피부를 가진 인디언들에게 속한 것이었고, 위대한 영이 이 땅을 지키고 뛰어다니며 이 땅에서 나는 것을 먹고 마시는 같은 종족으로 채우라고 이곳에 데려다 놓았다. 우리는 행복한 종족이었다. 그러나 결코 만족할 줄 모르고 계속 우리 땅을 잠식해오는 백인들 때문에 불행해지고 말았다.

이런 악행을 저지해 중단시키는 방법, 그 유일한 방법은 모든 인디언이 일치단결하여 이 땅에 대한 동등한 권리를 주장하는 것이다. 이 땅은 처음부터 그러했고 지금도 결코 나뉜 적이 없었다. 각 부족이 사용하도록 모두에게 속한 것이기 때문이다. 어느 쪽도 땅을 팔 권리가 없다. 심지어는 서로에게도 팔 권리가 없다. 하물며 이 땅 전부를 원할 뿐만 아니라 적은 부분으로는 만족할 줄 모르는 이방인에게 팔 수는 없다. 인디언들이 처음 이 땅을 소유했고 이 땅이 우리 것이기 때문에 백인들은 인디언에게서 이 땅을 뺏을 아무런 권리도 없다. 인디언들이 그 땅을 판다고 하더라도 그것은 모두가 승인한 것이어야 한다. 모두가 동의한 것이 아니라면 그 어떤 거래도 유효하지 않다.

테쿰세 기념비 템스 전투에서 전사한 테쿰세를 기리기 위해 그 전사지에 설치한 기념물이다. 캐나다 온타리오주 체텀켄트(Chatham-Kent) 템스빌(Thamesville)에 있다.

근래의 거래는 옳지 않다. 그것은 한쪽에 유리한 일방적인 것이다. 모든 사람을 위한 거래는 모든 사람이 관여해야 한다. 모든 인디언은 점유되지 않은 땅에 대해 동등한 권리가 있다. 점유권은 한 지역뿐만 아니라 다른 지역에서도 마찬가지로 유효하다. 똑같은 땅을 두 사람이 점유할 수는 없다. 처음 점유자가 다른 모든 사람을 배제한다. 단, 사냥터나 여행지는 그렇지 않다. 같은 장소를 여러 사람이 쓸 수 있고 하루 종일 서로 다른 사람들이 함께 이동하기 때문이다. 그러나 캠프(거주지)는 고정된 것이기에 점유권을 가진다. 그것은 땅에 깐 담요나 가죽 위에 먼저 앉은 사람에게 속하기 때문에 그가 떠나지 않는 한 다른 어떤 사람도 권리를 주장할 수 없다.

그가 죽은 후 '테쿰세의 저주'가 미국에 내려졌다는 설이 있다. 1840년

제9대 대통령으로 당선된 윌리엄 헨리 해리슨이 재임 중 폐렴으로 사망한 사건을 시작으로 20년에 한 번씩 대통령이 사망하는 현상이 반복되었다. 테쿰세(혹은 동생 텐스콰타와)가 전사하면서 원주민들을 탄압하고 토지를 빼앗아 쫓아낸 미국 정부에 저주를 내려, 20년마다 0(10의 자리가 짝수 기준)으로 끝나는 해에 당선된 대통령은 임기 중 목숨을 잃을 것이라는, 믿거나 말거나 이야기다.

오스트레일리아가 2007년 원주민에게 지난 시대의 죄악을 사과한 데 이어서 미국도 2010년에 정부가 원주민을 탄압하고 강제 이주시킨 점을 거론했다. 샘 브라운백(Sam Brownback, 1956~) 공화당 상원의원이 워싱턴 D.C.의 의회 묘지에서 거행된 원주민 부족 행사에서 미국 정부의 지난날 잘못된 정책 및 폭력 행위에 대해 사과하는 내용의 결의안을 낭독했고, 이 결의안에 2010년 버락 오바마 대통령이 서명함으로써 공식화됐다지만, 글쎄다.

아메리카 대륙 전반에 걸쳐 백인들이 자행한 원주민들 탄압과 토지 약탈, 그리고 원주민 노예화의 참상은 스페인의 성직자이자 역사가인 바르톨로메 데 라스 카사스(Bartolomé de las Casas, 1484~1566)가 1552년에 펴낸 『인디아스 파괴에 관한 간략한 보고서(Brevísima relación de la destrucción de las Indias, A Short Account of the Destruction of the Indies)』^{최권준 옮김, 북스페인, 2007}가 첫 고발문인데, 유럽 백인 기독교 문화권에서는 이를 숨기기에 급급하다. 한국에서는 박설호가 쓴 『라스 카사스의 혀를 빌려 고백하다』^{울력, 2008}가 그 참상을 알려준다. 또한 미국 원주민의 참상에 대해서는 재미교포 윤상환의 『아메리카 인디안투쟁사: 아메리카 원주민 역사서』^{메드라인, 2003}가 세계사에 내놓아도 좋을 정도의 가장 좋은 저서일 것이다. 이 책에 따르면 법조인이 된 원주민의 후예들이 자기 조상의 토지 반환 소송전을 하고 있다는데, 사유재산을 신성시하는 미국이 이 재판을 공정하게 잘 진행한다면 아마 전 국토가 원주민의 소유로 돌아갈 것이라는 논리다. 아마 그러면 테쿰세의 한도 풀리지 않을까.

6   허드슨 리버 화파와 워싱턴 어빙이 그린 동부의 대자연

미국의 역사를 따라 보스턴 일대에서 독립전쟁기의 필라델피아를 거쳐 워싱턴 D.C.까지 숨 가쁘게 달려왔다. 이제 잠시 북아메리카 동부에 북동에서 남서 방향으로 뻗어 있는 애팔래치아산맥과 뉴욕주 동부를 흐르는 허드슨강의 아름답고 신비로운 대자연의 매력 속으로 들어가보자.

1803년 미국은 프랑스로부터 루이지애나(오늘날의 루이지애나주와 다르다. 북으로는 5대호, 남으로는 멕시코만, 동서로는 애팔래치아산맥과 로키산맥 사이의 땅이며, 오늘날 미국 영토의 23%에 해당한다)를 아주 저렴한 값에 매입함으로써 광대한 땅을 차지하게 되었다. 그러나 19세기 초 미국인의 거주 지역은 애팔래치아산맥 동부와 그 넘어 서부의 일부 대평원까지였고, 문화의 중심은 단연코 북동부였다.

동부 대자연의 멋진 풍경을 보노라면 저절로 한 폭의 그림으로 담아보려는 게 인지상정 아닌가. 그래서 형성된 화가 집단이 1800년대의 허드슨 리버 화파(Hudson River School)이다. 자생적 로맨티시즘 풍경화파로, 이 그룹의 화가 중 상당수가 허드슨강이 가로질러 흐르는 뉴욕주 동북부 지역을 중심으로 활동했기에 붙여진 명칭이다. 허드슨 리버 화파는 미국 동부의 애팔래치아산맥과 캐츠킬산맥, 허드슨강을 탐험했고, 그 웅대하고 장엄한 자연을 화폭에 담아냈다. 처음에는 미국식 바르비종파(Barbizon School) 같다는 뉘앙스로 약간 비꼬는 투로 일컬어졌는데 19세기 중엽 이 풍경화가

그룹의 정식 명칭이 되었다. 하지만 명칭에 관계없이 미 대륙 전체의 자연을 대상으로 삼았다. 주요 주제는 '발견(discovery)', '탐험(exploration)', '정착(settlement)'으로, 자연과 인간의 공존 사상에 기초하여 자연에 대한 외경을 표현했다. 그들은 물질보다 정신을 중시하고 자연과의 접촉에서 희열을 발견한 사상가이자 시인인 랠프 월도 에머슨, 자연과 동화되는 삶에 충실하고 사회문제에도 민감했던 사상가이자 『월든』의 작가인 헨리 소로 등과 사상적인 공유도 했다.

허드슨 리버 화파의 창시자인 토머스 콜(Thomas Cole, 1801~1848)은 허드슨 강변에 살면서 대자연의 신비로운 풍경에 매료되어 낭만적·서정적으로 풍경화를 제작했는데, 주요 작품에는 〈멀리서 본 나이아가라 폭포(Distant

〈**뜻을 같이한 친구**Kindred Spirits〉　토머스 콜과 시인 윌리엄 컬런 브라이언트(William Cullen Bryant)가 캐츠킬 협곡에 함께 서서 자연을 예찬하는 모습을 주제로 애서 듀랜드가 1849년에 그린 유채화이다. 이 그림은 미국에서 가장 유명한 풍경화로 명성을 얻었다.

View of Niagara Falls)〉(1830), 〈옥스보 호수(The Oxbow)〉(1836), 〈초가을 캐츠킬 풍경(View on the Catskill Early Autumn)〉(1836~1837), 〈인생의 항해(The Voyage of Life)〉(1840~1842) 등이 있다.

　토머스 콜의 친구 애서 듀랜드(Asher Brown Durand, 1796~1886)도 허드슨 리버 화파다. 토머스 콜이 허드슨 리버 화파의 창시자라면, 애서 듀랜드는 그 중심인물로서 19세기 풍경화파를 이끌고 이후 미국의 젊은 풍경화가들에게 큰 영향을 미쳤다. 삼림지대를 섬세한 명암법을 통해 사실적인 기법으로 묘사하는 것이 그의 특기로, 〈캐츠킬(The Catskills)〉과 〈뜻을 같이한 친구(Kindred Spirits)〉 등의 작품이 유명하다.

  이런 풍경화처럼 아름다운 자연을 배경으로 소설을 쓴 작가는 워싱턴 어빙이다. 미국 문학작품으로는 처음으로 유럽에까지 널리 읽힌 『신사 제프리 크레용의 스케치북(The Sketch Book of Geoffrey Crayon, Gent)』(1819~1820, 약칭 『스케치북』)의 작가다. 그는 소설뿐만 아니라 온갖 잡문도 미문체로 쓴 것으로 유명했다. 그러나 허풍이 세고 거짓도 많아, 콜럼버스와 조지 워싱턴에 관한 두 편의 전기는 어빙의 2대 과장 저작으로 알려져 있다. 콜럼버스 전기인 『크리스토퍼 콜럼버스의 생애와 항해의 역사(A History of the Life and Voyages of Christopher Columbus)』(1828)는 지구는 둥글다는 사실을 콜럼버스가 처음 주장하여 유럽에 알려졌다고 서술했으며, 조지 워싱턴 전기인 『워싱턴의 생애(The Life of George Washington)』(전 5권, 1855~1859)는 워싱턴을 우상화하고 신화로 만들어 불신을 받았다. 이 전기들은 많은 자료 수집에도 불구하고 '낭만적인 역사(romantic history)'로 분류되어버렸다.

  워싱턴 어빙은 미국 독립을 위한 파리조약이 체결된 1783년 뉴욕 맨해튼에서 태어났는데, 독립전쟁의 영웅 조지 워싱턴의 성을 따서 이름이 '워싱턴'이라고 지어졌다. 1789년 여섯 살 때 그는 자신의 이름과 같다는 이유로 당시 수도인 뉴욕에서 근무하던 대통령 조지 워싱턴과 만나는 행운을 잡았다(수도를 지금의 워싱턴 D.C.로 정한 것은 1790년이고 옮긴 것은 1800년임). 두 사람이 만난 장면을 수채화로 그린 것이 지금도 남아 있다.

  그는 뉴욕의 부유한 상인 집안에서 태어난 덕분에 넉넉한 생활을 누리고 아버지의 장서를 읽으면서 자랐지만 건강은 좋지 않았다. 열다섯 살 때 (1798) 뉴욕 일대에 황열병이 유행하자 요양차 네덜란드인 마을인 태리타운(Tarrytown)으로 친구와 함께 떠났다. 뉴욕에서 북쪽으로 40km 떨어진, 허

「슬리피 할로의 전설」 삽화   워싱턴 어빙의 소설 「슬리피 할로의 전설」 내용 중 목 없는 귀신이 말을 타고 주인공 이카보드 크레인(Ichabod Crane)을 쫓아가는 장면을 그린 삽화이다. 1850년 달리(F. O. C. Darley)가 그린 스케치로, 메트로폴리탄 미술관이 소장하고 있다.

드슨강 동쪽 기슭에 있는 마운트 플레전트(Mount Pleasant)에 있는 곳이다. 이 신비로운 대자연 속에서 그는 공포스러운 소설 「슬리피 할로의 전설(The Legend of Sleepy Hollow)」(1820)을 썼다.

이 단편소설은 1790년대 슬리피 할로 마을에서 독일인 용병이 죽은 뒤 목 없는 귀신이 되어 말을 타고 다니면서 사람을 죽인다는 전설이 떠도는 곳을 배경으로 삼았다. 미국 독립전쟁 때 아메리카 대륙에 파병할 장병이 모자랐던 영국은 독일의 헤센 영주에게서 싼값에 청년들을 사들여 미국으로 보냈다. 그들은 남의 땅에서 벌어진 전쟁에 잔혹하고 비겁하며 돈만 챙겨 악명을 날리는 용병이 되었다. 돈에 팔려 왔거나 거리에서 강제로 징집당한 처지인지라 잔인하고 무도한 면이 있었지만 위험한 전투에 앞세우면

워싱턴 어빙의 집, 서니사이드 Sunnyside　1835년 뉴욕 태리타운 허드슨 강변에 지어진 워싱턴 어빙의 집이다. 낡은 농가를 구입하여 그가 직접 개조하고 증축해서 지금의 모습과 같은 집을 완성했다. 1846년 스페인 주재 미국공사 임기를 마친 뒤 이곳에 살면서 수많은 글을 썼고, 1859년 이 집 2층에서 숨을 거두었다.

가장 먼저 살려고 피신해버려서 영국이 패전했다는 과장된 소문이 날 정도였다. 미국에 파견된 영국군의 4분의 1인 3만여 병사가 독일 용병이었다. 자기 나라 청년들의 피를 팔아 새 애인에게 줄 보석값으로 삼았던 악덕 영주를 비판한 프리드리히 실러(Friedrich Schiller, 1759~1805)의 희곡 『간계와 사랑(Kabale und Liebe, Intrigue and Love)』은 널리 알려진 명작이다. 어쨌든 이러한 악명을 가진 군인 귀신이니 마을은 공포에 빠질 수밖에 없는데, 그런 상황을 계몽과 용기로 극복해냈다는 게 「슬리피 할로의 전설」 이야기다.

워싱턴 어빙을 유명하게 만든 작품은 「립 밴 윙클(Rip Van Winkle)」로, 「슬리피 할로의 전설」과 함께 『스케치북』에 실린 단편소설이다. 이 소설의 무대는 허드슨 강가의 캐츠킬 근처다. 줄거리를 소개하면 이렇다.

워싱턴 어빙 기념물　어빙의 집 서니사이드 인근에 세워진 기념물이다. 중앙의 조각상은 워싱턴 어빙의 흉상이고, 양쪽 부조는 어빙의 책에 나오는 대표적 주인공이다. 왼쪽은 『알함브라 이야기』에 나오는 '그라나다 최후의 왕 보압딜(BOABDIL)'이며, 오른쪽은 「립 밴 윙클」의 주인공으로 '캐츠킬의 몽상가(THE DREAMER OF THE KAATSKILLS)'라고 씌어 있다.

때는 영국 왕 조지 3세가 신대륙을 식민 통치하던 시기인데, 허드슨강 근처 캐츠킬 산자락의 한 마을에 네덜란드인 후예로 공처가이며 게으름뱅이인 립 밴 윙클이 살고 있다. 어느 겨울, 그는 아내의 잔소리를 피해 개를 데리고 사냥을 나갔는데 네덜란드인 복장의 한 남자를 만나 산속으로 따라가니, 그곳에서 사람들이 구주희九柱戱(nine-pins) 게임을 하고 있었다. 그들은 윙클에게 누군지 묻지도 않은 채 음주를 권했고, 윙클은 이 술을 홀짝홀짝 받아 마시다가 잠이 들어버렸다. 깨어나 마을로 돌아와보니 20년이 흘러 있었다. 식민지는 이미 영국으로부터 독립하여 마을 단골 술집에 내걸린 국기가 바뀌었고, 아내는 죽고 없어 딸과 함께 살면서 마을 사람들에게 독립전쟁 전 식민지 시대 역사의 산증인 역할을 했다.

워싱턴 어빙 묘　뉴욕의 자택 서니사이드에서 별세한 워싱턴 어빙은 집 근처 태리타운 북쪽의 슬리피 할로 공동묘지(Sleepy Hollow Cemetery)에 묻혔다.

이 작품의 원조는 독일 전설이라느니 『탈무드』라느니 기독교라느니 허다한데, 중국에도 이 비슷한 이야기가 있는 걸 보면 인간 세상의 잡다한 일을 다 잊고 자연에 취해 살고 싶은 욕망의 상징이라 보는 게 좋을 것 같다.

워싱턴 어빙은 운이 좋아 스페인에서 미국공사도 지냈는데, 이때를 인연으로 쓴 작품이 『알함브라 이야기(Tales of the Alhambra)』(1832)이다. 스페인 그라나다의 알함브라 궁전에 가면 군데군데 진열되어 있을 만큼 유명한 책이다.

Ralph Waldo Emerson

랠프 월도 에머슨

Ralph Waldo Emerson

1803. 5. 25 ~ 1882. 4. 27

1 독립은 됐지만 여전히 문화는 유럽의 식민지

미국에서는 1639년에야 첫 인쇄소가 등장했지만 1695년에 이르자 인쇄소가 있는 마을이 영국보다 더 많아졌다. 1647년 아직 식민지 시기에 매사추세츠주에서는 공교육의 기반 확립을 위한 학교지원법이 제정되었으며, 1690년에는 첫 신문이 등장했다. 그만큼 자유로웠다는 뜻이다. 1636년에 하버드대학교가 설립된 이후, 1693년 윌리엄 앤 메리 칼리지(College of William & Mary, 버지니아주 윌리엄스버그 소재 공립대학으로 영국 윌리엄 3세와 메리 2세 부부의 이름을 따서 명명), 1701년 예일대학교(코네티컷주 뉴헤이븐 소재 사립대. 자유주의적인 하버드에 불만을 품은 보수적인 회중교도가 설립), 1746년 프린스턴대학교(대각성운동으로 설립. 초기에는 뉴저지대학이었다가 소재지 이름을 따라 개명), 1754년 컬럼비아대학교(사립대학. 조지 2세의 칙허장으로 처음에는 킹스 칼리지King's College로 설립) 등이 잇따라 세워졌다.

신흥 부자도 많았지만 극빈자가 1771년에는 30~40%나 되었다. 독립전쟁 무렵 미국 백인 남성의 절반 정도만 읽고 쓰는 것이 가능했으며, 여성은 그보다 훨씬 적었다. 그래서 막상 독립전쟁을 선포하자 뉴잉글랜드와 버지니아만 강경한 투쟁을 지지했을 뿐이고 나머지는 영국산 상품에 대한 보이콧 선에서 항쟁하자는 여론이 우세했다. 뉴잉글랜드는 북동부 대서양 연안의 구릉성 산지와 해안 지방 일대의 매사추세츠, 코네티컷, 로드아일랜드, 버몬트, 메인, 뉴햄프셔 6개 주를 지칭한다. 한편 펜실베이니아의 필라델피아는 노동자와 소상인 연합이 강고했으며, 매사추세츠주는 존 애덤스의 영향으로 군주제가 아닌 공화제를 선호하는 등 각 주의 상황과 이해관계가 달랐다. 이런 가운데 영국과의 전쟁에 반대하는 목소리가 만만치 않았고, 전쟁을 지지하고 적극 동의하는 주가 아메리카 식민지의 대다수가 아니었음에도 독립전쟁이 승리할 수 있었던 데는 토머스 페인의 『상식』이 출간되면서 지식인들에게 계몽사상이 전파되어 독립혁명에 대한 열망이 무르익고, 또한 전쟁이 시작되자 앞장서서 싸운 열렬한 투사들이 있었기 때문이다. 그리고 무엇보다 식민 종주국 영국의 횡포가 너무나 심했기 때문이었다.

다양한 원주민과 각기 다른 언어를 사용하는 정복 민족으로 뒤범벅된 미국은 1630~1690년경 유럽에 맞먹는 고학력 소지자들이 있었으나, 그들의 소명 의식은 신앙에 기반했기에 오히려 중세적 경향의 종교 문화 풍토가 지배적이었다. 유럽에서 유행하던 고전주의 문학인들이 미국에서 명성을 얻는 데는 50년이라는 세월이 더 필요했다. 영국은 그러한 미국 문화를 무시하고 천대했다. 이 같은 문화적 단절 상태를 고려한다면 오히려 미국 문학에서 독창성이 발흥할 법하다.

유럽 취향의 독서 풍토가 미국적 독자성을 확립하는 데는 많은 어려움이 있었지만, 독립전쟁 이후 한 세대가 지나면서부터 세계문학에 도전할 만한 작품이 나오기 시작했다. 미국의 지리적 특성과 자연환경을 배경으로 삼은 한 지성인이 등장한 것이다. 그가 바로 랠프 월도 에머슨이다. 그는 사상가이면서 산문작가, 시인이며, 일생 동안 1,500여 회의 대중 강연을 한 전문 강연가이기도 했다. 미국 문학사는 그를 초절주의超絶主義(초월주의, Transcendentalism) 운동의 선구자이자 유럽의 사회적 질서와 윤리적 속박으로부터 벗어나 미국적 학문 예술의 독립선언을 이룩한 사상가로 평가한다. 그는 미국적 삶의 양식 속에서 인간 각자가 자연과 스스로 감응해 살아갈 것을 주장했다.

랠프 월도 에머슨은 보스턴에서 7대에 걸친 성직자 집안의 유니테리언 (Unitarian: 삼위일체론에 반하여 예수의 신성神性을 인정하지 않고 오직 하나님의 단일성을 믿는 교파) 목사이자 예술 애호가인 윌리엄 에머슨의 아들로 태어났다.

그의 이름은 외삼촌 랠프(Ralph)와 고조모 리베카 월도(Rebecca Waldo)에서 따온 것이다. 여덟 살 때 아버지를 잃은 뒤 그는 어머니와 고모 밑에서 자랐다. 특히 고모 메리 무디 에머슨(Mary Moody Emerson, 1774~1863)은 그를 헌신적으로 기르며 훌륭한 스승의 역할도 했다. 두 사람이 주고받은 수천 통의 편지가 지금까지 남아 있다.

하버드대학교를 졸업하고 대학원 신학부 연구 과정을 마친 에머슨은 1829년 스물여섯 살 때 보스턴 제2교회의 목사가 되었다. 이 교회는 보스턴의 첫 회중파 교회會衆派敎會(Congregationalism, Congregational Church)였다. 회중파란 삼위일체론(Trinitarianism)에 반대하고 하나님만의 신성을 주장하는 교파다. 사상적으로는 고대 아리우스파(예수 그리스도의 신성을 부인한 아리우스의 신봉자들을 지칭. 325년 니케아 공의회에서 이단으로 규정되어 추방, 일리리쿰으로 유배), 종교개혁 시대의 미카엘 세르베투스(Michael Servetus, 1511~1553. 스페인 출신 의사이자 신학자. 스위스로 피신했으나 가톨릭과 칼뱅파 양측의 고발로 처형됨), 파우스토 소치니(Fausto Sozzini, 1539~1604. 이탈리아의 사상가, 유니테리언파의 지도자) 등의 사상을 승계했다. 회중파는 18~19세기 영국과 미국에서 별도로 성립했는데, 미국에서는 회중파 교회 안에서 하버드대학교 신학부 출신자가 주축이 되어 합리주의와 인도주의 사상 계보로 이어져서 오늘날까지도 공민권 운동 등에 적극 참여하고 있다. 회중파 교회의 유명 신자로는 찰스 다윈, 아이작 뉴턴, 존 로크, 플로렌스 나이팅게일, 알베르트 슈바이처 등을 비롯하여 미 대통령 중에는 존 애덤스(2대)와 존 퀸시 애덤스(John Quincy Adams, 6대) 부자, 토머스 제퍼슨(3대), 밀러드 필모어(Millard Fillmore, 13대), 윌리엄 태프트(William Howard Taft, 27대) 등이 있다.

랠프 에머슨의 설교는 전통적인 교리보다 영혼의 활용에 대한 개인적인 탐구의 성격을 기조로 삼아서 자기 신뢰와 자아 충족에 초점을 맞추었고,

그리스도교의 외적·역사적 출처들을 없애버렸으며, 우주의 도덕법칙에 대한 인간 개인의 직관을 강조하여 큰 인기를 끌었다. 이렇게 설교자로서 명성을 얻은 목사가 된 바로 그해인 1829년, 섬약하지만 아름다운 엘런 루이자 터커(Ellen Louisa Tucker)와 결혼했다. 그러나 2년도 채 안 된 1831년에 아내가 결핵으로 숨지자 에머슨은 슬픔에 빠져 신앙과 직책에 회의를 갖게 되었다.

‘죽은 형식(dead forms)’에 얽매여 꼼짝 못 하는 성직자의 일상적인 형식 그 자체를 혐오하던 에머슨은 1832년에 3년간 몸담았던 목사직을 사직해버렸다. 그는 “이런 식으로 예수를 찬양하는 양식이 나에게는 어울리지 않는다. 이게 왜 이 직책을 버리는가에 대한 이유로 충분하다”라고 했다. 그럼에도 불구하고 신에 대한 확신은 계속 추구했다.

괴로울 땐 여행도 치유법의 하나가 된다. 아내가 죽고 이듬해 목사직을 그만둔 그는 미국에서 구했던 지성적인 탐구 영역을 넘어 유럽을 향해 바로 떠났다. 로마와 피렌체를 거쳐 프랑스와 영국을 두루 다닌 이 여로에서 그는 당대 유럽의 유명 지성인들과 문학인들을 폭넓게 만났다. 그러나 가장 중요한 체험은 파리에서 한 식물원(Jardin des Plantes, botanical garden)을 방문한 것이다. 루이 13세의 주치의 출신인 기 드 라 브로스(Guy de La Brosse)가 의료용 허브 정원으로 1626년 창설한(처음에는 Jardin du Roi) 이곳은 1640년부터 일반인에게 공개되었다. 이 식물원 방문을 계기로 에머슨은 앙투안 로랑 드 쥐시외(Antoine Laurent de Jussieu, 1748~1836, 첫 식물 분류학자)의 진화에 따른 표본 전시에서 인간과 자연의 영적 교류가 가능하다는 신념을 굳혔고, 이후 이를 바탕으로 자신의 사상을 발전시켜 나갔다. 1년 만에 귀국한(1833, 30세) 그는 인기 있는 강연가로 맹활약했다.

2 유럽 여행 후 미국 지성사를 강타하다

유럽 여행에서 돌아온 에머슨은 서른한 살 때인 1834년에 보스턴 근교, 독립전쟁의 발단이 된 전투지인 콩코드의 구목사관(The Old Manse)으로 이사했다. 에머슨의 할아버지가 1770년에 지은 집이며 할아버지 사후에는 할머니가 재혼한 에즈라 리플리(Ezra Ripley) 목사와도 살던 곳인데, 에머슨이 이곳으로 옮겨와 의붓할아버지, 어머니, 고모 형제들과 함께 살았다. 이 집에서 에머슨은 명문 에세이 『자연(Nature)』(1836)을 집필하기 시작했다. 이 구목사관은 무명 시절의 너새니얼 호손(Nathaniel Hawthorne, 1804~1864)이 초절주의자인 아내와 함께 연간 100달러로 3년간(1842~1845) 세 들어 살았던 곳으로도 유명하다. 호손은 2층의 에머슨이 쓰던 책상을 그대로 사용했다.

구목사관　에머슨이 유럽 여행에서 돌아온 뒤 1834년에 이사 와서 살았던 집이며, 『자연』의 초고를 집필했던 곳이다. 너새니얼 호손 부부가 이 집에서 3년간 신혼살림을 꾸렸다. 구목사관 인근은 독립전쟁의 시작을 알린 렉싱턴·콩코드 전투의 현장이다.

(위) **노스 브리지** North Bridge 구목사관 옆을 흐르는 콩코드강에는 노스 브리지—흔히 '구 노스 브리지(Old North Bridge)'로도 불린다—가 오랜 역사를 품은 채 서 있는데, 당시 실재로 있었던 다리는 아니며 1956년에 복원한 것이다. 아래 오른쪽 사진은 2015년 5월, 필자와 함께한 인문학기행단이 노스 브리지에서 기념촬영한 것이다.

(아래 왼쪽) **미닛 맨(민병대)** The Minute Man 1874년 대니얼 프렌치(Daniel Chester French)가 조각한 〈미닛 맨〉(독립전쟁 때 활약한 민병대) 동상이다. 노스 브리지를 사이에 두고 한쪽에는 〈미닛 맨〉 동상이, 그 맞은편에는 전투기념비가 서 있다.

여기서 호손은 작품도 많이 쓰면서 뿌듯해했으나 집세를 못 내서 결국 나가야 했다. 이 유명한 저택은 콩코드의 모뉴먼트가(Monument Street)에 있는데, 매사추세츠의 역사 및 자연 보존·관리 기구(The Trustees of Reservations)에서 운영하는 관광 필수 코스다. 인근의 콩코드강에는 노스 브리지(North Bridge)가 오랜 역사와 많은 이야기를 간직한 채 놓여 있다.

콩코드 지역은 1775년 4월 19일 영국군과 식민지 민병대가 최초의 무력 충돌이라고 알려진 전투를 벌여 독립전쟁의 서막을 연 렉싱턴·콩코드 전투의 현장이다. 발길을 독촉하지 말고 천천히 걸으면서 에머슨이 쓴 시를 감상해보자. 특히 "세상에 울려 퍼진 총을 쏘았나니(shot heard round the world)"는 독립전쟁에 찬사를 보내는 구절로 유명하다.

콩코드 송頌—전적비 준공에 부치는 노래

물 위에 곡선 그린 투박한 다리 옆
사월의 미풍에 깃발 날리며
여기 한때 진용 갖춘 농부들이
세상에 울려 퍼진 총을 쏘았나니.

적은 잠든 지 오래이고
이긴 자 역시 조용히 잠자고 있다.
시간은 바다로 흘러가는 검은 물결에
무너진 다리를 씻어갔다.

이 오벨리스크를 세울 때 에머슨이 렉싱턴·콩코드 전투를 기리며 「콩코드 송」이라는 찬가를 썼다.

이 푸른 둑, 이 잔잔한 흐름 옆에

오늘 기념비를 세우나니

기억은 그들의 행적을 보존해주시기를

우리의 선조처럼 자손도 가 버린 때에.

그 영웅들을 감연히 죽게 하고

자손들을 자유롭게 하신 정령들이여

시간과 자연에 일러 그들과 그대에게

세우는 이 기념주를 너그럽게 대해주시기를.

—이영걸 옮김, 『19세기 미시』, 탐구당, 1990, 82쪽.

에머슨은 첫 아내에 대한 추억을 묻고 1835년에 재혼했다. 두 번째 부인인 리디아 잭슨(Lydia Jackson, 1802~1892)은 열여섯 살에 부모를 모두 잃고 친척 집에서 자랐는데 열아홉 살 때 성홍열을 앓은 뒤로 건강이 나빠져서 평생 허약한 체질로 살았다. 플리머스에 살 때 에머슨의 강연회와 행사 등에 참석했다가 묘하게도 첫 만남에서 그와 결혼하리라는 예감이 들었다고 한다. 에머슨이 리디아에게 결혼 요청 서신을 보내자 그녀는 즉각 응낙하는 답신을 보냈다. 에머슨은 신혼집을 콩코드에 마련했다. 에머슨 가족이 '부시(Bush)'라고 이름 붙인 이 집은 에머슨이 사용했던 가구와 집기 등을 전시하는 박물관(랠프 월도 에머슨 하우스)으로 운영되고 있다.

에머슨은 아내 리디아를 '리디안(Lidian)'으로 불렀고, 그녀가 죽은 뒤 안장된 슬리피 할로 공동묘지(Sleepy Hollow Cemetery)의 묘비에도 그렇게 표기되어 있다. 쇠약해서 임신 때면 몹시 힘들어했으나 4남매를 낳았다. 맏이는 일찍 죽고, 큰딸 엘런(Ellen)은 결혼하지 않고 홀로 살면서 부모의 전기를

랩프 월도 에머슨 하우스 Ralph Waldo Emerson House 매사추세츠주 콩코드에 있다. 에머슨이 1835년 결혼 후 이 집을 구입해, 화재 발생으로 인해 옮겨 살았던 기간을 제외하고 평생 산 곳이다.

썼는데, 에머슨의 사상이나 이론에 전적으로 동조하거나 이해하지는 못했지만 헌신적이었다. 막내아들 에드워드(Edward Waldo)는 의사였다.

1836년 그는 에세이 소책자인 『자연』을 9월 9일 출간하여 초절주의의 초석을 놓았다. 도입부 「세상을 살며」에서 "우리의 시대는 회고적이다. 그것은 조상의 묘지를 쌓는다. 그것은 전기傳記를, 역사를, 비평을 쓴다. 전 시대 사람들은 신과 자연을 정면에서 바라보았다. 그러나 우리는 전 시대 사람들의 눈을 통해서 보고 있다. 왜 우리는 우주에 대한 독자적인 관계를 누려서는 안 되나"라고 서두를 뗐다. 이어서 이렇게 썼다.

철학적으로 살펴보면 우주는 자연과 영靈으로써 구성되어 있다. 그러므로 엄밀히 말하면 우리와 떨어져서 존재하는 모든 것, 철학이 비아非我라고 하

투명한 눈알

에머슨의 『자연』에 언급된 '투명한 눈알(transparent eyeball)'은 초월주의의 메타포다. 그것은 편견 없이 세상을 바라보는 상징이며, 자연을 시적인 마음으로 관찰할 수 있는 심적 상태다. 1836~1838년경 크리스토퍼 크랜치(Christopher Pearse Cranch)가 이 개념을 일러스트로 나타냈다.

여 구별하는 모든 것, 곧 자연과 인위 모두, 그리고 타인과 자신의 육체까지도 이 자연이라는 이름 아래에 분류되지 않으면 안 된다.

—정광섭 옮김, 「자연에 대하여」, 『위인이란 무엇인가/자기 신념의 철학』, 동서문화사, 2014.

그는 자연을 8개 항목으로 나눠 찬찬히 풀었는데 그 개략은 다음과 같다.

1. 자연은 매우 시적이고 환상적인 산문이다.

"자연은 결코 천한 외모를 보여주는 일이 없다. 가장 현명한 사람도 자연의 깊은 비밀을 빼앗을 수 없고, 자연을 모두 캐낸다 해서 그 호기심을 잃는 일이 없다. 자연이 현자賢者의 장난감이 된 일은 한 번도 없다. 꽃이나 동물이나 산악이 현자의 유년 시대 천진난만한 마음을 즐겁게 한 것과 마찬가지로,

그의 원숙기 지혜를 반영하였다."

2. 자연은 편하고 이로운 것(Commodity)이다.

"자연은 인간에게 봉사하는 데 있어서 다만 재료일 뿐 아니라 과정이고 결과도 된다. 인간의 이익이 되도록, 자연의 모든 부분이 끊임없이 작용하여 서로 다른 부분의 손이 된다. 바람은 씨를 뿌린다, 태양은 바닷물을 증발시킨다, 바람은 들로 불어 보낸다, 지구의 저쪽에 있는 얼음은 이쪽에다 비를 응결시킨다, 비는 식물을 기른다. 이와 같이 해서 신의 자비는 한없이 순환하여 인간을 길러낸다."

3. 자연은 아름다움(Beauty)이며, 이는 세 가지로 접근하여 연구할 수 있다.

"첫째, 단순히 자연의 물상을 알아서 깨닫는 것만도 기쁨이다."

"둘째, 한층 고상한 요소, 곧 영적 요소의 존재가 아름다움의 완성에는 없어서는 안 된다. …(중략)… 아름다움이란 신이 덕德에 붙이는 표 딱지이다."

"셋째, 세계의 아름다움을 관찰할 때 또 한 면이 있다. 다시 말해 그것이 지적知的 대상이 될 때가 그것이다. 여러 사물에는 덕에 대한 관계 말고도 사상에 대한 관계가 있다. 지식의 힘은 신의 마음속에 아무런 애정의 색채 없이 존재하는 것과 같은, 사물의 절대적 질서를 찾아낸다. 지식의 힘과 활동력은 서로 잇따라 일어나는 듯이 생각된다."

"이리하여 예술이란 인간이라고 하는 증류기를 통과한 자연을 말한다."

4. 자연은 언어(Language)의 운반자이다.

"언어는 자연이 인간에게 도움이 되는 제3의 효용이다. 자연은 사상의 운반자이다."

5. 자연은 인간을 훈련(Discipline)시킨다.

"자연의 진리를 깊이 연구하면, 우리는 곧 훈련이라는 하나의 새 사실에 이른다."

6. 자연은 인간에게 관념론(Idealism)을 가르쳐준다.

"종교의 최초이자 최후의 교훈은 '눈에 보이는 사물은 일시적인 것, 눈에 보이지 않는 사물은 영구적인 것'이라고 한다. 그것은 자연을 모독하는 것이다."

7. 자연은 정령(Spirit)이다.

"자연은 보편적인 정령이 그것을 통하여 개인에게 말을 해오고, 개인을 정령 자신에게로 데려가고자 노력하는 기관이다."

"정의와 진리의 절대적 성질을 보도록 허용되어 일단 상층의 영기靈氣를 호흡하면, 우리는 인간이 조물주의 전지함에 접근할 수 있고 그 자신이 이 유한계의 조물주임을 안다."

8. 자연은 전망(Prospects)을 일깨워준다.

"세계의 온갖 법칙 및 만물의 조직에 관한 규명에서 최고의 이성이 항상 참이다."

"사람은 몰락한 신이다."

"자연 위에 세워진 인간 왕국, 그 왕국에 들어가 인간은 마치 점차 시력을 회복하는 맹인의 경이감과 같은 경이감을 느끼리라. 이 인간의 왕국은 관찰에서 생긴 그런 것이 아니라, 이제 신에 대한 인간의 꿈을 뛰어넘는 데 있는 그러한 영토를 말하는 것이다.

인간은 그 왕국으로, 마치 완전히 시력을 회복한 맹인처럼 더는 의구심 없이 들어가리라."

—정광섭 옮김, 앞의 책.

『자연』을 쓴 에머슨에 대해서는 낭만적 이상주의, 개인주의 고무, 자연의 애인, 민주주의자, 귀족주의자, 초절주의자, 퓨리턴 등등 다양하다. 또 이 작품에 대해서는 성선설에 바탕한 인간을 자연의 일부 혹은 자연적인 신성의 일부로 본 점, 자연을 신과 인간의 연계물로 본 점, 사회개혁보다 개개인의 사유 전환에 초점을 맞춘 점이 돋보인다는 평가도 있다. 세계문학사로 볼 때 자연을 이처럼 다양하고 깊게 천착한 글은 없었다는 면에서 그의 작품은 충분히 읽을 만하다. 그런데 이 같은 책이 나올 수 있었던 것은 그만큼 미국의 자연 그 자체가 풍성하고 아름다우며 장관이기 때문이라는 추론이 가능하다. 여기에 그의 천부적 글쓰기의 기교도 한몫했다. 그는 집에 불난 일을 "House Burned." 결혼한 날은 "I was married to Lydia Jackson."이라고 일기(에머슨이 평생 쓴 일기를 그의 사후에 아들 에드워드가 10권으로 이루어진 *Journals of Ralph Waldo Emerson*으로 펴냈다)에서 한 줄로 처리했는데, 대단한 기교다.

에머슨은 『자연』을 펴낸 1836년에 초절주의 클럽을 창설했다. 이때 함께 한 인물은 유니테리언 목사이자 독문학의 권위자이며 신학 전공 교수인 프레더릭 헤지(Frederic Henry Hedge, 1805~1890), 유니테리언 목사이면서 사회운동가이자 언론인인 조지 리플리(George Ripley, 1802~1880) 등이었다. 특히 리플리는 푸리에주의자(Fourierist, 프랑스의 과격 혁명 사상)로 사회주의운동에 참여하면서, 초절주의를 사상으로만 그칠 것이 아니라 실천으로 옮겨야 한다며 공동체 생활을 목표로 회원을 모집하고(호손도 참여) 촌락(브룩 농장Brook Farm)도 만들었으나 실패했다. 초절주의 클럽은 1840년에 비정기 잡지 『다이얼(The Dial)』을 창간하여 1844년까지 발행했다. 이후 이 잡지는 1880년에 정치 잡지로 재창간되어 1919년까지 냈다가, 1920~1929년에는 모더니즘 문학지로 재변신했다. 2023년에 문화, 정치, 아이디어를 다루는 온라인 잡지로 다시금 부활했다.

1837년 8월 31일, 서른네 살의 에머슨은 매사추세츠주 케임브리지(하버드대 소재지)에서 파이 베타 카파(Phi Beta Kappa) 학단學團을 대상으로 초청 강연을 했다. 파이 베타 카파는 대학에서 상위 10% 이내의 우수자로 구성된 단체로 사회적으로 큰 영향력을 가졌는데, 에머슨에게 주어진 강연 주제는 그의 저서 『자연』에 관한 것이었다. 하지만 그는 「미국의 학자(The American Scholar)」라는 제목으로 강연 내용을 수정했다. 바로 이것이 미국의 '지적 독립선언'이라고 평가되면서 '생각하는 인간'으로서의 이상상理想像을 추구하는 것으로 회자됐다.

에머슨은 이 강연에서 학자들의 교육 방법으로 다음과 같은 세 가지를 설파했다. ①자연 연구(Nature, as the most important influence on the mind). 자연과 정신은 서로 상응하는 것으로, 자연 연구는 곧 나 자신과 정신의 연구이다. ②과거의 정신(The Past, manifest in books). 영원하고 보편적인 진리를 다룬 책은 없으며 다만 진리의 일부분만 제공할 뿐이다. 책은 과거의 편견만 담았기에 독창적인 사유를 방해한다. 학자는 창조적 재능이 소진되어 영감을 얻고자 할 때만 책에 의존하면 된다. ③행동(Action and its relation to experience). 행동은 학자에게 부차적이지만 필수적이며, 행동하지 않는 은둔자적 사변가는 겁쟁이다.

그 밖에 "학자의 의무는 자신을 믿고 자유롭고 용감해야 된다, 보편 진리는 모든 사람에게 내재되어 있기 때문에 하나의 영혼이 모든 인간을 이어 준다, 미래는 상서롭다, 가깝고 비천하고 평범한 것을 추구하는 낭만주의의 시대다, 학자도 멀리 유럽의 위대한 것 대신 여기 평범하고 친근하고 비천한 것을 끌어안아야 한다, 개인은 주권국가와 같고 개인 안에 모든 자연법칙이 내재되어 있다, 따라서 세계보다 개인이 중요하다" 등등을 강조했다.

제대로 된 상황에서 학자는 '사유하는 인간'을 의미한다. 변질된 상황에서 사회의 희생자가 된 학자는 단순한 사상가가 되거나, 심하면 다른 사람의 생각을 따라 하는 앵무새가 되기 쉽다. …(중략)…

옛부터 내려오는 훌륭한 격언 '너 자신을 알라'를 현대의 격언으로 옮기면 '자연을 연구하라'는 것이다. …(중략)…

자연과 정신의 상응성과 일체성 원리에 따라 자연은 정신을 완벽하게 상징한다. 따라서 자연 연구, 내가 아닌 것을 연구하는 것은 나를 연구하는 것과 동일하다. …(중략)…

책을 가장 올바르게 이용하는 것은 영감을 얻고자 할 때이다. 무화과나무가 서로 열매를 맺도록 도와주듯이, 책은 다른 사람에게 영감을 준다. …(중략)…

세계는 아무것도 아니다. 개인이 전부다.

—정광섭 옮김, 앞의 책.

정치적 독립은 이루었으나 여전히 유럽의 학문·사상에 의존했던 미 대륙의 학문 풍토에서 이 강연이야말로 책으로 지식을 얻는 사변가가 아닌 '사유하는 인간'을 강조함으로써 미국식 문화의 정체성 확립을 강조한 지적 독립선언이었다. 요컨대, 유럽의 명저나 사상 전통에 의존하지 말고 미국 현실에 맞는 학문을 해나가자는 주장이었다.

「미국의 학자」라는 글의 발표로 그는 미국의 학문과 사상계에 떠오르는 새로운 북극성이 되었다. 이듬해인 1838년 하버드대학교 신학부 강연에서는 성서의 기적을 부인하고 예수는 신이 아니라고 설파했다. 그는 기독교사가 예수를 반신반인半神半人(demigod)으로 만들었다면서, 이는 마치 이집트인이 오시리스(Osiris)를, 그리스인이 아폴론을 만든 것과 같다고 했다. 이 강연으로 인해 그는 무신론자로 낙인찍혀 엄청난 비난의 화살을 받아 향후 30년간 하버드대학으로부터 초청을 못 받게 되었다.

3 『에세이』 이후

미국 지성계와 문학계를 이끄는 위치에 서게 된 에머슨은 1841년 그의 가장 중요한 저작이면서 사상적 핵심을 담은 『에세이 제1권(Essays: First Series)』을 출간했다. 여기에는 대표작 「자신감을 살려라(Self-Reliance)」를 포함해 12편이 실려 있다. 「자신감을 살려라」는 17세기 영국의 극작가인 프린시스 보몬트(Francis Beaumont)와 존 플레처(John Fletcher)가 공동으로 쓴 시와 한 화가의 시를 서문에 인용하면서 시작한다. 자기 신뢰에 대한 잠언 같은 문구가 강렬하다. 3년 뒤 1844년에는 『에세이 제2권(Essays: Second Series)』을 펴냈다.

역시 해설보다는 그의 반짝이는 지성의 번득임을 문장을 통해 직접 보는 게 가장 좋을 것 같다.

자신 외에는 아무 것도 보지 말라(Ne te quaesiveris: 밖에서 답을 찾지 말라는 뜻).

인간은 스스로에게 별과 같은 존재이다.
그래서 정직하고 완벽한 사람을 만들 수 있는 영혼은
모든 빛과 영향력과 운명을 지배한다.
인간에게는 일찍 떨어지는 것도 없고 너무 늦게 떨어지는 것도 없다.
우리의 행동, 우리의 천사는, 그 선악과 관계없이
우리와 함께 조용히 걷는 운명의 그림자이다.
　　　　　—보몬트·플레처, 「정직한 자의 운명(Honest Man's Fortune)」 에필로그

어린아이를 바위산에 던지고,

암컷 늑대의 젖꼭지를 빨리고,

매와 여우와 더불어 겨울을 나게 하면,

그 손과 발이 강하고 빨라지리라.

마음속에 숨겨진 확신을 드러내서 세상을 향해 이야기하라. 그러면 내 안에서만 머물던 그 확신은 머지않은 날에 세상의 보편적인 견해가 될 것이다. …(중략)…

모세와 플라톤 그리고 밀턴 같은 선지자들을 보라! 그들이 세상에서 찬양받을 수 있었던 것은, 그들은 책과 전통을 무시하고 세상 사람들이 생각하는 것이 아닌 오직 자기 자신의 생각을 이야기했기 때문이다. …(중략)… (이런 마음가짐의 기초는 아이 같은 마음이라면서) 아이는 누구의 말도 따르지 않는다. 오히려 모든 것이 그 애에게 맞춰진다. …(중략)… (그렇게 되려면 나 자신이 '어떤 법도 나의 본성보다 신성하지는 않다'라는 경지에 이르러야 된다.) 오해도 겁내지 말라. '내가 우주의 중심이다.' 모든 진정한 인간은 하나의 목적이자, 하나의 국가이자, 하나의 시대이다. …(중략)…

우리는 책을 읽을 때 마치 구걸하는 것처럼 책 내용에 아첨한다. …(중략)… 나는 그 어떤 설교보다 예배가 시작되기 전의 고요한 교회를 좋아한다.

—정광섭 옮김, 앞의 책.

일찍 출세한 에머슨은 40대 중반 이후에는 느긋하게 세계와 국내 여행을 즐겼고 마흔일곱 살 때인 1850년에 『위인이란 무엇인가(Representative Men)』를 펴냈다. 그가 사회 각 분야에서 위대한 인물로 꼽은 여섯 사람(플라톤, 스베덴보리, 몽테뉴, 셰익스피어, 나폴레옹, 괴테)의 미덕을 칭송하고, '위인과의 만남으로 자신의 사고방식도 위대해진다'고 썼으나, 위인의 정의나 인물 선

랩프 에머슨 묘 매사추세츠주 콩코드의 슬리피 할로 공동묘지에는 에머슨과 두 아내가 함께 묻혀 있다. 가운데는 에머슨, 오른쪽은 첫 번째 부인 엘런 터커, 왼쪽은 재혼한 부인 리디안의 묘비다.

택 등에서 그의 지난 시절 사상과는 다른 글처럼 느껴진다.

평안하게 노년을 즐기던 그는 결핵으로 고통스러워하다가 1882년 4월 27일 향년 79세로 죽음을 맞았다. 유해는 매사추세츠주 콩코드의 슬리피 할로 공동묘지에 안장되었다. 참고로, 뉴욕주에도 같은 이름의 슬리피 할로 공동묘지(워싱턴 어빙, 앤드루 카네기 등의 묘가 있음)가 있다.

영국의 시인이면서 평론가인 매슈 아널드(Matthew Arnold, 1822~1888)는 19세기 영어로 쓰인 글 가운데 가장 중요한 것은 윌리엄 워즈워스(William Wordsworth, 1770~1850)의 시와 랩프 에머슨의 수필이라고 평했다.

Henry David Thoreau

헨리 데이비드 소로

Henry David Thoreau

1817. 7. 12 ~ 1862. 5. 6

1 하버드대 첫 학생운동권이었던 외할아버지

　근대 세계평화운동의 첫 페이지를 연 헨리 데이비드 소로의 조상은 프랑스와 스코틀랜드계의 후예다. 그의 외조부 애사 던버(Asa Dunbar)는 1766년 하버드대 학생으로 미국사상 첫 학생운동인 '버터 저항(Butter Rebellion)'을 주도했다. 하버드대학에서는 그 무렵 급식 문제가 주요 쟁점으로 떠올랐다. 인쇄물에 세금을 부과한 1765년의 「인지세법」 제정에 저항하여 '자유의 아들(Sons of Liberty)'이 대학을 중심으로 항쟁을 일으킬 때였다. 대학 식당에서 변질된 버터가 나오자 던버가 의자에 올라가 "보세요. 버터에 냄새가 납니다! 우리에게 악취가 나지 않는 버터를 주세요!" 이 한마디가 학생회를 움직였고, 마침내 승리했다. 이 사건은 하버드대학 창립 이후 첫 학생저항 운동으로 그냥 '버터 저항'이라 일컫는데, 풍자와 유머 감각이 일상화된 미국인들은 과장법을 좋아해서 '위대한 버터 저항(The Great Butter Rebellion)'

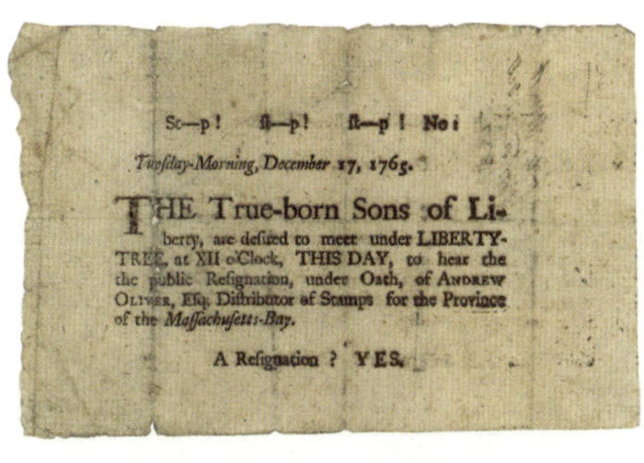

'자유의 아들'이 제작한 집회 전단과 버터 저항
위 전단지는 1765년 11월 1일 「인지세법」이 시행되자 12월 17일 '자유의 아들'이 이에 반대하는 집회를 연다는 내용이다. 오른쪽은 1819년 하버드대 신학생인 윌리엄 퍼니스(William Henry Furness)가 1766년의 '버터 저항'을 묘사한 그림으로, 하버드대 아카이브 소장품이다.

소로의 생가 Wheeler-Minot Farmhouse, Thoreau Farm 헨리 데이비드 소로의 생가는 매사추세츠주 콩코드의 아름다운 자연환경에 둘러싸여 그림처럼 서 있다. '소로 생가' 또는 '소로 농장'이라고도 불린다. 이곳을 견학하는 투어 프로그램에는 농장을 둘러보고 직접 농사를 짓는 체험도 있다.

이라고도 부른다.

소로의 아버지는 연필 제조업자로 침착하고 겸손했으며, 어머니는 총명하고 재기가 넘쳤다. 소로는 그리 넉넉하지 못한 집안에서 4남매 중 셋째로 태어났다. 처음에는 죽은 삼촌의 이름을 그대로 따서 데이비드 헨리 소로(David Henry Thoreau)라고 했으나, 대학 다닐 때부터 스스로 헨리 데이비드로 고쳐 부르기 시작했다. 그러나 출생증명서 등 법적 서류에는 이름을 바꾸지 않은 채 그대로 두었다.

소로의 고향 매사추세츠주 콩코드는 자연환경이 아주 좋은 곳이다. 그의 생가는 비영리단체가 콩코드의 버지니아 로드(Virginia Road) 341번지에 잘 복원하여 일반인에게 공개하고 있다. 소년 시절 소로는 형과 함께 인디언

흉내 내기를 하면서 숲이나 강변을 쏘다니고 사냥과 낚시를 즐겼는데, 자주 찾던 곳 중에는 훗날 그의 수필집 『월든』으로 유명해진 월든 호수도 있다.

이 시기 미국은 제3대 대통령 토머스 제퍼슨(재임 1801~1809)이 "백인 정착민들이 미시시피강 동쪽을 완전히 점령할 때까지 천 년이 걸릴 것"(1803)이라고 말했을 정도로 대륙 동북부 일대가 주요 활동 무대였다. 제4대 대통령 제임스 매디슨(James Madison, 재임 1809~1817)은 미영전쟁(1812~1815)으로 백인 민족주의를 고양했으나, 그런 고무된 분위기와 상관없이 백인 인구의 2/3 이상이 대서양 해안선 50마일(80.5km) 이내에 거주했다. 그들은 원주민들을 살해하고 추방하면서 인디애나, 일리노이, 오하이오 북부, 조지아, 노스캐롤라이나, 앨라배마, 미시시피, 루이지애나, 테네시로 대거 이주했다. 또 원주민에게서 토지를 헐값에 사들여 아프리카 노예를 대량 유입시키며 농장을 운영했고, 도로와 운하를 개설했다. 제5대 대통령 제임스 먼로(재임 1817~1825)는 '건국의 아버지들' 중 마지막 대통령으로, 그의 통치 시기는 '호감의 시대(Era of Good Feelings, 1815~1825)'로 불렸다. 유럽의 나폴레옹 전쟁이 1815년에 종식된 뒤 국제적 긴장과 위협이 사라지면서 미국의 국가적 통합에 대한 열망이 고조되어 당파 분쟁이 거의 사라진 가운데 먼로는 1820년 대통령 선거의 선거인단 득표수에서 232표 중 231표를 획득했다. 만장일치 선출을 조지 워싱턴에게만 국한시키려고 고의로 부표를 던졌다는 설이 있을 정도로 정치적인 태평성대였다.

그러나 역사의 격변은 지속되어 노예제가 정치 문제로 부상하고 지역 갈등을 부추겼다. 1819년 미주리주가 연방 가입을 신청했을 때 문제가 불거졌다. 자유주(Free states)냐 노예주(Slave states)냐 문제로 대립이 심각해지자, 미주리주를 노예주로 연방 가입을 승인하는 대신 그 주를 경계선 삼아 향후 북쪽(북위 36도 30분)에 있는 주의 경우 노예주로는 연방에 가입할 수 없

미주리 타협　미주리주의 남쪽 경계선(북위 36° 30′)을 기준으로 북쪽 영토에 신설되는 주에 대해서는 노예제를 금지하고 남쪽 신설 주의 경우엔 노예제를 인정하는 형태의 타협안이 1820년에 만들어졌다.

다고 타협을 했다. 이것이 바로 미주리 타협(Missouri Compromise, 1820)이다. 하지만 이 타협은 훗날 남북전쟁의 불씨가 된다.

1821년 당시 자유주와 노예주는 다음과 같다. 괄호 안은 연방 가입 연도와 가입 순서다.

자유주(12개주) 펜실베이니아(1787 ②), 뉴저지(1787 ③), 코네티컷(1788 ⑤), 매사추세츠(1788 ⑥), 뉴햄프셔(1788 ⑨), 뉴욕(1788 ⑪), 로드아일랜드(1790 ⑬), 버몬트(1791 ⑭), 오하이오(1803 ⑰), 인디애나(1816 ⑲), 일리노이(1818 ㉑), 메인(1820 ㉓)

노예주(12개주) 델라웨어(1787 ①), 조지아(1788 ④), 메릴랜드(1788 ⑦), 사우

스캐롤라이나(1788 ⑧), 버지니아(1788 ⑩), 노스캐롤라이나(1789 ⑫), 켄터키 (1792 ⑮), 테네시(1796 ⑯), 루이지애나(1812 ⑱), 미시시피(1817 ⑳), 앨라배마 (1819 ㉒), 미주리(1821 ㉔)

1790년대에 400만 명에 불과하던 인구는 1820년에는 1천만 명, 1830년에는 1,300만 명으로 급증했다. 공중 보건의 개선과 출생률의 증가로 백인 여성이 1인당 평균 6.14명을 출산했고, 유럽에서 이민을 오는 사람도 급격히 늘어났기 때문이었다. 1830년에는 외국 태생이 50만 명에 그쳤으나, 운송비 절감에 따라 1840~1850년간 150만 유럽인이 도미하여 1850년대에는 250만 명으로 증가했다. 1860년대에는 아일랜드인만 150만 명이었고 독일 출신도 100만 명을 넘었다. 도시 인구는 1860년에 뉴욕이 80만 5,000명으로 최고를 기록했고, 필라델피아는 56만 5,000명, 보스턴은 17만 7,000명이었다. 또한 노예제도가 없는 자유주에서는 1860년경 타운(2,500명 이상 거주)이나 도시에 인구의 26%가 거주했던 데 비해 노예주의 경우에는 10% 정도밖에 되지 않았다.

소로는 1833년 열여섯 살에 하버드대에 입학해 홀리스 홀(Hollis Hall)에서 기숙했는데, 이 건물은 하버드에서 역사가 오랜 기숙사동의 하나로 1763년에 세워졌다. 독립전쟁 때는 조지 워싱턴 부대가 머물기도 했으며, 랠프 월도 에머슨, 조지프 케네디(Joseph P. Kennedy, 케네디 대통령의 아버지), 철학자이자 시인인 조지 산타야나(George Santayana, 1863~1952), 시인 겸 소설가 존 업다이크(John Updike, 1932~2009) 등도 이 기숙사동을 거쳐갔다. 그러나 소로는 자연을 즐겼던 사람답게 "나의 육신은 하버드대학의 일원이었지만, 내 마음과 혼은 소년 시절의 정경으로 멀리 떠나 있었다. 공부하는 데 헌신해야 할 시간을 내 고향 마을의 숲을 찾아 헤매고 호수와 시내를 탐험하는 데

소비했다"라고 했다. 대학 시절의 그는 "대학에서 배운 것은 주로 나 자신을 표현하는 능력이었다"라고 했을 정도로 학업에만 열중한 공부벌레는 아니었다. 그런데도 성적은 우수했다.

1837년 하버드대를 졸업한 후에는 귀향하여 콩코드 공립학교 교사가 됐으나, 당시 성행했던 체벌이 마음에 걸려 2주 만에 사직했다. 이때 그는 자신에게 진짜 사상의 스승인 에머슨을 처음 만났다. 여동생 소피아가 에머슨의 강연을 듣고서 자기 오빠에게 두 사람이 비슷한 생각을 가졌음을 전하자 소로가 에머슨을 찾아갔는데, 에머슨은 곧 그를 적극 후원하면서 작품 발표도 시키고 초절주의로 이끌었다.

이렇듯 에머슨과 사상적 교류를 나누는 한편, 소로는 가장 배짱이 맞는 형 존과 1838년 콩코드 아카데미(Concord Academy)를 설립하여 공립학교와는 달리 학생들에게 자연 속 걷기, 지역 상점이나 각종 사업체 탐방 등 개방적이고 진보적인 교육을 실시했다. 그러나 형의 건강이 악화되면서 이 실험적인 학교는 1841년 폐교했다. 이듬해 소로의 형은 파상풍으로 사망했다.

소로는 1841~1844년까지 에머슨의 집에 저택 관리인으로 입주하여 가정교사와 정원사, 집 수리공으로서 일하며 초절주의 기관지 『다이얼(The Dial)』의 편집까지 맡았다. 또, 뉴욕 남서쪽의 스태튼아일랜드(Staten Island)에 있는 에머슨의 형 집에서도 잠시 가정교사를 했다. 이렇다 보니 소로와 에머슨 두 사람은 함께할 시간이 많았는데, 한번은 같이 산책하다가 남의 집 울타리를 본 소로가 하느님의 땅은 만인의 소유라면서 넘어가려고 하자 에머슨이 그를 제지하며 현재의 사유재산제도를 존중해야 한다고 말했다. 이게 두 사람의 차이였다.

1844년 스물일곱 살이 된 소로는 에머슨의 집에서 나와 아버지의 공장으로 들어갔다. 가업인 연필 만드는 일을 하면서 품질을 향상시키기도 했으나, 그의 본성은 여전히 자연을 향하고 있었다. 그는 월든 숲에서 친구와 자주 놀았는데 실수로 불을 내는 바람에 1.2km²를 태우기도 했다.

2 월든 체험과 멕시코 침략 반대

이듬해인 1845년 소로에게 숲속에서의 삶을 실현할 기회가 찾아왔다. 소로의 친구이며 초절주의 시인인 윌리엄 엘러리 첸닝(William Ellery Channing, 1817~1901)이 그의 속내를 간파하고 호숫가 숲에서 살기를 권유하는 편지를 보내자(1845. 3. 5), 소로는 바로 행동에 옮겼다.

소로는 1845년 3월부터 에머슨의 땅 숲속에서 손수 땅을 파고 도끼질을 해가며 세 평 정도의 오두막을 짓기 시작해 5월 초에 상량식을 치르고 7월 4일에 입주했다. 총건축비 28달러 12.5센트를 들여 지었는데, 현 시가로 치면 1천 달러(약 140만 원)에 못 미친다. 당시 하버드대 기숙사의 1년 방세가 30달러였다고 하니, 그가 숲속 집을 짓는 데 얼마나 비용을 적게 들였는지 알 수 있다. 이 집이 바로 호수 북쪽 비탈진 언덕에 자리한, 세계적으로 유명해진 월든의 오두막이다. 소로가 2년 2개월여 동안 몸담았던 역사적인 곳이다. 다만 현재 월든 호숫가에 있는 소로의 오두막은 원형에 가깝게 복원해놓은 것이다. 월든 호수는 에머슨의 집에서 1.2km 거리이며, 콩코드 박물관(Concord Museum) 구역에 속해 있다. 콩코드 박물관에는 두 초절주의자의 삶이 고스란히 보존되어 있다.

호수와 나무숲으로 둘러싸인 오두막에서 소로는 매일 새벽에 일어나 호수에 들어가 목욕하고, 오두막을 청소한 후에는 명상에 잠겼는데 때로는 길어져서 한낮까지 갈 때도 있었다. 대개는 오전에 강낭콩, 완두콩, 옥수수, 무,

소로의 오두막 월든 호숫가에 복원해놓은 소로의 오두막이다. 내부는 침대와 책상 정도만 놓고 생활할 수 있는 아주 작은 공간이다. 오두막 앞에는 소로의 등신상이 서 있다.

감자 등을 가꿨다. 가축의 힘을 빌리지 않고 손수 해결한다는 원칙을 세웠으며 거름도 안 뿌렸다. 주식은 옥수숫가루와 호밀가루를 섞어 구운 빵이었다. 육류는 호수에서 낚은 물고기와 가끔 마을에서 구한 산돼지 고기로 섭취했다. 여가가 생기면 『일리아드』나 힌두교 경전인 『바가바드기타(Bhagavadgita)』('신의 노래'라는 뜻) 등을 읽었다. 이렇게 그는 자연과 더불어 살아가는 삶의 기조를 2년 2개월 2일(1845. 7. 4~1847. 9. 6) 동안 유지했다. 바로 평화 사상의 실천이었다.

그러나 세상은 달랐다. 1846년 7월 24일(혹은 25일) 소로는 인두세(Poll tax) 납부를 거부했다는 이유로 투옥당했다. 그가 인두세를 거부한 이유는 두 가지였다. 첫째, 미국-멕시코 전쟁(1846~1848) 반대. 둘째, 노예제 반대. 즉, 국민의 세금이 노예주를 확대하기 위한 영토 획득 전쟁에 쓰인다는 이유에

콩코드 박물관 매사추세츠주 콩코드 캠브리지 턴파이크(Cambridge Turnpike) 53번지에 위치한다. 이 곳에는 랠프 에머슨과 헨리 소로의 각종 자료를 비롯하여 가구, 생활용품 등이 전시되어 있다.

서였다. 소로가 너무나 완강했기 때문에 숙모가 그의 체납금을 대납함으로써 이튿날 풀려나긴 했으나, 그 두 가지 신념은 평생 그가 지킨 시민적 저항과 평화운동의 밑바탕이 되었다.

지금의 텍사스주 일대는 당시 멕시코 땅이었지만 멕시코 정부는 방치 상태로 버려두었다. 그곳은 고작 4천여 명이 살던 황무지였다. 그러다가 샌타페이(Santa Fe, 현 뉴멕시코주의 주도)로 향하던 미국 개척자들이 텍사스로 몰려들면서 1830년에는 인구가 백인 2만에 노예 2천에 이르렀다. 멕시코령이지만 거의 미국인들이 살면서 멕시코의 지배를 공공연히 거부했다. 이에, 이전부터 많은 미국인을 이곳으로 데려가 정착했던 스티븐 오스틴(Stephen F. Austin, 1793~1836)이 1834년 앞장서서 텍사스를 멕시코로부터 분리 독립시켜줄 것을 요구했다. 그가 당국에 이러한 요구를 했던 이유는 당시 멕시코가 노예 금지 정책을 시행했기 때문이었다. 멕시코는 오스틴을 체포해 투옥하고, 1836년에는 텍사스를 포함한 모든 멕시코 영토에 효력이 미치는 통합헌법을 공포했다. 텍사스 지역의 미국인들이 그 헌법에 반기를 들자 멕시코는 반역으로 간주하여 대통령 안토니오 산타 안나(Antonio López de Santa Anna, 1794~1876. 스페인으로부터 멕시코의 독립을 쟁취한 장군 출신. 1833년 대통령이 되어 4선을 거친 독재자)가 직접 6천 군대를 인솔하여 진격을 시작했다. 처음에는 산타 안나가 미국인 반란을 진압하면서 승리하는 듯했지만 나중에는 패하여 포로로 사로잡혔고, 그해(1836) 텍사스의 미국인들은 독립을 선언하고 독자 헌법을 유지하면서 텍사스공화국을 세웠다. 하지만 자신들만의 힘으로는 독립국가 유지가 어려웠던 탓에 오래지 않아 미 연방에 편입하기 위해서 합병을 제의했다. 그러자 미 정부는 난감해졌다. 미주리 타협 이후 자유주 미시간과 노예주 아칸소가 추가로 연방에 가입하여 26개 주가 균형을 맞추고 있는데(미국은 건국 이래 새로운 주가 연방에 가입할 때는 남부 노예주와 북부 자유주가 각각 한 주씩 짝을 이루어 균형을 맞추었다), 텍사스가 새로이 가입한다면 노예주가 하나 더 늘어나는 것이기에 논란이 들끓었고 의회에서도 뜨거운 감자로 여겨 9년간 미결 상태로 두었다.

1845년 미 의회에서 텍사스 합병을 승인하면서 텍사스는 28번째 주로 미 연방에 편입되었다. 국경 및 영토 문제를 놓고 갈등을 벌이던 미국과 멕시코는 결국 1846년 5월 전쟁에 돌입했다. 그즈음 멕시코령 캘리포니아에서도 미국인들이 공화국 독립선언을 했고(8. 14), 라스베이거스도 잇따랐다(8. 15). 간헐적인 전투가 계속되던 1847년 12월 22일, 당시 초선 하원 의원인 링컨이 의회에서 반전反戰 연설을 했으나(국회의원으로서 했던 첫 연설) 오히려 재향군인회 등의 비판을 받았고, 이 일로 인해 그는 재선에서 떨어졌다. 1848년 2월 마침내 미국의 대승으로 전쟁이 끝나고, 미국은 멕시코로부터 현재의 캘리포니아, 네바다, 유타, 뉴멕시코, 애리조나, 와이오밍, 콜로라도 등을 할양받았다. 미국은 이를 침략이 아닌 매입한 것으로 합법화하려고 멕시코에 1,500만 달러를 지불했다.

자국의 영토 확장을 위한 명백한 침략전쟁으로 간주한 소로로서는 당연히 이를 지지할 수 없었다. 1847년 서른 살이 된 소로는 월든 숲 생활을 청산하고, 유럽 여행을 떠난 에머슨의 저택 관리인으로 다시 들어갔다. 이 듬해에 그는 콩코드문화회관(Concord Lyceum)에서 '시민의 저항(*The Rights and Duties of the Individual in relation to Government*)'이라는 주제로 강연을 했는데, 이것이 그다음 해에 펴낸 세계적 평화 사상의 출발점인 『시민 불복종(Resistance to Civil Government)』(1849)의 초석이 되었다.

국가란 인간이 만든 것으로서 자연의 요소나 신의 활동이 아니기에 오류가 있다. 그런데 인간은 고결하므로 오류를 지닌 국가에 복종만 해서는 안 된다는 게 소로의 생각이다. 그는 셰익스피어가 사극 『존왕』에서 인간이란 "세계의 어떤 국가에 대해서나 / 지배받는 이차적인 존재로서 / 또는 유용한 사용인使用人이나 도구로서 / 소유당하기에는 나는 너무나 고결하게 태어났다"라고 서술한 구절을 통해 인간 존재의 본질을 인식했다.

- 사람을 부당하게 투옥하는 정부 밑에서 올바른 사람이 있어야 할 참된 장소는 역시 감옥이다.
- 지배하지 않는 정부가 최상의 정부다.

이 두 구절이 『시민 불복종』의 핵심이다. 이런 소로의 사상은 이후 간디에게 고스란히 전해졌고, 이어 톨스토이에게도 전파되어 반전·평화주의자가 되도록 만들었다. 이 외에도 유대계 종교철학자 마틴 부버(Martin Buber,

1878~1965), 제35대 대통령 존 F. 케네디, 판사 윌리엄 O. 더글라스(William Orville Douglas, 1898~1980), 작가 마르셀 프루스트(Marcel Proust, 1871~1922), 어니스트 헤밍웨이, 업턴 싱클레어(Upton Sinclair, 1878~1968), 싱클레어 루이스(Sinclair Lewis, 1885~1951), 시인 윌리엄 예이츠(William Butler Yeats, 1865~1939) 등등도 소로의 평화 사상으로부터 영향을 받은 인물이다. 소로는 현대 세계평화운동의 대부로 부각하기에 손색이 없다.

소로의 평화 사상이 싹튼 1848년은 세계사에서 세 가지 중요한 사건이 일어난 일대 전환기였다. 첫째는 캘리포니아에서 금광이 발견(1848. 1. 24. 정확한 장소는 샌프란시스코 동쪽에 있는 계곡인 새크라멘토)된 것이다. 이 소문으로 미주 전역은 물론이고 유럽에서도 많은 사람이 캘리포니아로 몰려들었다. 이른바 골드러시였다. 두 번째는 2월혁명으로 프랑스에서 왕정 체제가 완전히 사라지게 된 것이며, 세 번째는 마르크스와 엥겔스의 『공산당선언』(1848. 2. 21)이 첫 출간된 것이다.

3 『월든』 꼼꼼히 읽기

서른일곱 살이 된 1854년, 소로는 7년 전 월든에서의 생활을 정리하여 『월든; 또는 숲속의 생활(Walden; or, Life in the Woods)』을 출간했다. 이 책은 1845년 7월 4일부터 1847년 9월 6일까지 2년 2개월 2일 동안 매사추세츠주 콩코드 근처 월든 호숫가에 작은 오두막을 짓고 자급자족했던 생활을 총체적으로 정리한 에세이다. 그는 1846년부터 틈틈이 집필하기 시작하여 1854년 출간하기까지 일곱 차례의 수정 과정을 거쳤고, 특히 1850년 이후 수정 작업에는 치밀한 자연 묘사를 추가했다.

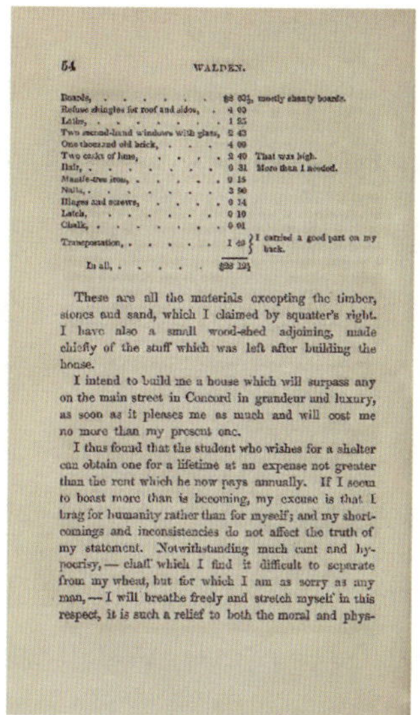

『월든』 1854년 8월 간행된 『월든』의 초판본 표지(왼쪽)와 본문의 한 페이지(오른쪽)다. 표지의 오두막 그림은 소로의 여동생 소피아가 그린 것이다.

여기서는 강승영이 옮긴 『월든』[이레, 1993]을 참고하고 인용하면서 그 내용을 살펴볼 것이다. 괄호 안 숫자는 인용 쪽수이다. 월든 호반에서 보낸 자연생활을 통해 인간과 세계의 본성을 성찰하는 소로를 확인해보자.

제1장 「숲 생활의 경제학」은 의식주 등 살아가면서 닥치는 모든 경제적인 문제를 가장 검소하게 해결하는 방법을 제시했는데, 책 전체에서 제일 많은 분량을 차지한다. "오늘날 철학 교수는 있지만 철학자는 없다"(24쪽), 옷에 대하여(32~37쪽), 집 문제(37~43쪽), "허위의 인간 사회여, / 세속적인 명성을 찾기에 바빠 / 천상의 뭇 즐거움은 공중에 흩어지는구나"(채프먼의 시 인용, 44쪽) "가장 훌륭한 예술작품이란 …(중략)… 스스로를 해방시키려는 인간의 투쟁을 표현한 것인데, 오늘날 우리는 예술의 효과는 이런 비속한 처지를 편안한 것으로 만들고 더 높은 경지는 잊어버리도록 하는 데 있는 것이다"(48쪽) 등등 뛰

어난 구절이 줄줄이 등장한다.

통나무 오두막을 짓는 과정(51쪽 이후)과 숲속 생활에 들어간 비용을 묘사한 내용은 매우 자세하다. 판잣집을 미리 사뒀다가 그걸 뜯어서 이용하기(53쪽), 집 짓는 데 들어간 비용 정리(60~61쪽), 하버드대 기숙사의 불편(61~62쪽), 강낭콩 심기(66쪽), 식비와 기타 지출 및 농산물 판매 대금 계산(71~73쪽), 식단과 빵 굽기(74~77쪽), 가구에 대한 생각(78~79쪽) 등.

소로는 1년 중 6주일간의 노동으로 생활이 가능하기 때문에(82쪽) 나머지 시간은 공부와 자아 탐구에 전념할 수 있다고 말한다. 그는 오로지 자연과 하나 되어 살기를 권장하며, 자연을 상품화하는 농업을 비판했다.

제2장 「나는 어디서, 무엇을 위해 살았는가」에서는 자신이 사는 곳에서 12마일(19km) 이내의 땅을 관찰하고, 농부에게서 땅을 사들였지만 문서도 받지 않았다가 저당을 잡히고 심지어 친구들에게 토지중개인으로 오해받았던(96쪽) 일에 대해서도 썼다.

농장을 구입할 때는 카토(마르쿠스 포르키우스 카토, 로마의 정치가)의 충고처럼 신중히 했으며(100쪽), 월든에 기거하기 시작한(100쪽) 삶에 대해 썼는데 아침과 저녁을 묘사한 시적인 표현(105쪽), 철도에 대한 은유적이고 비판적인 표현(109쪽)도 나온다. 이 외에 "지성은 식칼과 같다. 그것은 사물의 비밀을 식별하고 헤쳐 들어간다"(116쪽) 같은 번뜩이는 표현도 있다.

제3장 「독서」에서는 구어보다 기록어를 중시하고(119~120쪽) 고전의 중요성(122쪽 이후)을 강조한다. "우리가 지혜를 배우면 그와 동시에 너그러움도 아울러 배우게 될 것이다"(127쪽)라고도 했다.

제4장 「숲의 소리들」은 집에서 약 500m 떨어진 지점의 호수 옆으로 철로가 지나가는데 그 철로에 대해 사유하면서 철도와 기차의 여러 문제를 지적하고(136~139쪽), 새를 관찰하며(146~147쪽), 개구리와 닭 등에 대해서도 썼다.

이후 5장 「고독」, 6장 「방문객들」, 7장 「콩밭」, 8장 「마을」, 9장 「호수」, 10장 「베이커 농장」, 11장 「보다 높은 법칙들」, 12장 「이웃의 동물들」, 13장 「집에 불 때기」, 14장 「전에 살았던 사람들, 그리고 겨울의 방문객들」, 15장 「겨울의 동물들」, 16장 「겨울의 호수」가 이어진다.

제17장 「봄」에서 소로는 생태계의 먹이사슬 구조가 자연의 생명력임을 시적으로 묘사하면서 우주 생명력의 기생체에 지나지 않는 인간이 지구를 파괴하면 인류는 파멸할 것이라고 주장한다.

제18장 「맺는말」은 찬찬히 읽어보길 권한다. "기러기는 인간들보다 더 세계인에 가깝다. 그는 캐나다에서 아침 식사를 하고 점심은 오하이오강에서 먹으며, 밤에는 남부 지방의 늪에서 날개를 가다듬고 잠자리에 든다."(360쪽)라고 썼다. 이제 소로의 마지막 충고를 들어보자.

진실로 바라건대 당신 내부에 있는 신대륙과 신세계를 발견하는 콜럼버스가 되라. 그리하여 무역을 위해서가 아니라 사상을 위한 새로운 항로를 개척하라. 각자는 하나의 왕국의 주인이며, 그에 비하면 러시아 황제의 대제국은 보잘것없는 작은 나라, 얼음에 의해 남겨진 풀 더미에 불과하다.(362쪽)

당신의 인생이 아무리 비천하더라도 그것을 똑바로 맞이해서 살아나가라. 그것을 피한다든가 욕하지는 말라. …(중략)… 가장 부유할 때 당신의 삶은 가장 빈곤하게 보인다. 흠을 잡는 사람은 천국에서도 흠을 잡을 것이다. 당신의 인생이 빈곤하더라도 그것을 사랑하라. 당신이 비록 구빈원救貧院의 신세를 지고 있더라도 그곳에서 유쾌하고 고무적이며 멋진 시간을 가질 수 있다. 지는 해는 부자의 저택이나 마찬가지로 양로원의 창에도 밝게 비친다. 봄이 오면 양로원 문 앞의 눈도 역시 녹는다. 인생을 차분하게 바라보는 사람은 그런 곳에 살더라도 마치 궁정에 사는 것처럼 만족한 마음과 유쾌한 생각을 가질 수 있을 것이다. …(중략)…

샐비어 같은 약초를 가꾸듯 가난을 가꾸어라. 옷이든 친구이든 새로운 것을 얻으려고 너무 애쓰지 말라. 헌 옷은 뒤집어서 다시 짓고 옛 친구들에게로 돌아가라. 사물은 변하지 않는다. 변하는 것은 우리들이다.(370쪽)

우리의 눈을 감기는 빛은 우리에겐 어두움에 불과하다. 우리가 깨어 기다리는 날만이 동이 트는 것이다. 동이 틀 날은 또 있다. 태양은 단지 아침에 뜨는 별에 지나지 않는다.(376쪽)

이렇듯 『월든』은 날카로운 경구가 돋보일 뿐만 아니라 생태주의적 사고와 성찰이 빛나는 문장이 인상적이지만, 책장을 술술 넘기기는 쉽지 않다. 이 책이 지닌 명성이나 높은 평가와 달리 일반 독자가 접근하기 어려운 이유로는 세 가지를 꼽는다. ① 재능을 타고난 작가가 정교한 언어로 비유적 표현과 메타포를 자주 사용하고, 내향적인 묘사를 적지 않게 하는 데다 복합문도 많다. ② 가치 규범이나 논리 구조가 일반인들이 생각하는 것과 다르다. ③ 독설과 야유, 도전 등이 넘쳐난다는 점 때문이라고 한다.

4 노예폐지론자 존 브라운과의 만남

『월든』을 펴낸 이후 소로에게 가장 중요한 사건은 1857년 마흔 살 때 노예폐지론자인 존 브라운(John Brown, 1800~1859)을 만난 일일 것이다.

존 브라운

1846~1847년경 지하철도 세력의 깃발을 들고
촬영한 모습이다.

　존 브라운은 코네티컷주 토링턴(Torrington)에서 8남매 가운데 넷째로 태어났다. 가내 피혁공장 일을 하는 아버지를 돕다가 독립한 뒤 성공과 실패를 거듭했다. 그의 아버지 또한 노예폐지론자로, '지하철도(Underground Railroad)'의 거점 역할을 맡으며 중요한 활동을 했다. 지하철도란 도망 노예를 보호하면서 노예제를 인정하지 않는 자유주나 캐나다까지 비밀리에 안내해주는 네트워크 형태의 비밀결사였다. 이 일에 동참했던 존 브라운은 그렇게 도망 노예를 탈주시키는 걸 도울 것이 아니라 아예 남부 산악 지역에다 탈주 노예 공화국을 설립해야겠다고 결심했다. 이에 노예해방 전쟁의 깃발을 치켜올리고 1859년 10월 16일 뜻을 같이한 21명과 함께 버지니아주 하퍼스페리(Harpers Ferry)에 있는 정부군 무기고를 습격하여 무기 탈취에 성공했다. 그러나 10월 18일 휴식 중 반격당해 아들을 포함하여 10여 명의 투사가 전사했고, 브라운 자신도 부상을 입은 채 잡혔다.

존 브라운 동상
조셉 폴리아(Joseph P. Pollia)가 1935년 청동으로 만든 실물 크기의 조각상으로, 존 브라운이 흑인 노예 소년을 팔로 감싸고 있는 모습이다. 뉴욕주 레이크플래시드(Lake Placid)에서 남서쪽으로 5km 떨어진 '존 브라운 농장 주립사적지(John Brown Farm State Historic Site)'에 있다.

1859년 11월 2일 웨스트버지아주 찰스타운 법정에서 공개 교수형 판결이 나자(교수형 집행은 12월 2일), 랠프 에머슨은 "(존 브라운은) 교수대를 십자가와 같이 영광스럽게 만들 것이다"라며 판결을 비판하는 데 앞장섰다.

존 브라운의 친구인 사일러스 소울(Silas Soule, 1838~1865)이 감옥에 침투하여 브라운을 북부로 탈옥시키려 했으나, 그는 자신이 59세로 도주해 살기에는 이미 늙었다며 순교자로서 죽을 각오를 피력했다. 12월 1일 존 브라운은 감옥에 찾아온 아내와 마지막 식사를 함께했는데, 당국으로부터 하룻밤 같이 지내도 좋다는 허가가 내려졌음에도 거부했다.

그즈음 빅토르 위고는 나폴레옹 3세의 독재에 맞섰다가 영국해협에 있는 건지(Guernsey) 섬으로 망명해 살고 있었다. 존 브라운의 공개 처형 소식을 들은 위고는 1859년 12월 2일 선처를 촉구하는 공개서한을 썼다. 이 선견

존 브라운 묘 존 브라운의 시신은 그의 농장이었던 뉴욕의 노스엘바에 묻혔다. 묘역을 포함하여 그 일대는 '존 브라운 농장 주립사적지'로 조성되어 있다.

지명의 작가는 브라운을 죽인다면 미국은 내전에 돌입할 수 있다고 서한을 통해 경고했는데, 그건 불과 2년도 채 지나지 않아 남북전쟁(1861~1865)으로 실증됐다.

정치적으로 말해보건대, 존 브라운을 죽이는 것은 돌이킬 수 없는 죄악이다. 그로 인해 연방에 내재되어 있던 균열이 드러날 것이고, 끝내 대혼란이 일어날 것이다. 브라운의 몸부림으로 인해 당장은 버지니아주의 노예제도가 강화될지 몰라도 결국에는 미국 전체의 민주주의가 뒤흔들릴 것이 틀림없다. 부끄러운 줄 아시라. 그렇지 않으면 그대들 스스로 그대들의 영광을 쇠하게 하리라. 도덕적으로 말해보건대, 자유에 의해 해방이 암살됨을 누구든 보게 될 그날, 인간 존재의 빛이 꺼져버리고 정의와 불의에 대한 관념이 어둠 속으로 숨어버릴 것이다. …(중략)…

미국인들이 이것을 숙고했으면 한다. 카인이 아벨을 죽이는 것보다 더 공포스러운 일로, 그것은 바로 워싱턴이 스파르타쿠스를 죽이는 일이라는 것을 말이다.

1859년 12월 2일 아침, 처형을 앞둔 존 브라운은 다음과 같이 마지막 말을 남겼다.

나 존 브라운은 이제 이 죄 많은 나라가 저지른 범죄들이 피가 아니고서는 지울 수 없음을 확신하게 되었다. 지금에서야 생각해보니 응당 뿌려야 할 피를 충분히 뿌리지 않은 채 나는 헛되이 자만하고 있었던 것이다.

아침 11시 정각, 존 브라운은 군 감옥에서 나와 몇 블록 떨어진 풀밭에 세워진 교수대로 군인 2천 명이 경호하는 가운데 호송됐다. 노예제도를 찬성하는 성직자의 기도를 거절했기 때문에 동행 목사는 없었고, 감옥에서도 교수대에서도 종교의식은 치러지지 않았다. 11시 15분에 교수형이 집행되었고, 11시 50분에 사망을 확인했다. 브라운의 시신은 목을 조른 올가미조차 벗기지 않은 채 그대로 목관에 입관되었고 기차에 실려 그의 가족이 사는 뉴욕으로 보내졌다.

존 브라운의 죽음을 맞는 북부의 분위기는 남부와 사뭇 달랐다. 그의 죽음을 애도하며 온 교회에서 조종弔鐘이 울리고 조포弔砲가 발사되었다. 에머슨과 소로 등도 브라운의 운구를 슬피 맞이했다. 존 브라운의 유해는 12월 8일 뉴욕 노스엘바(North Elba)에 묻혔다. 두 아들 올리버(Oliver Brown)와 왓슨(Watson Brown)의 유해도 훗날 이곳으로 옮겨와 아버지 존 브라운의 묘

소로의 가족묘 콩코드의 슬리피 할로 공동묘지에는 소로 가족묘가 있다. 소로 가족의 묘비에는 맨 위부터 순서대로 아버지 존 소로, 어머니 신시아, 형 존 소로 주니어, 누나 헬렌, 작가 헨리, 여동생 소피아가 생몰년과 함께 새겨져 있다. 가족 묘비의 왼쪽 끝에 있는 묘비가 헨리 소로의 것이다.

옆에 안장됐다.

비난 여론이 거세지자 미 의회도 그냥 있을 수만 없어 브라운 사건 조사위원회를 조직했지만 정치적 면피용에 불과했다. 링컨조차도 브라운의 습격 사건과 자신은 그 어떤 연관성도 없다면서 브라운을 "미친놈"이라고 했다. 그러나 남북전쟁이 일어나자 존 브라운은 영웅화되어 〈존 브라운의 주검(John Brown's Body, 원제는 John Brown's song)〉이라는 노래가 북군의 애창곡으로 불려졌다. 이 노래는 세계로 전파되어 우리의 귀에도 익숙한 곡이지만 정작 그 유래는 모르는 이들이 많다. 인터넷에서 이 노래를 쉽게 찾을 수 있으니 꼭 들어보시기를 바란다.

남북전쟁이 일어나고 1년 뒤인 1862년, 소로는 건강이 악화되어 마흔다

헨리 데이비드 소로 묘 1862년 5월 6일 소로는 "이제야 멋진 항해가 시작되는군(Now comes good sailing)"이라는 마지막 말을 남기고 숨을 거두었다. 그의 장례식에 에머슨이 와서 추도사를 낭독했다. 슬리피 할로 공동묘지에 있는 그의 묘비는 굉장히 소박하고 작다.

섯의 나이로 콩코드에서 서거했다. 자연과의 친화를 강조했던 그는 매사추세츠주 콩코드의 슬리피 할로 공동묘지에 안장되었다. 이곳에는 에머슨, 호손 등 유명 인사의 묘(작가들의 묘역Author's Ridge)가 있으니 찾아가 봄직하다.

Henry Wadsworth Longfellow

헨리 워즈워스 롱펠로
Henry Wadsworth Longfellow
1807. 2. 27 ~ 1882. 3. 24

1 외국어의 천재, 탁월한 번역가

헨리 워즈워스 롱펠로의 부계 조상은 영국 요크셔에서 신대륙으로 옮겨온 이주민이고, 모계는 메이플라워호 승선자로 외할아버지(펠렉 워즈워스 Peleg Wadsworth)는 독립전쟁에 참여했던 장군이었다. 아버지 스티븐 롱펠로 (Stephen Longfellow)는 하버드대학 출신의 변호사였으며 주의회 의원도 지냈다. 헨리 롱펠로는 메인주 포틀랜드에서 8남매 중 둘째로 태어났는데, 생가는 철거되어 지금은 그림엽서나 오래된 사진에서만 확인할 수 있다. 어린 시절을 보낸 집은 현재 '워즈워스 롱펠로 하우스(Wadsworth-Longfellow House)'라는 곳으로, 포틀랜드에서 첫 번째 박물관이 되었다.

롱펠로는 세 살 때부터 주로 가정에서 교육을 받는 형태의 영어권 사립학교인 데임 스쿨(Dame school)에 다녔고 여섯 살 때 바다 근처의 포틀랜드 아카데미(Portland Academy)에 입학했다. 그의 어머니는 독서를 좋아하는 롱펠로에게 『로빈슨 크루소』나 『돈키호테』 등을 읽히며 학습 성취력을 높여주었다.

1822년, 롱펠로는 열다섯 살에 메인주 브런즈윅(Brunswick)에 있는 보든 칼리지(Bowdoin College)에 입학했다. 이곳에서 그는 자신보다 세 살 많지만 평생지기인 너새니얼 호손을 만났다. 보든 칼리지를 졸업한 그에게 스승이 프랑스어·스페인어·이탈리아어를 유럽에서 익히고 돌아오면 교수를 시켜준다고 해서 1826년 5월부터 3년간 영국, 프랑스, 독일, 네덜란드, 이탈리아, 스페인 등지를 여행하며 외국어를 마스터했다. 언어감각이 탁월했던 그는 7개 언어를 통달한 뒤 1829년 8월 중순에 자신 있게 귀국했다. 하지만 박봉의 월급으로 인해 교수직을 사양하려고 했더니, 총장이 800달러에다 도서관 사서직 1시간 겸무 조건으로 100달러를 더 준다고 해서 수락했다. 보

롱펠로 생가(위)와 어린 시절을 보낸 집(아래)　롱펠로가 태어난 집은 그의 아버지 이름을 따서 '스티븐 집(The Stephenson Home)'으로 알려져 있다. 이 건물은 1791년에 지어졌으나 1955년에 철거되어 지금은 옛 사진이나 그림엽서를 통해서만 확인할 수 있다. 생가는 남아 있지 않지만, 메인주 포틀랜드에서 롱펠로가 성장하며 본가로 두었던 집은 오늘날 '워즈워스 롱펠로 하우스'로 보존되어 있다.

든 칼리지 교수로 재직 중 그는 프랑스어·이탈리아어·스페인어 교본을 집
필했으며, 뉴욕대학으로 옮기려 했으나 실패했다.

1831년, 롱펠로는 어렸을 때부터 친하게 지낸 포틀랜드 출신의 메리 스
토러 포터(Mary Storer Potter)와 결혼했다. 이 무렵 간간이 논픽션과 산문 작
품을 집필하고 있었는데, 1834년 스물일곱 살 때 하버드대학 총장으로부터
현대 언어(Modern Languages) 교수 자리를 제안받았다. 다만 1년간 유럽 연
수를 하면서 네덜란드어·덴마크어·스웨덴어·핀란드어·아이슬란드어 등
북유럽 언어를 습득해야 한다는 조건이 붙었다. 어학 쪽으로 워낙 뛰어난
소질이 있기에 총장이 내건 조건은 문제도 안 되었다.

그러나 유럽 여행을 함께 갔던 아내가 로테르담에서 유산을 하고 그 후
유증으로 결국 사망하여 큰 충격을 받았다. 이 불행은 결혼한 지 4년밖에
지나지 않은 1835년의 일이었다. 이듬해인 1836년 스물아홉 살에 롱펠로
는 하버드대학 교수직을 얻어 1854년까지 18년간 재직했다. 하버드대학
이 위치한 케임브리지에서 1837년부터 학교 가까이에 새로운 거처를 잡았
는데 '크래이기 하우스(Craigie House)'라 불리는 집이다. 처음에는 하숙으로
들어갔지만, 1843년 재혼할 때 이 집의 소유주가 되었다.

2　인기 있는 노변 시인

평탄하게 성장하여 교수가 된 롱펠로는 1839년 서른두 살 때 첫 시집
『밤의 목소리(Voices of the Night)』를 냈는데, 여기에는 그의 대표작 「인생찬
가(A Psalm of Life)」가 실려 있다. 그의 시는 문맹이라도 귀로 들으면 다 알
수 있을 정도로 쉬운 단어를 사용하여 평이하면서도 교훈성까지 담고 있어

폭넓은 계층에서 읽혔고 대중적 인기를 끌었다. 아래 번역된 시와 오른쪽에 병기한 원문은 정확히 일치하지 않는데, 이는 우리말과 영어의 어순이 다르기 때문이다. 롱펠로가 쉬운 단어로 시를 창작했음을 보여주기 위해 원문을 같이 실었다.

인생은 한낱 헛된 꿈이라고	Tell me not, in mournful numbers,
내게 슬픈 노랠랑 부르지 말라!	Life is but an empty dream!
잠자는 영혼은 죽은 영혼	For the soul is dead that slumbers,
사물은 보기와는 다른 것.	And things are not what they seem.
인생은 참된 것! 인생은 진지한 것!	Life is real! Life is earnest!
무덤만이 그 목표는 아니어라.	And the grave is not its goal;
그대 흙이니 흙으로 돌아가리라는 것은	Dust thou art, to dust returnest,
우리 영혼을 두고 한 말이 아니리라.	Was not spoken of the soul.
…(중략)…	
이 세상의 넓은 싸움터에서	In the world's broad field of battle,
인생의 야영장에서	In the bivouac of Life,
그대 말없이 쫓기는 가축의 무리가 되지 말고	Be not like dumb, driven cattle!
싸움에 앞장서는 영웅이 되어라!	Be a hero in the strife!
아무리 즐거움 있을지라도 미래를 믿지 말라!	Trust no Future, howe'er pleasant!
죽은 과거는 그만 묻어버려라!	Let the dead Past bury its dead!
그리고 행동하라—살아있는 현재를 위하여 실행하라.	Act,—act in the living Present!

안으론 젊은 가슴이 있고 위로는 하나님이 계시니. Heart within, and God o'erhead!

…(하략)…

—윤삼하 옮김, 「인생찬가」, 『롱펠로 시집』, 범우문고, 1991.(이하 롱펠로의 시는 이 책에서 인용)

감미로운 이 시집에 이어 3년 뒤 1842년에는 두 번째 시집인 『발라드와 기타 시(Ballads and Other Poems)』를 출간했다. 여기에 실린 시들도 애창됐는데 그중 제일 유명한 작품은 「마을의 대장장이(The Village Blacksmith)」다. 롱펠로의 윗대 조상 중에는 메인주 포틀랜드로 처음 이주해서 대장간 대장장이와 학교 교장 등을 지낸 어른이 있었는데, 바로 그에게 바친 작품이다. 다만 시에서 묘사하는 대장장이의 실제 모델은 롱펠로의 이웃 사람인 덱스터 프라트(Dexter Pratt)라는 케임브리지 주민이었다.

「마을의 대장장이」 일부를 소개한다.

가지 늘어뜨린 밤나무 아래
마을 대장장이 서 있네
…(중략)…

머리는 길고 검은 곱슬머리
얼굴은 햇빛에 탄 황갈색
이마는 정직한 땀에 젖은
제 손으로 벌어먹고 사는 사람.
누구에게도 빚진 일 없으니
세상을 바로 보고 사는 사람.
…(중략)…

Under a spreading chestnut-tree
The village smithy stands;

His hair is crisp, and black, and long;
His face is like the tan;
His brow is wet with honest sweat,
He earns whate'er he can,
And looks the whole world in the face,
For he owes not any man.

일하며– 즐거워하며– 슬퍼하며

오늘도 묵묵히 살아가네.

아침에 시작한 일

저녁에 끝마치고

꾀했던 일 이룬 보람으로

한밤의 휴식을 얻네.

고마워라, 고마워. 내 소중한 친구여.

그대 내게 준 가르침!

활활 타는 용광로 속에

우리들의 운명은 만들어지는 것.

우리의 불타는 행위도 생각도

소리 나는 모루 속에서 다듬어지는 것!

Toiling,- rejoicing,- sorrowing,

Onward through life he goes;

Each morning sees some task begin,

Each evening sees it close;

Something attempted, something done,

Has earned a night's repose.

Thanks, thanks to thee, my worthy friend,

For the lesson thou hast taught!

Thus at the flaming forge of life

Our fortunes must be wrought;

Thus on its sounding anvil shaped

Each burning deed and thought!

1879년 2월 27일 롱펠로의 일흔두 번째 생일날, 동네 학동들이 밤나무로 만든 의자를 선물했다. 이 시에 나오는 밤나무가 도로 확장 공사로 베어지자 그것으로 만든 의자였다. 그 나무를 베어낸 자리에는 화강암 기념판이 부착되어 있다.

밤나무 의자

「마을의 대장장이」에 나오는 밤나무가 도로 공사로 잘려 나가자 케임브리지 지역의 학생들이 그 밤나무로 팔걸이 의자를 만들어서 롱펠로에게 선물했다. 이 의자는 '롱펠로 하우스 및 워싱턴 사령부 국가사적지(Longfellow House — Washington's Headquarters National Historic Site)'에 보존되어 있다.

시인은 시 「내 의자에서(From my Arm-Chair)」를 통해 이 의자 선물에 감사의 뜻을 담아냈다.

『발라드와 기타 시』에 실린 또 다른 시 「헤스페로스호의 난파(The Wreck of the Hesperus)」는 1839년 실제 일어났던 사건을 소재로 삼았다. 1839년 1월, 미국 북동 해안에 눈폭풍이 12시간 동안 휘몰아치면서 20척의 선박이 파괴되고 40여 명이 실종된 사건이 일어났다. 파도가 잠잠해진 뒤 표류하는 선박 한 척이 발견되었는데, 그 배에는 한 여인이 돛대에 묶인 채 죽어 있었다. 파도에 휩쓸리지 않도록 돛대에 자신을 묶어놓은 것이었다. 「헤스페로스호의 난파」는 바로 이 사건을 모티브로 사실과 허구를 섞어 쓴 서사시인데, 선장이 거센 폭풍우 속에서 딸을 떠내려가지 않게 하기 위해 돛대에 묶지만 결국 시신으로 발견된다는 비극적인 내용이다.

선박의 이름인 헤스페로스는 저녁별, 금성, 개밥바라기, 비너스로도 불리는 인기 있는 별이다. 그리스신화에 따르면 저녁별인 헤스페로스는 새벽의 여신 에오스(Eos)의 아들이다. 에오스의 또 다른 아들은 아침별(Morning Star)인 포스포로스(Phosphorus)이다.

롱펠로에게는 '다섯 노변爐邊 시인(Five Fireside Poets)'의 한 사람이라는 칭송이 따라붙는다. '노변 시인'이란 한자 그대로 화롯가 시인이라는 뜻으로, 겨울밤 화로를 끼고서 편안하게 들을 수 있는 쉽고 대중적인 시를 쓰는 시인을 일컫는 말이다. 또 다르게 부르는 말로는 '교실 또는 가정에서 낭송할 때 듣기 좋은 시를 쓰는 시인(Schoolroom Poets, Household Poets)'이라고도 했다. 19세기 뉴잉글랜드 지역의 시인 중 대중성과 친밀감이 컸던 시인을 지칭하는 '다섯 노변 시인'은 롱펠로를 포함하여 윌리엄 브라이언트(William Cullen Bryant, 1794~1878), 존 그린리프 휘티어(John Greenleaf Whittier, 1807~1892), 제임스 로웰(James Russell Lowell, 1819~1891), 올리버 홈스(Oliver

Wendell Holmes, Sr., 1809~1894)이다. 이들은 표준 형식에다 규칙적인 영시 형식을 갖춰서 낭독하기에도 아름다울 뿐 아니라 학교나 가정에서 두루 읽히는 교훈성 작품을 썼다.

이같이 널리 애독되는 감미롭고 낭만적인 시를 쓰는 한편, 1842년에 『노예에 관한 시편(Poems on Slavery)』이라는 시집도 출간했다. 노예제도를 비판하는 내용이 담긴 시들로 구성되었는데, 시인 자신이 뉴잉글랜드 지역의 반노예연합회를 통해 시집 보급에도 앞장섰다.

3 행복과 액운 속에 많은 작품 창작

첫째 부인 메리 포터와 사별하고 독신으로 지내던 롱펠로는 7년간의 구애 끝에 보스턴 방적공장 사장의 딸 프랜시스(패니Fanny) 엘리자베스 애플턴 (Frances Elizabeth Appleton, 1819~1861)과 1843년에 결혼식을 올렸다. 롱펠로는 그녀에게 구애하려고 자신이 사는 케임브리지에서 그녀의 집이 있는 보스턴 중심가까지 1시간 반이 넘는 거리를 걸어갔는데, 그때 그가 찰스강을 가로질러 건넌 다리가 '웨스트 보스턴 다리(West Boston Bridge)'였다. 그는 1845년에 시 「다리(The Bridge)」에서 '웨스트 보스턴 다리'에 대해 쓴 바 있다. 1906년 다리를 새로 설치하면서 '케임브리지 다리'로 명명했지만, 1927년 시인을 기념해 '롱펠로 다리(Longfellow Bridge)'로 개명했다(현지에서는 다리 중앙의 구조물 모습에 착안해 '소금과 후추 다리Salt-and-Pepper Bridge'라고도 불린다). 장인은 결혼 선물로 롱펠로가 하버드대학 근처에 하숙으로 들어가 살았던 케임브리지 찰스강변의 크래이기 하우스를 사주었다.

그가 살았던 이 저택은 현재 '롱펠로 하우스 및 워싱턴 사령부 국가사적

롱펠로 다리　롱펠로는 애플턴을 만나기 위해 케임브리지에서 찰스강 다리를 건너 보스턴까지 1시간 넘게 걸어갔는데, 그 당시의 다리는 없어지고 현재의 다리는 1906년에 새로 건설된 것이다.

지(Longfellow House — Washington's Headquarters National Historic Site)'로 지정되어 있다. '바슬 크레이기 롱펠로 하우스(Vassall-Craigie-Longfellow House)'라고도 한다. 이 저택은 독립전쟁(1775~1783) 중 조지 워싱턴 장군이 보스턴 공성전을 치를 때인 1775~1776년간 작전 본부로 썼던 곳이기도 하다. 또한 당내 내로라하는 에머슨, 호손, 찰스 디킨스 등 많은 문인이 이 집을 방문했다. 롱펠로 부부는 이사 가지 않고 이 집에서 평생 살았다.

　롱펠로는 부인 패니 애플턴에 대한 애정을 「저녁별(The Evening Star)」에서 노래했다. "오, 내 사랑, 내 어여쁜 금성이여!/내 사랑하는 샛별이자 저녁별이여!(O my beloved, my sweet Hesperus!/My morning and my evening star of love!)" 부부는 늦결혼을 보상이라도 받으려는 듯이(롱펠로는 서른여섯 살이었다) 6남매를 낳았다. 그중 셋째이자 맏딸인 패니(부인의 이름과 같음)는 미국에

롱펠로 하우스 및 워싱턴 사령부 국가사적지 롱펠로가 애플턴과 재혼할 때 장인이 사준 집으로, 매사추세츠주 케임브리지 찰스강 연안에 있다. 독립전쟁 때는 조지 워싱턴의 본부로 사용되었던 저택이다.

서 처음으로 산부인과 마취제를 사용하여 낳은 아이였는데 태어난 지 1년 만에 죽었다.

영국과 프랑스 간의 식민지 전쟁을 배경으로 한 비련의 서사시 『에반젤린(Evangeline)』(1847)을 비롯하여 많은 작품을 쓴 롱펠로는 1854년 마흔일곱 살에 하버드대를 일찍 은퇴하고 저술에만 전념했다. 1855년에 펴낸 장편 서사시 『하이어워사의 노래(The Song of Hiawatha)』는 용감하고 현명한 인디언 추장 하이어워사와 그의 애인 미네하하(Minnehaha)의 전설을 다룬 작품이다. 하이어워사는 미국과 캐나다의 국경에 위치한 5대호 중 하나인 슈피리어호 남쪽 연안에 거주했던 원주민이었다.

『에반젤린』과 쌍벽을 이루는 설화시說話詩로 평가받는 『마일스 스탠디시의 구애(The Courtship of Miles Standish)』(1858)는 메이플라워호 필그림 실

저택 서재에 앉아 있는 롱펠로　서재의 벽난로 옆에 앉아 있는 모습이다. 1875~1882년으로 추정된다.

존 인물들의 이야기를 소재로 삼았다. 두 남성 마일스 스탠디시와 존 올던(John Alden), 그리고 한 여성 프리실라 뮬런(Priscilla Mullens)의 삼각관계를 다뤘는데, 이민 1세대의 로맨틱한 사랑과 거친 삶을 조화시킨 아름다운 작품이다. 마일스는 이주민들의 군 고문으로 초청받아 온 영국군 장교로, 현지에 정착하여 당대의 지도급 인사로 활약했다. 존은 선원으로 왔다가 귀국하지 않고 정착했으며, 프리실라는 가족이 다 죽고 혼자 남은 처녀로, 존과 프리실라의 결혼은 메이플라워 필그림의 혼사 중 세 번째로 이루어진 경사였다. 롱펠로는 이들의 직계 후손으로, 『마일스 스탠디시의 구애』는 집안에 전해 내려오는 전설 같은 이야기를 쓴 것이라고 했다.

　펴내는 시집마다 인기를 끌고 가정생활도 평화롭던 이 집안에 액운이 닥쳤다. 1861년 7월, 아내 패니가 두 딸의 머리 타래를 보관하는 상자를 밀랍

롱펠로 묘 매사추세츠주 케임브리지 마운트 오번 묘지에 두 아내와 어려서 죽은 딸까지 함께 묻혔다.

으로 봉하다가 불꽃이 잘못 튀어 치마로 불이 번지면서 결국 목숨을 잃었다. 롱펠로는 낮잠을 자다가 깨어 그 불을 끄느라 화상을 입었고, 그로 인해 아내 장례식에도 참석하지 못했다. 이후 시인은 얼굴의 상처를 가리려고 수염을 길렀다. 18년 뒤 롱펠로는 그때의 슬픔을 「눈 십자가(The Cross of Snow)」(1879)에서 "잠 못 이루는 긴 밤/문득 벽에서 한 상냥한 얼굴이/죽은 지도 오래된 그 사람 얼굴이/나를 바라보네"라고 읊었다.

롱펠로는 부인의 죽음으로 큰 충격을 받은 뒤 오랫동안 시를 쓰는 데 어려움을 겪다가 만년에는 외국어 작품을 번역하는 데 몰두했다. 특히 단테의 『신곡』을 수년에 걸쳐 번역하여 1867년 미국에서 처음 3권으로 펴냈다. 1882년 일흔다섯 살 때 복통이 심해져 아편으로 달래다가 복막염으로 3월 24일 타계했다. 유해는 두 아내와 함께 케임브리지에 있는 마운트 오번 묘

롱펠로공원의 기념상 롱펠로 유족이 헌사한 땅에 케임브리지시가 롱펠로공원을 조성했는데, 이곳에는 롱펠로의 흉상(가운데)과 그의 작품 속 등장인물 6명이 부조로 새겨 있다. 왼쪽부터 오른쪽 방향으로 마일스 스탠디시(Miles Standish), 샌달폰(Sandalphon), 대장장이(the Village Blacksmith), 스페인 학생(the Spanish Student), 에반젤린(Evangeline), 하이어워사(Hiawatha)이다.

지(Mount Auburn Cemetery)에 안장됐다.

롱펠로는 미국 시인으로는 유일하게 영국 웨스트민스터 사원의 시인 코너에 흉상이 세워졌다. 외국인으로서는 첫 번째로 세워진 흉상이니, 당시 그가 얼마나 유명했는지를 알 수 있다.

사후 공개된 「인생의 한가운데에 서서(Mezzo Cammin)」에서 시인은 이렇게 썼다.

내 인생의 반이 벌써 지났는데

세월만 헛되이 흘러가고

젊은 시절 꿈꾸던 것 하나도 이루지 못했구나.

드높은 성벽 위에 노래의 탑 쌓으려던 그 꿈!

결코 게으름이나 쾌락을 쫓지도 않았고

끝없는 초조로 번민하지도 않았건만

다만 나를 죽음으로 몰고 갔을지도 모를

그 슬픔이 아무것도 이룰 수 없게 만들었네!

이제 언덕의 반쯤에 올라 지난날 돌아보니

황혼에 싸인 희미하고 거대한 도시처럼

그 소리와 모습들 밑에 있네.

연기 나는 지붕들, 부드러운 종소리, 깜빡이는 불빛들—

언덕 위에는 가을 바람에

죽음의 폭포가 천둥 치듯 울리는 소리 들리네.

웨스트민스터 사원에 세워진 롱펠로 흉상
롱펠로가 죽은 지 2년 뒤인 1884년 영국 웨스트민스터 사원의
시인 코너(Poets' Corner)에 이 흉상이 세워졌다. 외국인으로서
는 첫 번째로 세워진 기념상이다.

Walt Whitman

월트 휘트먼
Walt Whitman
1819. 5. 31 ~ 1892. 3. 26

1 등대를 사랑한 고독한 소년

국민시인 월트 휘트먼은 잉글랜드 퀘이커교도 혈통의 아버지 월터와 네덜란드계 퀘이커교도가 조상인 어머니 사이에서 9남매 중 둘째로 태어났다. 아버지는 목수를 겸한 농부였는데 『상식』의 저자인 토머스 페인의 인권사상을 적극 지지했다. 일곱 아들 가운데 3명을 미국 지도자(초대 대통령 조지 워싱턴, 제3대 대통령 토머스 제퍼슨, 제7대 대통령 앤드루 잭슨)의 이름으로 지을 정도였다. 시인은 원래 이름이 월터 휘트먼 주니어(Walter Whitman Jr.)이지만 아버지 월터의 이름을 피해 월트로 불렸다.

휘트먼이 태어난 곳은 뉴욕주 롱아일랜드의 헌팅턴 웨스트 힐즈(West Hills, Town of Huntington, Long Island) 월트 휘트먼가 246번지로, 뉴욕항이

휘트먼 생가 박물관 주립사적지 Walt Whitman Birthplace State Historic Site
휘트먼이 '물고기 모양의 섬'이라고 명명한 롱아일랜드에 그의 생가가 있다.

생가 박물관 안뜰에 있는 휘트먼 동상

바라보이는 곳에 위치해 있다. 뉴욕 퀸스의 롱아일랜드 남서쪽 해안에 위치한 존 F. 케네디 국제공항에서 다리나 터널을 건너면 곧장 뉴욕 시내다. 섬 서쪽 끝이 브루클린이고, 롱아일랜드 익스프레스웨이에서 49N 출구로 나가면 헌팅턴(섬의 북안)이다. 휘트먼 생가는 거의 원형 그대로 잘 보존되어 있다. 판자 지붕의 이 2층집은 목수 아버지가 1816년에 직접 지은 것이다. 이 집에서 살다가 휘트먼이 네 살 때 브루클린으로 이사했다.

휘트먼은 어렸을 때 롱아일랜드 동쪽 끝에 있는 몬탁 등대(Montauk Point Light)를 자주 찾아갔다. 몬탁 등대는 뉴욕주에서는 최초로 만들어진 등대이며 미국에서 4번째로 오래된 등대로, 조지 워싱턴 때인 1796년에 완공하고 1797년 4월부터 등대에 불을 밝히기 시작했다. 매년 5월 31일 휘트먼의 생일에는 이곳에서 시 낭독회와 음악회가 열린다. 시인은 1881년 예순두 살 때 마지막으로 생가를 방문했다고 전한다.

어린 시절 휘트먼은 잊지 못할 경험을 했다. 여섯 살 때(1825) 독립기념일에 브루클린에서 라파예트를 만났는데, 그가 어린 휘트먼을 번쩍 안아 뺨에 키스를 해주었던 것이다. 하지만 이렇듯 행복한 유년의 추억만 있지는 않았다. 가정 형편이 어려웠던 탓에 열한 살 때 학교를 그만두어야 했다. 이후 변호사 사무실과 병원에서 사환으로 일하기도 했고, 롱아일랜드 지역 주간지의 인쇄 견습공·식자공·조판공 등을 전전하면서 인쇄 분야 노동자로

몬탁 등대 미국에서 4번째로 오래된 등대인 만큼 국립역사기념물(National Historic Landmark)로 지정되었다. 등대 타워의 높이는 33.7m다. 등대 앞에는 고기를 낚는 어부 동상이 세워져 있다.

지내며 독학했다. 열일곱 살 때 롱아일랜드로 귀향했으나 1837년 경제공황으로 인해 인쇄소 일자리를 찾기가 어려워지자 짬짬이 초등학교 교사 생활을 하는 등 불안정하고 불만스러운 생활이 계속되었다.

2 떠돌이 구직자, 진보 정치에 투신하다

1838년, 휘트먼은 열아홉 살에 지역신문인 『롱아일랜더(Long Islander)』를 창간했다. 신문사를 설립했으니 그간 돈을 벌었나 생각할 수 있겠지만, 그 시대 지방지란 인쇄기 한 대만 있으면 자신이 기사를 써서 편집, 인쇄, 배포까지 혼자 할 수 있었다. 그래서 자기 수단껏 독자를 모집하고 광고를 실어 유지해야 했다. 10개월 후 운영하기가 만만치 않아 팔아치우고 다시 인쇄공(주로 식자공)과 임시직 교사로 번갈아 가며 일하다가 1842년부터는 신문사 편집부에서 근무하며 몇몇 신문에 칼럼도 썼다.

1842년(23세)은 그에게 생의 전환기라고 할 수 있다. 이해에 뉴욕에서 에머슨의 '자연과 시인의 능력(Nature and the Power of the Poet)'이라는 강연을 듣고서 시인이 되기로 결심하고, 그동안 끄적거리기만 했던 시를 본격적으로 창작하기 시작했다. 그가 남긴 유일한 장편소설 『프랭클린 에번스, 또는 술고래(Franklin Evans; or, The Inebriate)』도 이때 출간했다.

평생 술을 별로 마시지 않은 그는 금주운동 동조자로서 1840년 4월 창립된 '워싱터니언 금주협회(The Washingtonian movement)'에도 참가했다. 금주에 관한 짧은 글도 썼는데 「루벤의 마지막 소원(Reuben's Last Wish)」(1842)이라는 단편소설이다. 술로 패가망신한 이야기로, 금주의 교훈이 담겨 있다.

부평초처럼 떠돌며 밥벌이에 쫓겨 살던 그가 2년간이나 정착했던 직장은 당시 뉴욕 브루클린에서 가장 유명한 일간지 『브루클린 이글(The Brooklyn Eagle)』이었다. 이 신문사에서 1846년부터 편집자로 일했다. 1841년 창간하고 1955년에 종간한 이 신문은 유명한 석간지로, 남북전쟁 때는 민주당을 지지했다.

1848년, 휘트먼은 『브루클린 이글』 신문사를 떠나 멕시코만에 면한 루이지애나주의 뉴올리언스로 먼 길을 떠났다. 미국－멕시코 전쟁(1846~1848) 이후 호황을 누리던 『뉴올리언스 크레센트(New Orleans Crescent)』의 편집을 맡아달라는 초청으로 가게 된 것이다. 역마차, 기차, 선박 등을 갈아타며 산맥과 강을 건너면서 자연을 만끽할 수 있는 행운을 누렸다. 생전 첫 경험이었고, 이 여정에서 느낀 감동이 훗날 그의 시에 미 대륙의 장대함으로 나타났다. 그러나 몇 달 만에 그는 다시 브루클린으로 돌아갔다.

휘트먼은 노예제도를 반대하는 '윌멋 조항(Wilmot Proviso)'의 지지자였다. '윌멋 조항'은 미국-멕시코 전쟁 이후 할양받거나 획득한 지역에 노예제 도입을 금지하려는 법안으로, 펜실베이니아 출신의 데이비드 윌멋(David Wilmot, 1814~1868) 의원이 1846년에 제안하여 하원에서 통과됐으나, 남부 출신이 다수였던 상원에서 부결당했다. 그 뒤 몇 차례 재시도했지만 끝내 부결된 조항이다. 브루클린으로 돌아온 휘트먼은 '윌멋 조항'의 지지자답게 진보적 정치 활동에도 관여하여 1848년 스물아홉 살 때 '자유토지당(The Free Soil Party)'의 창립 당원으로 참여했다. 자유토지당은 뉴욕주 버펄로에서 창당된 군소 정당의 하나로, 1848~1854년까지 존속했으며 1848년과 1852년 대통령 선거 때 잠깐 반짝했다. 민주당과 휘그당 출신 인사 중의 노예반대론자들이 지도급으로 활동했으며, '자유 토지, 자유 연설, 자유 노동, 자유 인간(Free Soil, Free Speech, Free Labor and Free Men)'을 중심 가치로 내세웠다. 그러나 나중에는 거의 공화당에 흡수되었다.

브루클린에서 그는 정치 주간지이자 자유토지당의 신문이기도 한 『브루클린 프리먼(Brooklyn Freeman)』의 편집자로 일했다. 하지만 이마저도 민주당 보수파의 공격으로 1년 만에 사임하고는 부모와 함께 기거하며 서점을 차렸다.

3 미국식 민주주의 예찬 시집 『풀잎』의 충격과 좌절

아무 의지할 곳도 없었던, 이 건장한 대륙적 민중의 이미지를 지닌 청년은 마침내 자비로 첫 시집 『풀잎(Leaves of Grass)』을 1855년 7월 4일에 펴냈다. 시인의 이름도 밝히지 않고 시에는 제목도 없는 95쪽짜리 이 시집이 세

휘트먼 시집 『풀잎』 초판 1855년, 휘트먼은 12편의 시가 실린 95쪽자리 이 시집을 자비로 출판했다. 초판에는 자신의 이름을 밝히지 않았지만 권두 삽화로 35세(1854)의 본인 사진을 실었다.

상에 나오자, 성적 묘사가 외설스럽다는 비난이 쏟아졌다. 이 때문에 출판에 어려움을 겪었지만 그런 중에도 시 20편을 추가해 제2판을 1856년 8월에 출간한 데 이어, 이후 계속 보완해 1860년, 1867년, 1871~72년, 1876년, 1881년, 1888~89년, 1891~92년(deathbed edition)에 걸쳐 중판을 거듭하며 작품이 400편까지 늘어났다.

이 시집을 두고 온갖 비평과 해석이 다양하지만, 여름의 무성한 풀잎은 미국식 민주주의와 민중, 풍요로운 국토의 상징으로 보는 게 좋을 것 같다. 휘트먼은 오로지 이 한 권으로 미국의 국민시인이 되었다. 여기서는 마지막 판본에 반영된 걸 텍스트 삼아 감상해보자. 다음은 「서문」의 핵심 문장을 뽑은 것이다.

- 모든 아름다움은 아름다운 피와 아름다운 두뇌에서 나온다.
- 지구와 태양과 동물을 사랑하라. 부를 경멸하라. 구하는 사람에게는 모두

자선을 베풀어라. 어리석은 자들과 미친 자들의 편을 들라. 너의 수입과 노동을 다른 사람들에게 바치라. 압제자를 증오하라. 신에 관하여 논하지 말라. 민중들에 대하여 참을성과 너그러움을 가져라. 알려져 있든 알려져 있지 않든 무가치한 것에는 고개를 숙이지 말고 어떠한 사람에게든지 고개를 숙여라.

- 단순함을 능가하는 것은 없다. 과도함이나 명확성의 결여를 메꿀 수 있는 것은 없다.
- 영혼을 만족시켜주는 것은 무엇이나 진실이다.

—고정자 옮김, 「'풀잎' 서문」, 정현종·김주연·유평근 편, 『시의 이해』, 민음사, 1991.

이 「서문」은 세계 시문학사에서 가장 탁월한 시론의 하나로 꼽힐 정도로 감동적이다. 이 시론은 책을 통한 이론이 아니라 미국적인 자연과 문명, 다양한 인종이 가진 각양각색의 직업과 서로 다른 신앙과 삶의 방식 등등이 빚어낸 조화와 평화와 공존과 투지를 통해서만 형성될 수 있는 명상록이자 미학의 결정판이다. 시를 공부하려면 반드시 휘트먼의 이 「서문」을 먼저 읽기를 추천한다.

『풀잎』의 대표작은 단연코 52개의 절(section)로 이루어진 장편시 「나 자신의 노래(Song of Myself)」다.

1

나를 찬양하고 나를 노래하노라, / 내가 취하는 바는 그대도 취하리라, / 내게 속한 모든 원자는 그대에게 속한다고 할 수 있으니. / 나는 빈둥거리며 내 영혼을 부른다, / 나는 몸을 기대 편한 마음으로 천천히 한 줄기 여름풀을 살펴본다. / 내 혀, 내 피의 모든 원자는 이 땅과 이 대기에서 이루어졌고 / 여기

에 부모에게서 태어났다, 그들도 마찬가지로 부모에게서 태어났고 그 이전
도 마찬가지로 부모에게서 태어났다 / 이제 완전한 건강을 누리는 삼십칠 세
의 나는 시작이다 / 죽기까지 멈추지 않으려 하며. / 신조와 학파는 잠시 보류
해두고 / 있는 그대로 잊지는 않은 채 한 걸음 물러나 / 좋거나 궂거나 마음
에 품으며 온갖 위험 무릅쓰고 말해보련다 / 본래의 힘을 지닌 거침없는 자
연을.

5

내 영혼아 너를 믿는다, 다른 나는 너에게 비굴해서는 안 되고 / 너 역시 다
른 나에게 비굴해서는 안 된다. …(하략)…

7

나는 흙도 아니요 흙의 부속물도 아니다 / 나는 민중의 친구요 동지이다 그
모두가 나처럼 / 신비하고 불멸이다 / (이 불멸성을 그들은 모르고 있으나 나
는 알고 있다.)

20

나는 있는 그대로 존재한다. 그것으로 충분하다 / 세상의 딴사람이 모르고
있더라도 나는 만족해 앉아 있다. / 모든 사람이 알고 있다 하더라도 나는 만
족해 앉아 있다 / 한 세계가 알고 있다. 내게는 가장 큰 세계, 그런데 이 세계
는 내 자신인 것이다.

21

나는 육체의 시인이며 영혼의 시인 / 천국의 기쁨이 나와 함께 있고 지옥의
고통도 나와 함께 있다 / 전자를 내게 접목해 증식시키고 후자를 새로운 언
어로 옮겨놓는다. / 나는 남성과 함께 여성의 시인이다 / 남자가 되는 것만큼
여자가 되는 것도 좋은 일이다 / 남자의 어머니 되는 것보다 더 나은 일이
없다. …(중략)…

오라 벌거벗은 가슴의 밤이여― 오라 매력과 자양의 밤이여! / 남풍의 밤이
여― 큰 별 드문드문한 밤이여! / 조용히 조는 밤― 열정과 나신의 밤. / 요
염한 웃음 서늘한 입김의 땅이여! / 잠자며 유동하는 수목의 땅이여! / 사라진
일몰의 땅이여― 안개 자욱한 산봉오리의 땅이여! / 푸른빛 도는 만월의 유
리 빛 흐름의 땅이여! / 강물에 반점을 그리는 명암의 땅이여! / 날 위해 더 밝
고 뚜렷한 은회색 구름의 땅이여! / 비스듬히 길게 누운 땅이여― 사과꽃 향
기 짙은 땅이여! / 웃어라, 네 애인이 오니, / 풍부한 자여, 그대는 내게 사랑을
주었다― 그리하여 / 나도 네게 사랑을 준다! / 아, 말할 수 없이 열정적인 사
랑을.

52

나는 내 자신을 흙에 양도한다. 내가 사랑하는 풀에서 자라게끔 / 나를 또 보
고 싶으면 그대의 구두창 밑을 살펴라. / 그대는 내가 누구이며 내가 뜻하는
바를 전혀 모를 것이다 / 그러나 그대의 건강을 도울 것이다 / 그대의 피를
걸러주고 힘 있게 해줄 것이다. / 처음에 못 만나더라도 계속 힘을 내라 / 한
곳에 없으면 딴 곳을 찾아라 / 어딘가 멈추어 그대를 기다린다.
―이영걸 옮김, 『19세기 美詩』, 탐구당, 1990; 윤명옥 옮김, 『휘트먼 시선』, 지만지, 2010.

미국 문학사에서는 물론이고 세계의 유명 시인들도 접근조차 하지 못
했던 주제와 소재로 쓴 시 「나는 미국이 노래하는 소리를 듣는다(I Hear
America Singing)」도 주목해보자. "나는 미국이 노래하는 소리를 듣는다, 다양
하고 즐거운 노래들을 듣는다"로 시작하는 이 시는 기계공, 목공, 석공, 뱃
사공, 갑판원, 제화공, 모자 기능공, 나무꾼, 어머니, 아가씨 등 온갖 민중들
의 활기찬 삶을 보여준다. "미국이 노래하는" 구절에서 '미국(America)'은 단
순한 국가명이 아닌, 영토와 주민과 그 삶 전체를 두루 포괄하는 개념이다.

웅장하게 빛나는 교향악 같은 미국이 "각자가, 다른 사람의 노래가 아닌, 자기 자신의 노래, 그의 노래, 혹은 그녀의 노래를 부르는 것을/낮은 낮의 노래를 부르고, 밤에는 젊은이들이 파티에서 입을 활짝 열고 힘차게 선율적인 노래를 부르는 것을"로 끝난다.

이렇게 거시적인 시선으로 온 나라를 찬찬히 바라볼 수 있었던 건 「나는 앉아서 바라본다(I Sit and Look Out)」라는 관찰자의 자세에서 나온 것이다. 이와 같은 시 창작 자세를 휘트먼은 이렇게 규명한다. "나는 앉아서 세상의 모든 슬픔과 온갖 억압과 수치를 바라본다." 그가 어떤 태도와 관점으로 관찰했는지를 감지할 수 있다. 자책하는 젊은이, 절망의 어머니, 난봉꾼, 순교자, 죄수, 선원, 오만한 자 등등, 세상의 온갖 사람을 관찰하는 것을 그는 시인의 사명으로 삼았다.

좌절과 절망에 빠진 사람들에게 바치는 노래로 시인은 「이루지 못한 사람들을 위해(To Those Who've Fail'd)」를 썼다. "광대한 야망을 품었지만, 이를 이루지 못한 사람들을 위해,"라고 운을 뗀다. 그리고 병사, 기술자, 항해사 등 좌절한 사람들을 위해 "월계수 잎이 덮인 기념비를 세우리라,/높이, 다른 어떤 것보다 더 드높이— /때를 만나기 전에 사그라진 모두를 위해,/어떤 기이한 불의 혼령에 사로잡혔으나,/때 이른 죽음으로 꺼져간 사람들을 위해"로 끝나며 불행한 민중을 위무한다.

이처럼 좌절하고 이루지 못한 사람들을 두루 아우르자면 결국 민주주의가 실현되어야 하므로 그는 「오, 민주주의여, 그대를 위해(For You, O Democracy)」에서 "자, 나는 대륙을 결코 갈라지지 않게 하리라,/지금까지 태양이 비춘 것 중에서 가장 훌륭한 민족을 만들리라,/신성하고 매력적인 땅을 만들리라,/동지의 사랑으로,/평생을 가는 동지의 사랑으로."라고 노래한 것이다. 그래서 미국의 강·호수·숲·도시들이 동지애로 껴안고 있다고 했다.

휘트먼은 오로지 미국만을 사랑했을까? 그는 전 지구를, 모든 나라의 민중을 다 껴안고자 했다. 시인의 그러한 철학이 드러나는 「실패한 유럽의 혁명가에게(To a Foil'd European Revolutionaire)」는 큰 울림으로 다가온다.

그러나 용기를 내라, 나의 형제, 혹은 나의 누이여!/계속해 나아가라 — 무슨 일이 있더라도, '자유'는 끝내 지켜야 한다,/한두 번의 실패, 또는 여러 번의 실패,/혹은 민중의 무관심이나 배은망덕, 혹은 어떤 불성실함을 만나더라도,/혹은 권력, 군대, 대포, 형법이 위협하더라도, '자유'는 억압될 수 없는 것. …(중략)… 나는 세계의 모든 용감한 반란자에 대해 노래할 것을 맹세한 시인. …(중략)… 우리는 승리가 위대하다고 생각했던가?/그건 그렇다 — 그러나 이제 나는, 어쩔 도리가 없을 때에는, 패배도 위대하다고,/그리고 죽음도, 낭패도 위대하다고 생각한다.

이러한 시들이 엮인 『풀잎』 한 권만으로도 휘트먼은 충분히 미국의 국민시인일뿐만 아니라 세계적인 민중시인임을 입증하고도 남는다.

4 후반기의 고독한 삶

1861년 남북전쟁이 발발하자 북군을 옹호하는 일종의 애국시 「두드려라! 두드려라! 북을!(Beat! Beat! Drums!)」을 썼다. "쳐라! 쳐라! 북을!— 불어라! 나팔을! 불어라!/상담을 하지 마라 — 누구의 충고도 듣지 마라,/소심한 자들을 개의치 마라 — 우는 자나 기도하는 자도 개의치 마라,/젊은이에게 간청하는 노인도 개의치 마라"라며, 어머니의 애원마저도 괘념치 말고 전진하라고 독려했다. "영구차를 기다리며 놓여 있는 죽은 자와 함께 그 관대까지 흔들어라"는 구절에선 노예해방이라는 정당한 대의를 위해 전장에 나서야 한다는 시인의 신념이 돋보인다.

이듬해, 북군 장교로 출정했던 동생 조지(George Washington Whitman)와 비슷한 이름을 전사자 명단에서 본 휘트먼은 자신의 눈으로 직접 확인하기 위해 곧바로 남부로 갔다. 가는 도중 지갑을 도둑맞아 밤낮으로 계속 걸어간 끝에 간신히 동생을 만나고 다행스럽게도 부상만 당했음을 확인했다. 그는 이 일을 계기로 워싱턴 D.C.로 가서 육군병원 지원 간호사로 부상자들을 돌보는 일을 했다. 그런데 1864년 9월 동생 조지가 남부군의 포로가 되어버렸고, 12월엔 다른 동생 앤드루 잭슨이 결핵과 알코올 중독으로 사망했으며, 형 제시는 정신이상자 보호시설에 수용되는 사태가 벌어졌다.

이제 휘트먼은 다시 일자리가 다급해졌다. 시인은 마흔여섯 나이에(1865) 에머슨의 도움으로 재무부의 일자리를 소개받았으나 시집 『풀잎』 때문에 취직이 무산되었다. 이후 친구의 소개로 내무부 인디언국에 근무하게 되었지만 또다시 『풀잎』이 외설스럽다는 이유로 장관의 미움을 사서 6개월 만에 파면당하고 말았다. 그 뒤 검찰총장 보좌관으로 있는 친구 덕에 검찰총장실에서 근무하기도 했다. 국민시인의 명성에 걸맞지 않은 고역이었다.

1865년 마침내 남북전쟁이 끝났다. 전해에 재선에 성공한 링컨은 두 번째 임기를 시작한 지 얼마 안 된 4월 14일 암살을 당했다. 휘트먼은 링컨의 죽음을 애도하며 그해에 「오, 함장이여! 나의 함장이여!(O Captain! My Captain!)」를, 그 이듬해에는 대통령 1주기 추모시 「라일락 꽃이 앞마당에 피었을 때(When Lilacs Last in the Dooryard Bloom'd)」를 썼다.

휘트먼은 논문 「민주주의의 미래상(Democratic Vistas)」(1871)에서 남북전쟁

〈**미국의 진보** American Progress〉 '명백한 운명(Manifest Destiny)'을 상징하는 그림으로, 서부의 현대화를 나타낸다. 미국을 의인화한 컬럼비아가 여신의 모습으로 한 손에는 교과서(교육)를 들고 다른 한 손으로는 전깃줄(문명)을 잡고 서쪽으로 향한다. 오른쪽(동부)에서부터 역마차와 기차(발달한 교통수단)가 들어오고 왼쪽(서부)에는 쫓겨나는 원주민들이 보인다. 존 가스트(John Gast)의 1872년 작품.

후 팽배해진 물질주의 풍조를 비판하며 인격주의의 절실성을 강조했다. 그가 원했던 미국식 민주주의의 기반은 제퍼슨과 잭슨(Jeffersonian-Jacksonian)의 사상에 뿌리를 두고 있다. 제3대 대통령 토머스 제퍼슨은 앞에서 서술했으니 여기서는 잭슨에 대해 짧게 짚고 넘어가자.

제7대 대통령 앤드루 잭슨(Andrew Jackson, 재임 1829~1837)은 최초의 평민 출신 대통령으로 보잘것없는 집안에 학력도 변변치 않았으나, 정치사에서는 '잭슨 민주주의(Jacksonian democracy)'라는 용어까지 탄생시킨 인물이다. 잭슨과 그의 지지자들이 이룩한 이념은 오늘날 미국식 민주주의의 기반을 마련했지만 제국주의의 초석이기도 하다. 이 시기에 미국은 평등주의의 확산으로 보통선거제 확립, 시민 참정권 확대, 주 법관의 임기 축소와 배심제 중시, 공선제(공공 직무를 맡을 사람을 일반 국민이 선거로 뽑는 제도)와 엽관제(선거에서 승리한 정당이 자기 당파의 사람들에게 관직을 주는 관행) 채택, 자유방임주의 경제 등등 엄청난 변화를 이룩했다.

잭슨 시대에 또 중요하게 추진한 정책은 영토확장주의였다. 토머스 제퍼슨 대통령 때 루이지애나를 매입하고 이후로도 계속 서부로 영토를 확장해 갔는데, 잭슨 대통령은 남부 지역 백인의 정착을 위해 이 지역 인디언들을 아예 미시시피강 서쪽으로 강제 축출했다. 이 과정에서 군대를 동원하여 인디언들을 잔혹하게 토벌하고 살육했다. 이러한 영토 확장 정책은 훗날 1845년 텍사스 합병 당시 한 저널리스트가 '명백한 운명(Manifest Destiny)'이 라는 논리로 소개하여 정당화된 뒤 오늘날까지도 영향을 미치고 있다. 명백한 운명은 '신이 마련해준 이 대륙을 확장하는 것이 우리의 명백한 운명을 완수하는 일이며, 이는 수백만 인구의 자유로운 발전을 위해 신이 내린 축복이다'라고 믿는 신념을 뜻하는 용어인데, 서부 개척, 나아가 북아메리카 대륙 전역을 통치하려는 야심이 내포되어 있다. 이 모토는 지금은 세계 전체를 지배하려는 제국주의적인 야욕으로 확장되어버렸다.

1873년, 휘트먼은 뉴저지주 캠던(Camden)에 있는 동생 조지의 집으로 이주해 집세와 하숙비를 지불하면서 의탁했다. 이 무렵 휘트먼은 이신론理神論(deism)에 심취했다. 신을 뜻하는 라틴어 '데우스(Deus)'에서 유래한 이 논리는 16세기 중엽 프랑스에서 발아했으며, 비합리적인 신앙체계를 비판하고 신앙의 이성화를 시도하는 데 초점을 맞춘다. 그렇다고 무신론은 아니며, 전통적인 계시 신앙과도 대립되는 개념이다. 맹목적으로 믿으라는 게 아니라 이성적으로 신의 존재와 신앙의 필요성을 다져가자는 것이다. 이신론은 17~18세기의 계몽사상가의 신관神觀이며, 대표적 인물로는 존 톨런드(John

휘트먼 하우스 뉴저지주 캠던에 구입한 집으로, 휘트먼이 만년을 보낸 곳이다. 사진은 1890년경의 모습이다. 현재 주소는 뉴저지주 캠던의 마틴 루서 킹 주니어 대로 330번지(330 Dr. Martin Luther King Jr. Boulevard)인데, 양옆의 3층 건물 사이에 2층짜리 건물이 움푹 들어가 있어 눈에 쉽게 띈다.

Toland), 드니 디드로(Denis Diderot), 볼테르, 루소 등이 있다. 휘트먼은 모든 종교가 다 대등하다면서 「조상과 함께(With Antecedents)」라는 시에서 "나는 모든 이론, 신화, 신, 반신半神(demi-god)을 받아들이는／나는 오래된 이야기, 성경, 족보는 하나도 남김없이, 진실이라고 본다"라고 노래했다. 그는 이 시에서 지구상의 모든 역사와 자연을 거론하며 그 축적 위에 자신이 존재한다고 보았다.

11년간 함께 살던 동생이 1884년에 다른 곳으로 이사 가자 휘트먼은 따라가지 않고 캠던에서 자신이 살 집을 마련했는데, 이 집이 휘트먼의 전 생애에서 첫 소유의 집이자 마지막 집이었다. 조잡한 2층짜리 건물이지만 방은 6개다. 처음에는 세 들어 살던 집이었는데, 집주인이 빚을 못 갚자 휘트

월트 휘트먼 묘 뉴저지주 캠던 할리 묘지에 있다. 나무들로 둘러싸인 언덕에 화강암으로 만들어진 집 모양의 이 묘는 휘트먼이 직접 설계한 것이다.

먼은 인세에다 출판사에서 빌린 돈을 더해 집을 매입하여 원주인이 도리어 세 들어 살게 되었다. 휘트먼은 그에게 방세 대신 식사 등을 제공해달라고 요청했다. 그러다가 1년 만에 원주인이 이사를 가버리자 몇 블록 떨어진 곳에 살던 과부가 집세를 안 내는 대신 가정부 일을 하는 조건으로 들어와 살았다. 한 달 뒤 그녀는 고양이, 개, 멧비둘기 두 마리, 카나리아 등을 데리고 와서 합가했다.

1891년, 노 시인은 건강이 나빠지자 죽음을 예감하고 수입이 변변찮은 데도 큰돈을 들여 할리 묘지(Harleigh Cemetery)에 집 모양의 무덤을 주문했다. 이곳에 자주 가보면서 지내다가 이듬해에 폐렴으로 사망했다. 향년 73세였다. 3시간 만에 천여 명이 조문했고 헌화로 관이 뒤덮였다. 시인은 아버지와 두 형제도 함께 묻힌 곳에 안장됐다.

Nathaniel Hawthorne

너새니얼 호손

Nathaniel Hawthorne

1804. 7. 4 ~ 1864. 5. 19

1   초기 미국 기독교 사상의 형성과 갈등

유럽 기독교는 종교개혁을 거치면서 거시적으로 보면 ① 로마가톨릭 고수, ② 개신교, ③ 성공회, ④ 루터교로 분파되었는데, 이 가운데 개신교는 츠빙글리(Ulrich Zwingli, 1484~1531)의 희생에 이어 '개신교의 교황'이라는 별칭을 가진 칼뱅(Jean Calvin, 1509~1564)의 투쟁으로 열매를 맺었다. 제네바에서 신의 통치만을 지상 목표로 삼는 신정神政 일치 사상이 영국으로 건너가 '청교도 정신'으로 발전해서 크롬웰의 청교도혁명(1642~1649)을 낳았고, 미국으로 건너가서는 건국 정신의 기초가 되었다. '개신교의 로마'로 불리는 제네바에서 목사의 횡포를 막기 위해 형성된 것이 장로회 조직인데, 미국에서는 민중 참여형 회중교회 제도(Congregational form of church government)로 변질해서 정착했으며, 성서 엄격주의(야훼 이외의 신 숭상은 사형)에 기반한 칼뱅주의가 강력했다. 초기 미국 기독교의 신앙은 모세 5경(「창세기」, 「출애굽기」, 「레위기」, 「민수기」, 「신명기」)에 기초한 법률적 근거로 신성모독, 마술, 간통, 강탈 등을 범한 자를 사형하고, 흡연과 장발도 엄히 다스리는 등 극도의 경건주의와 엄격주의가 지배했다.

이 같은 종교적 열정이 매사추세츠에서 가장 강하게 나타났다. 매사추세츠에 처음 정착한 이민자들은 자신들이 '하나님과의 언약'에 따른 '선민選民'이며, 자신들의 정착촌이 '새로운 예루살렘'이 될 것이라고 믿었다. 이러한 믿음에 기반한 초기 미국적 청교도주의와 회중주의적 프로테스탄티즘은 이후 침례교, 감리교, 경건주의, 근본주의, 복음주의 등 모든 프로테스탄티즘에 그대로 승계되었다. 이문영, 『인간·종교·국가: 미국행정, 청교도 정신 그리고 마르틴 루터의 95개조』, 나남출판, 2001, 참조.

초기 미국 사회의 신앙 형태가 이러했기 때문에 신앙 문제는 인종 및 지

 보스턴의 매사추세츠 주의회(Massachusetts State House) 앞에 세워진 앤 허친슨의 동상으로, 사이러스 에드윈 댈린(Cyrus Edwin Dallin)이 1915년에 제작했다. 앤 허친슨은 신앙심으로 은총을 구하기보다는 율법 준수만 강조하는 교회를 비판했는데, 이로 인해 교회와 사회에 분란을 야기했다는 죄로 파문과 추방을 당했다.

역별로 엄청난 갈등을 유발할 수밖에 없었다. 예컨대 너새니얼 호손의 대표작 『주홍글씨(The Scarlet Letter, A Romance)』(1850)의 여주인공 헤스터 프린의 오마주라고 평가받는 앤 허친슨(Anne Hutchinson, 1591~1643)도 그중 하나의 사례다.

앤 허친슨의 아버지는 영국에서 개혁적 성향의 성공회 신부로, 두 차례나 투옥당했던 수난자였다. 앤은 스물한 살에 윌리엄 허친슨과 결혼하고 1634년 남편을 따라 미국으로 건너갔다. 매사추세츠에서 목회자로 활동하는 존 코튼(John Cotton)과 존 휠라이트(John Wheelwright)의 설교에 감응하여 별도로 사적인 모임을 조직하고 새로운 성서 해석을 전파했다. 산파로 일하던 그녀는 당시 율법 준수만을 강조하는 교회를 매우 설득력 있게 비판했다.

그 요지는 이렇다. 목사란 '선택받은 자'가 아니며, 영적인 권위도 없다. 구원은 선행이 아닌 은혜에서 오고, 개인도 성령으로부터 영감을 받을 수 있다는 것이다. 이는 도덕률 폐기론 논쟁(The Antinomian Controversy)에 근거한 것으로, 하나님의 도덕법칙이란 존재할 수 없고, 객관적이며 영원불변의 도덕법칙도 존재할 수 없다는 게 핵심이다. 쉽게 말하면 착한 행위를 행해야 은총을 받는 게 아니라(수단으로서의 선행 비판), 은총은 이미 신이 선택한 사람들에게 내린다는 뜻이다. 자유·은총 논쟁(Free Grace Controversy)으로 비화한 이 논쟁은 신앙의 핵심인 구원론과도 밀접한 관계가 있다. 은총의 문제에서 앤 허친슨과 그녀의 사상에 동조한 이들은 행위의 언약을 은총의 언약보다 더 강조하던 목회자를 비판했다. 앤 허친슨이 주장한 성령의 자유 은혜, 정치와 종교의 분리, 여성 사역의 긍정 등은 당시 이 지역에서 혹독한 심판을 받았다. 결국 그녀는 파문과 동시에 추방당했고, 피신해 살던 곳에서 원주민들의 습격으로 비참하게 살해당했다. 허친슨 부부에게는 15명의 자식이 있었는데, 그 후손 중에는 프랭클린 루스벨트, 조지 부시(George Herbert Walker Bush, 재임 1989~1993, 아들은 조지 W. 부시) 등 대통령과 유명 인사가 많다.

초기 미국의 고루한 퓨리턴 신앙이 숨 막힐 듯했기 때문에 호손이 앤 허친슨의 신앙을 존숭하여 헤스터 프린 같은 여주인공을 창조해냈다는 설이 있다. 하지만 그와 반대로 미국 사회 한편에서는 앤 허친슨을 구약성서 「열왕기」의 악녀 이세벨(Jezebel)로 보기도 한다. 페니키아(티레)의 왕 엣바알(Ethbaal)의 딸인 그녀는 이스라엘의 왕 아합(Ahab)과 결혼했는데, 남편에게 바알(Baal) 숭배를 강요하고 야훼 신앙을 탄압하며 선지자를 죽이는 등 온갖 악행을 자행하다가 엘리야(Elijah)의 심판으로 창밖에 버려져서 개에게 뜯어 먹혔다고 한다. 그러니 선민사상과 성서 엄격주의를 강조했던 초기의 청교도에게 앤 허친슨은 '미국의 이세벨'로 보였을 터다. 한 실존 인물을 두고 이처럼 상반된 평가가 나오는 건 올바른 신앙이 얼마나 어려운가를 일깨워주는 사례가 될 것이다.

초기 미국에는 이와 같은 성직자들이 여럿 등장하여 박해를 받다가 피신하여 새 정착지를 이룬 예가 적지 않다. 이처럼 미국 초기 신앙의 갈등을 염두에 두고 『주홍글씨』를 읽어야 할 것이다.

2 기독교의 수치인 세일럼 마녀재판, 그리고 호손의 조상

『주홍글씨』의 시대적 배경은 1642년 6월부터 1649년 5월까지의 7년간으로, 실제 역사에서 끔찍했던 세일럼 마녀재판(1692~1693)의 앞 시대다. 무대는 종교 박해를 피해 이상사회, 곧 에덴을 건설하려 했던 이민자들이 정착한 뉴잉글랜드의 보스턴이다.

총 18장으로 구성된 소설의 내용은 다음과 같다.

첫 장면은 '웃옷 가슴에는 깨끗한 빨간 천에 금실로 정교하게 수를 놓아 꼼꼼한 무늬로 둘레를 두른 A자(symbol of adultery and affair)'를 단 간통녀 헤스터 프린이 보스턴 감옥에서 광장의 처형대로 등장하는 것이다. 그녀는 영국에서 부모의 강요로 암스테르담의 나이 많은 학자(의사)인 로저 칠링워스와 결혼했다. 부부는 영국에서 살다가 미국 보스턴으로 이주를 결심하고 부인이 가사 정리를 위해 먼저 출발했다. 곧바로 온다던 남편이 2년 동안 소식이 두절되자 헤스터 프린은 보스턴 최고의 설교자에 미남으로 인기 높은 딤스데일 목사와 사랑에 빠져 임신을 하게 된다. 출산일이 가까워지자 그녀는

간통녀로 몰려 기독교 계율을 어긴 죄로 투옥된다. 심문자들은 헤스터에게 간음 상대가 누군지를 추궁했지만 그녀는 끝까지 입을 다물고 비밀을 지켰다. 마침내 헤스터는 석방되긴 했으나 딸 펄과 함께 외딴집에서 조용히 살아가야 할 처지였다.

한편, 아내에게 오던 중 인디언에게 잡힌 남편 칠링워스는 천신만고 끝에 풀려나 보스턴에 도착한다. 그러나 도착하기 바쁘게 자기 아내가 간통범으로 심판받고 있음을 알고 의사라는 신분을 숨긴 채 아내의 불륜 상대 인물을 추적하기에 여념이 없다. 고명한 학자였지만 이제 인격도 버린 채 복수만 생각하는 냉철한 의사로 변신해버린 것이다. 그는 드디어 범인이 딤스데일 목사임을 밝혀내 서서히 그를 궁지로 몰아간다. 헤스터는 남편에게 목사를 용서해달라고 빌지만 거절당한다. 이후 그녀는 딤스데일과 함께 도주를 계획했으나, 실행하려다가 들켜서 좌절한다. 목사는 끝내 양심의 가책을 견디지 못해 시민들 앞에서 자신의 죄를 고백하고 회개하면서 생을 마감한다. 헤스터의 남편 칠링워스도 삶의 목적을 잃은 채 세상을 떠난다. 그러나 그의 엄청난 재산은 법률상 아내인 헤스터와 딸 펄에게 모두 상속되어 모녀는 신세계의 갑부가 된다.

헤스터 프린과 펄 모녀에게는 저주가 아니라 축복이 내려진 셈인데, 이것이 바로 작가 호손이 말하고자 하는 진정한 프로테스탄티즘적 신앙관이다. 왜 호손은 초기 미국 신앙이 엄격주의에 젖어 있던 17세기 초를 시대적 배경으로 삼으면서도 이처럼 인간주의적 결말을 내렸을까. 그 해답은 미국의 기독교 역사상 매우 치욕스러운 사건 중 하나인 세일럼 마녀재판에서 찾을 수 있다. 통상 세일럼이라고 하지만, 이 마녀재판은 세일럼이라는 한 도시에서만 벌어진 것은 아니고 매사추세츠만 일대의 여러 지방(세일럼 빌리지Salem Village[현 댄버스Danvers], 세일럼 타운Salem Town, 앤도버Andover, 입스위치 Ipswich 등)에서 산발적으로 발생한 사건의 총칭으로, 1692년 2월부터 1693년 5월까지 계속되었다.

서인도제도의 부두교(Voodoo: 자연과 인간사의 여러 수호 정령을 숭배하는 종교) 출신 하녀들이 한밤중에 숲에서 몰래 혼령을 불러내는 놀이를 하다가 목사에게 들키자 마법에 걸린 듯이 연기한 게 발단이었다. 이를 본 양갓집 백인 처녀들이 그 흉내를 내면서 퍼졌는데, 마녀춤으로 소문났다.

세일럼 마을은 주로 농업을 기반으로 한 청교도 사회로, 농촌의 전통적 생활방식을 고수하며 살아가는 주민이 많았다. 마을 주민 중 누군가를 마

〈**마녀 심문**Examination of a Witch〉 T. H. 매티슨(T. H. Matteson)이 세일럼 마녀재판을 소재로 삼아 그린 1853년 작품이다. 당시 마녀재판에서는 마녀로 지목된 사람(주로 여성)의 옷을 벗겨 마녀의 표식(이를테면 상처나 반점인데, 이는 당연히 '마녀 표식'과 무관했다)이 있는지를 확인했다.

녀라고 고발한 사람들의 대다수는 바로 이같이 농업과 청교도 교회에 얽매인 이들이었다. 반면 마녀라고 고발당한 사람들은 대체로 소규모 가게 운영자이거나 교역에 종사하는 이들이거나 상인 계층이 많았다. 이들은 농민 계층보다 자유분방했고, 그런 집안의 규수들은 마녀춤 흉내도 큰 거리낌 없이 따라 했다.

그런데 일단 마녀로 고발당해 잡혀가면 가혹한 고문과 심문을 이기지 못해 아무 상관도 없는 인물들까지 공범자로 밀고할 수밖에 없는 삼엄한 형국이 전개되었다. 마녀에 대한 광적인 공포와 의심이 집단히스테리로 나타났고, 흑인 노예뿐만 아니라 평범한 소녀나 남자까지도 줄줄이 연루되었다. 1692년 5월 중순, 신임 총독 윌리엄 핍스(William Phips)는 부지사 윌리엄 스

세일럼 마녀재판의 희생자 추모 기념물　1692~1693년 세일럼 마녀재판으로 희생된 사람들을 추모하기 위해 세운 기념물로, 매사추세츠 댄버스(Danvers)에 있다. 댄버스는 1692년 '세일럼 빌리지(Salem Village)'라고 불린 농촌 마을로, 마녀사냥의 진원지였다.

토턴(William Stoughton)을 재판장으로 하여 7인의 재판관(첫 심문관 둘 포함)을 둔 특별재판부를 구성한 뒤 심리에 착수했다. 그 결과 200명 이상의 사람이 기소되었는데, 그중 30명이 유죄판결을, 19명은 교수형을 선고받았다. 또 1명은 고문으로 죽는 참극이 벌어졌다.

고발과 증언으로만 이루어진 재판은 공정하지 못했고, 이 때문에 여론이 크게 악화했다. 하버드대 총장이자 목사인 인크리스 매더(Increase Mather, 1639~1723)는 「악령에 관한 양심의 사례들(Cases of Conscience Concerning Evil Spirits)」이라는 글에서 마녀재판으로 인해 무고한 희생자가 남발되는 상황을 비판했다. 마녀재판에 대한 반대 여론이 높아지자 마침내 총독은 1692년 10월 재판 중지를 명령했다. 이듬해 새 상급 재판부가 구성되어 재판이 속

개된 결과 대부분 무혐의로 석방되었으며, 이미 유죄판결을 받은 이들에게
는 총독이 5월에 사면령을 내렸다. 이로써 1년 남짓 사회를 큰 혼란에 빠뜨
린 사건이 종결됐다.

어쩌다가 이런 황당한 일이 벌어졌을까. 유럽의 백인들이 고향을 떠날
때는 가장 진보적인 신도였지만, 아직 그때는 볼테르(1694~1778)와 같은 지
성이 계몽주의를 일으키기 직전이었다. 계몽주의는 교회의 오랜 구습과 특
권에 반대하며 인간의 합리적 이성에 대한 신뢰에 바탕을 둔다. 쉽게 말해
기독교의 마녀재판 같은 야만적인 신앙 행태을 비판하는 운동이었다. 그런
데 유럽의 진보적 신앙을 지닌 사람들이 신대륙으로 이주할 때는 계몽주의
가 발흥하기 이전이었고, 따라서 신앙의 이름으로 행해지는 모든 것을 숭앙
하는 윤리의식을 그대로 미국에 옮겨왔다. 신앙의 시련이라는 방역 주사를
한번도 맞아본 적이 없는 신앙, 곧 청교도적 순결주의만이 지배하는 풍토란
언제나 위험 요인이 있게 마련이다.

작가 호손의 조상 중에는 세일럼 마녀재판과 직간접적인 관련이 있는 인
물이 있다. 바로 윌리엄 호손(William Hathorne, c. 1606~1681)과 그 아들 존 호
손(John Hathorne, 1641~1717)이다. 너새니얼 호손에게는 5대조, 4대조이다.
윌리엄 호손은 호손 가문에서 미국으로 이민 온 첫 조상이다. 정착지인 매
사추세츠 보스턴(도체스터Dorchester, 세일럼)에서 그는 굴지의 재력을 뽐내며
행정장관까지 역임했을 만큼 지역 유명 인사였다. 하지만 이교도나 퀘이커
에게는 추방령을 내릴 정도로 엄격한 신앙 준수를 강력히 지키도록 만든
장본인이었다. 그가 닦아놓은 신앙 풍토야말로 세일럼 마녀재판이 가능하
도록 길을 터준 셈이다. 윌리엄의 아들 존 호손은 작가의 고조부인데 세일
럼 마녀재판의 특별판사 7명 중 주심 판사였다.

너새니얼 호손은 이 재판을 "우리 역사에서 기록하기 가장 부끄러운 치

욕적인 사건"이라면서 그 공범의 후손임을 부끄러이 여겼고, 이에 집안의 본래 성姓인 'Hathorne'에 자신의 이름으로 쓰는 성에는 w자를 삽입하여 'Hawthorne'이라고 함으로써 조상과 변별성을 부각했다는 설이 있다. 이만하면 소설의 제목 '주홍글씨'가 무엇을 뜻하는지 감지될 것이다. 그것은 작가의 선조에 대한 속죄의 의미까지 수렴한 참된 신앙의 추구였다.

그러나 호손이 전하려는 뜻이 무색하게 21세기인 오늘날에도 마녀재판을 일삼는 저질 기독교 신자들은 여전히 넘쳐나고 있다. 극작가 아서 밀러(Arthur Miller, 1915~2005)는 마녀의 피고석에다 '빨갱이'를 앉히려는 멍청이들이 설쳐대는 걸 견디다 못해 1953년 『시련(The Crucible)』이라는 희곡을 썼다. 1950년대 초반 매카시즘 광풍이 미국을 휩쓸던 때였다. 밀러의 두 번째 부인은 육체파 배우로 이름난 매릴린 먼로였는데, 그의 지성에 반해 결혼했다고 한다.

3 칩거하며 습작 12년 뒤 세관원으로 취업

호손 집안은 5대조 윌리엄 호손이 1630년 영국에서 미국으로 건너와 매사추세츠주 도체스터에 살다가 세일럼에 정착했다. 1804년 7월, 이곳에서 작가 호손이 태어났다. 선장인 아버지는 호손이 네 살 때 바다에 나가 남미 대륙 북단 대서양 쪽의 네덜란드령 기아나(현 수리남)에서 객사해버려, 호손은 어머니를 따라 외가에서 자랐다.

1821년 열일곱 살에 호손은 보든 칼리지(Bowdoin College)에 입학했다. 어느 날 학교 가는 길에 포틀랜드의 한 정류장에서 훗날 제14대 대통령이 되는 프랭클린 피어스(Franklin Pierce, 1804~1869, 재임 1853~1857)를 만났는데,

바로 친해져서 일생 동안 도움을 받는 관계가 되었다.

1825년 대학을 졸업한 뒤에는 어머니가 거주하는 세일럼에서 12년 동안 칩거하며 아침엔 독서, 오후엔 집필, 저녁엔 산책하는 생활을 반복하고 문학 수업에만 매진했다. 흔히들 호손의 문학을 고독·은둔·우수·무관심·근엄이라고 특징짓는데, 아마 이 시기에 그러한 특징이 형성되었을 것이다. 그는 몇몇 소설을 발표했으나 주목을 많이 받지는 못했다.

그러던 중 모처럼 보스턴 세관의 소금·석탄 계량관으로 취직했는데 오래 일하지 못하고 몇 년 뒤 사직했다(1839~1841). 이후 에머슨의 초절주의와 사회주의적 이상향을 추구하던 마거릿 풀러(Magaret Fuller, 1810~1850)의 이상적 농촌건설운동(조지 리플리가 브룩 농장Brook Farm 창립)에 동참하여 1천 달러를 투자했지만 이내 실망하고는 몸을 뺐다.

이렇게 인생이 꼬이는가 싶을 때 호손은 자신에게 행운의 여신과 같은 소피아 피바디(Sophia Amelia Peabody, 1809~1871)를 만나 결혼하게 된다. 호손보다 다섯 살 어린 그녀는 화가이자 일러스트레이터로 활동하는 초절주의자였다. 호손은 그녀와 비밀 약혼을 거쳐 1842년에 결혼하고 1남 2녀를 낳았다. 호손·소피아 부부는 콩코드에 있는 에머슨의 구목사관에 세 들어 살며 신혼 생활을 시작했다. 집세는 1년에 100달러였는데 그조차 내기 힘들어지자 3년 뒤인 1845년에 다시 어머니가 살고 있는 세일럼으로 이사했다. 이듬해 호손은 난생 처음 직장다운 직장을 얻었다. 연봉 1,200달러를 받는 세일럼 세관의 검사관이 되었다. 여기서 근무할 때 그는 『주홍글씨』의 창작 모티브가 된, 주홍글씨가 새겨진 옷을 세관 박물관에서 보게 된다.

1846년은 그에게 행운이 찾아온 해였다. 이해에 단편집 『낡은 목사관의 이끼(Mosses from an Old Manse)』를 출간했는데, 시인 롱펠로로부터 천재라는 극찬을 받았을 뿐만 아니라 작가 헨리 제임스(Henry James, 1843~1916)에게서도 "미국 천재의 가장 가치 있는 표본"이라는 호평을 받았다. 이 단편집에 실린 작품 중 「로저 맬빈의 매장(Roger Malvin's Burial)」은 인디언에게 가족을 잃은 대위의 복수심이 낳은 부작용을 다룬 소설이다. 인디언과의 전쟁에서 부하들에게 격렬한 전투를 강박한 결과 수많은 병사가 희생당했는데, 그중 크게 다쳤지만 간신히 살아남아 집으로 돌아가는 두 병사가 주인공이다. 이 소설은 다음과 같은 내용으로 전개된다.

늙은 병사 로저 맬빈은 부상으로 더 움직이기 어려워지자 미래의 사윗감인 젊은 병사 로이벤에게 자신을 그냥 두고 귀향해서 자기 소식을 딸에게 전해 달라고 부탁한다. 로이벤은 얼른 가서 구원병을 데리고 올 작정으로 떠나며 맬빈이 있는 곳을 찾기 쉽도록 근처의 나무에 손수건을 매달아두었다. 고된

세일럼 세관과 항구　호손은 신혼 시절 궁핍하게 살다가 1846년 세일럼 세관에 취직하여 몇 년간 일했다. 당시 세일럼 항구는 매사추세츠를 넘어 미국을 대표하는 무역항이었다. 호손은 이곳에 근무할 때 세관 박물관에서 주홍글씨가 새겨진 옷의 천 조각을 보았고, 그것이 곧 소설의 소재가 되었다. 이곳은 현재 세일럼해양국립사적지(Salem Maritime National Historic Site)로 지정되어 있다. 당시 세관 앞에는 항구가 있었는데, 아래 사진은 그 시기의 항구와 선박을 재현해놓은 것이다.

몸으로 힘겹게 가다가 탈진한 채 쓰러진 로이벤은 이틀 후 수색대에 발견된다. 그는 곧바로 마을로 후송되어 입원했고, 맬빈의 딸 도르카스의 극진한 보살핌으로 회복했다. 아버지의 안부를 묻는 그녀에게 로이벤은 차마 아버지를 남겨두고 떠났다는 말을 할 용기가 나지 않아 더듬거리자, 도르카스는 "돌아가셨군요!"라고 말해 아버지의 죽음이 기정사실화되어버렸다.

이후 로이벤은 신의를 지킨 인물로 마을에서 영웅 대접을 받고, 맬빈의 무남독녀 도르카스와 결혼하여 유산도 물려받는다. 하지만 진실을 밝히지 못한 후회와 두려움에 갈등하고 점차 신경질적으로 변해간다. 게다가 농사에 서툴러서 농장의 수입이 매년 줄어들자 부부는 불화가 심해지고 재산까지 기울어 파산 지경에 이른다. 그런 가운데도 아들 사이러스는 잘 생기고 훌륭하게 자라 부부가 기대를 걸었다.

아들이 열여섯 살 때 다른 마을에 터를 잡아두고 이사하기로 해서 부부와 아들이 함께 길을 떠났다. 5일째 되는 날 야영 중 아들이 사냥감을 찾으러 떠난 뒤 로이벤은 그곳에서 "5월 12일이라! 그날을 잘 기억하지"라고 중얼거린다. 바로 자신이 부상당해 헤맸던 그 산속이었다. 홀연히 아내가 이렇게 말한다. "가련한 제 아버지가 이 세상을 버리고 더 좋은 세상으로 떠나신 게 18년 전 이맘 때였죠. …(중략)… 로이벤, 당신이 아버지에게 바친 정성을 생각하면서 그 후로 많은 위로를 받았죠. 아, 이런 황량한 곳에서 혼자 죽음을 맞았다면 얼마나 끔찍했을까!"

이 말에 그는 아들이 사냥하러 간 반대 방향으로 가서 지금이라도 장인의 유골을 찾아 덮어줄 수 있기를 바라며 산속을 헤매고 있는데, 갑자기 부스럭거리는 소리가 나기에 그쪽을 향해 총을 쐈다. 그는 자신이 쏘았다고 생각한 사슴을 찾다가 "나무의 중간과 아래쪽의 가지들은 싱싱하게 무성히 자랐고 나무 몸통은 거의 땅에 이르기까지 지나치게 풍성한 잎들로 온몸을 두

호손은 1842년 소피아 피바디와 결혼하여 궁핍하지만 행복한 결혼 생활을 했다. 세관에서 해고되어 돈벌이를 걱정하는 호손에게 소피아는 오로지 글쓰기에만 전념하라고 격려했고, 이에 고무된 호손이 쓴 걸작이 『주홍글씨』였다. 이 초상화는 체스터 하딩(Chester Harding)의 1830년 작품으로, 피바디 에섹스 박물관(Peabody Essex Museum) 소장품이다.

르고 있었지만 윗부분은 심한 병이 든 듯했고 맨 꼭대기의 가지는 시들고 말라서 완전히 죽어 있는 것"을 본다. 바로 18년 전 자신이 손수건을 매달아두었던 가지였다. "누구의 죄가 저 가지를 저렇게 시들어 죽게 만든 것인가?" 그리고 아들은 자신이 쏜 총에 맞아 쓰러져 죽어 있었다. 한편, 저녁 준비를 하던 아내는 남편과 아들 둘 다 돌아오지 않자 아들 이름을 부르며 찾아 나섰다. 아내가 그곳에 도착해 보니, 남편이 창백한 얼굴로 서 있다.

"이 넓은 바위가 당신 아버지의 묘비요, 도르카스. 당신의 눈물이 이제 당신 아버지와 당신 아들한테 동시에 떨어지게 되었구려"라는 로이벤의 실토로 소설은 끝난다. 너무나 끔찍하지만 호손은 로이벤이 저지른 죄악이 결국 자기 아들까지 죽음에 이르게 한 인과응보를 그렸다.

세관 검사관이라는 어엿한 직장 생활에 단편집의 호평까지 얻은 작가 호손의 행운은 짧게 끝났다. 1848년 대통령 선거에서 휘그당 출신의 재커리 테일러(Zachary Taylor, 재임 1849~1850)가 승리하고 이듬해 대통령에 취임하자, 민주당원이었던 호손은 일종의 정치 보복으로 세관에서 면직되고 생활 형편도 어려워진 것이다. 이때 아내가 그를 위로하면서 모든 걸 잊고 오로지 창작에만 전념하라고 격려해서 쓴 작품이 『주홍글씨』였다. 출간 즉시 대단한 인기를 얻어 열흘 동안 2,500부가 판매되고 한 달 만에 5,000부를 인쇄했으며, 런던에서는 해적판이 나돌 정도였다. 당시 판매량으로 보면 엄청난 대성공이었다. 하지만 이 책 서문에서 세관에 대한 묘사와 세태 풍자로 인해 물의와 냉대도 뒤따랐다.

4 청교도 비판과 인과응보, 『일곱 박공의 집』

호손은 『주홍글씨』의 성공으로 완전 자립하여 세일럼을 떠나 1850년 매사추세츠주 레녹스(Lenox)로 이사했다. 이곳에서 허먼 멜빌과 교유하며, 이듬해에는 또 한 편의 걸작 『일곱 박공의 집(The House of the Seven Gables)』을 냈다. '일곱 박공의 집'은 세일럼에 실제로 있는 저택이다. 박공(Gable)이란 맞배지붕으로 인해 만들어지는 삼각형의 벽면으로 ∧ 모양이다. 이 집은 세일럼에서 태어난 부유한 상인이자 선장인 존 터너(John Turner)가 17세기 후반에 세웠으며, 한때 호손의 사촌 수잔나 인거솔(Susanna Ingersoll)이 소유했다. 호손은 소설이 특정 집과 무관하다고 하면서도 작품 집필에 사촌의 영향을 받았다고 언급했다. 생가도 그 맞은편에 위치하여 호손의 문학기행에서 빼뜨릴 수 없는 필수 코스다. 『일곱 박공의 집』 줄거리는 다음과 같다.

1600년대 중반, 농민 매슈 몰이 땅을 개간해 집을 짓는데, 핀천 대령이 그 땅을 탐내 농부를 마녀재판으로 몰아 처형시켰다. 몰은 죽어가면서 대령에

일곱 박공의 집 House of the Seven Gables 매사추세츠주 세일럼에 있는 오래된 집이다. '터너의 집 (Turner House)' 또는 터너-인거솔 맨션(Turner-Ingersoll Mansion)'으로도 알려져 있다. 호손의 사촌 인거솔이 한때 소유했던 이 집은 동명의 장편소설 『일곱 박공의 집』 덕분에 유명해졌다.

게 저주를 내렸으나, 대령은 아랑곳하지 않고 오히려 몰의 아들을 인부로 부리며 일곱 개의 박공이 있는 새로운 집을 완성했다. 그런데 낙성식 날 대령이 수염에 피를 묻힌 채 의자에 앉은 자세로 죽었다. 대령은 자기 초상화를 그대로 둘 것을 유언했는데, 그 그림 아래서 죽은 것이다. 갑작스런 그의 죽음으로 인해 메인주에 남아 있는 막대한 양의 토지권리증이 사라져버렸다. 핀천 일가는 자손이 번창하여 출세한 일족부터 가난뱅이까지 골고루 있었는데 핀천 대령의 엄청난 재산에도 불구하고 저주 탓인지 가문은 계속 몰락했다. 핀천 대령의 조카 클리퍼드 핀천은 삼촌을 살해했다는 혐의로 종신형을 선고받고 30년 넘게 감옥살이를 하다가 풀려났다.

오랜 세월이 흐른 뒤 핀천 가문의 후손인 여인 헵지바 핀천은 일곱 박공의 집에서 굶어 죽지 않기 위해 집 한편에 잡화점을 열었다. 헵지바는 삼촌 살인 사건에 연루되어 투옥되었다가 출소한 클리퍼드의 여동생이다. 클리퍼드는 복역 중 심하게 구타당해 넋이 나간 멍한 상태여서 집안일을 제대로 돌볼 수 없었는데, 마침 이 집에 찾아온 시골 출신의 청순하고 예쁜 소녀 피비(클리퍼드·헵지바 남매의 어린 조카)가 도와줘서 가게는 잘 굴러갔다. 그러나 핀천 대령의 또 다른 조카이자 헵지바 남매의 사촌인 탐욕스런 판사 재프리 핀천이 이 집 재산을 넘보고 있기에 남매는 긴장을 풀지 못하고 그의 온갖 도움과 투자 제안을 거절한다.

한편, 이 집 다락방에 세 들어 사는 홀그레이브는 젊은 은판사진 작가로 핀천 가족사를 집필 중인데, 피비와 교감하며 사랑한다.

피비가 잠시 귀향한 틈에 재프리 판사가 그 집의 사라진 토지문서의 행방을 캐려고 와서는 헵지바에게 '클리퍼드가 그 비밀을 알고 있을 텐데 만약 말하지 않으면 정신요양소로 보내겠다'고 협박한다. 헵지바가 오빠 클리퍼드를 찾으러 방에 갔지만 그는 없고, 나와 보니 핀천 대령이 죽은 바로 그 초상화 아래 의자에 재프리가 고꾸라져 있는 것을 목격한다. 남매는 겁에 질려 피신해버린다.

이후, 몸을 숨겼다가 귀가한 클리퍼드·헵지바 남매는 무혐의로 판명 났고, 도리어 재프리 판사가 클리퍼드를 삼촌 살해 사건으로 교묘히 엮어 투옥시켰던 음모가 드러났다. 게다가 그의 아들이 유럽에서 죽었다는 소식도 전해졌다. 클리퍼드와 홀그레이브가 희미한 기억을 더듬어 핀천 대령의 초상화 부근에 있는 용수철을 눌러봤더니 오목한 부분 속에서 서류들이 나왔다. 홀그레이브의 조상이 후손에게 남긴 유산이었다. 그 조상은 바로 농민 매슈 몰이었다. 그리고 핀천가의 피비와 몰가의 홀그레이브가 결혼하면서 저주는 풀린다.

『일곱 박공의 집』 역시 작가가 인과응보를 주제로 삼아 두 원수 가문이 화해하면서 저주가 풀리는 것으로 그렸다.

호손은 마흔여덟 살 때(1852) 콩코드 교외의 웨이사이드(Wayside)로 이사하여 결혼 후 처음으로 아늑한 분위기의 가정을 꾸렸다. 이웃에는 에머슨과 소로가 살았다. 웨이사이드는 『작은 아씨들』의 작가 올컷(Louisa May Alcott, 1832~1888)이 1845년부터 1852년까지 7년간 살았던 집으로, 호손이 이곳으로 옮겨와 살면서 올컷 부부의 방을 호손 부부도 침실로 사용했다. 호손은 이 집에서 대학 동창 프랭클린 피어스를 대통령에 당선시키기 위해 그의 전기(*Life of Franklin Pierce*)를 썼다.

5 피어스 대통령 덕에 임명된 리버풀 영사

1852년 11월 대통령에 당선된 프랭클린 피어스는 집권한 바로 그해(1853)에 호손을 영국 리버풀 영사로 임명했다. 호손의 친구 피어스는 그리 훌륭한 정치인은 아니어서, 북부(뉴햄프셔) 출신의 민주당 대통령이지만 노예제를 찬성하는 사실상 남부 지지자였고, 재임 중 「캔자스-네브래스카 법(Kansas-Nebraska Act)」(1854)을 통과시켰다. 이 법안이 통과되자 북위 36도 30분 이북 지역에 노예제를 허용하지 않는다는 '미주리 타협'은 폐기된 것이나 마찬가지였다. 노예제 인정파가 힘을 얻으면서 정치적 갈등은 극에 달했고, 결국 민주당은 분열하여 북부의 노예 폐지론자들이 1854년 공화당을 창당하기에 이르렀다. 「캔자스-네브래스카 법」은 남북전쟁 발발의 한 원인이 되었다. 게다가 그 법이 통과된 1854년, '오스텐드 선언(Ostend Manifesto)'까지 밝혀지면서 피어스 대통령은 더욱 정치적 난관에 빠졌다. 오스텐드 선언은 미국이 쿠바를 손에 넣기 위해 스페인으로부터 사들여야 하는데 만약 스페인이 거절할 경우 전쟁도 불사해야 한다는 주장이 담긴 백서였다. 이 문서가 외교가에 널리 퍼지자 국무부는 부인했으나 침략의 저의는 이미 드러났다. 그뿐만 아니라 이해에는 한국에도 훗날 영향을 끼친 페리(Matthew C. Perry, 1794~1858) 제독의 흑선黑船(구로후네)이 일본에 접근하여 미일화친조약(가나가와조약神奈川条約, 1854. 3. 31)이 조인되었다.

1856년의 대통령 선거에서 피어스가 패배하여 재선에 실패하면서 1857년 호손도 4년간 맡은 영사직을 사임했다. 이후 그는 가족과 함께 유럽 곳곳을 여행했다. 파리(10일간 체류), 마르세유, 제네바, 로마, 피렌체 등지를 돌아 1860년에 에머슨과 소로의 환영을 받으며 웨이사이드로 돌아왔다.

호손은 17세기 미국의 엄격한 청교도 정신을 비판하고, 성적 억압, 정신

작가들의 묘역 Author's Ridge
매사추세츠주 콩코드의 슬리피 할로 공동묘지에는 헨리 데이비드 소로, 너새니얼 호손, 루이자 메이 올컷, 랠프 월도 에머슨 등 유명 작가의 묘역이 따로 조성되어 있다.

적 구원 등을 주제로 삼아 소설을 썼지만 확고한 정치적 신념은 없었다. 유럽 여행을 마치고 귀국한 이듬해인 1861년 남북전쟁이 발발하자 "나는 그 전쟁에 찬성하지만 우리가 무엇을 위해 싸우는지 모르겠어"라는 어정쩡한 태도를 취했다.

콩코드의 웨이사이드 저택에 살면서 호손은 집필 활동을 계속 해나갔지만 건강이 악화되면서 요양차 친구 피어스와 함께 여행을 떠났는데, 뉴햄프셔 여행 중 플리머스에서 객사했다. 1864년 5월, 그의 나이 예순이었다. 그의 묘는 매사추세츠 콩코드의 슬리피 할로 공동묘지에 있다. 이곳에는 에머슨, 올컷 등도 함께 잠들어 있다.

부인 소피아는 호손이 작고하고 2년 뒤 세 자녀와 함께 독일 드레스덴으

너새니얼 호손 묘　1864년 60세를 일기로 별세한 호손은 매사추세츠 콩코드의 슬리피 할로 공동묘지에 묻혔다.

로 이사했다가 다시 2년 후 1868년에 전쟁을 피해 영국 런던으로 갔다. 그녀는 1871년에 세상을 떠나 런던 켄슬 그린(Kensal Green) 공동묘지에 묻혔다. 금슬 좋았던 부부가 묘는 떨어져 있었는데, 2006년에야 소피아의 묘가 슬리피 할로 공동묘지로 이장되었다.

Harriet Beecher Stowe
and
Abraham Lincoln

해리엇 비처 스토
Harriet Beecher Stowe
1811. 6. 14 ~ 1896. 7. 1

에이브러햄 링컨
Abraham Lincoln
1809. 2. 12 ~ 1865. 4. 15

1 초기의 흑인해방 투사들

미국식 민주주의에 대해 정곡을 찌른 명저는 프랑스의 정치가이자 역사학자이면서 정치·사회학자인 알렉시 드 토크빌(Alexis de Tocqueville, 1805~1859)이 쓴 『미국의 민주주의(De la démocratie en Amérique, Democracy in America)』(1권 1835년, 2권 1840년 출간)이다. 1831년 프랑스 정부가 미국의 교도 행정을 조사하기 위해 당시 배석판사로 재직 중인 토크빌과 교도행정가인 귀스타브 드 보몽(Gustave de Beaumont, 1802~1866)을 파견했는데, 그들은 9개월간 미국에 체류하면서 교도소를 시찰했을 뿐만 아니라 정치·사회·문화 등도 관찰했다. 『미국의 민주주의』는 토크빌이 귀국한 뒤 펴낸 책이다.

토크빌은 미국이 자신의 이익 해결을 위한 자발적 결사체 구성의 자유가 지닌 중요성을 강조하면서도 '다수의 폭정(tyranny of the Majority)'과 '부드러운 전제정치(soft despotism)'로 타락할 수 있음을 지적했다. 또한 대중 여론의 편견과 다수의 폭정이 정부를 타락시키고, 정치인의 인문학적 소양 저하 등으로 미국의 민주주의는 무지한 다수의 편견에 도리어 현명한 판단이 종속될 가능성을 경고했다. 특히 그는 미국이 노예제 폐지 문제를 둘러싼 논란으로 분열할 수 있다는 점과 연방을 구성하는 여러 지역의 독립선언에 따른 위험성을 거론하고(이는 결국 남북전쟁으로 나타났다), 훗날 러시아와 대결하는 초강대국이 될 것이라고 전망하는 등 적확한 예지력을 담아냈다. 오늘날 미국 정치를 보면 토크빌의 예언은 상당히 정확하다.

지구상에서 가장 자유로운 민주주의국가라면서 어떻게 흑인노예제가 버젓이 잔혹하게 실시될 수 있었는가. 이 문제의 본질은 백인 기독교에서 자신들이 '신의 선택'을 받았다고 믿는 우월주의에 있었다. 그러나 미국은 비인도주의적 노예주들의 횡포를 비판하는 백인들과 각성한 흑인들의 끈질긴

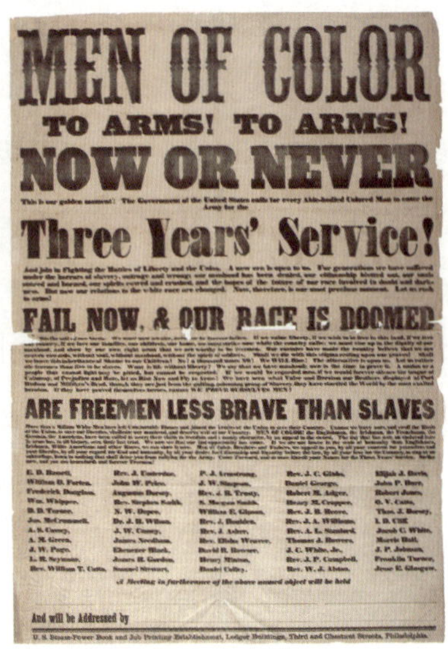

프레더릭 더글러스와 흑인 모병 전단지 왼쪽 사진은 1879년경 예순두 살 무렵의 프레더릭 더글러스이다. 노예제 폐지를 표방하는 주간지 『북극성』을 창간하고, 남북전쟁 때는 흑인 부대 편성을 담당하여 북군에 가담했다. 더글러스는 흑인들이 자신들의 자유를 위해 남북전쟁에 참전해야 함을 촉구했는데, 오른쪽의 전단지는 1863년 흑인 자원입대를 독려하며 직접 쓴 글이다.

투쟁 또한 만만치 않게 전개된 역사를 갖고 있다.

미국의 많은 흑인해방 투사들 중 프레더릭 더글러스(Frederick Douglass, 1817~1895)를 먼저 주목해보자. 그는 메릴랜드 체서피크만의 동부 연안에 있는 대농장에서 노예로 태어났지만, 타고난 연설가이자 언론인이며 나아가 흑인 최초로 외교관이라는 정부 고위직까지 역임한 인물이다. 180cm의 거구이나 당시 모든 노예가 그렇듯 그도 온갖 학대와 체벌, 강제 노동에 시달렸다. 가히 흑인 학대사의 최절정이라 할 만했다. 이런 끔찍한 노예 생활은 더글러스가 자신의 경험을 토대로 쓴 『미국 노예 프레더릭 더글러스의 인생 이야기(Narrative of the Life of Frederick Douglass, An American Slave)』(1845)에 생생히 묘사되어 있다. 노예에게는 허락되지 않는 글을 익힌 그는 온갖 어려움을 딛고 자유주(free state: 노예제가 폐지 또는 금지된 주)인 매사추세츠주 뉴베드퍼드(New Bedford)에 안착하여 흑인해방 투사로 거듭났다. 뛰어난 웅변으로 대중 선동의 일인자였고 1847년 서른 살에는 노예제 반대 신문(주간지)인 『북극성(North Star)』를 발행하여 일약 명사가 되었다.

흑인해방운동의 선구적 지도자였던 그는 처음엔 비폭력 투쟁을 옹호하여, 존 브라운이 흑인해방을 위해 연방정부의 무기고를 함께 공격하자는 협력 제안을 거부한 실책을 저질렀다. 결국 1859년 10월 하퍼스페리에서 존 브라운의 무장봉기가 실패하자 다수가 체포되어 반역죄로 교수형을 당했다. 이 사건 후에 더글러스 역시 폭력 투쟁을 용인하는 쪽으로 바뀌었다. 한편 더글러스도 무기고 습격 사건의 공범이라는 소문이 돌아 위험해지자 캐나다를 거쳐 영국으로 피신했다가 이듬해(1860) 5월에 귀국했다.

1860년은 대통령 선거가 있는 해였다. 더글러스는 공화당의 링컨을 지지했고, 선거 결과 링컨이 당선되었다. 다음 해 남북전쟁이 발발하자 그는 링컨에게 노예제 폐지를 건의했다. 그리고 1863년 링컨의 '노예해방선언'이 발표되자 남부의 노예해방을 위한 절호의 기회라고 판단하여 흑인 자원입대 모병 활동을 하면서 가장 먼저 자신의 두 아들을 입대시켰다.

군대에 입대하는 흑인들의 숫자는 점점 늘어났지만 이들의 군대 내 처우는 매우 열악했다. 흑인은 장교가 되는 것이 불가능했으며, 백인 병사보다 낮은 임금을 받고, 의료 지원도 받지 못했다. 더글러스는 링컨을 만나 흑인 병사의 처우 개선 문제를 건의했으나, 실행은 나중으로 미뤄졌다. 1864년 8월, 더글러스는 백악관에서 링컨을 다시 만났다. 링컨은 곧 다가올 재선을 앞둔 상황에서 북부의 승리 없이 남부와 평화조약이 체결되는 것을 걱정했고, 남부의 노예가 더 많이 탈출하길 기대하며 더글러스에게 조언을 구했다. 더글러스는 남부 흑인들의 탈출을 장려하기 위한 비밀 프로젝트에 동의하여 이 비밀 임무에 착수하려고 했는데, 그 전에 전쟁이 북군의 승리로 끝났다. 북군이 승리를 거두자 많은 흑인 투사들이 노예제반대운동의 종식을 주장했다. 하지만 더글러스는 오히려 이제부터는 흑인의 참정권획득운동을 지속해 나가야 한다고 설파했다.

남북전쟁이 끝난 뒤 남부에서는 흑인들의 정치적 진출을 막고 백인들의 지배권 회복을 꾀하고자 반흑인 결사인 KKK단(쿠 클럭스 클랜, Ku Klux Klan: 원circle을 뜻하는 'Ku Klux'와 집단을 뜻하는 'Klan'의 합성어)이 조직되었다. 이 단체는 1867년 4월 테네시주 내슈빌의 맥스웰하우스에서 처음 결성되었다는 설이 있지만, 역사학자들은 대체로 그보다 앞선 1865년 12월을 결성일로 잡는다. KKK단은 백인 우월주의와 인종차별주의를 기반으로 흑인에게 온갖 린치와 구타, 방화를 일삼았는데, 1870년 그들의 폭력과 테러를 단속하기 위한 연방법이 제정되면서 불법화된 뒤 형식적으로 해체되었다가 1915년부터 활동을 재개했다. 1925년 8월 8일과 1926년 9월 13일에는 워싱턴 D.C.에서 가두행진을 벌일 정도로 1920년대에 최전성기를 맞아 극우파 이념을 퍼뜨렸다.

프레더릭 더글러스는 링컨 집권기에 고문을 맡았을 뿐만 아니라 그 이후 들어선 대통령들의 자문도 연이어 맡으며 정치에 참여했다. 또한 형식적 자리나마 워싱턴 D.C. 연방보안관, 워싱턴 D.C. 등기소장을 거쳐 아이티공화국 변리공사 및 총영사, 도미니카공화국 대리공사 등 고위직도 지냈다.

더글러스와 비교해볼 만한 흑인해방 투사가 있다. 그와 동시대에 활약한 여성 투사 해리엇 터브먼(Harriet Tubman, 1822~1913)이다. 그녀는 노예 신분을 대물림받아 태어나서 자유를 강탈당한 채 주인에게 구타와 채찍질을 당하며 짐승보다 못한 삶을 살았다. 고통스러운 노예 생활에서 벗어나기 위해 1849년 마침내 필라델피아로 탈출하는 데 성공했다. 그 뒤 자신의 탈출을 도왔던 지하철도 조직에서 활약하며 도망 흑인 노예들을 북부 지역이나 캐나다로 안전하게 탈출시켰다. 그녀는 프레더릭 더글러스에게 경의를 표하며 서로 신뢰하면서 협조했고, 무장투쟁을 불사하는 존 브라운의 급진적 노예해방운동도 지지하여 동조자 규합과 정보 수집을 도왔다. 그러나 존 브라운의 하퍼스페리 무기고 습격 때는 병 때문에 함께할 기회를 놓쳤다.

해리엇 터브먼은 행동파로 11년간 13차례에 걸쳐 70여 명의 노예를 도피시켰는데, 그들을 이끌고 가다가 옛 주인이나 노예 사냥꾼들과 맞닥뜨리는 등 아슬아슬한 상황도 많았기에 늘 리볼버 권총을 품고 다녔다. 도망 노예가 겁에 질려 돌아가겠다고 하면 그의 머리에 총을 겨누고 "계속 가거나 죽거나입니다"라고 위협한 뒤 끝까지 그의 탈출을 도왔다. 엄격한 지휘자로서 결단력을 보여 탈출자에게 용기를 주고 사기를 북돋으려는 의도였다.

터브먼의 업적 가운데 가장 성공한 것은 남북전쟁이 일어나기 두 해 전인 1859년 노예폐지론자이면서 상원의원인 윌리엄 H. 수어드(William H. Seward, 1801~1872)로부터 뉴욕주 오번(Auburn) 외곽의 땅을 사들여 흑인 활동의 본거지로 만든 일이었다. 남북전쟁이 터지자 그녀는 북군에 종군하여 요리사·간호사로 부상병들을 돌보며, 심지어 스파이로 잠입하여 남부의 정보를 빼내 오는 등 맹활약했고,

해리엇 터브먼
1885년경 예순세 살 무렵의 모습이다.
해리엇 터브먼은 '지하철도' 조직을 통해
흑인 노예들을 자유주로 탈출시킨 투사였다.

가족·이웃과 함께한 해리엇 터브먼 『뉴욕타임스』에 실린 이 사진은 1887년경 뉴욕주 오번에 있는 터브먼의 집에서 찍은 것으로 추정된다. 맨 왼쪽이 터브먼이고, 왼쪽에서 세 번째에 모자를 쓰고 앉아 있는 사람이 남편 넬슨 데이비스이다. 터브먼의 바로 옆 인물은 양녀 거티 데이비스(Gertie Davis)이다.

당시 흑인의 완전해방을 망설였던 링컨까지도 비판했다. 1863년 1월 1일 링컨이 '노예해방선언'을 하자 그녀는 정찰 부대를 이끌며 무장 군대로 공격작전도 감행했다.

1869년, 마흔일곱 살인 터브먼은 뉴욕의 자기 집에서 돌보던 기숙자들 중 한 사람으로 자신보다 스물두 살 어린 넬슨 데이비스(Nelson Davis, 남북전쟁에 참전, 벽돌 사업)와 재혼했다(첫 남편인 존 터브먼과는 1844년에 결혼하고 1851년에 이혼). 전쟁 후 남부의 부호들이 금을 은닉하고 있다는 이야기가 흔했는데, 이를 믿었던 그녀는 사기꾼에게 걸려들어 마취당한 상태에서 재산을 빼앗기고 명예까지 큰 손상을 입기도 했다. 하지만 그녀가 노예해방에서 이룬 업적과 명성은 결코 퇴색되지 않는다.

2 스토 부인과 노예해방, 그리고 백인 우월주의의 모순

해리엇 비처 스토의 소설 『엉클 톰스 캐빈(Uncle Tom's Cabin)』(한국에서는 『톰 아저씨의 오두막』으로 널리 알려졌다)은 바로 이와 같이 흑인 노예 문제가 심각하고 북부와 남부의 정치적·경제적·문화적 대립이 심할 때 출간되어 노예해방의 화약고에 불을 질렀다. 1850년 해리엇 스토가 노예제를 반대하는 주간지 『내셔널 이러(National Era)』의 편집자에게 소설 한 편을 쓰고 싶다고 제안했다. 그 제의가 받아들여져서 1851년 6월 5일 첫 회를 시작으로 1852년 4월 1일까지 총 40회가 연재되었다. 같은 해, 유명 건축가이자 일러스트레이터인 해맷 빌링스(Charles Howland Hammatt Billings, 1818~1874)의 그림을 넣어 상·하 두 권으로 5천 부를 발행했는데 처음에는 판매가 주춤했으나 이후 보급판으로 간행하자 열렬한 반응 속에 날개 돋힌 듯 팔렸다.

스토는 『노예였다가 지금은 캐나다에 살고 있는 조사이아 헨슨이 직접 말하는 생애(The Life of Josiah Henson, Formerly a Slave, Now an Inhabitant of Canada, as Narrated by Himself)』(1849)를 읽은 뒤 작품을 구상하고 창작하게 되었다고 한다. 노예였던 조사이아 헨슨(1789~1883)은 글을 읽거나 쓰지 못

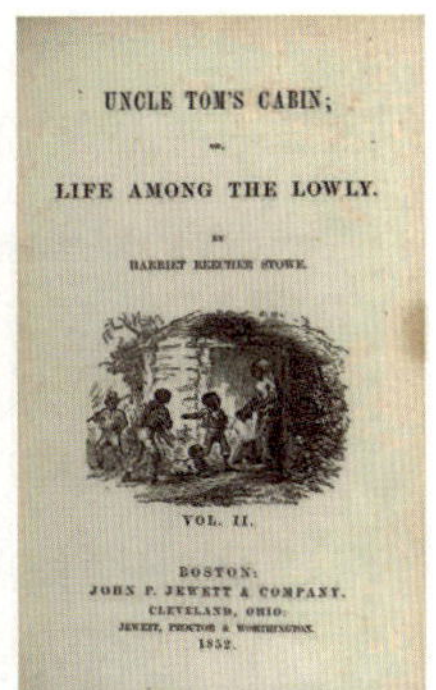

『엉클 톰스 캐빈』
1852년에 두 권으로 출간되었으며, 미국 소설 중에서 처음으로 밀리언 셀러가 된 작품이다. 이 책은 반노예제의 사회적 분위기를 일으켰으며, 출간되고 10년이 채 지나지 않아 남북전쟁의 불씨를 당겼다.

했기 때문에, 책 제목에 나와 있듯이 헨슨이 자신의 삶을 구술하고 사무엘 엘리엇(Samuel A. Eliot, 1798~1862, 보스턴 시장 출신)이 그 이야기를 받아써서 펴냈다. 당연하겠지만 철저히 반노예제적 견지에서 서술된 책이었다. 조사이아 헨슨은 『엉클 톰스 캐빈』의 주인공 캐릭터로 유명세를 탔다.

『엉클 톰스 캐빈』이 베스트셀러가 되자 그해에 보스턴에서만 300여 명의 신생아에게 '에바'라는 이름이 붙여질 정도였으니, 소설의 영향력을 알 법하다. 에바(little Eva)는 노예 톰이 뉴올리언스로 팔려 갈 때 증기선에서 만난 소녀다. 에바는 물에 빠져 죽을 뻔한 자신을 구해준 톰을 아버지에게 사 들이게 해서 농장으로 데려와 여러 편의를 봐준다. 소녀는 아버지에게 톰을 자유인으로 만들어달라고 부탁했으나 집안 사정이 여의치 못해 톰을 팔게 되자, 폐결핵으로 죽기 전 자신의 머리묶음을 노예들에게 주면서 기독교를 믿으면 나중에 천국에서 자신과 만날 것이라고 말했다. 그리고 아버지가 언젠가는 톰을 해방시킬 것으로 확신했다.

노예제에 대한 논쟁을 일으키는 등 사회에 큰 반향을 일으켰던 만큼 스토의 소설을 비판하고 심지어 『엉클 톰스 캐빈』을 비꼬는 소설도 나타났다. 이러한 문학을 '안티-톰 문학(Anti-Tom literature)'이라고 하는데, 『엉클 톰스 캐빈』이 출간된 1852년에 7권, 1853년에 6권이 출간되었을 정도였다. 『필리스 아줌마의 오두막(Aunt Phillis's Cabin)』(1852)은 그 대표적인 소설이었다. 수구 세력 작가들이 노예해방을 반대하려는 움직임이었으나 사회적 반응은 그다지 일어나지 않았다.

해리엇 비처의 아버지 라이먼 비처(Lyman Beecher)는 코네티컷주 리치필드(Litchfield)에서 장로회 목사로 반가톨릭의 선봉자이자 노예찬성론자였다. 첫 아내가 9남매를 낳고 죽은 이듬해에 재혼하여 4남매를 더 낳아 13남매를 둔 대가족이었다. 해리엇은 첫 번째 부인에게서 태어났으며 13남매 중

링컨과 스토 부인의 만남 1862년 12월 워싱턴 백악관에서 해리엇 비처 스토 부인을 만난 링컨은 "당신이 이 큰 전쟁을 일으킨 바로 그 작은 여인이군요(So you're the little lady who started this big war)"라고 말했다고 한다. 이 동상은 두 사람의 만남을 기념하기 위해 해리엇 비처 스토의 저택이 있는 코네티컷주 하트퍼드에 세워졌다.

일곱째였다. 남매 중에는 저명인사가 수두룩했는데 기득권층이 다수였고, 이복 여동생 이사벨라 비처 후커(Isabella Beecher Hooker, 1822~1907)만 사회운동가로 노예제 폐지와 여성의 참정권을 주장했다.

1832년 해리엇의 아버지가 레인 신학원(Lane Theological Seminary)의 교장이 되면서 가족 모두 오하이오주 신시내티로 이사했다. 이 신학원은 1834년 노예제도 찬반을 둘러싼 논쟁으로 유명한데, 18일간에 걸친 격렬한 논쟁은 급기야 1836년 4월에 난동으로 번졌다. 비처 교장은 복음주의와 칼뱅주의 원칙으로 논쟁을 중단시키고, 흑인의 입학을 불허 조처했다. 그러자 학생 50여 명이 오벌린 칼리지(Oberlin College)로 전학해버리는 사태가 벌어져 비처 교장은 명예롭지 못한 퇴장을 했다. 오벌린 칼리지는 미국에서 고등교

해리엇 비처 스토 하우스Harriet Beecher Stowe House   코네티컷주 하트퍼드에 있는 이 저택은 스토 가족이 1873년에 이사 와서 살았던 집으로, 스토 부인은 생을 마감할 때(1896)까지 이곳에서 살았다. 지금은 역사박물관이자 스토문학활동센터(Stowe Center for Literary Activism)로 활용되고 있다.

육기관으로는 처음으로 여성과 흑인 입학을 허용한 학교였다.

아버지가 이렇듯 학교장으로서 분쟁의 소용돌이에 있었던 것과 달리, 해리엇은 신시내티에서 작가들의 비공식 모임인 세미-콜론 클럽(Semi-Colon Club)에 1832~1850년까지 참가했는데, 이 모임의 구성원들 중에는 미래의 남편이 될 캘빈 엘리스 스토(Calvin Ellis Stowe, 1802~1886)도 있었다. 캘빈 스토는 성서 문학 교수로, 1834년 8월 첫 번째 아내가 결혼 2년 만에 아이 없이 죽자, 1836년 1월에 해리엇 비처와 결혼했다. 스토 부부는 7남매를 두었으나 넷은 부인 생전에 죽었다. 신시내티야말로 작가 스토에게는 중요한 보금자리로, 이곳에서 『엉클 톰스 캐빈』도 탄생했다.

1864년, 건강이 악화된 캘빈 스토가 앤도버 신학대학원(Andover Theological

해리엇 비처 스토와 헨리 워드 비처 남매
헨리 워드는 해리엇의 두 살 아래 동생이며,
유명한 목사였다. 이 사진은 1852~1855년쯤
찍은 것이다.

Seminary) 교수직에서 물러난 뒤 스토 가족은 매사추세츠주에서 코네티컷주 하트퍼드(Hartford)로 이사했다. 1873년 두 번째로 얻은 집에서 해리엇 스토 부인은 1896년 별세할 때까지 23년간 여생을 보냈는데, 나중에 옆집으로 마크 트웨인이 이사 와서 서로 막역하게 지냈다.

이미 얻은 명성으로 여러 작품을 쓰면서 평온하게 지내던 스토에게 집안일로 난처해진 사건이 터졌다. 예순한 살 때인 1872년, 13남매 중 여덟째이며 작가의 두 살 아래 남동생인 헨리 워드 비처(Henry Ward Beecher, 1813~1887)의 간통 사건이 「비처−틸턴 스캔들 사건(The Beecher-Tilton Scandal Case)」이라는 제목으로 잡지에 나면서 미국을 넘어 온 세계의 화제가 되었다. 그는 노예제 폐지와 여성의 참정권을 적극 주장한 진보적인 인기 목사로, 교회

신도들과 사교적인 만남을 즐겼다. 설교에서는 자유연애를 맹비난하면서도 정작 본인은 젊은 여신도들과 잦은 스캔들을 일으켰다. 헨리 비처의 이런 비행과 위선, 틸턴 부인과의 불륜을 여성참정권 운동의 지도자 빅토리아 우드헐(Victoria Woodhull, 1838~1927)이 폭로했는데, 도리어 우드헐이 체포·구속되면서 사건은 일파만파로 번졌다. 이 스캔들은 큰 논란을 불러일으켰고, 수년간 법정 공방으로 이어졌다. 법정은 헨리 비처의 비리를 폭로하는 데 동조한 인물들을 모두 불법자로 구속시키거나 출국하도록 명했다. 전 유럽의 조롱감이 된 이 사건의 배후에는 미국의 전통적인 백인 지배층이 지닌 특권 의식이 도사리고 있었다. 백인 우월주의 앞에서는 정의고 나발이고 없었다. 프랑스의 자유연애 옹호자이며 소설가인 조르주 상드(George Sand, 1804~1876)는 이 사건을 소설로 쓰겠다고 벼렀지만 죽음으로 인해 이루지 못했다.

빅토리아 우드헐은 1872년 대통령 선거에서 평등권당(Equal Rights Party)의 대통령 후보로 출마했다. 미국 역사상 최초의 여성 대통령 후보였다. 당시 러닝메이트인 부통령 후보는 흑인 투사 프레더릭 더글러스였다. 그러니 표면적으로는 헨리 비처와 우드헐의 싸움처럼 보였지만 보수 세력으로서는 남녀평등과 여성의 정치 참여 등 급진적 사회개혁을 내세운 이들의 발목을 묶어야 했고, 그러자면 우드헐을 구속시켜야 했으며, 그건 적중했다. 실제로 우드헐은 선거 며칠 전에 체포되었다.

이런 상황에 스토의 남매들은 어떤 결행을 했을까. 그들 역시 백인 특권층이었다. 그들은 당연하다는 듯이 헨리를 옹호하고 두둔했다. 스토 작가도 예외는 아니어서 동생 헨리 편을 들었다. 참으로 웃기는 이야기다. 흥미롭게도 스토의 이복동생들은 그 반대여서 우드헐을 편들고 지지했다. 인간의 본성은 이럴 때면 숨길 수 없다.

1896년 7월 1일 세상을 떠났다. 향년 85세였다. 스토 부인의 묘는 매사추세츠 앤도버에 있으며, 그곳엔 남편과 아들 묘도 있다. 묘비 기단에는 "1811 · HARRIET · BEECHER · STOWE · 1896"이라고 새겨져 있다.

1896년 7월 하트퍼드에서 사망한 해리엇 비처 스토는 매사추세츠주 앤도버에 있는 필립스 아카데미 공동묘지(Phillips Academy Cemetery)에 묻혔다.

3 링컨의 자수성가와 출셋길

에이브러햄 링컨(재임 1861. 3~1865. 4)의 선조는 침묵과 평화를 신봉하는 퀘이커교도였다. 링컨의 조상은 1638년 영국 노픽(Norfolk)에서 매사추세츠로 이주하여 펜실베이니아, 버지니아 등지를 전전하며 살았다. 이름이 같은 할아버지 링컨(Abraham Lincoln, 1744~1786) 대위가 독립전쟁에 참여한 이력이 있으며, 1780년대에 캔터키주에 정착했다. 그의 셋째 아들이 바로 우리가 잘 아는 미국 대통령 에이브러햄 링컨의 아버지 토머스 링컨(Thomas

에이브러햄 링컨 생가 국립역사공원 Abraham Lincoln Birthplace National Historical Park　켄터키주 라루 카운티 (Larue County)에 조성된 역사공원으로, 링컨의 초기 생애를 살펴볼 수 있다. 대리석으로 지은 메모리얼 빌딩에는 16개의 창문과 천장에 16개의 로제트가 있는데 이는 링컨이 16대 대통령임을 상징하며, 빌딩까지 올라가는 56개의 계단은 링컨이 56세에 사망했음을 상징한다.

Lincoln)이다. 토머스 링컨은 낸시(Nancy Hanks)와 결혼하여 켄터키주 하딘 (Hardin)의 엘리자베스타운에서 통나무집을 짓고 신혼살림을 시작하며 링컨 등 3남매를 낳았다. 둘째인 링컨이 태어났을 때 이웃 사람들은 "벚나무 껍질처럼 빨갛고 주름투성이야" "큰 인물이 될 성싶지가 않아"라고 수근댔다.

1818년 링컨이 아홉 살 때 생모가 죽자 아버지는 이듬해 세 아이를 둔 세라 부시(Sarah Bush)와 재혼했는데, 계모와 링컨의 관계가 좋았던 건 널리 알려져 있다. 책을 좋아하는 링컨에게 마음껏 독서할 수 있도록 해주고 자상하게 대해주었다는 미담이다. 오두막집 단칸방에서 곤궁하게 자란 링컨은 독서광에다 근면한 성격으로 미화되어 있으나, 당시 링컨을 고용했던 농부들은 그가 "놀라우리만큼 게을렀다"고 불평하며, 농사일보다는 법정 관람

때 본 논고나 변론을 흉내 내기에 열중했다고 증언한다.

193cm의 홀쩍한 키에 힘도 매우 세서 지역의 왈패들을 모두 물리쳤던 그는 1830년 스물한 살에 일리노이주로 이사하면서 아버지로부터 독립했다. 이후 뉴세일럼(New Salem) 우체국장을 역임하며 주민들에게 인심을 얻기 시작해 1834년 일리노이 주의회 의원으로 당선되어 1842년까지 4선 의원을 지냈다. 그 사이에 변호사 자격증도 취득하여 개업했다(1837).

이렇게 건장한 청년에게 여인이 적지 않았는데, 일리노이 시절 여인숙 주인의 딸 앤 러틀리지(Ann Rutledge, 1813~1835)가 공식적인 첫사랑이었다. 몰락한 명문가 출신으로, 아름다운 미모 덕에 그녀에게 구혼하는 이들이 많았다. 그중 외지에서 온 부잣집 남자와 약혼했는데, 그는 고향엘 다녀온다면서 떠난 뒤 종무소식이었다. 당시 우체국장으로 있는 링컨에게 그녀는 자신의 약혼자로부터 온 편지가 없냐고 묻곤 했는데, 결국 젊은 나이에 죽었다. 링컨은 그녀의 죽음으로 오랫동안 우울증을 앓고 가끔 그녀의 무덤에 몸을 던져 울곤 했다. 앤 러틀리지의 묘는 1890년에 일리노이주 피터즈버그의 오클랜드 묘지(Oakland Cemetery)로 옮겨졌는데, 그곳엔 시인 에드거 리 매스터스(Edgar Lee Masters, 1868~1950)가 쓴 비문이 세워져 있다.

이 몸은 앤 러틀리지 / 에이브러햄 링컨의 사랑을 받았던 여인 / 이제 홀로
이 잡초 아래 잠들다 / 맺지 못한 채 / 영원한 이별로써 그와 결혼을 하다

링컨과 결혼하여 미래의 퍼스트 레이디가 된 여인은 메리 토드(Mary Ann Todd, 1818~1882)이다. 켄터키에서 휘그당을 지지하는 부유한 집안 출신의 메리 토드는 프랑스어와 댄스, 연극, 음악을 익혔을 뿐만 아니라 스무 살 무렵에는 정치에도 통달했다. 일리노이 스피링필드에 있는 언니 집에 거주할

때, 그 지역 여인들에게 연모의 대상이었던 변호사이자 정치인 스티븐 더글러스(Stephen Arnold Douglas, 1813~1861)로부터 구애를 받았을 만큼 매력녀였다. 당시 링컨과는 비교도 안 되게 저명한 정치인인 스티븐 더글러스는 링컨 때문에 화려한 인생 후반기를 망쳐버렸다. 그는 매리 토드를 링컨에게 빼앗긴 뒤 명문가의 딸과 결혼했으나 아내가 일찍 죽자 또 다른 엄청난 명문가의 아름다운 여인(아델 커츠Adele Cutts)과 1856년에 재혼했는데, 1860년 대통령 선거에서 링컨에게 패배하고 이듬해 장티푸스에 걸려 재혼 5년여 만에 마흔여덟이라는 젊은 나이로 죽었다.

'대통령이 될 가능성이 높은 사람과 결혼'할 작정이었던 콧대 높은 메리 토드를 링컨은 언감생심이라 여기며 구애를 아예 포기했는데, 그녀가 먼저 프러포즈를 해왔다. 링컨은 "농담 말라"며 거듭 거절했으나 그녀가 손목을 꼭 잡고 애원해서 링컨이 넘어갔다는 설도 있고, 그녀가 먼저 점찍은 더글러스가 다른 여자와 춤춘 것에 반발해서 질투심을 유발하고자 링컨과 가까이 지내게 되었다는 설도 있다. 어쨌건 1840년 12월에 약혼한 뒤 망설임 속에 결혼 날짜까지 잡았으나 약혼을 파기하고 결혼을 취소하는 우여곡절을 거쳐 마침내 1842년 11월에 결혼하여 부부가 되었다. 훗날, 행여 또 두 사람 관계가 잘못되면 어쩌냐는 주변 사람의 걱정에 링컨은 "만일 앤 러틀리지와 결혼했다면 십중팔구 행복했을 것이다. 그러나 대통령이 되지는 못했을 것"이라고 했다는데, 이 말이 그의 유머 감각인지 진실인지는 모르겠으나 여하튼 메리가 세계적인 악처로 꼽히는 건 어떤 면에서는 링컨의 됨됨이를 좋게 보이기 위해 대비시켰기 때문이기도 할 것이다. 둘 사이에 아들 넷이 태어났지만 맏아들 외엔 모두 일찍 죽었다.

링컨은 변호사이자 4선의 일리노이 주의회 의원으로 정치 이력을 쌓았는데, 이즈음 그는 노예제에 반대하기는 했지만 노예제 완전 폐지를 위해 싸우는 투사라기보다는 노예제에 대한 인도주의적 원칙을 주장하는 온건파였다. 1846년 서른일곱 살 때는 일리노이주 유일의 휘그당 소속으로 연방 하원 의원 선거에 출마했는데, 단돈 75센트의 선거비용으로 당선된 일은 신화로 회자된다. 상대는 피터 카트라이트(Peter Cartwright)라는 예순한 살의 노회한 정객으로, 음해와 모략의 명수여서 링컨을 반기독교적이고 극단적인 노예 해방론자라고 몰아세웠다. 카트라이트가 주관하는 종교 집회에 참석한 링컨은 시작부터 당황스러운 상황에 직면했다. 카트라이트는 설교에 앞서 "여러분, 주님을 따르고 천당에 가시려고 하는 분은 일어서주십시오"라고 하자, 한 사람만 빼고 모두 기립했다. 이어 "지옥에 가고 싶지 않은 분은 일어서주십시오"라고 하자, 또 좀 전의 그 한 사람을 제외한 전부가 기립했다. 그대로 요지부동 앉아 있었던 사람은 바로 링컨이었다. 모략에 능숙한 카트라이트는 이때다 싶어 "대체 당신은 어느 쪽으로 가시렵니까?"라고 링컨을 추궁했다. 그러고서 궁지에 빠트렸다고 생각한 순간, 링컨은 "제가 가려고 하는 곳은 바로 의회입니다"라고 하여 온 청중의 폭소를 자아냈다. 링컨은 그를 이기고 의회에 입성했다.

촌뜨기 초선의 링컨 의원은 미국–멕시코 전쟁의 비헌법성을 꼬집는 등 평화주의적 활동을 벌였으나 대중의 지지는 얻지 못해 1848년의 재선에는 실패하여 2년 임기(1847. 3~1849. 3)로 끝나버렸다.

4 더글러스–링컨 토론, 대통령의 길을 열다

링컨은 다시 변호사로 돌아가 권토중래의 다짐 속에 노예제 반대 의사를 확실히 굳히고 정계에 투신코자 공화당에 입당하여 1856년 공화당 부통령

링컨과 스티븐 더글러스 이 두 사람은 정치인들의 토론 대결에서 빼놓지 않고 언급된다. 스티븐 더글러스는 1854년 노예제의 가부可否를 각 주가 스스로 결정해야 한다는 「캔자스-네브래스카 법」을 의회에 제출했으며, 1858년 일리노이주 상원의원 선거에서도 같은 문제를 놓고 링컨과 7회에 걸친 토론을 벌였다. 위 사진에서 왼쪽의 링컨은 1860년 51세 모습이고, 오른쪽의 더글러스는 1860~1865년경 47~52세 무렵의 모습이다.

후보에 출마했으나 낙선했다. 2년 뒤 1858년에는 일리노이주 상원의원 선거에 출마했는데 라이벌은 한때 연적이기도 했던 능숙한 정객 스티븐 더글러스였고, 링컨은 패배했다.

이때 두 숙적이 7차에 걸쳐 치열하게 전개했던 논쟁은 세계 정치사에 남을 정도로 유명하다. 초점은 노예제 문제였는데, 당시 각 주에 따라 노예제에 대한 찬반이 달랐기 때문에 그 부작용이 심각했다. 그 단적인 사례가 드레드 스콧 사건(1857)이다. 드레드 스콧(Dred Scott, 1799?~1858)은 노예주인 미주리에 살던 흑인 노예인데 주인을 따라 자유주인 위스콘신으로 가게 되면서 노예 신분에서 해방되었다. 그런데 주인과 함께 고향인 미주리로 돌아오게 되면서 다시 노예 신분이 되었고, 이에 자신은 자유인이라며 법에 호소했다. 하지만 노예 찬성론자가 지배적인 연방대법원은 미주리 타협(1820)에 따른 지리적 경계선으로 구분해 노예제를 금지 또는 허용한 연방의회의 의결은 불법이며 연방정부는 노예제를 금지할 권리가 없고, 스콧은 노예라고 판결했다. 이 판결로 나라는 온통 혼란의 소용돌이에 빠져들었고 노예제 문제를 둘러싼 남북 간 대립은 더욱 악화했다. 이렇게 남북전쟁의 발판이 깔리고 있었다.

크게 보면 농업 지역인 남부는 노예제 찬성이었고 상공업 지역인 북부는 노예해방구였으나, 그 경계선 상에 있는 주들이나 신설되는 주에 대해서는 어떻게 해야 할지 미궁이었다. 중요 쟁점으로 떠오른 이 문제에서 노회한 정객들은 신생 주가 자유주가 될지 노예주가 될지는 각 주의 자치에 맡기도록 하자는 타협안을 냈고(1850), 스티븐 더글러스도 같은 주장을 폈다. 링컨은 더글러스를 "시대착오적인 '스콧 판결'을 지지하는 노예제 옹호론자"로 몰아붙였지만, 사실 노예제에 대해 두 사람은 거의 비슷한 견해를 갖고 있었다. 다만 정치적 야심이 둘 사이의 견해차를 유세 과정에서 과대 포장시켰을 뿐이다. 먼저 포문을 연 더글러스는 링컨에게 과격한 색깔을 덧씌우기 위해 '흑인과 백인 간의 난혼(racial mixing)'을 지지하는 급진주의자라고 몰아세웠다. 이에 링컨은 능란한 말솜씨로 다음과 같이 응수하며 더글러스의 공세에서 빠져나갔다. "노예제는 반대하지만 이미 노예제가 존재하고 있는 주들에서 기존의 권리를 침해하는 것에는 반대한다. 노예제는 언젠가는 사멸하겠지만 100년 정도는 걸릴 것이다."

그러고서 묻기를 "어떤 지역의 주민들이 자신들이 사는 곳에서 노예제를 배제하고 싶어한다면, 그 지역이 합법적인 주를 구성하지 않더라도 주민들의 의사에 따라 노예제를 배제할 수 있다고 생각하는가?"라고 더글러스를 반격했다. 노예제의 존폐 문제에 대해 해당 지역 주민들이 연방정부의 속박을 받지 않고 스스로 결정해야 한다면, 아직 주를 구성하지 못한 지역의 주민들에게도 그러한 자치권을 인정해줄 수 있지 않겠냐는 반문이었다. 더글러스로 하여금 "연방대법원의 결정과 무관하게 주민들은 노예제의 존폐 여부에 대해 스스로 결정할 권리가 있다"라고 대답할 수밖에 없도록 유도한 것이다. 결론적으로 이 토론에서 링컨은 더글러스의 주장이 노예제를 전국적으로 확대시키고 영구화시킬 것이라고 강조하며, 신설 주에 대한 노예제 확대에 반대하는 자신을 대중에게 확실히 각인시켰다.

논쟁의 결과는 더글러스의 승리로 끝났고, 링컨은 낙선했다. 그러나 링컨의 마지막 결정적 질문은 훗날 더글러스를 '자신의 총으로 자기 발등을 쏜 격'이 되도록 예견한 것이었다. 이유는 당시 남부 측은 드레드 스콧에 대한 연방대법원의 판결에 고무되어 신설되는 주들을 주 차원에서 일괄하여 노예주로 지정할 수 있으리라는 희망에 들떠 있었기 때문이었다. "대법원의 결정이나 주의 구성 여부와는 무관하게 일정 지역의 주민들은 스스로 노예제 존폐를 결정할 수 있다"라는 더글러스의 발언은 드레드 스콧 판결과 남부 지역의 노예제 찬성 민주당 지지자들에 대한 배신으로 비쳐졌고, 그로 인해 더글러스는 일리노이 상원의원에는 당선되었지만 남부 지역 민주당 의원들의 지지를 잃게 되어 1860년 대선에서는 링컨에게 패배했던 것이다. 링컨은 능수능란한 달변가인 더글러스와의 논쟁으로 전국적인 명성을 얻어 공화당 대통령 후보로 지명될 수 있었다.

1860년 11월 6일 치러진 대통령 선거에서 마침내 링컨이 당선되어 제16대 대통령으로 취임했다. 하지만 남북 간 지역 갈등은 이미 심각한 상황이었다. 전임 대통령 제임스 뷰캐넌(James Buchanan, 재임 1857~1861)이 남북 통합을 더 악화시켜 나라는 분열 조짐이 나타났다. 그는 퇴임 직전 연방의회에서 "어떤 주도 연방을 탈퇴할 권리는 없지만, 만약 탈퇴한다고 하더라도 연방정부가 이를 막을 권한은 없다"라고 말했다. 대통령 선거가 끝난 지 한 달여 만에 사우스캐롤라이나주가 최초로 연방을 탈퇴했고, 이어 미시시피, 플로리다, 앨라배마, 조지아, 루이지애나, 텍사스도 이탈했다. 연방을 탈퇴한 7개 주 대표들은 남부연합(Confederate States of America)을 결성했다. 그들은 1861년 2월 8일 앨라배마주 몽고메리를 수도로 삼아(몇 달 뒤 버지니아주 리치먼드로 옮김) 임시헌법을 제정하고 제퍼슨 데이비스(Jefferson F. Davis, 1808~1889)를 대통령으로 추대했다.

1861년 3월 4일 링컨은 대통령 취임사에서 "우리는 적이 아니고 친구입니다. 우리는 적이 되어서는 안 됩니다. 우리의 감정은 비록 악화되었지만, 그 때문에 우리들 사랑의 유대가 끊겨서는 안 됩니다(We are not enemies but friends. We must not be enemies. Though passion may have strained, it must not break our bonds of affection)"라고 호소했다.

5 남북전쟁 개전, 게티즈버그 연설, 그리고 의문의 피살

싸움은 어이없이 시작되었다. 1861년 4월 12일 남부연합 측이 섬터 요새(Fort Sumter)에 대한 공격 명령으로 교전이 시작됐다. 사우스캐롤라이나 찰스턴의 섬에 연방의 군사가 주둔하고 있던 곳, 즉 섬터 군사기지로 연방이 병력과 보급품을 실은 배를 파견할 수 있게 해달라고 요청했다. 그러나 남부연합은 거절했고 정치인들이 타협안도 제시했으나 실패했다. 대통령에 갓 취임한 링컨이 그렇다면 보급품만이라도 보내겠다고 했지만 남부연합은 이 제안마저 거부하고 포격을 가하면서 전쟁으로 비화됐다.

　　전쟁 당시 북부는 23개 주에 인구 2,200만 명, 공장 10만여 개, 은행예금 1억 8,000만 달러, 육사 출신 장교는 500여 명이었다. 반면 남부는 11개 주에 인구 900만 명, 공장 2만여 개, 은행예금 4,700만 달러, 육사 출신 장교는 북부연방군(북군)보다 적은 300여 명이었지만 우수한 장교는 남부연합군(남군)에 더 많았다. 게다가 미 연방 육군은 대부분 남부 출신의 사병들과 지휘관들로 구성되었는데 전쟁이 나자 이들이 거의 귀향해서 남군으로 들어갔다. 남군은 '노예제 유지'라는 전쟁 목적을 확실히 갖고 있고 군인정신도 투철했지만, 북군은 다인종으로 구성된 데다 영어 소통도 잘 안 되었다. 이런 분위기를 뒤집기 위해 링컨은 1863년 1월 1일 노예해방선언을 했고 실제로 북군 의용병에 가담한 흑인 노예의 활약도 있었으나, 전쟁은 여전히 계속되면서 고전했다. 그뿐 아니라 반전평화운동이 일어나면서 링컨은 하야 압박까지 받았다.

남과 북의 운명을 가른 전환점은 1863년 7월 1일부터 3일까지 치러진 게티즈버그 전투였다. 펜실베이니아주 남쪽에 위치한 게티즈버그에서 북군과 남군의 최대 격전이 벌어져 쌍방이 모두 엄청난 피해를 입었다. 이 전투에서만 희생된 남북 두 군대의 사상자는 도합 51,000여 명, 전사자는 7,000여 명(북부연방군: 3,155명 / 남부연합군: 3,500명)에 이르렀다. 그 희생자들을 그냥 매장하려던 걸 변호사 데이비드 윌스(David Wills)가 주도하여 대대적인 모금과 국립묘지 조성을 추진했다. 드디어 1863년 11월 19일 게티즈버그 국립묘지 봉헌식이 거행되었는데, 연사로 당대 최고의 웅변가 에드워드 에버렛(Edward Everett, 1794~1865, 정치인, 주지사, 하버드대학 총장)을 먼저 초청하고 링컨은 뒤늦게 불렀다. 대통령을 제치고 에버렛이 2시간에 걸쳐 격정적인 연설을 했다. 그 뒤를 이어 연단에 선 링컨은 271개 단어로 이루어진 아주 짧은 연설을 2분가량 했다. 바로 그 유명한 게티즈버그 연설로, 우리에게 널리 알려진 "인민의, 인민에 의한, 인민을 위한 정부(government of the people, by the people, for the people)"라는 문구가 이때 나왔다.

세계적인 명연설로 꼽히는 링컨의 게티즈버그 연설은 다음과 같다.

지금으로부터 87년 전 우리의 선조들은 이 대륙에서 자유 속에 잉태되고 만인은 모두 평등하게 창조되었다는 명제에 봉헌된 한 새로운 나라를 탄생시켰습니다. 우리는 지금 거대한 내전에 휩싸여 있고 우리 선조들이 세운 나라가, 아니 그렇게 잉태되고 그렇게 봉헌된 한 나라가, 과연 이 지상에 오랫동안 존재할 수 있는지 없는지를 시험받고 있습니다. 오늘 우리가 모인 이 자리는 남군과 북군 사이에 큰 싸움이 벌어졌던 곳입니다. 우리는 이 나라를 살리기 위해 목숨을 바친 사람들에게 마지막 안식처가 될 수 있도록

게티즈버그 국립묘지에 도착한 링컨　1863년 11월 19일, 게티즈버그 국립묘지 봉헌식에 링컨은 연방 대통령 자격으로 참석하여 세계사에 길이 남을 명연설을 했다. 빨간 화살표로 표시한 인물이 링컨이다.

그 싸움터의 땅 한 뙈기를 헌납하고자 여기 왔습니다. 우리의 이 행위는 너무도 마땅하고 적절한 것입니다.

그러나 더 큰 의미에서, 이 땅을 봉헌하고 축성하며 신성하게 하는 자는 우리가 아닙니다. 여기 목숨 바쳐 싸웠던 그 용감한 사람들, 전사자 혹은 생존자들이 이미 이곳을 신성한 땅으로 만들었기 때문에 우리로서는 거기 더 보태고 뺄 것이 없습니다. 세계는 오늘 우리가 여기 모여 무슨 말을 했는가를 별로 주목하지도, 오래 기억하지도 않겠지만 그 용감한 사람들이 여기서 수행한 일이 어떤 것이었던가는 결코 잊지 못할 것입니다. 그들이 싸워서 그토록 고결하게 전진시킨, 그러나 미완으로 남긴 일을 수행하는 데 헌납되어야 하는 것은 오히려 우리들, 살아있는 자들입니다.

우리 앞에 남겨진 그 미완의 큰 과업을 다하기 위해 지금 여기 이곳에 바

게티즈버그 국립묘지　펜실베이니아주 게티즈버그 국립군사공원(Gettysburg National Military Park) 안에 있다. 오른쪽의 기념상은 18m 높이로, 남북전쟁에서 전사한 병사들을 추모하기 위해 세운 것이다.

쳐져야 하는 것은 우리들 자신입니다. 우리는 그 명예롭게 죽어간 이들로부터 더 큰 헌신의 힘을 얻어 그들이 마지막 신명을 다 바쳐 지키고자 한 대의에 우리 자신을 봉헌하고, 그들이 헛되이 죽어가지 않았다는 것을 굳게 다짐합니다. 신의 가호 아래 이 나라는 새로운 자유의 탄생을 보게 될 것이며, 인민의, 인민에 의한, 인민을 위한 정부는 이 지상에서 결코 사라지지 않을 것입니다.　　　　—미국 국무부, 『미국의 명연설』, 주한미국대사관 공보과, 2004.

장장 2시간 동안 이어진 에버렛의 연설 서두는 이랬다.

저물어가는 해의 고된 노동을 지켜보는 잔잔한 가을 하늘과 앨러게니산맥이 굽어보는 아래 우리 형제들의 무덤이 발밑에 있습니다. 저는 머뭇거리며

포드 극장　1865년 4월 14일 링컨이 저격당한 극장이다. 워싱턴 D.C.에 위치한 이 건물은 1833년에 지어졌으며, 지금도 여전히 연극 공연을 하는 극장으로 운영된다. 한켠에는 링컨 관련 전시를 해놓은 박물관도 있다. 건물 안에는 1층부터 4층까지 링컨과 관련된 도서 15,000여 권을 빼곡히 쌓아 탑(Tower of Books)으로 만든 조형물도 있다.

> 미약한 목소리로 신과 자연이 내려준 고귀한 침묵을 깨고자 합니다. 하지만
> 이는 여러분께서 제게 주신 의무입니다. 여러분, 너그러이 허락해주십시오.
> 그리고 여러분의 동정을 바랍니다.

게티즈버그 국립묘지 봉헌식에서 거행된 링컨의 연설에 대한 반응은 뻔했다. 야당인 민주당을 지지하는 신문 『시카고 타임스』는 "모든 미국인은 외국의 지성들에게 발표된 대통령의 멍청하고 밋밋하고 어색한 연설을 읽는 것으로 부끄러워서 뺨이 따끔거릴 것이다"라고 썼다. 반면, 여당인 공화당을 지지하는 『스프링필드 리퍼블리컨(Springfield Republican)』은 "완벽한 주옥"과 같고 "풍부한 감성, 명료한 생각과 표현, 모든 단어와 구두점 하나하

링컨기념관 Lincoln Memorial   제16대 대통령 링컨과 그의 공적을 기념하기 위해 1922년 워싱턴 D.C. 내셔널 몰(National Mall)에 지어졌다. 아테네 파르테논 신전을 본뜬 이 건물도 유명하지만 건물 내부에 링컨이 앉아 있는 모습의 조각상도 널리 알려져 있다. 이 기념관 앞에서 대중 집회가 자주 열렸는데, 1963년 8월 28일 마틴 루서 킹 목사가 이곳에서 "나에게는 꿈이 있습니다"라고 연설한 것이 유명하다.

나에 우아한 멋이 깃들어 있다" "앞으로 모든 연설의 본보기"가 될 것이라고 썼다.

남북전쟁 중 치러진 1864년 대통령 선거에서 링컨은 국민연합당(National Union Party: 민주당 탈당인들과 공화당의 합당)의 후보로 나와 재선에 성공해서 이듬해 3월 4일 취임식을 했다. 북군은 게티즈버그 전투 이후로 계속 승세를 잡았고, 1865년 4월에는 남부연합의 수도 리치먼드를 함락했다. 두 번째 대통령 취임 연설과 리치먼드 함락 직후의 연설에서 링컨은 남북이 하나가 될 것을 호소했고 남부의 빠른 연방 복귀와 전후戰後 재건을 강조했다. 그러나 4월 14일 링컨은 백악관 부근의 포드 극장(Ford's Theatre)에서 연극 공연을 관람하다가 존 윌크스 부스(John Wilkes Booth)라는 연극배우가

링컨 동상 링컨기념관 내부에는 링컨 조각상과 게티즈버그 연설문, 재선 취임 연설문이 새겨져 있다. 링컨 동상의 뒤편에 적힌 문구는 이러하다. "IN THIS TEMPLE AS IN THE HEARTS OF THE PEOPLE FOR WHOM HE SAVED THE UNION THE MEMORY OF ABRAHAM LINCOLN IS ENSHRINED FOREVER(에이브러햄 링컨이 미 연방을 구한 사람들의 마음에 간직된 것과 같이 이 성전에서는 링컨에 대한 기억이 고이 간직될 것이다)"

쏜 총탄에 쓰러졌고, 다음 날 오전 7시 22분 서거했다.

그런데 이상한 것은 오늘날까지 범인의 정체나 그 배후 세력이 미궁에 빠져 있다는 사실이다. 세계 역사상 진상규명위원회가 진상을 밝힌 예는 거의 없었다. 그만큼 범죄의 그늘은 깊고도 넓다. 온갖 저서와 영화가 숱하게 쏟아져 나왔지만 여전히 정설은 없다.

Edgar Allan Poe
and
Herman Melville

에드거 앨런 포
Edgar Allan Poe
1809. 1. 19 ~ 1849. 10. 7

허먼 멜빌
Herman Melville
1819. 8. 1 ~ 1891. 9. 28

1 좌절과 상처뿐인 삶

에드거 앨런 포처럼 재능과 능력이 탁월한데도 인생살이가 배배 꼬여버려 하는 일이 죄다 안 풀린 경우는 드물 것이다. 그의 40년 생애는 좌절과 상처뿐이었다.

에드거 앨런 포의 할아버지(David Poe Sr.)는 아일랜드에서 이주해왔으며, 독립전쟁에 참전한 프랑스 귀족 라파예트와 친분이 있었다. 그 자신 또한 독립전쟁 때 자원하여 병참부대에서 복무한 이력이 있는 영예로운 인물이었다. 그의 5남 2녀 중 넷째 아들이 데이비드 포 주니어(David Poe Jr.)인데 바로 작가의 아버지다. 데이비드 포 주니어는 메릴랜드주 볼티모어에서 태어나 법률 공부를 하던 중 유랑극단 여배우를 따라다니다가 그녀와 결혼하고 스스로 배우가 되었다. 연기력이나 외모에서 아내보다 뒤처진 그는 알코올 중독자가 되어 두 아들을 낳은 뒤 가출해버렸다(1809. 7 이전). 이후 행불되었는데 나중에 자기 아내가 죽은 사흘 뒤 사망한 것으로 추정한다 (1811. 12). 데이비드 포가 법학도의 길을 포기하게 만든 여인, 곧 작가의 어머니 엘리자베스 아널드(Elizabeth Arnold, 결혼 후 '엘리자 포Eliza Poe')는 유랑극단 배우의 딸로 런던에서 태어났다. 아버지가 죽은 뒤 어머니와 함께 미국으로 와서 아홉 살 때부터 무대에 섰다. 열다섯 살 때 첫 결혼을 했으나 3년 뒤 남편이 죽었다. 버지니아주 노픽(Norfolk)에서 순회공연을 할 때 데이비드 포가 극단에 합류했고, 두 사람은 1806년에 결혼했다. 둘 사이에는 아들 둘과 딸 하나가 있었는데, 데이비드 포가 아들 둘을 낳은 뒤 집을 나갔기 때문에 막내딸 로잘리(Rosalie)의 생부에 대해서는 논란이 있다.

작가 포는 매사추세츠 보스턴에서 공연 극장과 가까운 중앙공원 근처의 하숙집에서 태어났는데 생후 18개월 때 아버지가 집을 나갔고, 그 2년 뒤

보스턴의 포 동상　에드거 앨런 포가 태어난 보스턴의 카버가(Carver Street) 62번지 건물은 현재 철거되고 없지만, 그 자리에 새로 들어선 건물의 기둥에는 포의 출생지였음을 표시하는 명판이 붙어 있다. 그곳 근처 광장에는 가방을 들고 고향 보스턴으로 돌아오는 포와 그의 대표적 작품의 소재가 된 까마귀(Raven) 조형물이 세워져 있다.

어머니도 결핵으로 죽었다. 형 윌리엄 헨리 포(William Henry Leonard Poe, 약칭 Henry Poe)는 조부에게 맡겨졌고, 여동생 로잘리는 리치먼드의 한 부인에게, 에드거 포는 스코틀랜드 출신 이민자로 리치먼드의 부유한 상인 집에 입양되었다. 헨리 포는 독립전쟁의 투사였던 할아버지의 성원을 받으며 선원으로 여러 곳을 돌아다니다가 만년에는 볼티모어에 정착하여 글도 썼다. 에드거 포를 입양한 앨런(John Allan)가는 성공회 집안인데, 포는 여기서 세례를 받고 본명에 앨런을 붙인 새 이름(Edgar Allan Poe)을 얻었다.

　1815년 여섯 살 때 에드거 앨런 포는 양부 일가를 따라 스코틀랜드로 이주한 뒤 또 런던으로 옮겨 초등교육을 받다가 집안이 기울자 1820년에 다시 버지니아 리치먼드로 돌아왔다. 그곳에서 몇몇 학교를 옮겨 다녔는데,

에드거 앨런 포 박물관 Edgar Allan Poe Museum　버지니아 리치먼드에는 에드거 앨런 포의 원고 원본, 저서 초판본, 개인 물건 등을 전시해놓은 박물관이 있다. '에드거 앨런 포 박물관' 또는 '포 박물관'이라고도 하는데, '옛 벽돌집(Old Stone House)'이라 불리는 이 집에 포가 실제로 살았던 것은 아니지만 리치먼드에 살았던 시절을 기념하여 박물관으로 단장했다.

포는 총명하고 운동에도 재능이 있었다. 양부와는 관계가 좋지 않아서 계속 불화했다. 한편 어머니를 일찍 여읜 탓에 포는 이상적 여인상에 대한 동경이 있었는데, 열네 살 때 친구 집에 놀러갔다가 그의 아름다운 어머니 제인 스타나드(Jane Stith Craig Stannard)를 보고 나중에 그녀를 추억하는 시 「헬렌에게(To Helen)」(1831년 첫 공개)를 썼다. 실제 인물과 신화적 이미지를 결합하여 이상적 여성상을 찬미하는 이 시는 포의 유명한 서정시 중 하나다.

1826년 열일곱 살 때 버지니아대학(토머스 제퍼슨이 설립)에 입학하여 고대 및 근대어를 공부하며 성적도 좋았으나 양부로부터 재정적 지원이 끊기자 돈을 벌기 위해 도박에 손을 댔다. 게다가 이즈음 술도 마시는 등 무절제한 생활을 한 탓에 1년 만에 2천 달러나 빚지게 되었고, 양부는 그런 포를 퇴학시켜버렸다. 결국 포는 리치먼드로 귀환해야 했다. 그곳에는 어릴 적 이웃집에 살면서 서로 결혼을 얘기하며 숙명적 연인으로 여겼던 사라 엘마이라 로이스터(Sarah Elmira Royster Shelton)가 있었다. 그녀의 아버지는 포를 싫어하여 포가 보낸 연애편지를 중간에서 가로챘다. 이 때문에 그녀는 포가 자기를 잊었다고 오해하여 1828년에 부유한 사업가와 결혼해버렸다. 연인인 로이스터가 결혼했다는 사실을 알게 된 포는 리치먼드로 돌아가는 것이 달갑지 않았다. 그런데 훗날 1844년 로이스터의 남편이 10만 달러의 유산과 각종 투자를 남긴 채(재혼하면 상속 불가능하게 함) 사망했고, 1848년 7월 포를 다시 만난 그녀는 결혼할 꿈에 부풀었다. 그러나 이번에도 결혼은 성사되지 못했다. 포는 그녀에게 작별을 고하며 1849년 9월 27일 리치먼드를 떠나고서 2주 후인 10월 7일에 불행한 죽음을 맞는다.

마흔의 나이로 허망하게 죽기까지 포는 온갖 일에 최선을 다했으나 다 허사였다. 양부와 관계가 더욱 악화되자 1827년 곧바로 리치먼드를 떠나 보스턴 등지를 떠돌다가 5월에 미 육군 사병으로 입대했다(실제 나이는 18세인데 지원서에는 22세라고 씀). 월 5달러의 봉급으로 복무하다가 부대를 옮겨가며 포병으로도 근무하고 봉급도 많이 올랐다. 이해에 그는 '보스턴 사람(Bostonian)'이라는 가명으로 40쪽짜리 시집 『티무르와 그 밖의 시(Tamerlane and Other Poems)』를 냈으나 전혀 반응을 받지 못했다. 이후 5년간 복무했던 군에서 제대하려고 마음먹었지만 소속 부대의 대장이 포에게 양부와의 화해를 선결 조건으로 내걸어 그것도 뜻대로 안 됐다.

1829년 스무 살 때 양모가 죽으면서 남편에게 포를 잘 부탁한다고 당부한 덕에 양부와 관계가 회복되어 제대할 수 있었으나, 두 사람은 이내 다시 갈등했다. 포는 뉴욕 웨스트포인트(West Point)에 있는 사관학교에 입학 신청을 내놓고 입학 전에 볼티모어로 이주했다. 그곳엔 과부가 된 고모 마리

에드거 앨런 포 하우스 박물관 Edgar Allan Poe House and Museum   메릴랜드 볼티모어에 있는 이 집은 간단히 '포 하우스(Poe House)'라고도 불린다. 포가 양부의 재정적 지원이 모두 끊긴 뒤 찾아온 친고모의 집이었다.

아 클렘(Maria Clemm, 포의 아버지는 7남매인데 여섯째가 이 고모다)이 열한 살 된 아들, 일곱 살 된 딸을 데리고 삯바느질과 하숙을 치며 어렵게 지내고 있었는데, 포는 그 집에 들어가 신세를 졌다. 고모의 딸 버지니아 클렘(Virginia Eliza Clemm Poe, 1822~1847)은 나중에 포의 아내가 된다.

1830년 포는 웨스트포인트 사관학교에 입학했지만, 양부가 재혼한 뒤 지원금을 아예 중단해버렸기 때문에 다시 주벽과 도박에 빠지고 말았다. 결국 1년 만에, 퇴교 처분이 되기 직전 자퇴하고서 볼티모어의 고모 집으로 돌아가 온갖 고초를 겪으며 글을 쓰기 시작했다. 1833년 단편소설 「병 속에서 발견된 수기(MS. Found in a Bottle)」가 현상공모에 당선되면서 미약하나마 문학적 명성을 얻게 되자, 리치먼드로 가서 한 문예지(『The Southern

Literary Messenger」)의 편집 일을 맡았다.

안정을 찾은 포는 스물일곱 살 때(1836) 주변의 반대를 물리치고 고종사촌 누이 버지니아 클렘(14세)과 결혼했다. 당시 사촌 간 결혼은 합법이었고 고모도 포에게 호의적이었으나 결혼만은 반대했다. 포와 버지니아의 관계에 대해서는 그녀가 처녀로 죽었다는 등 여러 설이 나돌지만, 결혼 6년 만에 결핵에 걸려 앓다가 1847년 스물다섯 나이로 결국 세상을 떴을 때 포가 지은 「애너벨 리(Annabel Lee)」(1849)는 아내의 죽음을 애도한 명시로, 미국인들이 오늘날에도 애송한다.

2   그로테스크한 추리소설의 재미

포는 버지니아와 결혼한 뒤에도 여전히 술을 끊지 못하고 방탕하게 지내다가 살길을 찾아 뉴욕엘 갔으나 그곳에서도 정착하지 못한 채 다시 필라델피아로 이사했다. 이 시기에 그는 창작도 하면서 문학지 편집도 병행하고, 자신이 직접 문예지를 발간하기 위해 '스타일러스(Stylus)'라는 제호도 짓는 등 전력투구했으나 이마저도 이루지 못했다. 그러나 필라델피아에 거주하는 동안 그는 우리에게 널리 알려진 공포소설과 추리소설을 연이어 썼다.

1839년 작 「어셔가의 몰락(The Fall of the House of Usher)」은 심리적 공포물이라고 할 수 있다.

나는 귀족 친구인 로더릭 어셔로부터 정신적 도움을 요청하는 편지를 받고 그의 집을 방문한다. 어셔의 여동생 매들린이 불치병으로 죽어 매장했는데, 어셔는 점점 이상 증세로 초췌해졌다. 어느 밤, 태풍이 몰아치자 어셔를

에드거 앨런 포 국립사적지 Edgar Allan Poe National Historic Site 포·버지니아 부부가 필라델피아에 6년간 (1838~1844) 살면서 거의 매년 옮겨 다닌 거주지 중 유일하게 남아 있는 건물이다. 건물 앞에는 포가 1845년에 발표한 시 제목이기도 한 큰까마귀(The Raven) 조각상이 있다.

안정시키기 위해 소설책 하나를 집어 낭독해주었다. 하필 엽기적인 고딕소설이었다. 책을 계속 읽어 나가자 오히려 더 이상해진 어셔가 비밀을 털어놨다. 미처 죽지 않은 상태의 여동생을 관에 넣고 못질한 뒤 매장하고 있는데, 이상한 소리가 나면서 그녀가 관 뚜껑을 열고 나오려 했다는 것을 실토했다. 그런데 방 밖에 그녀가 서 있는 것 같다고 하면서 문을 열자, 정말로 그녀가 살아서 걸어 들어와 오빠에게 안기며 쓰러져 죽었다. 이에 충격받은 어셔도 죽어버려, 나는 그 집을 뛰쳐나와 도망쳤고 저택은 무너져 내렸다.

1841년 작 「모르그가의 살인 사건(The Murders in the Rue Morgue)」은 탐정 캐릭터의 효시인 오귀스트 뒤팽을 처음으로 등장시킨 작품으로, 추리소설의 원조 격이라 할 수 있다.

나는 파리의 한 도서관에서 오귀스트 뒤팽과 친밀해져 함께 지낸다. 그러던 중 모르그가의 4층 건물에서 모녀(레스파네 부인과 카미유 양)가 끔찍하게 죽은 살인 사건이 터졌다. 어느 나라 말인지 알 수 없는 비명 소리를 들은 많은 중인이 나타났지만, 사건은 점점 꼬이고 오리무중으로 빠진다. 그때 뒤팽이 집 상태와 모녀의 시신 상태를 보고 추리력을 발휘하여, 한 선원이 실수로 놓친 보르네오산 오랑우탄이 모녀를 죽였음을 밝혀낸다. 그 선원은 오랑우탄을 동물원에 팔 작정이었는데 실수로 놓쳐버린 것이다.

모르그가의 살인 사건에서 선원은 무죄였고, 오랑우탄은 잡혀 동물원에 갇혔으니 결국 무기형을 받은 셈이다.

1843년 작 「황금벌레(The Gold-Bug)」는 암호 풀이와 논리적 추론을 기반으로 한 추리소설이다. 포는 실제로는 존재하지 않는 황금벌레를 소설 속에서 창조해냈는데, 주인공 윌리엄 레그런드가 이 황금벌레에게 물린다. 흑인 하인은 레그런드가 황금벌레에 물려서 미쳐간다고 염려하지만, 오히려 레그런드는 벌레를 그려놓은 양피지에 나타난 암호를 발견하고 해독함으로써 선장이 묻어둔 보물을 찾아낸다. 이 소설은 단편소설 공모전에 출품하여 대상을 받았으며, 포는 상금으로 100달러를 받았다. 그의 생전에 가장 인기를 모은 작품이기도 했다.

1843년 작 「검은 고양이(The Black Cat)」는 한 이름 모를 재소자가 자신의 죄를 고백하는 형식이다. 그가 바로 화자로, '나'이다.

폭음을 하고 귀가한 어느 날, 나는 폭력적 성향이 드러나 집에서 기르던 검은 고양이의 한쪽 눈을 도려냈고 나중에는 급기야 목매달아 죽이고 만다. 그 뒤 또 다른 검은 고양이가 자신을 따르기에 데리고 와서 보니 먼젓번 고양이처럼 한쪽 눈이 없다. 아내는 이 고양이를 애지중지 아끼지만 나는 오히려 반감이 생기고 증오하게 된다. 결국 고양이를 죽이려다가 아내를 죽이게 되고, 시체를 숨기기 위해 벽을 뜯어내고 그곳에 넣은 뒤 회반죽으로 발라버린다. 며칠 후 경찰이 수사를 나왔다가 별 혐의점을 못 찾고 돌아가려던 찰나, 나는 무의식중에 시신을 감춘 벽을 두드렸는데 그때 벽 너머에서 이상한 소리가 들린다. 경찰이 벽을 허물자 아내의 시신과 살아있는 외눈의 검은 고양이가 앉아 있었다.

이렇듯 뛰어난 걸작을 잇달아 써냈음에도 작가의 소설에 대한 인세는 형편없었고 경제 사정도 전혀 나아지지 않았다. 생활이 어려워지자 포 부부는 1844년 뉴욕으로 갔다. 포는 이곳에서도 여러 잡지사를 전전했다.

포의 최고 걸작이라 할 만한 「도둑맞은 편지(The Purloined Letter)」(1845)는 이 시기에 나왔다. 탐정 뒤팽이 경찰청장 G의 의뢰로 한 귀부인의 도둑맞은 편지를 되찾는 과정을 다룬 추리물이다. 이 소설의 화자도 '나'이며, 「모르그가의 살인 사건」에 이어 여기에서도 탐정 뒤팽이 등장한다. 소설은 파리에서 친하게 지내는 뒤팽으로부터 들은 이야기를 서술하는 형식이다. 주요 등장인물은 내 친구이자 탐정인 뒤팽, 경찰청장 G, 범인 D장관, 그리고 왕실의 지체 높은 귀부인이다.

귀부인이 비밀 편지를 보던 중 왕의 갑작스러운 방문에 놀라 아무것도 아니라는 듯이 테이블 위에 편지를 무심히 두자, 그것이 중요한 내용임을 눈치챈 D장관이 몰래 가져가 귀부인을 협박하며 온갖 횡포를 부린다. 귀부인은

뉴욕 시절 포의 집 Edgar Allan Poe Cottage　뉴욕 브롱크스(Bronx)에 소재한다. 포가 죽기 직전 뉴욕에서 살았던 집이며, 그의 아내 버지니아가 1847년 이곳에서 숨을 거두었다. 이 집은 원래 킹스브리지 로드 (Kingsbridge Road)에 있었지만 1913년 포 공원(Poe Park)으로 옮겨졌다.

경찰청장 G에게 그 편지를 되찾아달라고 은밀히 의뢰했고, 경찰청창은 D장 관이 아무도 모르게 꽁꽁 숨겨두었을 것이라 생각하여 집을 다 뒤졌지만 도 무지 찾을 수 없었다. 결국 경찰청장은 뒤팽에게 이 일을 재의뢰했다. 뒤팽 은 D장관이 그 귀한 편지를 먼지 쌓인 편지함에 그저 평범한 편지인 듯 아 주 허술하게 넣어둔 걸 찾아냈다.

귀한 것일수록 허술한 곳에 버리듯이 숨긴다는 차원 높은 D장관의 심리 를 그보다 한 차원 더 높은 탐정 뒤팽이 밝혀낸다는 심리주의적인 기법이 단연 탁월하다. 이 작품은 20세기에 들어서 더욱 그 진가가 알려져 현대 구 조주의 비평사에서 자주 거론되는 걸작이 되었다.

에드거 앨런 포 묘 포는 원래 볼티모어의 웨스트민스터 홀 묘지(Westminster Hall and Burying Ground)에 묘비도 없이 묻혀 있었다가 교사들의 모금운동을 통해 1875년 대리석으로 새로운 묘비를 세울 수 있었다. 그의 원래 매장 지점에는 "1849년 10월 9일부터 1875년 11월 17일까지 포가 원래 묻혀 있었던 곳"이라는 설명이 적힌 묘비가 세워져 있다(226쪽 사진 참조).

1847년 아내가 스물다섯의 젊은 나이로 죽자, 포는 절망하여 생활이 더욱 불안정해졌다. 하지만 그의 작품을 좋아해주는 사라 헬렌 휘트먼(Sarah Helen Power Whitman, 1803~1878)을 만나면서 그녀가 자신을 구원해줄 여인이라 여겼다. 사라 헬렌 휘트먼은 시인이자 수필가이면서 초절주의자인데, 포는 그녀와 사랑을 이룰 뻔했으나 그의 폭음과 음주 등 여러 나쁜 소문과 그녀 가족의 반대로 좌절됐다.

포에게는 구원의 여인상이 또 있었다. 포가 젊은 시절 숙명적 여인으로 생각했던 사라 엘마이라 셸턴이다. 1848년, 포는 남편과 사별한 그녀를 리치먼드에서 다시 만났고 이듬해에는 결혼까지 할 예정이었다. 하지만 포는 1849년 9월 27일 여러 가지 서둘러서 처리해야 할 일이 많고 몸도 아프다

원래 매장지였던 곳에 놓인 포의 묘비

면서 그녀에게 작별을 고하고 떠났다. 그로부터 얼마 지나지 않아 볼티모어의 거리에 노숙자처럼 인사불성으로 쓰러져 있는 그를 한 시민이 발견하여 병원으로 옮겼으나 10월 7일 오전 5시에 절명했다.

이렇게 불행했던 포의 유미주의적이고 그로테스크한 추리문학이 빛을 보게 된 것은 상징파이면서 유미주의 시인인 보들레르 덕분이었다. 그가 포의 작품을 프랑스에 번역 소개하면서 유럽에 널리 알려지게 되었다.

3 독립군 후예의 몰락과 고래잡이가 된 멜빌

허먼 멜빌의 가문은 미국 독립사에서 대놓고 자랑해도 좋을 만큼 짱짱하다. 스코틀랜드계인 할아버지는 '자유의 아들(Sons of Liberty)' 출신으로 보스턴 차 사건에도 참가했던 독립군 소령 토머스 멜빌(Thomas Melvill)인데, 미국이 독립을 이룬 뒤에는 해군 장교로 세관 관련 업무를 보기도 했고 보스턴 소방대장과 주 의원도 역임했다. 외할아버지 피터 갱스부르(Peter Gansevoort) 또한 독립전쟁의 영웅으로, 여러 중요 전투를 승리로 이끈 장군이었다. 아버지 앨런 멜빌(Allan Melvill)은 학교교육 대신 프랑스로 가서 불어를 능숙하게 익힌 뒤 프랑스 상품을 주로 수입하는 무역상이 되어 집안이 넉넉했다. 어머니 마리아는 네덜란드계로 개신교 집안이었다.

허먼 멜빌은 이런 넉넉한 집안에서 좋은 교육을 받으며 열 살(1829) 때까지 호강하며 자랐으나, 1830년부터 아버지의 사업이 기울더니 1832년 거의 파산 상태에서 죽어 갑작스럽게 빈곤해졌다. 멜빌은 학업도 중단하고 열세 살이라는 어린 나이에 뉴욕 주립은행 중견 간부였던 외삼촌의 소개로 입사하여 일을 했고, 은행에서 나온 뒤에는 모피 상점의 점원, 초등학교 교사를 하면서 집안 살림에 힘을 보탰다. 그렇게 어려운 시절 속에서도 복학하여 토목공학을 익혔다.

갑갑증이 난 멜빌은 스무 살이 되던 해인 1839년에 상선을 타기 위해 맨해튼으로 갔다. 그곳에서 5월 영국 리버풀행 여객선 세인트로렌스호의 심부름꾼으로 취직해 배를 탔고 10월에 돌아왔다. 이때의 체험이 소설 『레드번: 그의 첫 번째 항해(Redburn: His First Voyage)』(1849, 런던에서 출간)에 녹아 있다. 이 책에서 그는 알코올의존증의 해악에 대한 고발과 신기하기 짝이 없는 인체자연발화 문제를 거론했다.

귀국 후 멜빌은 뉴욕에서 교편을 잡았으나 한 학기 만에 그만두고 5대호 지역으로 여행을 떠났다. 스물두 살 때는 바다가 그리워 다시 매사추세츠주 뉴베드퍼드(New Bedford)로 갔다. 포경업이 워낙 발달해 별칭이 '고래잡이 도시'인 뉴베드퍼드는 19세기에 낸터킷(Nantucket, 매사추세츠주), 뉴런던(코네티컷주)과 함께 3대 포경선 출항지로 유명했다.

『모비딕(Moby-Dick; or, The Whale)』(1851)의 화자 이스마엘이 딱 멜빌의 심정이었을 것이다. "내 주머니는 거의 텅 비고, 육지에서 흥미를 끌 만한 것이 아무것도 없으므로 잠시 배라도 타고 세계의 바다를 다녀오자고 생각"해서 "정든 맨하토(맨해튼) 항구를 떠나서 무사히 뉴베드퍼드에 도착한 것은 12월의 어느 토요일 밤이었다." "고래잡이의 고난과 형극의 길을 동경하는 젊은이들은 대개 이 뉴베드퍼드에 머물렀다."

포경선을 타기 위해 뉴베드퍼드에 도착한 이스마엘은 '물보라 여인숙'에 짐을 풀었다. 초라한 시설과는 달리 식사는 푸짐했다. 이 숙소에서 그는 폴

뉴베드퍼드 포경박물관 New Bedford Whaling Museum   19세기 세계 최대 포경 항구의 자취를 엿볼 수 있는 박물관이다. 작살을 비롯한 고래잡이 장비와 포경 관련 역사 자료, 항해일지, 거대한 흰수염고래(blue whale)의 골격 등이 전시되어 있다. 가장 눈길을 끄는 것은 원래 크기의 반으로 축소한(현재 세계에서 가장 큰 배 모형) '라고다호(Lagoda)'이다. 압도적인 크기도 놀랍지만, 붙잡은 고래를 곧바로 램프용 기름으로 정제하는 장치까지 생생하게 재현해놓았다.

리네시아인 작살잡이 퀴퀘그를 만나 한방에서 침대를 나눠 쓰게 된다.

또한 뉴베드퍼드의 여자들은 붉은 장미처럼 꽃피어 있다. 아니 장미는 여름에 꽃필 뿐이지만 이곳 여자들의 뺨의 홍조는 제7천국(신과 천사가 산다고 하는 가장 높은 하늘)의 햇살처럼 영원히 사라지지 않는다. 더러는 세일럼 마을의 처녀들의 숨결이 향기로워 그 연인인 선원들은 해안에서 몇 마일 떨어진 바다에서도 그 향기를 맡고는 청교도 냄새가 나는 모래사장으로 가면서도, 마치 향기로운 말루쿠제도에 가까워진 것처럼 생각한다느니 하는 말도 있지만 그 외에 뉴베드퍼드 여자들의 꽃 같은 아름다움에 비교될 만한 것은 어디에서도 찾을 수 없다.
—이가형·김병철·양병탁·박충일 옮김, 『동서세계문학전집 19』 중 「백경」, 1987, 41~42쪽.

이스마엘은 여인숙에서 하룻밤을 보낸 뒤 이튿날 '고래잡이들의 교회(Whaleman's Chapel)'를 찾아간다. "인도양이나 태평양으로 출범하기 직전에 착잡한 심정의 어부들이 일요일의 예배 시간에 맞추느라 부랴부랴 찾아온다"는 교회다. 교회 내 양쪽 벽에는 바다에 빠져 죽은 선원들의 묘비명墓碑銘이 새겨져 있다. 망망대해에 떠내려간 시신을 찾을 수 없었던 유족들이 땅 위의 무덤 대신 교회 벽면에 묘비명을 새긴 것이다. 이날 설교를 맡은 매플 목사의 실제 모델은 이넉 머지(Enoch Mudge, 1776~1850) 감리교 목사로, 그는 1832~1844년간 뉴베드퍼드의 '뱃사람들의 예배당(Seamen's Bethel)'에서 목회 활동을 했다. 멜빌도 이 교회에서 그의 설교를 들었다.

이 예배당은 1832년 5월 2일 처음 준공되었는데 현재의 외관은 멜빌이 방문했을 때와는 많이 달라진 모습이다. 1866년에 화재가 나는 바람에 재건축을 했기 때문이다. 그러나 새로 지으면서 본당의 설교대를 『모비딕』

뱃사람들의 예배당 Seamen's Bethel 『모비딕』에 나오는 '고래잡이들의 교회'의 실제 모델인 교회는 뉴베드퍼드에 있는 '뱃사람들의 예배당'이다. 멜빌이 방문했을 때의 교회 모습과는 많이 달라졌지만 그의 자취는 느낄 수 있다.

에 묘사된 대로 포경선의 앞머리 모양으로 재현하여 방문객들의 눈길을 끈다. 예배당 왼편 끝의 좌석 가장자리 벽면에는 '허먼 멜빌의 좌석(Herman Melville's pew)'이라는 안내판을 붙여놓아 멜빌이 방문했던 곳임을 알려주고 있다.

소설 속 매플 목사는 선원으로 일했던 경험도 있고 작살잡이도 해본 인물로, 교회에 들어와서는 보트 모양의 높다란 설교단으로 수직 사다리 장치를 타고 올라가 서서 "자아, 우현에 있는 분들은 좌현으로! 좌현에 있는 분들은 우현으로! 중앙 갑판으로! 중앙!"이라고 외치며 참석자들의 자리를 정리한 후 「요나」 제1장의 마지막 구절을 중심으로 설교한다.

뱃사람들의 예배당 내부 모습   목사가 설교하는 곳인 설교대는 포경선의 이물 모양이다. 『모비딕』에 묘사되어 있는 모습과 똑같다. 이 설교대는 훗날 예배당을 재건축하면서 소설 속의 설교대 모습을 재현한 것이다.

허먼 멜빌의 좌석

뱃사람들의 예배당에서 허먼 멜빌이 앉았던 자리에 필자도 앉아봤다. 벽에 '허먼 멜빌의 좌석(Herman Melville's pew)'이라는 명판이 붙어 있다.

여호와께서는 매우 큰 물고기를 준비하셔서 요나를 삼키게 하셨습니다. 요
나는 삼일 밤낮을 그 물고기 뱃속에 갇혀 있었습니다.

요나는 북이스라엘 왕국 여로보암 2세(Jeroboam II) 시대의 예언자다. 성
서에 따르면 요나는 니느웨(니네베Nineveh: 고대 메소포타미아의 도시, 신아시리아
제국의 수도, 현 이라크 북부의 모술 지역) 사람들에게 야훼(여호와·하나님)의 말씀
을 전하라는 영을 어기고 다르싯(이스라엘령 다르시스Tarshish, 혹은 스페인령 타
르테소스Tartessos)으로 항해하다가 태풍을 만난다. 폭풍우에 배가 가라앉으려
하자 선원들은 신의 노여움이라 여겨서 누구 때문인지 밝히기 위해 제비뽑
기를 했고, 이때 요나가 뽑혀 바다에 던져졌다. 요나는 큰 물고기에게 삼켜
져 3일 동안 자신의 잘못을 뉘우치며 기도하고 지내다가 물고기 뱃속에서
풀려난 뒤 니느웨로 가서 임무를 수행했다.

이와 같은 성서의 기본 줄거리를 살리면서 매플 목사는 문학성 넘치게
각색하여 설교한다. 요나는 다르싯(목사는 이곳이 오늘날 카디스Cádiz로, 스페인령
이라고 풀이했다)행 배에 최종 화물을 싣는 것을 지켜본 뒤 마지막으로 승선
하여 선장실을 찾았다. 눈치 빠른 선원들은 그에게 온갖 질문 공세를 퍼부
었고, 요나가 찾아가 만난 선장은 "죄인이라면 몇 사람이라도 단박에 찾아
내는 날카로운 눈이 있었는데, 다만 가난한 사람의 경우에만 그것을 폭로하
는 욕심쟁이"였다. 태워달라고 애원하는 요나에게 선장은 뱃삯의 세 배를
요구했고, 요나가 선뜻 지불하고서야 '항해의 동료'에 끼어들 수 있었다. 비
싼 값을 치렀는데도 배정받은 방은 아주 하찮아서 자물쇠와 열쇠조차 없었
다. 이를 지켜보며 선장은 "작은 소리로 웃으면서 '죄수의 방은 안으로 잠
글 수 없게 되어 있다네'라고 중얼"거렸다.

그런데 목사는 이 배가 "이 세상에 기록된 최초의 밀수선이었습니다. 요

나가 곧 금제품이었습니다"라고 익살을 부린다. 거센 폭풍이 배를 집어삼
킬 듯하자 선원들은 이내 요나가 원인이라며 그의 신원을 따지자 요나는
묻지 않은 것까지 술술 털어놓은 뒤 자신을 바다에 던져 폭풍을 잠재우라
고 말한다. 결국 요나는 바다로 던져졌고 바다는 금방 조용해졌다. 요나는
바로 큰 고래에게 먹힌다. 요나는 형벌을 무서워하지 않고 당연한 것으로
받아들이며 도리어 감사해하면서 용서를 애걸하지 않았다. 이 대목에서 목
사는 강조한다. "죄를 범해서는 안 되지만 만약 범했다면 요나처럼 참회하
시오." 마침 창밖에는 폭풍우가 포효하고 있었기에 마치 교회가 태풍에 내
몰린 배와 같았다. 목사는 계속한다. "나야말로 훨씬 죄 많은 사람이라, 여
러분의 좌석에 앉아 요나의 교훈을 들을 수 있다면 얼마나 좋겠는가" 하고
자탄한다. 『모비딕』 제8~9장

  멜빌이 고래잡이 선원으로 바다에 나가기 전 묵은 숙소는 뉴베드퍼드에
있었지만, 정작 포경선은 페어헤이븐(Fairhaven, 매사추세츠주)에서 출항했다.
1841년 1월 3일 포경선 아큐시네트호(Acushnet)에 승선한 이날을 멜빌은 인
생의 출발이라고 했다.

  멜빌은 남태평양 일대에서 어로 작업을 하다가 1842년 7월 배가 마르키
즈제도(Marquesas Islands)에 정박했을 때 동료 리처드 토비아스 그린(Richard
Tobias Greene: 멜빌의 소설 『타이피』에는 토비 그린으로 나온다)과 함께 탈출했다.
일 자체도 위험하고 고단했을 뿐만 아니라 선원들을 혹사시키는 선장에 대
한 불만 때문이었다. 그들은 프랑스령 폴리네시아로 갔다. 예술인의 선망지
인 이곳은 ① 화가 폴 고갱(1848~1903)과, 그를 존경하여 그의 발자취를 따
라간 벨기에 태생의 프랑스 샹송 가수 자크 브렐(Jacques Brel, 1929~1978)이 생
의 마지막을 보낸 곳(폴리네시아의 히바오아섬 Hiva Oa), ② 영국 작가 로버트 루
이스 스티브슨(Robert Louis Stevenson, 1850~1894)이 말년을 보낸 곳(폴리네시아

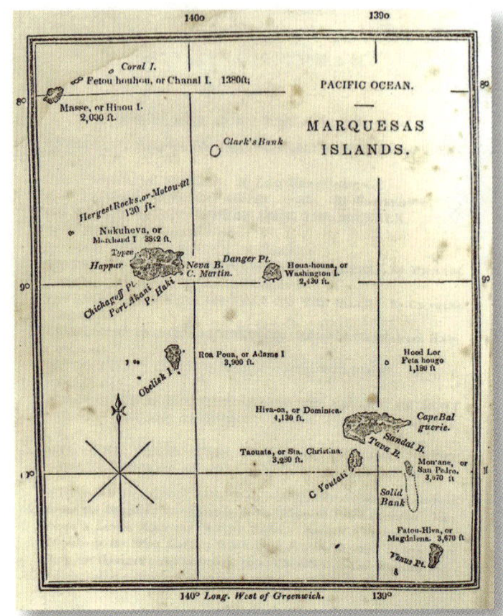

마르키즈제도

마르키즈제도는 남태평양의 프랑스령 폴리네시아에 있는 10개의 섬으로 이루어진 곳이다. 멜빌이 이곳에서 겪은 일을 바탕으로 『타이피』를 썼는데, 이 지도는 1846년 뉴욕에서 출판된 초판본의 권두에 실린 것이다.

사모아섬), ③ 올더스 헉슬리(Aldous Huxley, 1894~1963)가 『멋진 신세계(Brave New World)』(1932)에서 야만의 땅이자 추방지로 다룬 곳으로 알려져 있다. 멜빌은 폴리네시아의 누크 히바(Nuku Hiva) 섬에서 식인 풍습이 있는 타이피족과 4주 동안 같이 지냈고, 그 체험을 바탕으로 『타이피(Typee: A Peep at Polynesian Life)』를 썼다. 1846년 발행된 이 소설은 멜빌의 처녀작으로, 영국 런던에서 2월에 출판된 뒤 3월에 뉴욕에서도 나왔다. 런던에서 처음 출간된 건 주영 미공사관 서기로 일하는 형의 주선 덕분이었다.

1842년 8월 중순경 누크 히바 섬에서 오스트레일리아의 한 포경선을 타고 타히티로 가던 중 멜빌은 선상 반란에 가담했다가 투옥되었다. 이후 그곳에서 탈출하여 해변의 떠돌이로 지내다가 이듬해 4월 간신히 미국 포경선에 올라 하와이에 도착했다. 거기서 프리깃함의 미 해군 수병으로 채용되어 태평양과 중남미 등을 항해한 뒤 1844년 10월 보스턴에 도착했다. 이

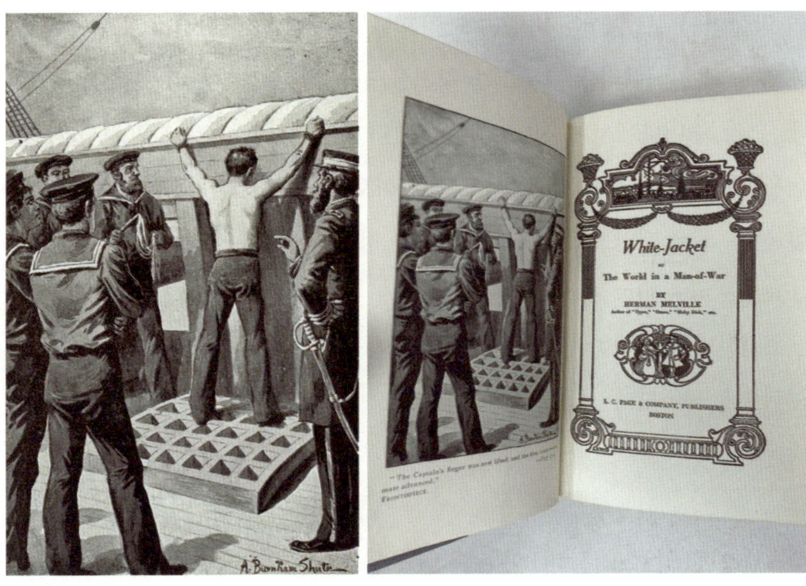

『흰 재킷』의 권두 삽화　멜빌이 해군에 복무했던 경험을 토대로 쓴 작품이다. 군대 내에서 벌어지는 채 찍질 등 미 해군의 폐단을 묘사하여 큰 반향을 일으켰다. 이 삽화는 1892년판 『흰 재킷』에 실려 있다.

때 그의 나이 스물다섯이었다.

1850년에 펴낸 소설 『흰 재킷(White-Jacket; or, The World in a Man-of-War)』은 해군에 복무했던 멜빌의 경험을 토대로 쓴 것이다. 이 소설에는 특히 군대 내에서 벌어지는 가혹 행위가 적나라하게 묘사되어 있어 미국 사회에 반향을 일으켰는데, 뉴햄프셔 출신의 상원의원 존 헤일(John P. Hale, 1806~1873)이 『흰 재킷』에 영향을 받아 「선상체벌금지법」을 제정하는 계기가 되었다. 헤일은 초기 노예해방론자들 중 한 사람으로 훗날 스페인 대사를 지냈다. 그의 딸 루시 램버트 헤일(Lucy Lambert Hale, 1841~1915)은 수려한 미모로 많은 구혼자들이 도열했다는데, 그중에는 링컨 대통령의 맏아들 로버트 토드(Robert Todd Lincoln, 1843~1926)도 있었다. 그러나 그녀는 링컨의 암살범인 존 부스와 비밀리에 약혼한 사이였으며, 링컨의 재선 취임식에도 함께 참석했다. 존 부스는 링컨을 암살한 뒤 도주하다가 총격당했는데, 그의 주머니에서 루시 사진이 나왔다. 그가 사망한 뒤 루시가 몰래 시신을 끌어안고 울었다 하지만, 관련 혐의로 조사를 받지는 않았다. 링컨 암살 사건 후 스페인으로 간 그녀는 거물 정치인 윌리엄 챈들러(William Eaton Chandler, 1835~1917, 링컨의 자문 변호사, 해군 법무감)의 후처가 되었다.

포경선과 프리깃함 등에서 겪은 일련의 체험은 멜빌을 '형이상학적 소외' 의식으로 몰아갔다.

4 인간의 소외감과 허무를 탐구한 걸작, 『모비딕』

3년 넘게 바다 생활을 해온 멜빌도 이제 정착이 그리워졌다. 1847년 스물여덟 살이 된 그는 아버지의 친구이며 매사추세츠주 대법원 판사인 레뮤엘 쇼(Lemuel Shaw)의 딸 엘리자베스(Elizabeth Knapp Shaw, 1822~1906)와 결혼했다. 1850년, 그는 매사추세츠주 피츠필드(Pittsfield)에 있는 농장과 집을 구입해 '애로우헤드(Arrowhead)'라고 이름 붙였다.

피츠필드에서 가까운 레녹스에는 멜빌보다 열다섯 살 연상의 호손이 살고 있어 서로 가깝게 지냈다. 멜빌은 『모비딕』 제사題辭에서 "너새니얼 호손의 천재성에 대한 존경의 표시로 이 책을 그에게 바친다(In token of my admiration for his genius, this book is inscribed to Nathaniel Hawthorne)"라고 썼을 정도로 호손을 높이 평가했다. 서로를 알아보고 우정을 나누던 두 사람은 1851년 11월 호손이 레녹스를 떠난 뒤로는 멜빌이 일방적으로 호손을 그리워하고 선망하는 관계가 되었다.

애로우헤드 매사추세츠주 피츠필드에 있는 이 저택은 멜빌이 1850~1863년간 거주하면서 왕성한 작품 활동을 했던 곳이다. 『모비딕』은 이 집에서 1851년 7월에 완성했다.

멜빌의 1851년 대작 『모비딕』이 출간된 무렵 미국 사회는 뉴잉글랜드 중심의 청교도 정신과 민주주의에 바탕한 치열한 생존경쟁 속에서 원주민이나 흑인 문제 등 인종적·사회적 갈등이 혼재했으며, 이러한 문화 풍토 가운데 초절주의적인 경건한 이상화를 추구하는 분위기였다. 절망과 좌절 속에서 환상적인 미를 추구하고자 민중과 역사에 투신하는 삶의 미학을 그린 게 이 걸작이다.

『모비딕』에 나오는 배 이름 '피쿼드(Pequod)'는 뉴잉글랜드 원주민의 사라진 부족 이름이다. 당시 포경업은 미국 동북부 대서양 연안인 뉴잉글랜드의 대외 팽창정책 — 영토 확장책인 서부 개척과 그 연장선으로 바다 확장 — 에서 중요 산업으로 꼽혔다. 고래는 에너지 자원(특히 램프)의 주요 공급원이었다. 이런 의미에서 살펴본다면 포경 산업은 미국의 '명백한 운명

(manifest destiny)' 이념과도 상통한다.

피쿼드호의 선장 에이해브(Ahab)는 구약성서 「열왕기」의 아합 왕 이름에서 유래한다. 사마리아를 수도로 삼았던 북이스라엘 왕국의 폭군인 아합은 바알(Baal) 신앙을 숭배하는 이교도의 이민족 왕녀 이세벨(Jezebel)과 결혼한 뒤 바알 신을 떠받들고 여호와의 선지자들을 박해하며 살해했다. 유대인에게 바알 신앙을 전파하려던 죄와 각종 악정을 행한 끝에 결국 전사했다.

소설 속 에이해브는 "신을 믿지 않는 신적인 남성"상인데 파우스트적인 탐구 자세로 다리에 상처를 입어 고래 뼈로 만든 의족에 의지했다. "50이 넘어서야 장가들어 소녀 같은 아내 곁을 떠나"버린, 이 '철의 심장'을 가진 고집불통의 선장, "아내, 아내 말인가? 살아있는 남편을 가진 과부라는 게 옳지 않을까? 그렇다네, 스타벅. 나는 소녀와 결혼함과 동시에 그녀를 과부로 만든 것일세. 그런 뒤에는 다만 걱정, 흥분, 뒤끓는 피, 그을린 이마가 있을 뿐인 이 늙은 에이해브는 몇천 번이나 보트를 내려, 미친 듯이 거품이 이는 바다에서 원수를 쫓았던 것일세. 사람이라기보다는 악마였네."

자신의 한쪽 다리를 앗아간 흰고래 '모비딕'을 찾아 복수하기 위해서 모든 생을 바친 에이해브 선장의 강인한 집착은 어떤 달콤한 유혹이나 행복에 의해서도 저지당하지 않았다. "그는 화형의 기둥에서 불길이 그 사지를 모두 태워버리지 않고 겉표면만을 살짝 태우고 단단하고 팽팽한 노령의 근골을 조금도 다치지 않은 채 떼내어진 사람처럼 보였다. 키가 크고 옆으로 벌어진 그의 체구는 첼리니(Benvenuto Cellini)가 주조한 페르세우스상처럼 순청동으로 만들어지고 변경할 수 없게 된 주조 틀 속에서 형성된 것 같았다." "냉혹한 얼굴과 그 얼굴에 줄처럼 새겨진 검푸른 흉터를 보고 경악하여 한동안 그의 주위를 감도는 소름 끼치도록 무시무시함이 그가 몸의 반을 올려놓고 있는 하얗고 기괴한 다리 때문이라는 것을 알아차리지 못"할

지경의 이 사나이는 "그 단호하고 두려움을 모르는 눈길엔 한없이 공고하고 굳센 정신, 굽히기 어려운 강한 고집이 담겨 있었다."

에이해브는 왜 그토록 흰고래를 잡고자 미치고 말았을까? 그는 이렇게 말한다. "나는 모욕을 당하면 태양일지라도 무찌르고 만다."

한편, "살인자가 가는 길은 어딘가! 재판을 해야 할 사람이 법정으로 끌려나갈 때 벌을 받게 되는 것은 누구인가"라고 묻는 에이해브 선장의 말은 정의가 사라진 사회에서 정의의 실현이 얼마나 어려운가를 상징하는 말이자 권력은 언제나 썩고 만다는 교훈을 일깨워준다.

선장 에이해브가 성경 속 인물과 동명이듯이, 소설의 화자인 이스마엘(Ishmael)도 구약성서 첫 권 「창세기」 16:1-16; 17:18-25; 21:6-21; 25:9-17 등에 등장하는 아브라함(Abraham)과 하녀 하갈(Hagar) 사이에 태어난 아들 이름과 같다. 본처인 사라가 후손을 못 낳자 아브라함이 사라의 계집종 하갈에게서 얻은 아들이 이스마엘이며, 그는 곧 '추방자(Social outcast)'를 상징한다. 하갈이 아들을 낳아 오만해지자 본처는 그들 모자에게 추방령을 내렸다. 사라는 노년에 마침내 아들을 낳았는데 그가 바로 이삭이며, 그 후손이 세운 나라가 이스라엘이다. 그리고 추방당한 이스마엘의 후손이 아랍인이다. 「창세기」는 이스마엘에 대해 이렇게 서술하고 있다. "그가 사람 중에 들나귀같이 되리니 그의 손이 모든 사람을 치겠고 모든 사람의 손이 그를 칠지며 그가 모든 형제와 대항해서 살리라." 「창세기」 16:12

총 135장으로 이루어진 장편 『모비딕』의 구성은 다음과 같다.

출항 준비 서술, 주로 이스마일과 퀴퀘그 중심(1~22장), 선원 소개(23~40장), 모비딕 및 고래 연구 등 소개(41~47장), 모비딕 첫 추적, 희망봉 부근에서 앨버트로스호 만남(52장), 타운호호(54장), 고래 그림(55장), 고래 연구(57장), 오

〈**사막의 하갈**Agar dans le désert, Hagar in the Wilderness〉　하갈과 그녀의 아들 이스마엘이 황야에서 헤매던 중 구원을 받는 순간을 묘사한 그림으로, 프랑스 화가 장 바티스트 카미유 코로(Jean-Baptiste-Camille Corot)의 1835년 작품이다.

징어 등 등장(59장), 고래고기 요리(65장), 제로보암호(71장), 여러 종류의 고래 등(48~81장), 요나 고찰, 용연향(92장), 에이해브의 다리(106장), 목수(107장), 퀴퀘그의 관(110장), 남태평양 진출, 거대한 태풍 조우 등(111~132장), 본격적으로 백경 추격 시작, 셋째 날로 종막(133~135장)

이 걸작 외에도 멜빌은 이후에 몇몇 작품을 더 썼는데 대중의 인기를 얻지는 못했다. 작품 활동만으로는 생계 유지가 어려워지자 그는 장인에게 부탁하여 호놀룰루 영사직을 바랐으나 실패했고, 링컨에게도 일자리를 부탁했으나 이 역시 좌절당했다. 그러다가 1866년 마흔일곱 살에 뉴욕 세관 감독관 자리를 얻어 1885년 예순여섯의 나이로 사직하기까지 20여 년 동

허먼 멜빌 묘　허먼 멜빌과 그의 부인 엘리자베스는 우드론 공동묘지에 묻혔다. 뉴욕 브롱크스에 위치한 우드론 공동묘지는 남북전쟁 중인 1863년에 개장했으며, 뉴욕에서 가장 큰 공동묘지다. 왼쪽이 멜빌의 묘비이고 오른쪽이 부인 엘리자베스의 묘비다.

안 근무했다.

멜빌은 1863년 피츠필드의 애로우헤드를 떠나 뉴욕으로 옮겼다. 그의 중요 대표작들은 이미 나와 있었지만, 1863~1891년까지 인생의 후반기를 산 집(104 East 26th Street in Manhattan)에서 「빌리 버드(Billy Budd)」를 집필하기 시작했고 그 밖의 몇몇 작품도 썼다. 그가 살았던 뉴욕의 집은 헐리고 현재 새 건물이 들어서서 작가 멜빌의 자취를 확인하기는 어렵다. 다만 그가 살았던 곳임을 명판을 통해 알 수 있을 뿐이다.

1891년 9월 28일 새벽, 일흔두 살의 멜빌은 심장비대증으로 세상을 떴고 뉴욕 브롱크스의 우드론 공동묘지(Woodlawn Cemetery)에 안장됐다.

『모비딕』은 미국적 해양문학의 걸작일 뿐만 아니라, 실존주의 사상의 한 주제인 부조리한 인간의 표상으로 알베르 카뮈(1913~1960)가 조명하고 높이 평가하면서 재부상했다. 부조리란 원래 그 원인을 명백히 해명할 수 없는 인간 심리의 다양성과 그로 말미암은 수수께끼 같은 행동을 총칭하는 용어인데, 에이해브 선장이야말로 그 전형이다.

10. 반전·평화주의 투사 마크 트웨인과 미국의 팽창주의

Mark Twain

마크 트웨인
Mark Twain
1835. 11. 30 ~ 1910. 4. 21

1 핼리혜성과 함께 태어난 장난꾸러기

세계 '유머 작가'라는 타이틀을 놓고 메달 경쟁을 한다면 금메달은 단연코 아일랜드의 버나드 쇼(George Bernard Shaw, 1856~1950)와 미국의 마크 트웨인 간에 접전이 벌어질 것이다. 이 두 사람은 모두 가난한 집안에서 태어나 변변찮은 교육으로 학벌도 없지만 반전·평화주의자이자 진보적 인도주의 작가이면서 뛰어난 강연가였다는 공통점이 있다.

본명이 새뮤얼 랭혼 클레멘스(Samuel Langhorne Clemens)인 마크 트웨인은 핼리혜성이 지구에 근접한 때로부터 2주일 후에 태어났다는 걸 자랑삼아 "나는 1835년 핼리혜성과 함께 태어났다. 이제 내년에 핼리혜성이 다시 온다. 나는 혜성과 함께 떠나고 싶다. 그렇지 못하다면 내 인생 최대의 실망을 느낄 것 같다"라고 1909년에 말했는데, 과연 그 이듬해 4월 21일 핼리혜성이 지구에 가까이 접근한 다음 날 정말로 작고했다.

조상이 귀족 출신이라고 떠벌리는 아버지 존 마셜 클레멘스(John Marshall Clemens)와 어머니 제인(Jane)이 1823년 켄터키에서 결혼하여 5남 2녀를 낳았는데, 그중 마크 트웨인을 포함하여 네 자녀만(형 오리온과 두 동생 파멜라와 헨리) 살아남아 성장했고 나머지 셋은 어릴 때 모두 죽었다. 아버지는 자신이 소유한 노예를 부려서 사업을 경영했으나 점점 줄어들어 1년 단위로 일꾼을 고용하는 처지로 전락했다. 15세 소녀의 1년 고용비가 12달러였던 시절이었다. 트웨인이 태어나기 전 400달러로 10만 에이커의 토지를 테네시주에 사두고 자식들에게 생계를 보장해주겠다고 큰소리쳤으나 4년 만에 폭락하고 말았다. 그 뒤 1835년 미주리주 플로리다로 이사해 변호사 일을 하면서 잡화상도 운영했는데, 보증을 잘못 섰다가 파산했다. 마크 트웨인은 바로 이즈음 플로리다에서 여섯째로 태어났다.

톰 소여의 날 National Tom Sawyer Days　매년 7월 4일 주말에 해니벌에서는 '톰 소여의 날' 축제가 벌어진다. 어린이들은 울타리 페인트칠 흉내 내기, 뗏목 타기 등 소설 속 놀이를 체험할 수 있다.

1839년 마크 트웨인이 네 살 때 클레멘스 가족은 미시시피강 포구의 해니벌(Hannibal, 미주리주)로 이사했다. 이곳은 트웨인의 거의 모든 성장소설의 무대로서 소설에는 가상의 마을인 세인트 피터스버그(St. Petersburg)로 나온다. 해니벌에서는 매년 7월 4일을 '톰 소여의 날'로 지정하여 일주일간 각종 행사와 축제가 열린다.

트웨인은 어렸을 때 병약한 탓에 가족의 걱정을 달고 살았는데, 훗날 어머니에게 자신이 죽을까 봐 염려가 많았겠다고 묻자 어머니 왈 "아니, 네가 살까 봐 두려워했단다"라고 했을 만큼 말썽꾸러기였다. 일곱 살 때 학교에 가기 시작한 그는 일주일에 한두 번 정도만 등교했고, 학교에서나 집에서나 말썽을 피우다가 꾸중 듣기 일쑤였다. 뱀과 박쥐를 싫어하는 이모를 놀라게 하려고 동굴에서 그것들을 잡아 와 던지는 것도 예사였다. 어머니는 집안의 모든 사고를 아예 트웨인의 짓이라고 여겨 동생이 한 짓도 트웨인에게 벌을 주곤 했다. 어떨 땐 벌을 미뤘다가 교회에 가게 했지만, 트웨인은

마크 트웨인의 소년 시절 집 Mark Twain Boyhood Home and Museum 마크 트웨인이 아홉 살부터 열여덟 살 때까지(1844~1853) 살았던 집이다. 위 사진에서 왼쪽은 미술관 기념품 가게이고 오른쪽의 흰색 건물이 그가 살았던 집이다. 집 오른쪽에 보이는 흰색 울타리에는 '톰 소여의 울타리(TOM SAWYER'S FENCE)'라는 팻말이 붙어 있다. 소설 속 톰 소여가 친구들로 하여금 흰색 페인트칠을 하게 한 울타리다. 아래 사진은 마크 트웨인이 1902년 예순일곱 살 때 어린 시절의 집을 방문해 기념촬영한 것이다.

안 가고 성경 한 구절을 봐뒀다가 어머니가 설교 내용을 물으면 멋지게 답해서 넘기곤 했는데, 그게 또 탄로나는 바람에 혼쭐나기도 했다.

미국 남부는 대자연 속에 온갖 짐승과 새들의 먹잇감이 풍부했으며 특히 옥수수로 만든 빵이 유명해서 마크 트웨인은 남부의 옥수수빵을 찬양했다. 어린 시절 그는 흑인에 대해서는 친구이면서 동지로 생각했고, 노예제는 관습상 당연시하면서도 부당한 처우는 하지 않았다고 한다. 그가 흑인과 처음으로 빚은 갈등은, 가족과 생이별한 소년 노예 샌디가 종일 쉬지 않고 노래를 부르는 등 계속 시끄럽게 굴어 어머니에게 제발 샌디를 조용하게 해 달라고 한 일이었다. 그러자 어머니는 대뜸 "불쌍한 것, 그 아이가 노래를 부르고 있으면 아무것도 생각하고 있지 않구나 하는 생각에 내 마음이 편안하단다. 하지만 샌디가 잠잠히 있으면 생각에 잠겨 있을까 봐 두렵고 참을 수가 없단다. 샌디는 다시 엄마를 볼 수 없을 거야. 그 아이가 노래를 부를 수 있다면 못 하게 하면 안 돼"^{마크 트웨인 지음, 찰스 네이더 엮음, 안기순 옮김, 『마크 트웨인 자서전』, 고즈윈, 2007, 61쪽, 모든 인용은 이 책의 쪽수로 표시}라고 하면서 도리어 아들을 나무랐다.

어머니는 "거창한 단어를 사용하지는 않았지만 일상적인 단어를 효과적으로 사용하는 데 타고난 재능"^(61쪽)이 있었다. 어머니의 인간애는 어디에나 두루 베풀어졌다. 한 코르시카인이 딸을 죽여버리겠다고 밧줄을 휘두르며 쫓는 것을 본 어머니는 대문을 열어 소녀를 안으로 들여보내 숨기고 문을 걸어 잠근 뒤 그 남자에게 품위 있게 타일러서 존경을 받았다. 또 세인트루이스 거리에서 한 마부가 말을 심하게 때리자 그 채찍을 잡고 달래서 감화시키기도 했다. 어느 해에는 집에 고양이가 19마리로 늘어났다. 어머니를 따라온 고양이를 내치지 않고 들여놓았기 때문이었다.

이런 어머니 밑에서 온갖 말썽을 피우며 자란 마크 트웨인이 소설 『톰 소여의 모험』이나 『허클베리 핀의 모험』에 묘사한 사건의 대부분이 자신의

(위) 톰 소여와 허클베리 핀 동상   미주리주 해니벌의 카디프(Cardiff) 언덕은 톰 소여와 허클베리 핀이 즐겨 찾던 곳이다. 이곳에는 두 사람의 어깨동무 동상이 서 있다.

(아래) 마크 트웨인 기념 등대 Mark Twain Memorial Lighthouse   톰 소여와 허클베리 등이 자주 올랐던 카디프 언덕 꼭대기에는 1935년 마크 트웨인의 100번째 생일을 기념하여 등대가 세워졌다. 이곳에서 미시시피강을 한눈에 바라볼 수 있다. 프랭클린 D. 루스벨트, 존 F. 케네디, 빌 클린턴 등 세 대통령이 재임 중 이 등대에 점화하러 왔다.

어린 시절 실화에 가깝다는 것은 이미 널리 알려진 사실이다. 오늘날 중고 등학교 여름방학 때면 학생들에게 극기훈련을 시키곤 하는데, 미주리주 플로리다로 데려가서 트웨인의 소설 무대를 견학시키는 방법도 고려해볼 일이다.

마크 트웨인이 열두 살 되던 해인 1847년에 아버지가 사망했다. 아버지는 그해 법원의 정식 서기에 임명되어 선서를 하기 위해 미주리주 매리언 카운티(Marion County)의 소재지인 팔미라(Palmyra)로 말을 타고 갔는데, 집으로 돌아오던 중 진눈깨비를 맞고 늑막염과 폐렴을 앓다가 죽었다.

아버지의 죽음으로 마크 트웨인의 철부지 장난도 끝나는가 싶었지만 금방 버릇이 달라지진 않았다. 우체국장 아들인 톰 블랭큰십(Tom Blankenship, 마크 트웨인이 허클베리 핀이라는 캐릭터를 만들 때 영감을 받은 친구)과 같이 밤에 몰래 스케이트를 타다가 얼음이 깨져 헤매는 바람에 톰이 성홍열에 걸려 귀가 멀게 되었다. 또 이런 일도 있었다. 적령기 누나가 마을 젊은이들을 불러다가 파티를 열고 연극 공연을 계획했는데, 거기서 곰 역할을 맡은 트웨인이 어느 빈집에 가서 옷을 벗고 신나게 연습했다. 공교롭게도 그곳에서 연습하던 소녀 둘이 숨어서 그 광경을 다 보고 소문이 나기도 했다.

그러나 이제 정말 트웨인은 밥벌이에 나서야 했다. 트웨인에 못지않은 장난꾸러기이면서도 유능한 형 오리온(Orion Clemens, 1825~1897)이 1849년에 500달러로 『해니벌 저널(Hannibal Journal)』이라는 지방지를 구입하여 경영하고 있었는데, 트웨인이 그곳에 식자공으로 들어가 기사도 썼다. 그러나 변덕쟁이 형이 3년 만에 신문사를 팔아치우자 트웨인은 식자공으로 뉴욕, 필라델피아, 세인트루이스, 신시내티 등지를 떠돌았으며, 인쇄 노동자로서 국제인쇄노조(The International Typographical Union)와 인쇄노조(Printers union)에도 가입했다. 그런 와중에도 공공도서관에 다니면서 독서와 학습으로 정

마크 트웨인은 형이 운영하는 『해니벌 저널』에 들어가 식자공으로 일하는 한편, 기사도 종종 썼다. 이 사진은 1850년에 자신의 이름 '새뮤얼(Samuel)'에서 'SAM' 글자의 금속활자를 가지고 찍은 것이다.

규학교에서 배우는 교육보다 더 많은 실력을 쌓았다.

그러던 중 스물두 살 때 윌리엄 헌든(William Lewis Herndon, 1813~1857) 미 해군 대위의 아마존 탐험기를 읽고 코카나무로 돈 벌 궁리를 하게 됐다. 헌든의 탐험기란 1854년에 나온 『아마존 계곡의 탐험(Exploration of the Valley of the Amazon)』으로, 이 책에 소개된 만병통치가 가능한 약재료인 코카나무에 트웨인이 푹 빠진 것이다. 아마존엘 가려면 일단 세인트루이스를 거쳐 루이지애나주 뉴올리언스로 가야 하기에 트웨인은 망설임 없이 배를 타고 미시시피강을 따라 내려가기로 작정했다. 붙임성 좋은 그는 그 배에서 수로 안내인으로 이름난 호러스 빅스비(Horace Ezra Bixby)를 만나 금방 친해져서 키 잡는 방법을 돈을 내고 배워 견습 조종사가 되었다. 뉴올리언스에 도착해보니 정작 남미로 가는 교통편이 없어서 아마존행을 포기했다. 그 대신 이듬해(1858) 스물세 살 나이로 뉴올리언스-세인트루이스 왕복 정기

선인 펜실베이니아호의 키잡이(수로 안내인)가 되어 1861년 남북전쟁이 발발할 때까지 일했다.

수로 안내인은 항해술이 낙후했던 19세기 초에 배가 강바닥의 장애물에 걸리지 않도록 수심을 체크하여 항해사에게 알려주는 직업으로, 꽤 큰돈을 벌었다. 당시 배가 지나가기에 안전한 수심은 '2패덤(fathom: 1패덤은 약 1.8m)'인데, 수로 안내인은 항해사에게 배가 안전하게 움직일 수 있는 수심을 측정해서 알려줘야 한다. 이때 2패덤(3.6m) 이상이면 "정확히 2!(By the mark twain!)"라고 소리친다. '트웨인'은 '둘(two)'의 고어체이다. 즉, 2패덤이 확인되었으니 지나가도 된다는 뜻이었다. 트웨인은 이 시절의 경험으로 이전에 썼던 필명인 조시(Josh), 토머스 제퍼슨 스노드그래스(Thomas Jefferson Snodgrass) 등을 버리고 1863년(28세)부터 마크 트웨인으로 쓰기 시작했다.

수완 좋은 트웨인은 자신이 일하는 증기선에 동생 헨리를 하급선원으로 취업시켰다. 헨리가 근무한 지 석 달쯤 되었을 때 배가 세인트루이스항에 정박 중이었는데, 트웨인은 쉬고 동생은 출항 준비를 위해 배로 돌아갔다. 그날 밤 트웨인은 이상한 꿈을 꾼다. 동생이 금속관에 자기 옷을 입은 채 죽어 있었고, 빨간 장미 한 송이가 커다란 하얀 장미 다발 속에 놓여 있었다. 꿈자리가 뒤숭숭해서 개운치 않았으나 그저 꿈이려니 생각하고 일터로 나갔다. 그런데 이삼일 후 펜실베이니아호가 폭발했다는 소식이 들렸다. 멤피스(테네시주)에 가보니 동생은 화상이 심한 상태이지만 생명에는 지장 없는 상태로 회복 중이었는데, 모르핀 양을 1/8만 주사하라는 담당 의사의 지시를 젊은 당직 의사가 실수로 과다 투여하여 죽고 말았다(1858). 헨리 시신은 처음엔 흰색 소나무 관에 뉘어 있었다가 멤피스의 부인들이 교체한 금속관으로 옮겨졌다. 한 노부인이 그 관에 흰 장미 다발에다 빨간 장미를 꽂아두었다. 핼리혜성의 예지가 마크 트웨인에게 있었던 걸까?

2 기자이자 작가, 강연가가 된 마크 트웨인의 결혼 성공담

미국에서 1861년은 격변의 해였다. 링컨이 대통령에 당선된 뒤 남부 주들이 순차적으로 연방 탈퇴를 선언했는데, 1861년 1월 26일 루이지애나주가 연방에서 탈퇴할 때 뉴올리언스에 있던 마크 트웨인은 바로 다음 날 북부로 향했다. 그간 수로 안내인으로 벌어둔 돈을 가지고 형 가족까지 부양해가며 네바다주로 갔다. 네바다의 준주지사 제임스 나이(James Warren Nye, 1815~1876, 훗날 상원의원)의 비서가 된 형을 따른 것이었다.

그렇지만 자립심 강한 트웨인은 네바다주 버지니아시티 광산(Comstock Lode)의 은광에 몰두했고, 은광 채굴에 실패하자 언론계에 투신해 샌프란시스코의 저질 신문으로 꼽히는 『모닝콜(Morning Call)』의 기자가 되었다. 어느 일요일 오후, 지역 깡패 몇이 빨랫감을 갖고 가는 중국인에게 돌을 던지는데도 경찰은 구경만 하는 것을 목격한 트웨인은 이를 기사로 썼으나, 신문사는 그의 기사를 싣지 않았다. 이 지역 사람들은 대개 아일랜드계 이민자로서 세탁업에 종사하며 이 저질 신문의 주요 독자층이기에, 그들이 저지른 폭행을 경찰과 신문사가 눈감아준 것이다. 트웨인은 결국 해고당했다. 다른 신문사로 옮겼어도 사정은 다 엇비슷했다.

마크 트웨인이 뉴욕의 한 주간지 『새터데이 프레스(The Saturday Press)』 1865년 11월 18일 자에 발표한 「캘러베리스군郡의 명물 뜀뛰는 개구리(The Celebrated Jumping Frog of Calaveras County)」는 작가로서 그의 첫 작품이자 대중의 주목을 끈 단편소설이다. 이 기발한 제목의 단편소설은, 허풍과 사기가 심하며 도박과 내기에 중독된 한 남자가 개구리를 훈련시켜 돈을 따내려고 하지만, 외지에서 온 어떤 낯선 사람에게 속임수로 허무하게 진다는 내용이다. 주인공도 사기꾼이지만 그보다 더한 사기꾼에게 속아 넘어간 것을 풍자한 게 이 소설이다.

　이듬해에 트웨인은 일간지 『새크라멘토 유니언(Sacramento Union)』의 기자로 샌드위치섬(Sandwich Islands, Hawaii)을 4~5개월 취재하고 주 1회 여행기를 25차례에 걸쳐 연재했다. 날카로운 관찰력으로 그곳의 자연환경 및 사람들의 생활 모습과 풍습, 그곳에서 겪은 일 등을 썼는데 큰 인기를 끌었다. 그러나 사실 원래 취재 목적은 그 섬의 설탕 재벌을 파헤치는 거였다. 샌드위치섬이라는 명칭은 영국 해군 대위이면서 탐험가인 제임스 쿡(James Cook, 1728~1779, 하와이·호주·뉴질랜드 등 탐험)이 자신의 후원자인 존 몬터규 샌드위치 백작(John Montagu, 4th Earl of Sandwich, 1718~1792, 초대 해군장관)의 이름을 붙인 데서 유래했지만, 나중에 하와이로 개칭됐다.

　샌드위치섬에 관한 여행기가 대히트를 치자 그에게 강연 요청이 들어오기 시작했다. 오페라하우스 등 여러 극장을 소유한 토머스 맥과이어(Thomas MaGuire)가 트웨인에게 이제 글뿐만 아니라 강연으로 돈을 벌 때라고 해서 캘리포니아로 귀환한 트웨인은 하와이 경험을 주제로 삼아 순회강연을 다녔다. 재치와 유머가 넘치는 그의 강연은 청중을 사로잡아 가는 곳마다 인기 폭발이었다. 이렇듯 그의 명성이 높아지자 샌프란시스코의 신문 『데일리 알타 캘리포니아(Daily Alta California)』가 트웨인에게 세계 여행기 저술을 제안했다. 그는 즉각 받아들였고, 1867년 뉴욕에서 출발하는 유람선 퀘이커 시티호(Quaker City)의 여로가 마음에 들어 그 배에 승선했다. 이 기행 중에 찰스 랭던(Charles Langdon)을 만나 친해졌는데, 랭던이 자기 여동생 사진을 보여주자 트웨인은 바로 사랑을 느꼈다.

　그해 11월에 귀국한 트웨인은 몇몇 문필가들과 함께 문필 대행 신디케이트를 조직하여 사무실을 공동으로 썼다. 누구든 필요한 글을 주문하면 해결해주는 이런 조직이 당시에는 유행이었다. 그러던 어느 날, 3달러가 꼭 필요했지만 수중에 돈이 없어서 각자가 구하러 나서기로 했다. 트웨인은 별 뾰족한 방법이 떠오르지 않아 신축 호텔 로비에 들어가 앉아 있는데 개한 마리가 그의 무릎 쪽으로 다가와 턱을 올려놓길래 쓰다듬어주었다. 한 장군이 이 개를 보고 감탄하면서 사고 싶다고 하여 트웨인은 3달러를 호가했다. 그는 개의 가치가 100달러도 넘는다고 했지만 트웨인은 3달러만 받고 팔아넘겼다. 잠시 후 진짜 개 주인이 나타났다. 트웨인은 개를 찾아줄테니 3달러를 내라 하자 주인은 10달러라도 내겠다고 했다. 트웨인은 꼭 3달러만 내라고 하고는 장군의 호텔방으로 가서 시비 끝에 개를 도로 찾아와 3달러를 벌게 되었다. "개를 팔아서 받은 3달러는 결코 사용할 수 없었을 것이다. 하지만 원래 주인에게 개를 찾아준 대가로 받은 3달러는 내가 번 것이기 때문에 정당한 내 돈이었다. …(중략)… 과거와 마찬가지로 나는 지금도 내 원칙을 고수하고 있다. 나는 항상 정직했고, 그렇지 않을 수 없다는 것을 잘 알고 있다. 나는 의심스러운 방법으로 취득한 돈은 절대 사용할 수 없다. 이 얘기는 일부 진실을 바탕으로 지어낸 것이다"(263~267쪽)

같은 해(1867) 12월, 유럽 여행 중 만났던 부호 찰스 랭던의 소개로 그의 여동생 올리비아 랭던(Olivia Langdon, 1845~1904)을 만났다. 첫 데이트는 뉴욕에서 열린 찰스 디킨스의 소설 낭독회에서 했다. 디킨스는 돈이 떨어지면 소설 낭독회를 열었을 정도로 소문난 낭독가였다. 올리비아는 뉴욕에서 석탄 사업으로 큰돈을 번 부잣집의 고명딸로 태어나 가정교사를 통한 교육과 학교교육을 병행해 받았다. 미모가 뛰어났으나 10대 때 6년간 결핵성 척수염과 척추카리에스로 고생하여 무척 허약했다.

트웨인이 편지를 써서 열렬히 구애하고 청혼했지만 올리비아는 처음엔 거절했다. 그러다가 두 사람은 마침내 1868년 11월 비밀 약혼을 했다. 올리비아 집안에서는 오빠 말고는 모두가 두 사람의 교제를 반대했다. 찰스

올리비아 랭던 클레멘스
마크 트웨인은 자신보다 열 살 어린 올리비아 랭던
에게 열렬히 구애하여 1870년에 결혼했다. 트웨인
35세, 올리비아 25세였다.

랭던의 초청을 받아 트웨인은 그 집에 1주일가량 머물렀지만 떠나야 할 날
밤이 되자 절망감에 사로잡혔다. 그날 밤 집에서 나와 올리비아 오빠와 함
께 마차에 올랐는데 맨 끝의 고정되지 않은 임시 좌석에 앉았다. 그런데 마
부가 갑자기 채찍을 후려치는 바람에 말이 놀라 뛰어올라서 두 사람은 공
중으로 나가떨어졌다. 마침 돌로 만들어진 배수구를 수리하느라 바닥이 파
인 상태였고 거기에 모래가 반쯤 깔려 있었던 덕분에 크게 다치진 않았으
나, 둘 다 잠시 기절했다. 그 와중에도 트웨인은 멀쩡하면 다시 떠나라고
할까 봐 아픈 척해서 사흘간 더 머물게 되었다.

올리비아의 아버지 저비스 랭던(Jervis Langdon)은 용의주도한 사업가로,
트웨인의 사람됨을 간파하고는 고향인 미주리에 사는 사람들 중에서 그를
자세히 알 만한 저명인사 6명(2명은 성직자)을 소개받았다. 그들로부터 트웨
인에 대한 평가를 받아보기 위해서였다. 그들이 편지로 보내온 평가서는

온통 부정적인 내용이었다. 성직자와 전 주일학교 교장은 트웨인이 "술고래로 죽음을 맞이할 것이라고 썼다." 랭던은 이런 평가서를 다 읽고서 한참 침묵하다가 입을 열었다.

"이 사람들은 도대체 어떤 사람들인가? 자네는 친구도 없는가?"
"분명 없습니다."라고 나는 대답했다. 그러자 그는 이렇게 말했다.
"이제 내가 자네 친구가 되어주겠네. 내 딸을 데려가게. 그들보다는 내가 자네를 더 잘 알고 있는 것 같아."(295쪽)

일이 잘 풀린 후 트웨인은 자기의 진짜 한 절친에 대해 얘기했다. 그러자 랭던이 평가서를 받아야 할 사람을 정할 때 왜 그 사람은 포함시키지 않았느냐고 물었다. 트웨인은 자신에 대해 편견 없는 증언을 원했는데 칭찬만 늘어놓는다면 도리어 불신당할 것이라고 대답했다. 이런 과정을 거쳐 마크 트웨인과 올리비아는 1869년 2월 4일 공개 약혼을 했고, 단순하고 묵직한 금반지에 약혼식 날짜를 새겨 넣었다.

1870년 2월, 서른다섯 살의 트웨인은 자신보다 열 살 어린 올리비아와 결혼하면서 약혼반지에 새겼던 약혼 날짜를 결혼 날짜로 고쳐 새겨 넣었다. 결혼식은 뉴욕주 엘마이라(Elmira)에 있는 처갓집에서 올렸다. 결혼식이 끝난 뒤 친구를 통해 마련해둔 버펄로(Buffalo, New York)의 신혼집으로 기차를 타고 가보니 뜻밖의 큰 집에 불만인 트웨인 앞에 장인이 등장하여 집문서를 넘겨주면서 선물이라고 했다.

마크 트웨인은 올리비아를 사진으로 처음 본 순간부터 깊이 사랑했고 금슬도 좋았다. 올리비아도 트웨인의 유머를 좋아하고, 교육 수준이 높았던 만큼 그의 책들을 검토해주며 결혼 생활을 행복하게 꾸려 나갔다. 트웨인은

마크 트웨인과 올리비아 랭던 클레멘스의 동상 엘마이라 칼리지(Elmira College) 교내에는 마크 트웨인과 올리비아 랭던 클레멘스의 동상이 있다. 뉴욕주 엘마이라는 올리비아의 고향이며, 그녀의 아버지 저비스 랭던은 이 대학 설립 이사들 중 한 사람이었다.

자서전에서 올리비아에 대해 이렇게 썼다.

아내는 항상 명랑한 동시에 그 명랑함을 다른 사람에게까지 전파했다. 우리가 가난과 빚에 허덕이며 생활했던 9년 동안 아내는 항상 나를 절망에서 벗어나 삶의 밝은 면을 볼 수 있도록 해주었다. 우리의 달라진 환경에 대해서 그녀가 불평하는 소리는 한 번도 들어본 적이 없다. 아이들도 마찬가지였다. 아내가 아이들을 그렇게 가르쳤기 때문에 아이들은 엄마로부터 불굴의 정신을 배웠던 것이다. 아내가 자신이 사랑하는 사람에게 부여하는 사랑은 존경의 형태를 띠었고, 그 사랑은 그대로 친척, 친구, 집안의 하인 등에 의해 돌아왔다. …(중략)…

마크 트웨인 하우스 박물관 Mark Twain House and Museum   코네티컷주 하트퍼드에 있는 이 저택은 붉은 벽돌을 이용한 고딕 복고 양식으로 1874년에 완공되었다. 마크 트웨인 가족이 1874~1891년까지 살았던 곳이다. 이 집에서 『톰 소여의 모험』, 『왕자와 거지』, 『허클베리 핀의 모험』 등 명작이 완성되었다.

아내는 사심 없이 웃을 줄 아는 소녀였다. 그다지 자주 일어나는 일은 아니었지만 웃음이 한 번 터지면 마치 음악처럼 듣는 사람을 감동시켰다.(289~290쪽)

장난기 많은 트웨인은 결혼해서도 큰 사고를 친 적이 있다. 첫아이가 생후 22개월일 때 트웨인이 추운 날씨 속에서 아기를 마차에 태워 장시간 달렸는데, 담요가 벗겨진 걸 몰라서 거의 언 상태가 되어버린 것이다.

1871년 트웨인·올리비아 부부는 코네티컷주 하트퍼드로 큰 집을 전세 얻어 이사했다. 그리고 트웨인의 인세와 강연 수입에 올리비아가 받은 상속유산을 보태 땅을 사서 집을 짓고 정착했다. 1874~1891년까지 마크 트웨인 가족이 살았던 이 집은 그에게 가장 소중한 곳이 되었다.

마크 트웨인은 세 딸을 둔 단란하고 행복한 가족이었으나, 첫째와 막내가 젊은 나이로 죽는 불행을 겪었다. 세 딸 중 맏이 수지(Susy)는 열세 살 때부터 아버지 전기를 쓰기 시작한 뛰어난 재능으로 부모의 사랑을 받았으나 스물네 살에 죽었다. 둘째 딸 클라라(Clara)는 성악가로 유일하게 오래 살았는데, 만년에는 크리스천 사이언스(Christian Science: 기독교계 신종교. 물질세계는 실재가 아니며 병은 기도만으로 치유할 수 있다고 믿음)에 빠졌다. 셋째 딸 진(Jean)은 간질을 앓았는데 스물아홉 살 때 욕조에서 심장마비로 죽었다.

건축한 지 3년 만에 완공한 하트퍼드의 새집으로 이사한 이웃에는 스토 부인이 살고 있어서 둘은 가깝게 지냈다.

3   연이은 걸작들, 그리고 미국반제국주의연맹 부위원장

코네티컷주 하트퍼드에 살 때 마크 트웨인의 엄청난 걸작들이 쏟아져 나왔다. 『톰소여의 모험(The Adventures of Tom Sawyer)』(1876), 『왕자와 거지(The Prince and the Pauper)』(1881 캐나다, 1882 미국), 『미시시피에서의 생활(Life on the Mississippi)』(1883), 『허클베리 핀의 모험(The Adventures of Huckleberry Finn)』(1884) 등이다.

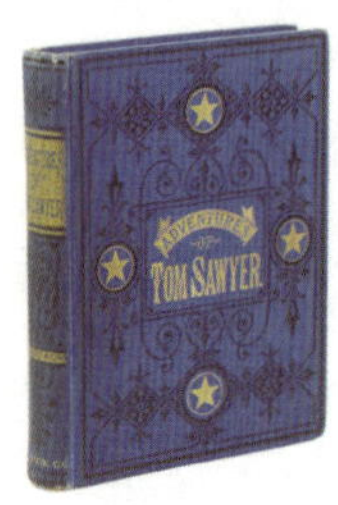
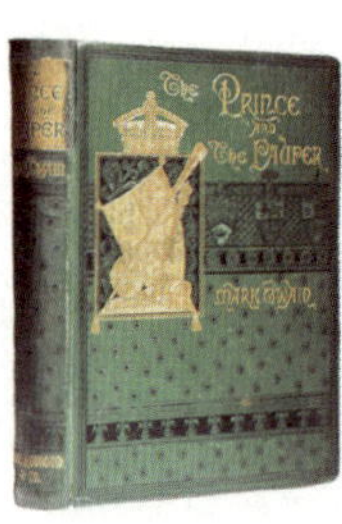
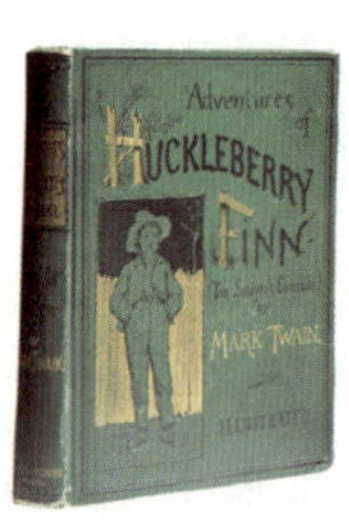

마크 트웨인의 대표작
왼쪽부터 『톰 소여의 모험』 1876년 초판본, 『왕자와 거지』 1882년 초판본, 『허클베리 핀의 모험』 1884년 초판본이다.

1894년 봄, 니콜라 테슬라의 실험실에서 마크 트웨인이 실험용 진공전구를 들고 있다. 왼쪽 뒤에 서 있는 인물이 테슬라인데 흐릿해서 잘 보이지 않는다.

트웨인은 과학에도 큰 흥미를 느껴 니콜라 테슬라(Nikola Tesla, 1856~1943)와 가깝게 지내면서 그의 도움을 받아 발명품도 여럿 개발했다. 테슬라가 젊었을 때 건강 악화로 낙심하던 중 트웨인의 소설을 읽고 용기를 얻었던 게 인연이 되어 서로 친밀해졌다. 오스트리아·헝가리제국(현 크로아티아)에서 태어나 1884년 미국으로 건너간 니콜라 테슬라는 라디오를 통한 무선 통신을 실현시키고 교류전류(AC, Alternating Current) 장치를 개발한 전기공학자이자 과학자였다. 또한 당대에 토머스 에디슨(Thomas Edison, 1847~1931)과 쌍벽을 이룬 발명가로, 두 사람 모두 노벨상 후보로 소문났으나 끝내 수상하지는 못했다.

테슬라의 조언에 따라 트웨인이 만든 발명품으로는 유아를 위한 침대 부속, 새로운 방식의 증기 엔진, 콜로타이프(collotype) 인쇄기, 개량 허리띠, 식자기계 등이 있다. 그러나 많은 돈을 쏟아부어 만든 이 발명품들은 상품성이 떨어진 탓에 수익을 내지는 못했다. 게다가 손을 댔던 출판사 경영과 증권투자도 실패하면서 경제적으로 무척 어려워졌다. 석유화학 기업인 스탠더드 오일의 부사장 헨리 허틀스턴 로저스(Henry Huttleston Rogers, 1840~1909)의 후원으로 점차 극복하기는 했지만, 트웨인은 자신의 저작권을 아내 올리비아의 소유로 옮겨놓는 등 예방책도 강구했다. 그러고도 오늘날 환산으로 10만 달러가량의 빚을 진 트웨인은 그걸 갚고자 1895년 7월 예순의 나이로 세계일주 강연 여행을 떠났다.

하와이, 오스트레일리아, 뉴질랜드, 스리랑카, 인도, 남아프리카 등 적도를 따라 12개월간의 세계일주를 바탕으로 쓴 여행기가 『적도를 따라서(Following the Equator)』(1897, 한국에서 『마크 트웨인의 19세기 세계일주』라는 제목을 달고 2003년에 번역 출간)이다. 이 책은 사실상 제국주의에 대한 트웨인의 인식을 다진 중요한 계기가 되었다. 단순한 여행기를 넘어 강력한 정치·사회 평론집이라고 할 수 있는 이 책에서 트웨인은 흑인과 황색인에 대한 인종차별 비판을 비롯하여 제국주의, 종교적 불관용 및 선교사의 미션 활동을 통한 기독교 전도의 부당성 등을 다뤘다. 특히 세실 로즈(Cecil John Rhodes, 1853~1902)와 레오폴드 2세(Leopold II, 1835~1909, 재위 1865~1909)를 거세게 비난했다. 세실은 영국의 사업가이면서 정치가로, 남아프리카 식민 통치를 추진했다. 남아프리카공화국의 로즈대학교(Rhodes University), 영국 옥스퍼드대학교의 로즈장학금(Rhodes Scholarship)은 그의 이름에서 유래한다. 레오폴드 2세는 벨기에 국왕으로, 아프리카협회를 설립해 자신이 회장을 맡았다. 스탠리(Henry Morton Stanley, 1841~1904)의 콩고 지역 탐험을 원조하며 팽창주의를 추구하여 콩고자유국을 벨기에 왕의 사유지로 만든 뒤 식민화했다. 트웨인이 이 역사적 사실을 다룬 정치 풍자 팸플릿이 『레오폴드 왕의 독백(King Leopold's Soliloquy)』(1905)이다.

마크 트웨인이 『적도를 따라서』, 『레오폴드 왕의 독백』을 펴낸 때는 역사학자 에릭 홉스봄이 '제국의 시대: 1875~1914'라고 명명한 시기였다. 트웨인은 바로 이 시대를 살아가면서 정확하게 각성했던 것이다. 이 시기에는 산업자본주의의 성장을 바탕으로 유럽 제국주의 열강들 간에 식민지 쟁탈전이 치열하게 전개되었다. 유럽 제국주의의 전개는 스페인이 중남미를 약탈하면서부터 시작되었다. 스페인은 아메리카 대륙의 발견과 약탈, 해상무역을 장악하면서 전성기를 맞았지만, 무적함대가 영국 함대에 격파당하면서(1588) 제국주의의 주도권이 영국으로 넘어갔다. 영국은 전 세계에 식민지를 가장 많이 보유했는데 당시 세계 지표 면적의 5분의 1을 잠식하여 '해가 지지 않는 나라'라는 별칭까지 얻을 정도였다. 영국뿐 아니라 프랑스, 네덜란드, 이탈리아 등 유럽 여러 국가가 지구상의 거의 모든 나라를 식민지화해버린 게 '제국의 시대'였다.

그럼 독일과 미국은 무엇을 했을까. 독일은 영방국가領邦國家(봉건 제후들이 세운 지방 국가)라는 지역 분권화 때문에 식민지 쟁탈전에 본격적으로 뛰어들지 못하다가 프로이센-프랑스 전쟁(보불전쟁普佛戰爭, 1870~1871)에서 승리하면서 독일제국이 형성되었고, 그때부터 약탈전에 나서서 식민지 세력권을 넓히기 위해 충돌한 것이 제1차 세계대전이었다. 미국 역시 주 단위의 독자성이 강하고 다인종 국가라는 점 때문에 국민적 통일체 의식이 약했는데, 남북전쟁(1861~1865)을 치르면서 단일국가 의식과 군대가 형성되어 그 이후부터 제국주의 경쟁 대열에 끼어들기 시작했다.

미국이 식민지를 탐내어 살펴보니 주변국들은 이미 다 스페인이 오랫동안 통치해오고 있었다. 결국 미국의 야욕을 채우기 위해서는 스페인령 쿠바나 필리핀을 차지하는 것이 단연 첫 번째였고, 그러려면 스페인을 눌러야 했다. 바로 이러한 배경하에 미국-스페인 전쟁(미서전쟁美西戰爭, 1898)이 터

미국–스페인 전쟁 풍자 만평　전쟁이 일어나기 2년 전인 1896년 5월 23일 자 스페인 카탈루냐에서 발행된 한 주간지에 실린 만평이다. 이때 이미 미국의 쿠바 침략 저의가 폭로되었다. 그림과 함께 있는 글은 카탈루냐어로 쓰였는데, 위에는 "엉클 샘(Uncle Sam)의 욕망", 아래는 "이 섬(쿠바)을 지키지 못하면 잃는다"라는 뜻이다. '엉클 샘'은 미국을 의인화한 단어다.

졌다.

미국인의 생명과 재산을 보호한다는 명분으로 쿠바 아바나(Havana)항에 정박하고 있던 미 해군 순양함 메인호(USS Maine, ACR-1. 메인주의 이름을 땄음)가 1898년 2월 15일 오후 9시 40분에 폭발을 일으키며 침몰하는 사고가 일어났다. 승무원 260명이 사망했지만 함장과 장교 등은 생존했다. 이 배의 폭발이 스페인과 관계있다는 증거는 아무것도 발견되지 않았으나(오히려 내부 폭발일 가능성이 높고 심지어 자작극이라는 설도 있음), 미국의 황색신문과 극우 언론, 정부 내 개전론자들은 스페인 짓이라며 강력히 성토했고, 마침내 미국은 4월 20일 선전포고를 했다.

제국주의 경쟁에서 이미 2선으로 후퇴한 스페인은 미국의 경쟁 상대가 되

미국 메인호 폭발 당시 언론에 보도된 거짓 선동 『이브닝 타임스(The Evening Times)』 1898년 2월 16일 자는 미 해군 순양함 메인호 폭발 하루 만에 이 폭발과 침몰은 우연이 아니고 스페인의 어뢰 공격으로 일어났다고 보도했다.

지 못했다. 필리핀의 마닐라만과 쿠바의 산티아고데쿠바(Santiago de Cuba) 등에서 승리한 미국은 12월 10일 스페인에 가혹한 조건을 내건 파리조약을 체결하여 전쟁을 종결시켰다. 쿠바는 스페인 지배에서 벗어나 독립했으나 곧 미국의 사실상 식민지가 되었고, 스페인령이었던 푸에르토리코, 괌, 필리핀은 미국령이 되었다.

미국의 식민지가 되어버린 이 나라들 중 가장 강력한 해방투쟁을 전개한 곳은 필리핀이었다. 스페인 지배하에 있던 1896년부터 이미 독립투쟁이 활발히 전개되었는데(1896~1897), 이후 미국-스페인 전쟁(1898), 필리핀-미국 전쟁(1899~1902)을 겪으면서 필리핀에서는 독립투사나 군인들뿐만 아니라 민간인까지 잔혹한 대학살을 당했다. 필리핀 저항군의 지도자이자 첫 대통

령 에밀리오 아기날도(Emilio Aguinaldo, 1869~1964, 재임 1899~1901)는 미국이 필리핀을 지배함과 동시에 체포되어 강제 하야당했다.

필리핀–미국 전쟁 중 미군에 의해 자행된 악명 높은 학살로는 발랑기가 대학살(Balangiga massacre, 1901)이 꼽힌다. 발랑기가 마을 사람들과 독립군이 교회에 주둔해 있던 미군을 기습공격하여 궤멸한 것(54명 사망)에 대한 보복으로 미군이 1901년 9월 28일 필리핀 민간인 수천 명을 학살한 사건이다. 당시 군정이 실시된 필리핀에서 총독 격인 미군 사령관은 아서 맥아더 주니어(Arthur MacArthur, Jr. 1845~1912)였는데, 그의 셋째 아들이 한국전쟁 때 UN군 최고사령관으로 부임한 더글러스 맥아더이다.

어떤 침략자와도 타협 없이 투쟁하는 민다나오섬의 무슬림인 모로족은 필리핀–미국 전쟁이 끝난 뒤에도 미국에 계속 저항하며 반란(Moro Rebellion,

1902~1913)을 일으켜서 잔혹한 학살을 당했는데, 특히 1906년 3월 5일에서 8일 사이에 여성과 어린이들 포함 800~900명이 살해된 모로 크레이터 학살(Moro Crater massacre, Bud Dajo massacre)은 매우 끔찍했다.

이와 같은 역사 앞에서 트웨인은 정치 팸플릿을 많이 작성했는데, 『필리핀 사건(Incident in the Philippines)』도 그중 하나였다. 이 팸플릿은 1924년 그의 사후에 출간됐다지만 안타깝게도 필자는 아직 읽어보지 못했다. 하지만 글에 담겼을 그의 반제국의적인 취지는 알 것 같다. 왜냐하면 그가 '미국반제국주의연맹(American Anti-Imperialist League)'의 부의장(1901년부터 1910년 작고할 때까지)을 지낸 데다, 특히 필리핀의 식민지화를 반대했기 때문이다. 미국반제국주의연맹은 미국-스페인 전쟁을 계기로 미국의 대외 침략전쟁을 반대하기 위한 목적으로 1898년 6월 15일 결성된 방대한 조직이며 1920년 11월에 해체됐다. 총 18명으로 구성된 부의장에는 강철왕 앤드루 카네기도 포함되었는데, 그는 트웨인과 아주 친밀한 관계였다.

트웨인은 여성의 권리 신장을 주장했을 뿐만 아니라 노동자 문제에도 관심이 높았고, 노예폐지론자답게 "링컨의 노예해방선언은 흑인 노예들은 물론 백인들도 자유롭게 하는 것이다"라고 말했다. 예일대 법과대학원에 흑인도 입학할 수 있도록 학비 지원을 했으며, 흑인 성직자 양성을 위한 장학금도 지원했다. 러시아 혁명가를 지지하면서, 노동자·민중에게 폭력적 탄압을 가하는 러시아 황제를 비판했고 그 전제군주를 끌어내기 위해서는 폭력혁명도 필요하다고 역설했다. 기독교회의 제국주의적 침탈은 해외 선교로 이루어진다면서 중국에서의 포교 활동 등을 집중 비판하며, "예수님께서 지금 여기 계신다면, 그분께서는 절대로 기독교인이 되려고 하지 않으실 것이다"라고도 했다. 기독교를 비판한 이 언급은 그의 가족이 꺼린 탓에 공개되지 못했는데, 트웨인 서거 100주기인 2010년에야 비로소 알려졌다.

마크 트웨인 묘 뉴욕주 엘마이라의 우드론 공동묘지에 마크 트웨인(앞의 오른쪽)과 올리비아가 나란히 묻혀 있다. 트웨인 부부의 묘 뒤에는 둘째 딸 클라라와 그녀의 첫 번째 남편 무덤이 있다.

　이렇게 훌륭하고 선량한 작가에게도 죽음이 닥친다는 건 슬픈 일이지만 우주 삼라만상의 법칙에는 예외가 없다. 핼리혜성과 같이 세상에 왔기에 핼리혜성이 다시 오는 해에 죽을 것이라는 자신의 예언대로 그는 1910년 일흔다섯 살로 타계했고 뉴욕 엘마이라의 우드론 묘지(Woodlawn Cemetery)에 안장되었다. 같은 이름의 우드론 공동묘지가 브롱크스에도 있으니 주의하자.

Andrew Carnegie

and

John Davison Rockefeller

앤드루 카네기
Andrew Carnegie
1835. 11. 25 ~ 1919. 8. 11

존 데이비슨 록펠러
John Davison Rockefeller Sr.
1839. 7. 8 ~ 1937. 5. 23

1 가난뱅이 소년 카네기의 출세 비법

마크 트웨인은 1865년 남북전쟁 종료 후 산업이 크게 발전하고 대건설 붐이 일어나자 그 시대를 '고삐 풀린 자본주의의 절정기'로 보면서 '도금시대(Gilded Age)'라고 논평했다. 이 용어는 트웨인이 찰스 더들리 워너(Charles Dudley Warner, 1829~1900)와 공동 집필한 『도금시대, 오늘날 이야기(The Gilded Age: A Tale of Today)』에 나오는 표현으로, 당시 미국의 허세를 풍자한다. 좀 심하게 말하면 '강도 귀족(Robber Barons)' 기업가들이 앞다퉈 맹활약하여 국력을 신장시키고, 이를 기반으로 미국은 제국주의로 나아갈 준비를 착착 진행하는 시기였다. 철강왕 앤드루 카네기, 석유왕 존 데이비슨 록펠러, 철도왕 제이 굴드(Jay Gould, 1836~1892), 금융왕 존 피어폰트 모건(John Pierpont Morgan, 1837~1913, 흔히 J.P. 모건으로 불림) 등 굴지의 재벌이 줄을 이었다. 이 책에서는 그중 강철왕 카네기와 석유왕 록펠러를 인문학 기행의 대상으로 삼는다.

세계적인 대재벌 앤드루 카네기는 스코틀랜드의 던펌린(Dunfermline)에서 가난한 집안의 아들로 태어났다. 아버지는 가내수공업 시대에 직접 직물을 짜는 직조공이었다. 던펌린은 오늘날에도 식탁용 상보 제조업으로 유명하다. 카네기의 생가는 이웃 직조공의 가족과 공간을 나눠 쓰는 허름한 단층집으로, 문을 열고 들어서면 큰 방 하나만 있을 뿐이어서 직물을 짜는 작업실과 거실·주방·침실 등의 생활공간을 겸했다. 아버지가 다마스크(damask: 실크나 리넨으로 양면에 무늬를 넣어 짠 직물)를 짜기 시작하면서 형편이 조금 나아지자 에드가 거리(Edgar Street)의 큰 집으로 이사했는데, 그렇다고 살림이 넉넉한 것은 아니었다. 가족은 배고픔을 잊기 위해 일찍 잠자리에 들곤 했다. 이런 가정 형편으로 인해 카네기는 던펌린 시절 초등학교엘 다닌 것이 학

카네기 생가 박물관 Andrew Carnegie Birthplace Museum　카네기가 태어난 던펌린은 옛 스코틀랜드 왕국의 수도인 에든버러에서 북서쪽으로 23km 거리에 있다. 생가 옆에는 작은 박물관도 있어 그에 관한 자료를 둘러볼 수 있다. 아래 사진은 박물관에 밀랍 인형으로 만들어 앉힌 노년의 카네기다.

력의 전부였다. 그는 나중에 어른이 되면 그 고통스러운 가난을 극복하리라고 결심했다.

수직기手織機로 작업하던 아버지는 증기식 직조기가 도입됨에 따라 생계를 꾸리기가 막연해졌다. 1848년 카네기가 열세 살 때 일가는 마침내 도미를 강행했다. 1848년은 앞서 「04. 소로와 근대 평화운동의 전개」에서 살펴보았듯이 세계사가 요동칠 때였다. 카네기 가족이 정착한 곳은 펜실베이니아주 앨러게니(Allegheny, 1907년 피츠버그에 병합, 현재는 노스사이드North Side)로, 당시 면직물 생산지로 유명해서 (국가명도 아닌 지역 이름을 붙여) 'Made in Allegheny'라는 상표가 있을 정도였다.

카네기는 면직물 공장에서 방직공들에게 실감개를 날라주는 등 초보적인 보조역으로 주급 1달러 20센트를 받으며 일하다가 공장주의 눈에 들면서 사무 보조도 함께 맡아보았다. 그는 자신이 맡은 일이 있으면 그것과 관계된 주변의 모든 업무까지 폭넓게 관심과 애정을 갖고 익혀야만 직성이 풀리곤 했다. 사무 보조 역할 중에서 상당 부분은 배달된 전보를 접수하는 일이었는데, 붙임성 좋은 카네기는 전보 배달원과 친해져서 그 업무와 급여 등등을 알게 되었다. 그리하여 1850년, 주급 2달러 50센트에 극장 무료 관람이라는 특혜까지 누리는 전신국의 전보 배달원 자리로 옮겼다. 여기서도 배달 일을 성실히 하는 가운데 어깨너머로 전신 업무를 습득하여 상사의 인정을 받고 전신 기사가 되었다.

어릴 적 카네기

1851년 열여섯 살의 카네기(오른쪽)가 동생 토머스와 함께 찍은 사진이다. 이 시기 그는 주급 2달러 50센트를 받고 일하는 전보 배달원이었다.

앤더스 대령 기념상
피츠버그(전 앨러게니)에 있는 카네기 무
료 도서관과 어린이 박물관 근처에 앤더
슨 대령 기념 흉상이 세워져 있다. 아래
인물상은 책 읽는 노동자이고, 위의 흉상
은 앤더슨 대령이다. 카네기는 앤더슨이
무료로 개방한 개인 도서관에서 공부했던
어릴 적의 경험을 소중히 생각해 훗날 많
은 무료 도서관을 기증하고 설립했다. 이
기념 조각상은 카네기가 앤더슨 대령을
기려 1904년에 세웠다.

틈틈이 그는 앤더슨 대령(John Byers Anderson)이 근로 청소년을 위해 매주
토요일 밤마다 개방하는 개인 도서관에서 열심히 공부도 했다.

전신국으로 옮긴 카네기는 그곳을 찾는 단골손님들과도 친밀하게 지냈는
데, 펜실베이니아 철도회사의 피츠버그 지부장 토머스 스콧도 그들 중 한
사람이었다. 카네기를 눈여겨본 스콧은 자신의 전보 담당 및 비서로 그를 발
탁했다. 열여덟 살의 카네기는 이제 주급 4달러를 받으며 일하게 되었다. 카
네기가 비서 업무에만 안주하지 않았으리라는 것은 쉽게 짐작할 수 있다. 스
콧의 철도 업무와 투자 관련 문제 등에도 관심을 가지며 실력을 쌓아갔다.
철도에 관련된 상당한 지식과 정보를 통해 카네기는 800km 이상 장거리
운행 열차에 침대차를 운행하면 좋겠다는 생각으로 여행용 침대차를 발명
한 풀먼 컴퍼니(Pullman Company)에 투자하여 미국 최초로 침대열차를 소개

하고 엄청난 수익금을 벌여들였다. 1856년 그의 나이 스물한 살 때였다.

1859년 스콧이 다른 자리로 옮겨가자 카네기가 그의 뒤를 이어 펜실베이니아 철도회사의 피츠버그 지부장이 되었다. 2년 뒤 남북전쟁이 터지자 카네기는 전쟁부에서 일하는 스콧을 따라 워싱턴으로 가서 철도와 전신의 복구 업무를 맡았다. 그가 철도 업무를 하면서 관찰해보니 수하물 위탁 중 가장 많은 품목을 차지하는 게 강철이었다. 당시 전 세계적으로 산업 진흥을 추진할 때였고 미국 역시 마찬가지여서 강철 소비량이 급증했다. 수익성을 따져보니 철도회사에 다니는 것보다 훨씬 수입이 늘어날 수 있다고 판단하여 강철 산업에 대해 깊이 파고들기 시작했다. 강철 산업은 생산과정도 중요하지만 만든 상품을 얼마나 빨리 공급하느냐가 매우 중요한데, 그야 말할 필요도 없이 철도를 이용하는 것이 최고였다. 철도라면 카네기는 그 누구보다 훤히 꿰뚫고 있었고, 자신이 강철을 생산한다면 단연코 그 분야에서 유리한 고지를 차지할 거라 믿었다.

스코틀랜드 태생의 한 소년이 미국에서 출세하는 과정은 가히 입지전적이다. 좌절도 많았겠지만 그는 늘 현직에 만족하지 않고 새 진로를 탐색해 점진적으로 꾸준히 발전시켜 나갔다. 그는 허황된 일확천금을 꿈꾸지 않았고, 반드시 자신이 앉아 있는 직책에서 익힌 업무로 새 진로를 삼았다. 이보다 더 정확한 출세법은 없을 것이다.

2   강철왕 카네기의 야심, 그리고 그 빛과 그늘

1865년 카네기는 펜실베이니아 철도회사를 퇴직한 뒤 철강 산업에 본격적으로 투신했고, 이후 승승장구했다. 당시 미국에서 주로 사용했던 선철銑

鐵은 제조비가 싼 대신 수명이 짧았으며, 그나마도 영국에서 전량 수입했다. 카네기가 생각하기에, 제조 설비와 비용이 많이 들기는 하지만 선철에 비해 효용도가 높은 강철을 생산하는 것이 중요했다. 1872년, 영국의 헨리 베세머(Henry Bessemer, 1813~1898) 제강공장을 벤치마킹해서 그의 제조 공법인 베서머 제강법(Bessemer process: 용해된 선철에 공기를 불어넣어 불순물을 제거하는 방식의 강철 제조법)을 과감히 도입하여 미국제 강철 대량생산에 성공하자 도약의 문이 활짝 열렸다. 마침 남북전쟁으로 파괴된 건물·철도·도로를 건설하는 데 카네기가 생산한 철강이 폭발적인 우위를 선점하면서 1870년대부터는 카네기가 '강철왕'이 되었다. 피츠버그의 제강소를 중심으로 석탄, 철광석, 광석 운반용 철도, 선박 등을 수직 계열화한 철강 트러스트를 조직한 데 이어, 1892년에는 세계 최대의 철강 트러스트인 카네기 철강회사(Carnegie Steel Company)를 설립했다. 이로써 미국 철강 생산의 1/4을 그가 차지해 철강 재벌로 군림하다가 30년 후인 1901년에 이 회사를 J. P. 모건에게 4억 9,200만 달러를 받고 매각했다.

카네기는 앤더슨 대령이 무료로 개방한 도서관 덕분에 자신이 출세했다는 사실을 잊지 않아서 어려운 환경의 청소년들이 마음껏 이용할 수 있는 도서관을 짓겠다는 결심을 하고 실행에 옮겼다. 그리하여 1881년 고향 스코틀랜드 던펌린부터 시작해 미국과 영국 전역에 연차적으로 2,500여 개의 무료 도서관을 건립했다.

여가가 생길 때면 카네기는 마크 트웨인을 비롯해 영국의 문학평론가 매슈 아널드(Matthew Arnold, 1822~1888), 철학자 허버트 스펜서(Herbert Spencer, 1820~1903) 등과 교유하면서 문학과 학문을 넓혀 나갔다. 이렇게 분주하게 보내던 그가 결혼을 한 것은 1887년 쉰두 살 때였다. 상대는 뉴욕의 상인 집안 출신으로 서른 살의 루이즈 휘트필드(Louise Whitfield, 1857~1946)였다. 훗

던펌린의 카네기 도서관　1881년부터 건축을 시작해 1883년 완공하고 8월 29일 개관했다. 카네기가 첫 번째로 지은 무료 도서관이다. 2017년에는 신축 도서관 건물이 완공되어 갤러리도 겸하고 있다.

날 그녀는 카네기가 죽은 뒤에도 남편의 자선사업을 계속했다. 둘 사이의 자녀는 무남독녀 마거릿(Margaret Carnegie Miller)뿐이다.

카네기는 부자의 사회적 책임을 역설한 『부의 복음(The Gospel of Wealth)』(1889)이라는 책도 썼을 정도로 재산을 사유화하지 않기로 유명했다. 그중 하나가 문화·예술에 거액을 희사한 것인데, 뉴욕 카네기홀도 그의 기부로 건축된 음악 공연장으로 세계 최고의 음향 시설을 갖추고 있다. 1891년 5월 5일부터 닷새간 개최된 개관 공연 때 차이콥스키가 알렉산드르 3세(재위 1881~1894)의 대관식을 위해 작곡한 〈대관행진곡 D장조(Festival Coronation March, in D major)〉 및 대중적으로 유명한 〈피아노협주곡 1번〉을 지휘했다. 카네기홀에서는 지금도 세계 일류급의 클래식과 대중음악이 연주된다.

카네기홀 르네상스 양식으로 건축되었으며, 1891년 5월에 개막 공연을 했다. 차이콥스키, 라흐마니노프, 마리아 칼라스 등 클래식계 거장뿐만 아니라 밥 딜런, 스티비 원더, 비틀즈 등 당대 최고 뮤지션, 잭 런던, 윈스턴 처칠, 마크 트웨인 등의 강연도 카네기홀에서 열렸다.

그러나 엄청난 재산을 사회에 기부하고 자선사업을 하면서도 카네기는 사업가이자 자본가로서 노동자들에게는 잔혹했다. 그것을 단적으로 보여준 예가 '홈스테드 학살 사건(Homestead massacre, 1892. 7~11)'이다.

19세기 미국의 산업노동자들은 열악한 노동환경 속에서 낮은 임금으로 하루 12시간 이상을 일했다. 철강 노동자들의 연합노조는 당시 최강의 조직으로, 1891년에는 2만 4천여 명의 조합원을 갖고 있었다. 그런데 숙련공들은 1880년대 중반에 도입된 철강 생산 기기에 적응하지 못했다. 피츠버그 근교에 있는 카네기 소유의 홈스테드 제강소에서 카네기의 동업자이자 핵심 대리인인 헨리 클레이 프릭(Henry Clay Frick)은 그들을 추방하려고 임

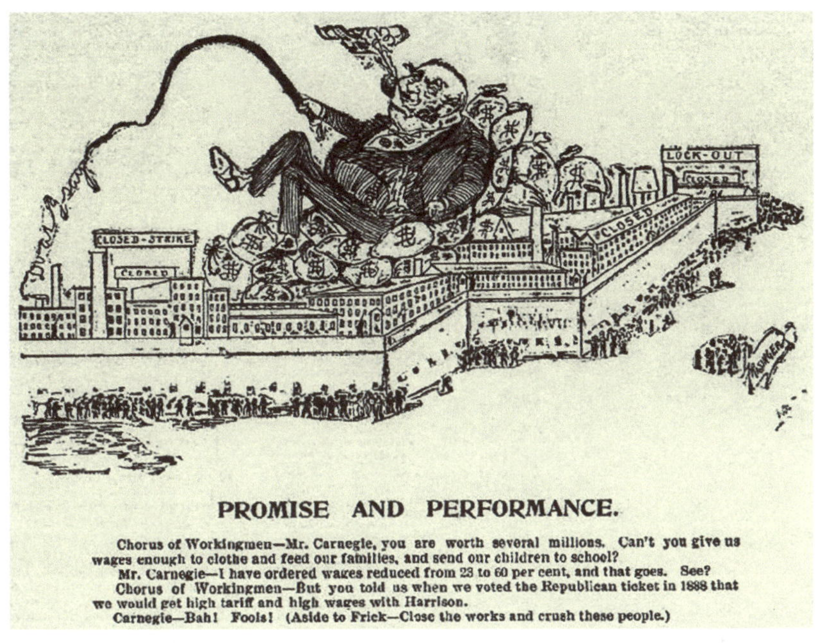

카네기의 노동자 탄압 풍자화(1892)　홈스테드 제강소 노동자들은 최소한의 생활 보장을 위한 임금 인상을 요구하며 파업을 일으켰지만, 카네기는 공장을 폐쇄하고 돈더미에 올라앉아 임금 인상을 절대로 할 수 없다고 한 것을 비판하는 내용의 일러스트다.

금을 계속 삭감하다가 1892년에는 노조와 어떠한 협의도 없이 일방적으로 임금을 삭감해버렸다. 이로 인해 노사가 첨예하게 대립하면서 결국 7월 1일 파업으로 이어졌다. 헨리 프릭은 파업에 대응해 공장을 폐쇄했고, 이에 반발한 노동자들이 공장을 점거하면서 사태는 걷잡을 수 없이 악화되었다. 프릭은 파업을 분쇄하기 위해 탐정 업체이자 경비 용역 업체인 핑커턴 회사(Pinkerton Detective Agency)의 경비원 300여 명을 투입했다. 그들이 바지선을 타고 강을 통해 공장에 접근하자 노조원들은 강에 휘발유를 부어 방화하며 총과 다이너마이트로 무장한 채 극한 대치하여 핑커턴 요원 3명과 파업 노동자 10명이 사망하고 수백 명의 부상자가 속출했다. 핑커턴의 용역

홈스테드 파업을 진압하러 가는 주 방위군 펜실베이니아주 홈스테드 제강소에서 1892년 7월 1일 노동자들이 노동환경 개선과 임금 인상을 내걸며 파업했는데, 회사 측은 파업을 분쇄하기 위해 주 방위군을 끌어들였다. 사진은 주 방위군이 파업을 진압하기 위해 홈스테드로 들어가고 있는 모습이다.

경비들이 파업 분쇄에 실패하고 떠남에 따라 노조가 잠시 승리하는 듯했으나, 회사는 곧 주 방위군(National Guard)을 동원하여 진압하기 시작했다. 장기간 대치하던 이 싸움은 11월 20일 4개월여 만에 노조가 굴복하면서 끝났다. '홈스테드 학살' 또는 '홈스테드 파업(Homestead strike)'으로 불리는 이 사건은 세계 노동운동사에서도 특기될 정도로 노동자들에 대한 진압이 가혹했으며, 록펠러의 '러들로 광산 학살 사건'과 함께 미국 역사상 쌍벽을 이룬 악명 높은 참사로 꼽힌다.

이렇듯 끔찍하게 노동자 탄압을 했지만 마치 아무 일도 없었다는 듯 카네기는 자신의 재산을 사회에 환원하는 일을 계속했다. 도서관뿐만 아니라 카네기자연사박물관(Carnegie Museum of Natural History, 피츠버그 오클랜드

카네기자연사박물관 펜실베이니아주 피츠버그 오클랜드에 있다. 세계에서 가장 방대한 쥐라기 공룡 컬렉션으로 유명하며, 완전한 공룡의 골격이 보존되어 있다. 이 박물관은 다양한 연구와 세계 각지의 현장 조사에도 후원을 아끼지 않는다.

소재), 카네기미술관(Carnegie Museum of Art, 피츠버그 소재)을 건립했다(두 기관 모두 1895년에 설립). 또한 교육사업에도 투자하여 카네기기술학교(Carnegie Technical Schools, 현 카네기멜론대학CMU, 펜실베이니아주 피츠버그 소재 명문 사립 대)를 설립했다(1900).

1901년에는 금융가의 거물 J. P. 모건과 획기적인 빅딜을 성사시켰다. 당시 2위의 철강업체 소유주였던 모건이 1위인 카네기의 기업을 인수·합병함으로써 세계 최대의 철강회사 US스틸(United States Steel Corporation, 약칭 U.S. Steel)이 형성된 것이다. 4억 9,200만 달러(현 시가로는 100억 능가)에 철강 회사를 매각한 카네기는 이후 자선사업에 더욱 전념하여 카네기협회(1902), 카네기교육진흥재단(1905), 카네기국제평화재단(1910), 카네기재단(1911) 등을 설립했다. 카네기가 도서관, 대학, 교육재단 및 각종 문화·예술 분야에 기부한 액수는 총 3억 달러 이상이었다는데, 당시 일본의 1년 국가예산이 1억 3,000만 달러였다고 하니 그 규모를 알 만하다.

3 재벌 반제국주의자의 면모와 인생 성공의 열쇠 찾기

카네기가 철강왕으로 한창 축재에 열을 올리고 있는 시기에 미국은 바야흐로 유럽보다 한참 늦은 제국주의의 팽창기에 들어서고 있었다. 미국 제국주의의 첫 포문은 스페인과 벌인 전쟁(1898)이었다. 카네기는 영국과 미국의 제국주의 정책에 반대했는데, 특히 미국의 필리핀 병합에 적극적으로 반대했다. 그는 마크 트웨인도 참여했던 '미국반제국주의연맹'에 가입하여 부의장으로 활동하면서, 1900년 대통령 선거에서 필리핀 식민화 반대를 주장하며 반제국주의운동을 공약한 윌리엄 제닝스 브라이언(William Jennings Bryan)을 강력히 지지했으나 실패했다. 이 선거에서 재선에 도전한 공화당의 윌리엄 매킨리(William McKinley, Jr., 1843~1901, 재임 1897·1901)가 당선됨으로써 미국 현대사는 주춧돌이 잘못 놓이게 되었다.

평화주의 실천가였던 카네기는 대통령 매킨리와 독대하여 스페인과의 전쟁을 만류하며 이렇게 말했다. "전쟁이 벌어지면 미국에서 가장 이득을 보는 것은 저이겠지만, 그래도 전쟁은 막아야 합니다." 미국-스페인 전쟁의 종결을 위한 파리조약(1898)에서 미국이 필리핀 병합의 조건으로 스페인에게 2천만 달러를 지불하자, 카네기는 필리핀이 독립할 수 있도록 개인적으로 그 액수를 필리핀에 주려고 했다. 하지만 그 제안은 허사로 끝나고 말았다. 아마 카네기가 필리핀에 대해서만 알았기에 그랬지, 미국의 묵인하에 점점

가속화하는 일본의 한반도 강점 문제까지 알았다면 우리에게도 도움의 손
길을 뻗었을 수도 있지 않았을까 상상해본다.

매킨리 대통령은 쇼니족 추장이 예언했던 '테쿰세의 저주'(이 책 2장 참조) 탓
인지는 모르겠으나 한 아나키스트의 저격으로 임기 도중 사망했다. 이후 부
통령인 시어도어 루스벨트(Theodore Roosevelt, Jr., 1858~1919, 재임 1901~1909)
가 대통령직을 승계했는데, 그는 미국-스페인 전쟁이 일어났을 때 해군성
차관보를 사임하고 전쟁에 자원했을 정도로 전쟁찬성론자였다. 그뿐만 아
니라 대통령 임기 중에도 제국주의 노선을 강력히 추진하여 남미에 대한
간섭과 파나마운하 건설을 추진한 침탈의 전문가였다. 파나마운하의 건설
과 이 운하에 대한 미국의 경영권 획득 과정은 미국의 참모습을 이해하는
데 도움이 될 것이다. 원래 이 운하의 공사 현장은 콜롬비아 영토이기 때문
에 미국이 자신에게 유리하도록 사용권 계약을 체결하려고 시도했으나 콜
롬비아의 거부로 무산되었다. 그러자 당시 파나마 지역에서 일어난 반란을
지원하여 독립국으로 인정하고 그 대가로 파나마로부터 운하 지대의 영구
조차권과 무력간섭권을 획득함으로써 결국 미국 뜻대로 하게 된 것이다.

시어도어 루스벨트는 한반도의 운명에도 관여한 인물이므로 반드시 기억
하고 넘어가야 한다. 가쓰라-태프트 밀약을 체결하여(1905. 7) 미국이 대한
제국에 대한 일본의 지배권을 승인하고 일본은 필리핀에 대한 미국의 식민
통치를 인정한 것도 그의 통치 때였고, 러일전쟁 종결을 위한 협상을 중재
하여 포츠머스조약(1905. 9)을 체결하게 함으로써 역시 한반도를 일본의 손
아귀에 넣어준 것도 그였다. 유럽과 미국은 전통적으로 러시아를 적대시했
기에 노골적으로 일본 편을 들었다. 러일전쟁 초·중반에는 일본이 승승장
구했지만, 전쟁이 장기화될 경우 도리어 저력을 가진 러시아가 유리해질 것
이므로 루스벨트는 신속히 종전시키려고 앞장섰다. 그는 이 덕분에 1906년

노벨평화상을 받았는데, 따지고 보면 조선을 일본에 넘겨준 마지막 절차가 이 러일전쟁이니 우리 민족에겐 잊지 못할 모욕의 노벨상이다.

1908년 일흔세 살의 카네기에게 잡지사 기자 나폴레온 힐(Napoleon Hill, 1883~1970)이 찾아갔다. 버지니아주 산골의 대장간 집 출신인 힐은 아홉 살 때 어머니가 "너는 틀림없이 역사에 이름을 남길 위대한 작가가 될 거야"라는 말을 들었다고 한다. 작가의 꿈을 키우며 자란 힐은 기자가 되었다. 그는 카네기를 인터뷰하면서 성공 비결을 물었는데, 카네기는 도리어 기자에게 그 연구를 위해 20년 이상 헌신할 수 있겠느냐고 되물었다. 그러고서 "20년간 당신은 그에 대한 보수를 한 푼도 받지 못할 것이오!"라고 덧붙였다. 그 제안을 수락하자 카네기는 유명 재벌 500여 명에게 소개장을 써주었고, 그 덕분에 힐은 507명을 인터뷰한 뒤 그로부터 성공 방정식을 추적하여 전 8권으로 구성한 『성공의 법칙(The Law of Success)』(1928)을 펴냈다. 이 책으로 그는 일약 거부가 되었으며, '성공학 전도사'로 유명해져 대공황 때엔 프랭클린 루스벨트(Franklin D. Roosevelt, 1882~1945, 재임 1933~1945) 대통령의 고문 역할도 했다. 1937년에는 자신의 저서가 너무 방대하다고 생각해 보급판으로 축약한 『생각하라. 그러면 부자가 되리라(Think and Grow Rich)』(한국어판 번역서는 『놓치고 싶지 않은 나의 꿈 나의 인생』)를 출간했다. 이 기자가 밝힌 성공의 요체는 한마디로 긍정과 자기암시다. 부정적인 사고방식에 얽매여 있다면 자신의 내면을 속여서라도 자기암시를 통해 긍정적인 인간이 되어야 한다는 것이었다.

카네기는 1919년 매사추세츠주 레녹스의 새도브룩(Shadow Brook) 자택에서 여든네 살로 운명했다. 이 집의 이름은 마크 트웨인이 지어주었다고 한다. 카네기가 자신의 묘비에 쓰일 말로 가장 좋아했다고 하는 문장은 "자신보다 더 영리한 사람을 곁에 둘 줄 아는 사람이 여기 잠들다(Here lies one who

앤드루 카네기 묘   뉴욕의 슬리피 할로 공동묘지에 카네기와 부인 루이즈 휘트필트가 함께 안장되었다. 묘비에는 생몰년, 출생지와 사망지만 간단히 적혀 있다.

knew how to get around him men who were cleverer than himself)"였다고 하는 데, 정작 묘비에는 이 문구가 없다. 유해는 그가 좋아했던 작가 워싱턴 어빙도 잠들어 있는 뉴욕주 웨스트체스터 카운티(Westchester County)의 슬리피 할로 공동묘지(Sleepy Hollow Cemetery)에 안장됐다.

4   석유산업에 눈을 돌린 록펠러

재산 규모로 볼 때 카네기와 우열을 가릴 수 없는 존 록펠러는 뉴욕주 티오가 카운티(Tioga County) 북쪽의 리치퍼드(Richford)에서 태어났다. 그의 부계는 독일과 영국의 혼혈로 1723년 미국에 정착했다. 아버지 윌리엄 록펠러(William Rockefeller Sr.)는 뜨내기로 떠돌아다니면서 가짜 만병통치약 장사부터 돈이 된다면 뭐든 서슴지 않는 인물이었다고 전한다. 그래선지 아들에게 확실한 경제관념을 교육시키기 위해 어릴 때부터 용돈 대신 파리를 잡으면 3센트, 쥐를 잡으면 5센트를 주는 식으로 노동을 통해서만 수입이 가능함을 각인시켜주었다. 또, 어린 아들에게 높은 데서 뛰어내리라고 한 뒤 받아주지 않으면서 아무도 믿지 말라는 인간 불신을 심어주었다.

이런 아버지가 첫 번째 아내에게서 3남 3녀를 두고도 모자라 가정부와 외도하여 딸 둘을 더 얻었다. 록펠러는 본부인에게서 태어난 둘째이자 아들로는 맏이였다. 그의 아버지는 첫 아내와 아이들을 버리고 나간 뒤 이름을 바꿔 온갖 행각을 벌이며 떠돌다가 객사했다. 훗날 언론인 조지프 퓰리처(Joseph Pulitzer, 1847~1911, 그의 유언으로 '퓰리처상'이 제정됨)가 재벌이 된 록펠러의 아버지 정체를 추적하려고 8천 달러의 현상금까지 걸었으나 결국 밝히지 못했다. 스코틀랜드와 아일랜드의 혼혈인 어머니는 남편이 바람기와 방랑기로 집안을 돌보지 않은 탓에 홀로 가정을 꾸려야 했다. 온갖 고초를 다 감내하면서도 아들을 신앙심 깊고 신중하며 근면하고 분별력을 갖춘 아이로 길렀다. 어머니의 이런 가르침 속에서 록펠러는 뛰어난 토론력을 발휘하고 자기 의사를 분명히 밝힐 줄 아는 청년으로 성장했다.

1855년 열여섯 살의 록펠러는 오하이오주 클리블랜드의 '휴잇 앤드 터틀'(Hewitt & Tuttle: 농산물 등 생산품의 위탁판매 및 배송 회사)에 경리과 직원으로 첫 취업을 했는데, 동료들이 회삿돈을 은밀히 도용해 쓰자는 꾐에도 넘어가지 않고 정직하게 일했다. 이때의 일로 회계장부를 철저히 기록하는 습관을 들였으며, 아무리 생활이 어려워도 뺑땅 치자는 동료들의 유혹을 거절하고 불우이웃 돕기 성금을 내면서 교회에도 십일조 헌금을 했다. 젊은 시

스탠더드 오일 정유공장의 초기 모습 1870년 존 록펠러와 그의 동생, 그리고 동업자 세 사람이 함께 창업한 스탠더드 오일은 1911년 해체될 때까지 미국 국내의 석유 생산·가공·판매 등에서 90% 이상의 시장점유율을 기록했다. 사진은 1870~1880년경 클리브랜드에 세운 정유공장이다. 공장 뒤로 기차가 보이는데, 스탠더드 오일은 이 철로를 이용해 석유를 빠르게 운송했다.

절 그의 꿈은 '10만 달러 벌기'와 '백 살까지 살기'였다. 실제로 그는 100세에 가까운 아흔여덟 살에 생을 마감했다.

스무 살(1859)에 농산물을 위탁판매하는 독자적 사업(처음에는 공동투자)을 시작한 록펠러는 몇 년 뒤인 1863년에 공동투자자가 석유정제업에 손대자 그를 따라 방향 전환했다. 마침 등잔불로 쓰던 고래기름값이 치솟아 정유 과정에서 등유만 쓰고 버리는 찌꺼기를 활용한 석유로 대체되던 시기여서 석유산업이 급성장하고 있었다. 이해에 그는 동생 윌리엄(William Avery Rockefeller, Jr.)을 비롯해 3명의 동업자와 함께 정유 사업을 시작했다. 이듬해 1864년에는 노예폐지론자이면서 학교 교사인 로라(Laura Spelman, 1839~1915)와 결혼했다. 1870년, 록펠러는 동업자들과 같이(3명의 동업자 중 1명

교체) 클리블랜드에서 스탠더드 오일(Standard Oil Co. Inc)을 창업했다. '스탠더드'라는 명칭을 붙인 까닭은 당시 질이 떨어진 석유가 많았기 때문에 그 표준과 기준을 지킨다는 뜻이었다.

5 석유왕의 거대 자본 형성과 노동자 탄압, 그리고 기부

그러나 초기에는 공급 과잉으로 인해 석유값이 하락했다. 이 국면을 록펠러는 경쟁사를 매입하고 합병하는 방식으로 극복해 나갔다. 한번은 철도로 석유를 운송하는 문제를 놓고 코닐리어스 밴더빌트(Cornelius Vanderbilt, 1794~1877, '철도왕'·'선박왕'으로 불림)와 협상하기 위해 마차를 타고 가다가 고장이 나는 바람에 열차를 놓쳤는데, 그 열차가 다리 아래로 추락하는 사고가 나면서 많은 사람이 죽었다. 이 재난을 피한 걸 그는 운명이라 생각해서 운송까지 독점했고, 철도업자들이 가격을 담합하자 송유관 설치로 출구를 찾았다. 에디슨의 백열전구 발명(1879)으로 석유를 이용한 등잔을 쓰지 않게 되자 위기를 맞기도 했지만, 때마침 자동차의 등장(가솔린 엔진의 내연기관 자동차는 1885년에 첫 등장)으로 또다시 난관을 극복했다.

록펠러는 '피도 눈물도 없이' 군소 기업들을 냉혹하고 잔인하게 흡수·통합해가며 기업을 확장하여 성장 가도를 달렸다. 군소 석유회사들을 트러스트로 묶어 결국 자신에게 팔거나 스스로 망하거나 둘 중 하나를 선택하게 해서 종내 합병해버렸다. 이런 과정에서 때로는 폭력도 사용했다.

독실한 기독교 신자인 어머니의 영향을 받으며 성장한 인물답게 술은 입에도 대지 않고 여자는 멀리했으며, 음악·미술 감상도 할 겨를이 없이 노동 중독자로 집무실에서 금전이 드나드는 것만 주시했다. 그리고 자신에게 엄

〈**연합의 왕 록펠러** The king of the combinations〉
왕관을 쓴 록펠러가 스탠더드 오일이라 쓰인 석유 저장 탱크 위에 서 있는 모습인데, 왕관에는 그의 제국의 도구인 기차, 4개의 철도회사, 석유 탱크, 그리고 꼭대기에는 돈을 상징하는 달러($)가 장식되어 있다. 철도를 장악해 정유산업을 독점화한 것을 풍자한 만평이다. 1901년 주간지 『퍽(Puck)』에 실린 푸그(J. S. Pughe)의 일러스트다.

청난 재산을 내려준 하나님의 은총에 감사했다.

무자비하게 기업을 합병하고 문어발식으로 사업을 확장한 결과 1881년 그의 나이 마흔두 살 때는 미국에서 생산하는 석유의 95%를 차지하게 되었다. "신대륙이 개척되기 시작했을 때, 영국 여왕이 개인에게 독점사업권을 하사했던 때를 제외하곤 이 땅에 이런 절대적인 독점은 존재하지 않았다"고 할 정도로 잘나갔다. 1885년에는 오하이오 클리블랜드에 있던 본사를 뉴욕으로 이전하여 미국을 넘어 전 세계로 판매망을 확대했다.

이렇게 성공의 탄탄대로를 달리며 석유산업의 독점적 지배를 확립했으나, 1911년 연방대법원이 스탠더드 오일에 독점금지법 위반 판결을 내려 해산명령이 떨어졌다. 그러자 록펠러는 함께 골프를 치던 한 목사에게 스탠더드 오일의 주식을 매입하라고 권유한 뒤 이내 그룹을 34개 회사로 해

(위) 러들로 노조 탄압에 맞선 노동자들　1914년 콜로라도주 러들로 지역의 광산에서 천막촌을 세우고 파업을 벌이던 노동자들과 그 가족이 함께 찍은 사진이다.
(아래) 러들로 광산 파업을 진압하는 주 방위군　러들로 광산 노동자들의 파업을 분쇄하기 위해 파견된 주 방위군이 총으로 무장한 채 천막촌을 주시하고 있다.

체했다. 이후 분리된 스탠더드 오일 계열사가 주식시장에 상장되자마자 주식 가격이 급등했고, 34개 회사의 지분을 고루 소유한 록펠러의 재산은 1913년 무렵 세 배 이상 늘어났다. 1911년 이후 록펠러는 은퇴하고 외아들 록펠러 주니어(John D. Rockefeller Jr., 1874~1960)에게 사업을 물려주었지만 여전히 자신이 회사 지분의 대부분을 차지하고 있었다.

록펠러 주니어가 회사 경영권을 완전히 넘겨받기 전, 그는 노사 관계에서 치명적인 오명을 입은 바 있다. 아버지 록펠러가 1903년 콜로라도 지역의 연료·철강 회사인 '콜로라도 퓨얼 앤드 아이언 컴퍼니(Colorado Fuel Iron Corporation, CF&I)'를 인수하여 아들에게 지분을 넘기고 관리도 맡겼는데, 그 회사는 열악한 노동조건과 낮은 임금, 위험한 근무 환경으로 악명 높았다. CF&I가 콜로라도주 러들로(Ludlow) 지역에서 운영하는 광산에서 마침내 1913년 9월, 광산 노동자들이 '노조를 협상 대상으로 인정할 것, 임금 10% 인상, 하루 8시간 노동제 시행, 콜로라도주의 법률 준수 및 회사의 감시 시스템 철폐' 등 7가지 요구를 내걸었다. 하지만 록펠러 주니어는 광부들의 요구 사항을 거부하고 오히려 민병대를 파견하여 파업을 분쇄시키려 했다. 광산 노동자들은 가족들까지 대동한 채 해를 넘겨서까지 민병대와 대치하며 충돌했고, 결국 1914년 4월 민병대와 주 방위군이 파업 중인 광부들에게 기관총을 무차별 발포하고 천막촌에 불을 질러 어린이 12명과 여성 2명을 포함해 최소 19명(추정치)이 사망했다. 이 참사가 바로 '러들로 학살(Ludlow Massacre) 사건'이다. 파업이 진압된 뒤 광부 408명이 체포되고 그중 332명이 살인 혐의로 기소되었다. 그러나 민병대와 주 방위군은 민병대 장교 한 사람만 가벼운 처벌을 받는 데 그치고 모두 무죄판결을 받았다.

록펠러는 경영 일선에서 물러난 뒤에는 자선사업에 전념했다. 이전에도 기부금을 희사하며 시카고대학을 설립했는데(1890), 은퇴 이후에는 록펠러

러들로 추모 기념비|Ludlow Monument   콜로라도주 라스애니마스 카운티(Las Animas County) 러들로에 있다. 1916년, 전미광산노동자연합(United Mine Workers of America)이 러들로 학살로 희생된 이들을 기리기 위해 세웠다.

재단(Rockefeller Foundation)을 세워(1913) 더욱더 많은 돈을 사회에 환원하여 이미지 쇄신을 했다. 록펠러재단은 카네기재단, 포드재단과 더불어 미국 최대 규모의 자선단체로 꼽힌다.

러들로 학살 사건 이후 참사의 핵심 책임자로 지목되어 집중 공격당한 록펠러 주니어도 집안에 대한 나쁜 평판을 회복하기 위해 자선사업에 공을 들였다. 1929년 10월 24일 대공황이 시작되자 록펠러 주니어는 뉴욕시 재정에 기여하고자 록펠러센터 건립을 결정함과 동시에 록펠러재단이 뉴욕시 수도관 시설 및 시민들(맨해튼 지역)의 평생 수도 요금을 전담하여 재벌에 대한 대중의 감정을 순화하려고 했다. 이 지역 주민들은 그래서 상수도료를 내지 않았는데, 지금은 어떤지 모르겠다.

록펠러센터 1931년에 건축이 시작되어 1939년에 완공된 록펠러센터는 총 19동의 상업용 빌딩으로 구성된 복합단지다. 중앙에 수직으로 곧게 솟은 건물은 70층 높이로, 록펠러센터 복합건물 단지 중에서 가장 높은 록펠러 플라자 30번지다. NBC 본사가 이 건물에 있다.

록펠러센터는 뉴욕 맨해튼에 19개 동으로 이루어진 복합건물 단지다. 처음에는 14개 동이었으나 제2차 세계대전 이후 추가로 더 건축되었다. 가장 높은 건물인 록펠러 플라자 30번지(전에는 'RCA 빌딩', 'GE 빌딩'으로 불렸음)는 260m 높이의 70층에 옥상 전망대까지 갖춘 초고층이다. 록펠러센터는 1989년에 미쓰비시가 매입했으나 일본의 버블경제가 붕괴되면서 1990년대 중반 대부분의 건물을 다시 매각하여 현재는 2개 동만 미쓰비시의 소유로 남아 있다.

록펠러는 아흔 살 때부터 건강이 악화되어 몸무게가 40kg까지 감량되기

록펠러 가문의 묘지를 나타내는 오벨리스크
레이크뷰 묘지는 1869년 오하이오주 클리블랜드에 설립된 개인 소유의 정원 묘지다. 록펠러는 이곳에 가족이 묻힐 대지를 매입하고 1898년 장례 기념비로 이집트 스타일의 오벨리스크(높이 15.77m)를 세웠다. 자신을 포함하여 어머니, 부인 등이 이곳에 묻혔다.

도 했지만 아흔여덟 살까지 살았다. 1937년 그는 심장마비로 플로리다주 오몬드비치(Ormond Beach)의 자택에서 숨을 거두었다. 오하이오주 클리블랜드 레이크뷰 묘지(Lake View Cemetery in Cleveland) 지하 돔에 아내 로라와 어머니 엘리자 옆에 안장됐다.

Pearl S. Buck

and

Two Roosevelts

펄 벅
Pearl Comfort Sydenstricker Buck
1892. 6. 26 ~ 1973. 3. 6

1 중국으로 간 기독교와 펄 벅

기독교의 여러 종파 중 네스토리우스파(Nestorianism)는 예수가 신격神格과 인격人格이라는 두 개의 위격을 가지고 있으며 그 둘은 각각 독립적으로 존재하면서도 서로 결합되어 있다고 주장함으로써 431년 에페소스 공의회에서 이단으로 판정되었다(에페소스 공의회는 그리스도의 신성神性과 인성人性은 혼돈이나 분리됨 없이 일치한다고 판결). 이후 탄압받은 네스토리우스파는 주로 아시아 지역에 전파되었는데, 실크로드를 통해 중국 당나라에까지 들어갔다. 첫 선교단은 당 태종唐太宗(재위 626~649) 때인 635년 수도 장안長安에 도착했다. 중국에서는 이 네스토리우스파 기독교를 '빛의 신앙'이라는 뜻의 경교景教로 부르고, 예배를 보는 교회는 '페르시아 교회'라는 뜻의 파사사波斯寺('파사'는 페르시아의 음역어)로 호칭했다.

경교는 당 말기에는 탄압으로 소멸했다가 이후 원元(1271~1368)의 쿠빌라이 칸(세조, 1215~1294, 재위 1260~1294) 때 로마가톨릭 선교를 공인하면서 북방 유목민족에게까지 널리 퍼졌다. 이 시기에 부친과 삼촌, 가톨릭 전도사와 함께 동방 여행길에 오른 인물이 이탈리아의 마르코폴로(Marco Polo, 1254~1324)이다. 그는 1271년 동방 탐험을 시작하여 17년간 원나라에 머물면서(1275~1292) 보고 들은 이야기를 귀국한 뒤 구술해서 받아쓰게 했는데, 이 기록이 바로 『동방견문록』이다. 그는 특히 원나라에서 쿠빌라이를 알현한 뒤 조정에서 관직 생활도 했다. 경교는 원 제국의 붕괴와 함께 거의 사라졌다.

명대明代(1368~1644)에는 나바라 왕국(지금의 스페인 바스크 지역)의 성 프란치스코 하비에르(Francisco Javier, 1506~1552, 예수회 공동 창설자)가 인도와 일본에서 선교 활동을 한 뒤 1552년 일본을 떠나 중국 선교를 위해 광저우廣州

 학문을 좋아했던 강희제는 예수회 선교사들이 가지고 온 서양 문물에 큰 관심을 보이며, 그들로부터 천문·지리·수학 등을 배웠고 그들을 황실 천문대 요직에 앉히며 포교를 허가했다. 그림은 강희제가 예수회 천문학자들과 함께 천구의를 살펴보고 있는 모습이다. 프랑스 역사화가 기 루이 베르낭살 1세(Guy Louis Vernansal I)의 밑그림을 바탕으로 벽걸이 태피스트리로 제작된 〈천문학자들(The Astronomers)〉(1722~1724)로, 루브르박물관 소장품이다.

앞 상촨섬上川島에 8월에 도착했다. 그러나 본토 광저우에는 들어가지도 못한 채 열병에 걸려 46세를 일기로 선종했다. 이탈리아 출신의 예수회 선교사 마테오리치(Matteo Ricci, 利瑪竇, 1552~1610)가 중국에서 포교 활동을 펼치고 그의 저서 『천주실의天主實義』(1594년 난징에서 초판 발행, 1601년 베이징판)가 중국뿐 아니라 한국과 일본에서 널리 읽힌 것도 명나라 때였다.

청대淸代(1636~1912)에는 몇몇 예수회 선교사들이 선교를 하면서 학자로도 왕성히 활동했다. 강희제康熙帝(1654~1722, 재위 1661~1722)는 1692년에 로마가톨릭을 공인했다. 하지만 교황청이 중국에서 모시는 공자와 조상에 대한 제사를 우상숭배라며 중국의 전례를 금지한다는 회칙을 발표하자, 강희제는 재위 말기에 가톨릭 선교를 불법화함으로써 교세가 점차 줄어들었다.

19세기에 접어들어 제국주의가 동아시아를 침탈하면서 벌어진 제1차 아편전쟁(1840~1842) 이후 중국에서 가톨릭과 개신교 등 기독교 전교 지역은 점점 광역화되었다. 1860년 50여 명에 불과했던 서구 선교사는 1900년에는 2,500여 명에 이르렀는데, 그 가운데 영국 출신이 1,400여 명, 미국 출신이 1,000여 명이었다. 선교사들의 입국은 계속 증가했다. 특히 미국의 경우 1830~1840년대에 중서부 농촌 출신으로 오하이오, 미시간, 일리노이주 신학대학 출신자들이 집중 파견되었는데, 종파도 다양해서 조합교회, 감리교, 원시 침례교, 온건 침례교, 루터교, 북부 및 남부 장로교, 유일신교, 감독교회, 크리스천 사이언스 등 여러 파가 중국으로 몰려들었다. 하지만 그들의 선교 활동은 중국의 전통을 존중하지 않고 매우 공격적이어서 실패했다. "선교사의 설교는 이유 없는 공격이다. 그것은 유혹하고, 요구하고, 호통치고, 방해하고, 겁을 주려는 것 같다. 그것은 이질적인 충동, 당신이 이해하지 못하는 근거들, 당신이 결코 소망한 적이 없었던 결과들을 당신의 마음 속에 이식하고, 그것들이 그 속에서 열매를 맺도록 내버려두는 것으로 끝난다."피터 콘 지음, 이한음 옮김, 『펄 벽 평전』, 은행나무, 2004. 이하 인용은 모두 이 책에서 갖고 왔으며, 펄 벅에 관한 내용도 이 책에 기반했다. 20세기 초반 30년 동안 8,000여 선교사가 수백 개 단체의 후원으로 5억 중국 인구를 공략했으나 신도 100만 명을 넘어서지 못했다.

그러자 제1차 세계대전 후 미국 내에서는 선교에 대한 비판이 가열되어 인류학적 관점에서 선교를 문화 파괴로 비판하는 여러 글(「선교사가 기독교인일 수 있을까?」, 1930; 「이제 선교 제국주의를 끝내라!」, 1934; 「나는 세계의 기독교화를 원하지 않는다!」, 1935)이 발표되었다. 특히 문화적 차이를 고려하지 않은 선교가 비판 대상이 되었다. 성경에서 하나님의 백성 또는 성도로 자주 언급되는 동물인 양羊은 중국에서는 잘 기르지 않는 데다 비겁하고 어리석은 동물로 상징되기에 정서적으로 맞지 않았던 것이다.

이런 지역으로 미국의 한 선교사 부부가 생후 3개월 된 갓난아이를 시장 바구니에 담아 데려갔다. 이 아기가 훗날 미국 여성작가 최초로 노벨문학상을 받는 펄 벅(Pearl Comfort Sydenstrisker Buck, 중국 이름: 싸이전주賽珍珠)이다. 독일에서 펜실베이니아로 이주한 아버지 앱살롬 사이든스트리커(Absalom Sydenstricker)와 네덜란드계 어머니 캐럴라인 스털팅(Caroline Stulting)의 고명 딸이었다. 이 부부는 1880년 결혼식 직후 중국으로 떠나 선교 활동을 하던 중 세 아이를 잃은 뒤(그중 둘은 1890년 콜레라로 사망) 아내가 다시 임신하자 10년 만에 잠시 귀국했다. 캐럴라인의 친정이 있는 웨스트버지니아주 힐즈버러(Hillsboro)에서 1892년 컴퍼트 사이든스트리커(펄 벅)를 낳자 바로 바구니에 담아 중국으로 또다시 떠났다.

그즈음 중국은 1850년대부터 부청멸양扶淸滅洋을 내걸고 반그리스도교·반제국주의 운동을 펼치는 의화단운동(1899~1901)이 일어나는 등 대혼란기였다. 이렇듯 기독교 포교에 대한 중국인의 반감이 큰 상황인데도 미국은 스페인과의 전쟁에서 승리한(1898) 뒤 감리교도인 매킨리 대통령이 선교를 지지하고 강조하는 분위기가 컸다. 미국인들은 중국을 야만국으로 보고 미국으로 이민 온 중국인 노동자들이 자신들의 일자리를 뺐는다고 생각해 반감과 혐오가 팽배했고, 그들의 이민을 제한하려는 움직임이 확대되었다. 마침내 1882년 중국인에 대해 미국 이민을 금지하는 법(「중국인배제법Chinese Exclusion Act」)을 제정했는데, 이후 1892년 「기어리 법(Geary Act)」으로 이 법을 10년 더 연장하면서 내용은 더 강화됐고(신분증 소지 필수, 그렇게 하지 않을 경우 추방), 1902년에는 중국인 이민 금지를 무기한으로 늘렸다. 주정뱅이 아일랜드인과 탐욕스러운 유대인과 함께, 중국인 역시 혐오의 대상이었다.

펄 벅 생가 웨스트버지니아 힐즈버러에 있는 펄 벅의 생가이자 어머니의 친정집이다. 외조부모가 네덜란드의 종교 박해를 피해 미국 웨스트버지니아로 이민 와서 지은 3층 집으로, 펄은 이곳에서 1892년에 태어났다. 그리고 생후 3개월 만에 부모와 함께 중국으로 갔다.

특히 중국인에 대해서, 교활하고 알 수 없는, 매음굴과 아편 소굴에 빗대어 '칭크(chink)'라는 모욕적인 비칭을 썼다. 메리놀 수도회는 일일 기도문에서 "중국인들이 어둠 속에 앉아 있다"라고 기도할 정도였다.

펄은 가족과 함께 장쑤성江蘇省 난징南京 인근의 전장鎭江에서 자랐고, 중국의 사회 혼란이 극심해지자 안전을 위해 상하이로 가서 학교를 다녔으며, 1910년 열여덟 살 때 귀국했다. 그녀는 오빠가 사는 버지니아주 린치버그로 가서 랜돌프–메이컨여자대학(Randolph-Macon Woman's College)에 입학하여 심리학을 전공했다. 학교 측으로부터 조교직 제안을 받은 김에 미국에 남기로 마음먹었으나, 중국에 있는 어머니의 건강이 악화되었다는 소식을 듣고 집안일을 돌보고자 선교학교 교사를 자원하여 1914년 졸업한 해에 다시 중국으로 갔다.

중국은 신해혁명(1911)과 그 후폭풍으로 여전히 사회가 불안정했다. 펄 사이든스트리커는 1917년 스물다섯 살 때 자신보다 두 살 많고 중국에 농업 선교사로 와 있던 존 로싱 벅(John Lossing Buck)과 결혼했다. 그는 코넬대에서 중국 농촌경제를 전공한 경제학자로, 선교하기 위해 중국에 왔으나 선교보다는 오히려 중국의 농업 개발에 더 몰두했다. 1919년 중국에서는 반일·반제국주의·반봉건주의를 외치며 5·4운동이 일어났다. 이듬해 남편 존 벅은 난징대학(현 진링대학金陵大學, 지금의 난징대학과 다른 학교) 교수가 되었고, 펄도 진링여자대학金陵女子大學과 국립중앙대학(1949년 난징대학으로 개명)에서 영문학 강의를 맡았다.

한편, 미국에서는 1901년 매킨리 대통령이 피살된 후 마흔세 살의 시어도어 루스벨트가 역대 최연소 대통령으로 등장했다. 그는 뉴욕 부잣집에서 태어났는데 어릴 적부터 허약하여 불굴의 의지로 평생 운동을 하면서 자기 관리를 하며 강인한 체력을 길렀다. 1897년 해군성 차관보 임명을 받은 그는 "어떤 전쟁이든 대환영이다. 우리나라는 전쟁이 필요하다고 생각하기 때문이다"라고 언급했을 만큼 전쟁지지론자였다. 미국-스페인 전쟁 때는 중령으로 연대를 지휘해 전쟁 영웅으로 부각했다. 그 뒤 뉴욕주 지사(1899~1900)를 거쳐 1900년의 대통령 선거에서 매킨리의 러닝메이트로 출마하여 부통령에 당선되었다. 그러고서 1년도 안 돼 매킨리가 피격당하자 시어도어 루스벨트가 대통령이 된 것이다. 루스벨트의 재임 기간에 가쓰라-태프트 밀약(1905)이 맺어졌고, 러일전쟁(1904~1905) 때는 거중조정으로 러시아와 일본 간에 포츠머스조약(1905)을 체결시켰다. 둘 다 일본의 조선 지배를 승인한다는 내용이 담겨 있음은 앞의 11장에서 이미 살펴보았다.

시어도어 루스벨트의 뒤를 이은 대통령은 가쓰라-태프트 밀약의 주인공

펄 벅 기념관賽珍珠紀念館, Pearl S. Buck Memorial House　난징대학교 북쪽 정원의 서쪽 담장 아래 있다. 원래 이곳은 펄 벅이 국립중앙대학(현 난징대학)에서 영문학 강의를 맡고 있을 때 거주하던 교내 숙소였는데, 2012년에 펄 벅 기념관으로 개관했다. 기념관 앞에는 펄 벅의 상반신 동상이 세워져 있다.

인 윌리엄 하워드 태프트(William Howard Taft, 1857~1930, 재임 1909~1913)이다. 일본으로서는 자신들의 제국주의적 팽창에 안심해도 될 상대였다. 그래서 미국의 방해 없이, 아니 미국의 묵인하에 일본은 1910년 조선을 강제 병탄할 수 있었다. 그다음 대통령은 우드로 윌슨(Thomas Woodrow Wilson, 1856~1834, 재임 1913~1921)이다. 제1차 세계대전 후 파리평화회의에서 윌슨이 내건, "각 민족은 정치적 운명을 스스로 결정할 권리가 있으며, 다른 민족의 간섭을 받을 수 없다"는 민족자결주의는 전 세계 약소민족들에게 희망과 용기를 불러일으켰다. 조선에서도 민족자결주의의 영향을 받아 3·1 운동이 일어났으나 일제의 탄압으로 큰 희생을 당했다. 그런데 민족자결주는 실상 영국·프랑스·미국·일본 등 전승국의 식민지에는 적용되지 않았고

발칸반도 및 유럽 패전국 영토에 귀속되어 있던 일부 소수민족에게만 적용되었을 뿐이다. 제1차 세계대전이 끝난 뒤 미국에서는 놀라운 경제성장으로 풍요로웠으나 1929년 월스트리트 주가 폭락(검은 목요일, 1929. 10. 24)으로 대공황(1929~1939)이 발생했는데, 이는 전 지구로 확대되어 세계사를 뒤흔들었다.

1920년 펄 벅은 첫딸을 낳았다. 그런데 딸 캐럴(Carol)은 평생 5세 연령 수준으로 살아야 하는 지적장애를 가지고 태어났고, 펄 자신은 종양으로 인해 자궁 적출 수술을 함으로써 더 이상 임신할 수 없는 몸이 되었다. 1924년 부부는 잠시 미국으로 들어가 지냈는데, 펄 벅은 이때 코넬대 대학원에서 석사학위를 땄다. 1925년, 벅 부부는 여자아이(제니스)를 입양하고 그해 가을 다시 중국으로 돌아갔다. 친딸 캐럴은 치료와 교육을 위해 1929년 뉴저지주 바인랜드교육원(Vineland Training School)에 맡기고 그 존재를 20년간 숨겼다. 당시엔 정신 질환을 혐오했기 때문에 딸아이를 공개적으로 드러낼 수 없었기 때문이다.

중국에서는 1919년 쑨원孫文(1866~1925)을 중심으로 국민당이 설립되고, 1921년에는 중국공산당이 창당되어 엄청난 기세로 세력을 확장해갔다. 펄은 중국에 대한 서구 제국주의의 침략은 비판하면서도 공산주의에는 반대했다. 그래서 한때 장제스蔣介石(1887~1975)를 좋게 보기도 했다. 1927년 국민당이 북벌할 때 난징에 입성하여 외국인을 감금했는데, 그때 펄 벅의 가족도 위험했다. 펄 벅은 당시 외국인 살해와 주택 파괴 등을 공산당의 짓이라 여기고 있었다. 1929년 6월 1일, 국부로 숭앙받는 쑨원의 장례식을 거행할 때 펄 벅은 장제스를 처음 보았고, 그를 중국의 난국을 타개할 인물로 판단했다. 하지만 나중에는 그의 본질을 파악하고 강력히 비판했다.

펄 벅은 지적장애가 있는 딸의 치료와 요양을 위해 미국을 오가는 동안 자신의 저서 출판과 관련해 뉴욕 존데이 출판사(John Day Company)의 사장 겸 편집자 리처드 월시(Richard J. Walsh, 1886~1960)와 잦은 만남을 갖고 가까워졌다. 그를 통해 펄 벅은 1930년에 첫 장편소설인 『동풍, 서풍(East Wind: West Wind)』을 출간했다.

미국에서 첫 소설을 펴낸 그해에 다시 난징으로 돌아온 펄은 딸 제니스를 힐크레스트 학교 부설 유치원에 입학시켰는데, 딸아이의 반 친구 중에 장제스의 재무장관이자 동서인 쿵샹시孔祥熙(1881~1967)의 아이도 있었다. 쿵샹시의 부인은 쑹아이링宋藹齡이며, 유명한 쑹宋 세 자매의 맏이다. 쑹아이링의 바로 아래 동생은 쑹칭링宋慶齡으로 쑨원의 부인이며, 막냇동생 쑹메이링宋美齡은 장제스의 부인이다. 어쨌든 쿵샹시의 아이들을 처제인 쑹메이링이 데리고 다녀서 펄은 같은 학부형으로서 자주 마주쳤는데 처음부터 그녀에 대한 인상이 좋지 않아 아주 부정적으로 보았다.

2 『대지』 출간 이후 미국에 정착한 반전·평화주의자

펄 벅의 대표작 『대지大地(The Good Earth)』(1931)의 원래 제목은 주인공의 이름을 딴 '왕룽(Wang Lung)'이었으나, 출판사 사장 리처드 월시가 '대지'로 고치자고 제안하여 그 제목으로 출판되었다. 미국에서는 북클럽 도서로 선정되는 등 굉장한 선풍을 일으킨 이 소설에 대해 정작 중국에서는 냉랭했는데, 그 첫 비판자가 루쉰魯迅(1881~1936)이었다. 그는 『대지』가 중국의 치부를 적나라하게 묘사하는 등 제국주의적 관점으로 쓰였다며 백인 우월주의라고 비판했다. 『초당草堂(The Grass Roof)』(1931)의 작가로 유명한 강용흘姜龍訖(1898~1972)도 축첩 등 중국인의 풍습뿐만 아니라 심지어 품성까지 비하한

펄 벅의 여름 별장   장시성江西省 루산廬山은 19세기에 서양인들이 들어와 별장 단지를 짓고 산 곳이다. 펄 벅도 이곳에 여름 별장을 두고 찾아와서 머물며 집필을 하곤 했다. 펄 벅이 거주했던 310호 별장 (싸이전주 별장賽珍珠別墅)은 각종 사진 자료와 도서, 가구 등을 보존해놓고 일반인에게 공개하고 있다.

걸 비판했고, 선교사들도 일부 이에 동조했다.

『대지』가 출판된 그해(1931) 11월, '중국의 셸리'라고 불리는 시인 쉬즈모 徐志摩(1897~1931)가 비행기 추락 사고로 사망했다. 펄 벅은 훗날 그를 모델로 삼아 소설을 썼는데, 『베이징에서 온 편지(Letter from Peking)』(1957)가 그것이다. 항간에는 두 사람의 관계를 두고 이상한 소문이 나돌기도 했다.

존데이 출판사에서 『대지』를 펴내기 위해 미국에 잠시 갔던 펄 벅은 다시 중국으로 돌아와서 중국 고전소설 번역에 매달렸다. 드디어 1933년 『수호전水滸傳』을 영어로 완역하여 *All Men Are Brothers*라는 제목으로 출간했다. 이 책이 미국에서 처음 나온 『수호전』의 번역본이라니 중국 문화에 대한 미국인의 경시를 짐작할 만하다.

에드거 스노 집에서 만난 펄 벅과 그의 친구들 1934년 펄 벅과 리처드 월시가 베이징에서 에드거 스노 부부를 만났다. 왼쪽부터 오른쪽 방향으로 헬렌 스노(님 웨일스), 펄 벅, 『맨체스터 가디언』 특파원 기자와 그의 친구, 맨 오른쪽이 리처드 월시이다. 에드거 스노는 사진에 없다.

펄 벅은 선교 활동으로 중국에 온 어머니의 일상생활을 지켜보면서 여성 차별에 대한 부당성을 인식하고, 선교단을 '정신적·문화적 제국주의'로 호칭하며 선교를 거세게 비판했다. 그러한 생각을 담은 「평신도 선교에 관한 보고서(The Laymen's Mission Report)」를 종교 잡지에 기고했는데(1932. 11), 월리엄 호킹(William Ernest Hocking)은 펄 벅의 조언을 듣고 함께 논의하여 『다시 생각하는 선교(Re-Thinking Missions: A Laymen's Inquiry After One Hundred Years)』(1932)를 펴냈다. 펄 벅은 또 「외국 선교에 대한 근거가 있는가(Is There a Case for Foreign Missions?)」(1932)라는 글도 써서 보수파의 맹공을 받더니, 1933년 결국 선교사 자격을 박탈당했다.

첫 소설 『동풍, 서풍』에 이어 『대지』도 존데이 출판사에서 펴내면서 펄 벅과 리처드 월시는 더욱더 친밀해졌다. 반면 남편과의 결혼 생활은 행복하지 않았다. 1934년 월시가 난징을 방문하여 둘은 함께 티베트-웨양岳陽(후난성湖南省 소재)-인도-베이징을 여행했다. 이 노정 중 베이징에서『중국의 붉은 별(Red Star Over China)』(1937)을 쓴 기자 에드거 스노(Edgar Snow, 1905~1972)와 헬렌 스노(Helen Foster Snow, 1907~1997, 우리에게는『아리랑』의 작가 님 웨일스로 잘 알려져 있다) 부부도 만났다. 이듬해에도 두 사람은 홍콩-말레이시아-필리핀을 유람했다.

펄 벅은 월시와 여행한 그해(1934)에 그가 운영하는 출판사에서『어머니(The Mother)』를 출간했다. 이 소설은 중국의 강인한 어머니상을 부각하고 있는데, 등장인물은 이름 없이 그저 어머니, 남편, 노모, 큰아들, 딸, 작은아들로 나온다. 내용은 다음과 같다.

남편은 삼남매를 낳고 집을 나간 뒤 무소식이고, 어머니는 억척스럽게 살림을 챙긴다. 남편의 소식이 끊어진 탓에 이웃의 눈치를 보며 수치심을 느끼지만, 그런 마음을 들키지 않으려고 대필가로 하여금 남편이 아내에게 쓰는 내용으로 위장한 편지를 작성케 하여 우편으로 받고는 이웃에게 자랑한다. 12년 후, 큰아들은 장가든 뒤 밖으로만 돌며 말썽이고, 딸은 멀리 시집을 보냈으나 죽어버렸다. 작은아들은 "그날이 오면 모두가 살기 좋은 세상이 될 거예요. 더 이상 부자도 가난한 사람도 없을 테니까요. 모두가 공평하게 부를 나눠 갖게 될 거예요"라며 어머니 곁에서 위로한다. 하지만 작은아들마저 공산당에 연루되어 죽는다. 모든 자식의 불행에 대해 어머니는 "이게 내 죄에 대한 대가인가요? 아직도 벌을 더 받아야 하나요?"라고 한탄한다.

이제 펄은 선교사도 아닌 신분이라 중국과 영원한 이별을 고할 때가 되

펄 벅의 집 Pearl S. Buck House 펄 벅은 1934년 마흔두 살 때 중국을 완전히 떠나 펜실베이니아 벅스 카운티에 농장과 집을 매입하여 30년 넘게 살았다. 현재 이 집은 '펄 벅 인터내셔널'이 소유·관리하고 있으며, 박물관으로 꾸며서 일반인에게 투어 프로그램을 제공하고 있다.

었다. 『어머니』를 출간한 1934년에 펄 벅은 42년간─물론 그동안 몇 년씩 미국에서 살기도 했다─살아온 중국을 떠나 영구 귀국했다. 고향 웨스트 버지니아주는 흑백 차별이 심해 정착하고 싶지 않아서 펜실베이니아주 필라델피아 북쪽으로 50km 떨어진 벅스 카운티(Bucks County)에 농장과 저택을 구입했다. 이 집은 예전에는 '그린힐스 농장(Green Hills Farm)'이라고 불렸으며, 일명 '돌집(stone house)'으로도 불린다. 펄은 중국에 남아 있던 첫 남편 존 로싱 벅과 1935년에 이혼하고 같은 해 리처드 월시와 재혼했다(펄은 재혼했지만 새 남편의 성인 '월시'를 따르지 않아서 펄 벅으로 불린다). 그린힐스 농장에서 펄은 새 남편 월시, 입양한 아이들과 함께 35년간 살았다. 휴일과 주말에는 친딸도 종종 데려와 함께 지내면서 피아노와 오르간을 직접 연주

노벨상을 수상하는 펄 벅
1938년 12월 10일 스웨덴 스톡홀름 한림원에
서 펄 벅이 국왕 구스타프 5세로부터 노벨상을
받고 있다.

하며, 동네 사람들과도 친근하게 지냈다.

리처드 월시는 출판사를 운영하는 가운데 펄의 영향을 받아서 월간 잡지 『아시아(Asia)』의 편집도 맡았다(1934~1942). 이 잡지는 아시아 지역의 국가와 국민을 옹호하며 관련 기사를 다루었다. 그 역시 부인처럼 중국식 이름을 가졌는데, 부인이 Pearl(진주)의 뜻을 담아 훈訓으로 이름을 지었다면 (Pearl=진주珍珠), 그는 이름의 영어 발음을 한자(가차문자)로 표기한 '理査德沃爾什(리차더 워얼스)'라고 썼다.

1937년 중일전쟁이 일어나자 펄 벅은 일본 제국주의를 비판했다. 동아시아에 대한 펄의 일관된 관점은 일본을 비판하고 중국을 옹호하며, 나중에는 한국을 사랑하는 것이었다.

이듬해(1938)에 노벨문학상 수상자로 선정되자 그녀는 "부당해. 드라이저 (Theodore Dreiser, 1871~1945)가 받았어야 했는데"라고 겸양을 보였다. 수상

연설에서 펄은 중국 문학, 특히 탁월한 고전소설인 『삼국지』, 『수호전』, 『홍루몽』 등을 읽어야 한다고 강조했다.

1939년 4월, 펄은 라디오 대담에 출연하여 '일본의 침략에 가담하지 않는 미국위원회(American Committee for Non-participation in Japanese Aggression)'를 지지했다. 그녀는 당대 미국의 유명 문학인 중 처음으로 동아시아의 정세를 정확하게 이해하고 바른 진단을 내린 작가였다. 국내적으로는 여권신장에 앞장섰다. 당시 여론조사에 따르면 미국민의 80%는 유부녀가 직업을 갖는 데 반대했다. 심지어 여대생들조차 평등권 조항 수정에 반대했다. 평등권 조항의 수정이 여성을 경제적 착취에서 보호하는 법률을 폐지시킬 것이라고 인식했기 때문이다. 미국여대생연합(American Association of University Women, AAUW)은 평등권 조항 수정에 반대하는 결의문을 냈고, 한 여성은 "평등권이 우리 모두를 함정에 빠트리기 쉬운 우애, 평등, 민주주의와 같은 교활한 문구 중 하나"라고 말하기까지 했다. 그러나 펄은 여성의 고용 기회가 확대되어야 한다는 생각으로 평등권 조항 수정이 꼭 필요하다고 보았다.

존 에드거 후버(John Edgar Hoover, 1895~1972)는 1924년 수사국(FBI 전신) 국장으로 임명된 뒤 1935년 FBI 창설에서 큰 역할을 했고 이후 죽을 때까지 48년간 FBI 국장으로 재직했다. FBI를 상징하는 인물이자 '장막 뒤의 대통령'으로 불리며 막강한 권력을 휘둘렀던 인물이다. 그는 '국가 안보'를 위한다는 미명하에 정치·문화계 저명인사에 관한 정보를 광범위하게 수집하여 비밀 파일을 만들었다. 그는 미국에서 가장 순응적이지 않은 사람들이 작가라면서 증오했는데, 특히 인권·여성운동 등 사회 활동을 활발히 펼치는 펄 벅을 눈엣가시로 여겼다. 후버가 FBI의 산하에 서평분과위원회를 만들어 내사했을 때 펄 벅에 관한 보고서는 300쪽이 넘었다고 한다. 한 언론인은 그녀를 '토머스 페인의 정신적 후계자'라고 평하기도 했다.

펄 벅은 오델 월러 사건(1940. 7. 15)에서도 인권을 강조했다. 흑인 소작농 오델 월러(Odell Waller, 1917~1942)가 백인 지주와 말다툼을 벌이다가 지주를 살해한 사건이 벌어졌는데, 그에 대한 재판에서 백인 남성들로만 구성된 배심원은 월러의 정당방위를 인정하지 않았고 매우 불공정하게 심리가 진행되어 결국 사형선고가 내려진 것이다. 펄은 그의 운명이 "미국적 정의의 시금석이며, 국가 실패의 증명"이라고 비판했다. 또한 국제적으로 미국은 영구 평화를 위해 군사력만이 아닌 도덕적 지도력을 강조해야 된다면서 인도의 독립을 주장했고, 윈스턴 처칠의 굽힐 줄 모르는 주장과 거리를 두라고 정치인들에게 충고했다.

일본의 진주만 공격으로 미국이 태평양전쟁에 참전한 해인 1941년이 저물 무렵, 노벨 기념일인 12월 10일(노벨이 사망한 날이며, 이날 노벨상 시상식이 거행)에 미국 거주 노벨상 수상자들의 축하 만찬이 열렸을 때, 펄은 태평양전쟁과 제2차 세계대전의 확전에 대해 "문명 세계를 구하는 전쟁이 아니라 단지 유럽 문명을 구하기 위한 전쟁"이라고 신랄하게 비판했다. 전쟁이 끝나도 그들은 아시아 식민국가들을 해방시킬 의도가 없기 때문이라고 했다.

펄 벅은 단지 말로만 그치지 않고 아시아 지역 국가에 직접 도움을 주고자 미 전략사무국(OSS, Office of Strategic Services)에서 중국 담당 고문을 맡았다. 그리고 OSS를 통해 유일한柳一韓(1895~1971, 당시 OSS의 한국 담당 고문), 강용흘과 인연을 맺어 친해졌다. 훗날 한국을 주제로 삼아 쓴 소설은 이 시기에 얻은 정보가 바탕이 되었다고 한다.

1942년 2월, 펄 벅과 리처드 월시는 동서양 나라들 간의 상호 이해와 교류를 촉진하며 서로의 문화적 격차를 해소하기 위한 동서협회(East and West Association)를 설립했다. 1949년에는 기존의 입양 시스템에서 아시아 아동 및 혼혈 아동을 입양할 수 없다는 사실에 분노하여 "순혈이나 혼혈에 관계

없이 모든 어린이는 평등한 기회를 가져야 한다"라는 슬로건을 내걸고 최초의 국제 인종 간 입양 기관인 웰컴하우스(Welcome House)를 설립했다. 웰컴하우스는 이후 50년간 5,000~6,000여 명을 미국으로 입양시켰다.

미드웨이 해전에서 일본이 패하고(1942), 독일은 동부 전선에서 패배하는(1943) 등 1943년에 접어들어 제2차 세계대전의 전황은 연합국에 유리하게 전개되었다. 프랭클린 루스벨트의 부인 엘리너 루스벨트(Eleanor Roosevelt, 1884~1962)는 1943년 봄 내내 펄과 정기적으로 서신 및 만남을 나눴다. 엘리너는 펄에게 대학에서 연설을 해달라 부탁하고 백악관에서 하루를 지내보는 것이 어떻겠냐며 초대했다. 루스벨트 부부는 펄을 백악관으로 초대하여 장제스에 대한 의견을 듣고 싶었던 것이다. 펄은 연설에는 응했지만 백악관 숙박은 거절했다.

장제스의 부인 쑹메이링이 1942년 11월 신병 치료를 구실로 워싱턴을 방문하여 1943년 5월까지 체류하던 중 백악관에서도 몇 주 머물렀다. 그녀는 자신이 가져온 비단 이불을 사용하면서 '까다로운 공주처럼 행동'했다. 상하원 합동 의회에서는 몸에 달라붙는 까만 중국 드레스를 입고 군사원조 확대를 요청하는 내용으로 1시간 연설하여 기립박수를 받았다. 엘리너는 쑹메이링을 매력적이고 설득력 있는 대변자라고 생각했으나, 남편 프랭클린 루스벨트 대통령은 그녀를 매우 불신했다.

쑹메이링이 백악관을 떠난 뒤 펄 벅은 백악관 만찬에 초대되었다. 펄은 엘리너에게 장제스와 그 부인 쑹메이링이 지배하는 국민당은 무능력하고 부패했으며 쑹메이링은 오만하고 사치스러울 뿐만 아니라 자국의 민중과 위험하게 거리를 두고 있다고 충고했다. 나중에 펄은 중국 여행을 준비하는 엘리너에게 비밀 편지를 썼는데, 쑹메이링의 제왕 같은 태도, 민주주의에 대한 냉담함 등을 꼬집으면서 그녀의 언니로 마오쩌둥毛澤東(1893~1976)

을 지지하는 쑹칭링(쑨원의 부인)이 옳은 노선이라고 충고했다. 또한 자신은 비록 철저한 반공주의자이지만 중국의 여러 파벌 중 공산당만이 농민을 포용하고 인민의 희망이 된다고 말했다. 만약 중국의 공산주의를 직접 알아보고 싶다면 저우언라이周恩來(1898~1976)와 면담하라고도 조언했다.

펄 벅이 주장했던 「중국인배제법」 철폐는 그 법이 통과된 지 60년이 더 지나서야 프랭클린 루스벨트 대통령이 1943년 「중국인배제폐지법(Chinese Exclusion Repeal Act)」(또는 「매그너슨법」)에 서명함으로써 마침내 성공했다.

프랭클린 루스벨트는 한국과 악연으로 얽힌 시어도어 루스벨트 대통령과는 한국식 촌수로 12촌 간 집안사람이다. 또 시어도어 루스벨트의 조카딸 안나 엘리너가 프랭클린과 결혼하여 백악관 안주인이 되었는데, 역대 영부인 중 가장 진취적이고 활동적이었다는 평가를 받는다.

프랭클린 루스벨트는 민주당 출신 대통령으로 미 역사상 유일무이하게 4선에 성공하여 1933년부터 1945년까지 가장 오랫동안 재임했다. 첫 번째와 두 번째 임기 때 경제대공황을 극복하기 위해 뉴딜 정책을 시행한 것으로 유명하다. 하지만 공화당 의원들은 루스벨트가 빨갱이라면서 원래 네덜란드계 유대인의 자손이라고 악성 루머를 퍼뜨렸다. 그뿐만 아니라 부인 엘리너는 흑인으로부터 임질을 옮아 대통령에게 전염시켰으며, 심지어 성행위를 배우기 위해 모스크바를 방문할 예정이라는 괴소문까지 만들어 유포시키기까지 했다. 루스벨트 가문조차 프랭클린을 가문의 배신자로 낙인찍을 만큼 미국 상류층은 몰지각했다.

이에 대한 루스벨트의 대응은 라디오를 활용한 노변담화爐邊談話(Fireside Chats)였다. 화롯가에 둘러앉아서 정답게 주고받는 이야기를 뜻하는 노변담화는 1933년 3월 12일부터 1944년 6월 12일까지 총 30회로 진행된 루스벨트의 라디오 담화를 가리킨다. 상냥한 대중연설가이면서 유머가 넘치는 이

프랭클린 루스벨트 네 가지 자유 공원 Franklin D. Roosevelt Four Freedoms Park   프랭클린 루스벨트가 1941년 연설에서 언급한 '네 가지 자유'를 기리기 위해 뉴욕시 루스벨트섬에 조성된 공원이다. 삼각형 형태의 이 섬에 시선이 남쪽 끝으로 모아지게 설계했는데, 공원 끝에는 루스벨트의 두상이 있으며, 화강암 벽면에는 '네 가지 자유' 연설문이 새겨져 있다.

야기꾼인 그는 라디오를 통한 담화로 국민에게 신뢰를 주었다. 소아마비로 불편해진 다리를 숨기고 앉아서 진행한 이 담화에서 그는 "Good evening, friends."라고 친근하게 인사하며 담화를 시작했다. 이로써 대통령 부부에 대한 악성 루머는 잦아들었다.

프랭클린 루스벨트와 관련해 한 가지 더 알아둘 것은 1941년 1월 6일 발표한 연두교서이다. 여기서 그는 전 세계 어디에서나 누려야 할 네 가지 기본적인 자유를 언급했다. 그 네 가지란 '언론과 의사 표현의 자유(Freedom of speech and expression)', '신앙의 자유(Freedom of worship)', '결핍으로부터의 자유(Freedom from want)', '공포로부터의 자유(Freedom from fear)'로, 루스벨트는 이를 위해 연합국이 함께 싸워야 한다고 주장했다. 뉴욕시 맨해튼 루스벨트섬에는 이 네 가지 자유를 기리기 위해 조성한 '프랭클린 루스벨트 네 가지 자유 공원(Franklin D. Roosevelt Four Freedoms Park)'이 있다.

그러나 아무리 번지르르한 말도 자기 나라만 위하고 약소국에 적용되지 않으면 헛것에 지나지 않는다. 제2차 세계대전은 영국, 미국, 소련 등 강대국에도 위기여서, 전쟁이 한창 전개되고 있을 때는 물론이고 전후에도 외교전이 치열했다. 3차에 걸친 워싱턴회의(1941, 1942, 1943), 카사블랑카회의(1943. 1. 14~1. 24), 모스크바삼국외상회의(1945. 12. 16~12. 26) 등 수뇌급들의 회의가 연이었는데, 한국 문제도 이들의 손아귀에서 결정됐다. 우리의 문제가 논의된 주요 회담은 ① "한국인이 노예 상태 아래 놓여 있음을 유의하여 앞으로 적당한 시기에 독립시킬 것"이라는 카이로선언(1943. 11. 27), ② 루스벨트가 "한국인들은 아직 독립된 정부를 운영하고 유지할 능력이 없으며, 그들에게는 40년간의 수습 기간(apprenticeship)이 필요하다"고 발언한 테헤란회담(1943. 11. 28~12. 1), ③ "카이로선언의 모든 조항은 이행되어야 하며, 일본의 주권은 혼슈本州, 홋카이도北海道, 규슈九州, 시코쿠四國와 연합국이 결정하는 작은 섬들에 국한될 것이다"라는 조항에 따라 카이로선언에서 결정한 한국의 독립을 확인하는 포츠담선언(1945. 7. 26)이다.

세계대전 막바지에 얄타회담(1945. 2. 4~11)에 참석하고 돌아온 루스벨트 대통령은 두 달 뒤인 1945년 4월 12일 뇌출혈로 사망했다. 그 뒤를 이어 부통령인 해리 트루먼(Harry S. Truman, 1884~1972, 재임 1945~1953)이 대통령직을 승계했다. 트루먼 대통령은 나치 독일에 대한 점령 통치 문제 및 전후 질서를 논의하기 위해 독일 포츠담으로 가던 중 핵무기 실험에 성공했다는 (1945. 7. 16, 트리니티 테스트) 전보를 받았다. 이 소식에 느긋해진 그는 전후 국제질서에서 소련과 협조하기보다는 대소 봉쇄에 중점을 두게 되었는데, 이게 한반도 분단에 모종의 작용을 했을 것이다.

3 어둠을 불평하기보다는 한 자루의 촛불이라도 켜는 게 낫다

제2차 세계대전 후 냉전이 심각해지는 와중에 1949년 중국에서는 사회주의 체제의 인민공화국이 수립되고 1950년 한국전쟁까지 발발하자 미국 집권 세력은 공산 세력의 팽창에 위협을 느꼈다. 후버 등 보수파는 불온분자 색출이라는 명분으로 '빨갱이 조작'에 열을 올렸다. 당연히 논평을 했을 법한 펄 벅조차 한국전쟁에 대해서는 거의 말을 하지 않았다. 다만 중국(중화인민공화국)의 개입은 당연시했으며 한국 관련 정책을 펴는 미국의 정치인들이 열다섯 살짜리 소년이 하는 짓과 똑같다고 비판하면서, 미국의 자본 세력과 결탁한 장제스를 여전히 안 좋게 보았다. 이런 그녀에 대한 비난이 고조하여 『타임』·『라이프』의 사장이면서 장제스를 지지하는 강력한 보수주의자 헨리 루스(Henry Luce, 1898~1967)는 잡지에 게재된 모든 글에서 그녀를 예찬하는 구절은 삭제해버리라고 지시했다.

극단적인 예가 있다. 태평양전쟁 때 해군 소령으로 복무했던 작가 제임스 미처너(James Albert Michener, 1907~1997)는 『남태평양 이야기(Tales of the South Pacific)』(1947)로 퓰리처상을 수상했다. 이 작품은 뮤지컬 〈남태평양〉으로 각색, 브로드웨이에서 상영되어 인기를 끌었고, 이후 1954년에 출판한 소설 『사요나라(Sayonara)』도 베스트셀러가 되었다. 이런 미처너가 『라이프』에 기고한 글이 있었는데, 담당 편집자가 그 글에서 한 문단을 삭제해야 한다고 했다. 노벨상을 받은 펄이 힘 있는 소설을 쓰고 싶어하는 젊은 작가들에게 좋은 본보기가 되고 있다고 칭찬한 문단이었다. 펄 벅에 우호적인 말을 실어서는 안 된다는 사장 루스의 엄한 지시가 있었던 것이다.

1952년 11월 대통령 선거에서 공화당의 드와이트 아이젠하워(Dwight D. Eisenhower, 1890~1969, 재임 1953~1961)가 당선되었다. 미국은 점점 수구화되

어갔다. 미국으로 들어가려는 이민자들이 입국 심사를 받는 엘리스섬(Ellis Island)의 검역소 폐쇄를 위한 전국 대학생 토론회 같은 행사에 사관생도는 참석을 하지 말라는 금지령까지 내릴 지경이었다. 존 레이먼드 라이스(John Raymond Rice, 1914~1950) 하사는 한국전쟁에 참전했다가 전사했는데, 그의 가족이 사는 아이오와주 공동묘지에서 그가 원주민 출신이라는 이유로 시신 반입과 매장을 거부당했다. 이 사건은 소송으로까지 갔지만 대법원은 끝내 라이스 하사의 백인 공동묘지 매장 금지를 확정했다. 이렇게 미국의 민주주의는 서서히 시들어가고 있었다.

동아시아에 대한 펄 벅의 애정은 1960년에 한국으로 옮겨졌다. 그녀는 1960년 11월 1일 한국을 처음 방문했다. 4월혁명으로 민주당이 집권하던 때였다. 3일에는 청와대를 찾아 윤보선 대통령도 예방했다. 11월 4일 펄벅은 공초 오상순(1894~1963)을 만나기 위해 명동 청동다방을 방문했다. 두 사람이 대화를 나눈 뒤 오상순이 펄 벅에게 낙서첩(일종의 사인북, 훗날 '청동문학', '청동산맥'으로 불림)을 내밀고 글 하나를 적어달라 청하니, "It is better to light a single candle than to complain of the darkness(어둠을 불평하기보다는 한 자루의 촛불이라도 켜는 게 낫다)"라고 썼다. 서구에서 자주 쓰는 이 격언은 부조리한 사회에서 아무리 어둡더라도 불평만 하지 말고 한 개의 촛불이라도 스스로 밝혀 행동해야 함을 강조한 말이다. 펄 벅의 시선에는 오상순이 어두컴컴한 데다 담배 연기까지 가득한 찻집에서 한유히 지내는 것이 불행한 나라의 노 시인이 취할 바는 아니라고 봤을 것이다.

펄 벅의 한국 방문과 관련된 일화가 더 있다. 한 농부가 소달구지에 짐을 싣고 그 자신도 지게에 짐을 지고 걸어가는 모습을 보았다. 펄 벅이 이상히 여겨서 왜 소달구지에 짐을 다 싣지 않았는지, 왜 농부는 소달구지를 타지 않고 힘들게 걸어가는지를 물었다. 농부가 답하기를, 자신도 하루 종일 일했지만 소도 종일토록 일했기 때문에 짐도 나누어서 지고 간다고 했다. 소의 짐마저 나눠 가지려는 마음 씀씀이에 펄 벅은 감동을 받았다고 한다. 또, 감나무 끝에 따지 않은 감이 몇 개 달려 있는 풍경을 보고서 저 감은 따기 힘들어서 그냥 놔둔 것이냐고 물었는데, 새들을 위해 남겨놓은 까치밥이라는 설명을 듣고 탄성을 질렀다. 그녀는 한국에서 고적이나 왕릉이 아닌 바로 이런 걸 보고 싶었다면서 '나눠 가짐'의 미학과 '더불어 삶'의 전통을 높이 평가했다. 펄 벅은 한국의 전쟁고아와 혼혈 아동에도 관심을 가져 이 방문 때 20명을 데려가 웰컴하우스를 통해 입양시켰다.

1960년 치러진 대통령 선거에서 존 F. 케네디(John F. Kennedy, 1917~1963, 재임 1961~1963)가 당선되었고 1961년 1월 20일 취임식을 했다. 이때 펄은

케네디 대통령과 펄 벅 1962년 4월 29일 백악관에서 역대 노벨상 수상자들을 위한 만찬이 열렸다. 앞 줄 가운데의 케네디 대통령과 얘기를 나누는 인물이 펄 벅(당시 70세)이고, 오른쪽의 두 사람은 영부인 재클린 케네디와 시인 로버트 프로스트(Robert Frost)이다.

'자기 분야에서 가장 창조적이고 탁월하며 세계적인' 155명의 인물 중 한 사람으로 선정되어 특별 초대를 받았으나 참석하지 않았다. 이듬해(1962) 봄에는 노벨상 수상자들을 대상으로 한 백악관 초청 연회가 있었는데 그 만찬에는 참석했다. 식사를 마친 뒤 펄은 아시아 문제를 놓고 케네디 대통령과 짧은 대화를 나누게 되었다. 케네디는 주한미군의 주둔 비용이 너무 많이 들기 때문에 한국 문제는 일본에 맡기고 미국은 빠져나와야 한다고 말했다. 펄은 케네디가 아시아의 정치와 역사를 전혀 모른다는 것에 경악했고, 미국인들에게 한국과 그 문화를 알려야겠다는 생각에 한국을 배경으로 한 소설 『살아있는 갈대(The Living Reed)』(1963)를 썼다.

『살아있는 갈대』는 남편의 출판사인 존데이에서 출간했고, 한국에서도

『살아있는 갈대The Living Reed』 초판본

구한말부터 해방된 해인 1945년까지 4대에 걸친 가족사
를 그린 작품이다. 제목인 '살아있는 갈대'는 소설 속 등
장인물인 김연춘이 독립운동을 하면서 쓴 가명이자, 밟
혀도 다시 살아나는 강인함을 상징한다.

같은 해 장왕록의 번역으로 『갈대는 바람에 시달려도』(삼중당, 1963)라는 이
름으로 나왔다. 그 뒤 1999년에 장왕록·장영희 부녀가 공동으로 번역해서
전2권의 『살아있는 갈대』(동문사)로 복간되었다. 이 소설은 한국인이라면 필
독해야 할 만큼 중요한데도 널리 읽히지 않아 아쉽다.

펄 벅이 한국을 본격적으로 다룬 이 작품은 1881년부터 1945년까지 4대
에 걸친 김씨 일가를 중심으로 한반도를 둘러싼 국제 정세와 국내 정치뿐
만 아니라 사회·문화·풍속도 다룬다. 줄거리는 다음과 같다.

주인공 김일한은 할아버지가 영의정을 지낸 안동 김씨 집안 사람으로 왕실
의 측근인데, 자신은 조부나 부친과 달리 젊은 중전을 섬겼다. 그는 당시 정
세를 ① 청나라에 의존하려는 왕과 민비 등 수구 세력, ② 왕조의 안전을 위
해서는 은둔국으로 쇄국정책을 고집하는 대원군과 그 일파, ③ 개화파로 파
악한다. 일한은 민비에게 개화파 지지를 호소했으나 받아들여지지 않아 하
인 한 명만 데리고 홀가분하게 긴 여행길을 떠난다. 농가, 어촌 등을 돌아보

면서 세상 물정을 익히며 견문을 넓혔는데, 강화도에서는 마니산의 단군 참성단에 올라 유장한 민족사의 맥락을 짚어보기도 한다. 그러던 중 임오군란(1882)으로 대원군이 집권하고 민비가 궁을 탈출했다는 소식을 접해서 귀가해보니 자신의 집에 민비가 피신해 있었다. 이에 위험을 감지하고는 민비를 충주의 지인 집에 숨겨주었다가 무사히 환궁할 수 있도록 해주었다. 일한이 청의 서태후에게 민비의 처지를 호소하며 구원을 요청했기 때문이다. 그러나 정국은 다시 혼란에 빠져 동학농민전쟁이 일어났고, 결국 일제의 강제병탄(1910)이 이루어지자 낙향했다.

일한은 부인 순희와의 사이에 연춘과 연환, 아들 둘을 두었다. 큰아들 연춘은 독립운동에 가담했다가 체포되어 투옥되었으나 탈옥하여 만주로 떠났는데 북경에서 만난 여인 한녀와 사랑에 빠져 함께 지낸다. 하지만 그녀가 자신의 아이를 임신하자 가정보다는 독립투쟁에 헌신하기 위해 남경으로 가버린다. 한녀는 아들 사샤를 낳은 뒤 병들어 죽고, 사샤는 고아원을 전전하다가 1945년 귀국길에서 아버지 연춘을 운명적으로 만난다. 부자는 서울에 와서 함께 지냈는데 얼마 뒤 연춘은 미군이 인천에 들어오는 날 환영을 나갔다가 일제 경찰에게 피살되고 사샤는 회의를 느껴 북한으로 가버린다.

일한의 차남 연환은 일본말만 쓰는 학교 교사로 재직하던 중 기독교 신자인 동료 교사를 만나 결혼한다. 아버지는 두 사람의 결혼을 극력 반대했으나 연환은 굽히지 않았으며, 지식인으로서 문명에 눈을 뜨고 배워야 한다는 신념으로 나라를 되찾겠다고 우겼다. 그러던 중 연환은 3·1운동 때 일제가 교회에 사람들을 가두고 불을 질러 그 속에 갇힌 아내와 딸을 구하려다가 함께 죽고 만다. 연환의 아들 김양만 살아남아 할아버지 밑에서 성장하고 커서 의사가 되어 8·15 후 미국인 병원에 근무한다.

이렇듯 양반 가문의 후예들이 결국 남북한으로 나뉘고, 해방 이후 민족 간 갈등은 결국 분단을 초래한다. 한국 근현대사를 배경으로 한 이 소설은 중요한 민족사적 사건도 삽입되어 있다. 소설에서는 조선과 미국 간에 체결된 조미수호통상조약(1882)의 내용이 너무 애매하다고 비판했는데, 그 예상은 적중했다. 일본의 조선 점령을 위한 사전 정지작업이었던 청일전쟁(1894~1895)과 러일전쟁(1904~1905)을 방관하던 미국은 일본이 두 전쟁에서 승리하자 당혹하여 조선 문제에 개입하지 않겠다고 했으나, 이건 역사적 사실과 다르다. 미국은 분명히 일본의 조선 점령을 사전에 승인했을 뿐만 아니라 가쓰라-태프트 밀약 체결과 포츠머스조약 중재 등으로 공공연하게 일본을 지지했음이 밝혀진 것이다. 소설은 또 헤이그 특사 사건(1907), 초대 조선총독 데라우치 암살 미수 사건(1910. 12), 베르사유조약(1919)에 관한 비화도 다루고 있지만, 이 역시 사실과 부합하지는 않는다. 그러나 펄 벅은 이 책에서 일관되게 조선 독립을 지지하고 일제에 대한 비판의식을 담아냈으며, 강대국들의 국제조약이니 평화니 하는 걸 믿으면 안 된다는 메시지를 분명히 강조하고 있다.

1964년, 펄 벅은 혼혈 아동을 돕기 위해 펄벅재단(Pearl S. Buck Foundation, 1999년 '펄벅인터내셔널'로 명칭 변경)을 설립했다. 1965년에는 한국 경기도의 소사(현 부천시)에 전쟁고아와 다문화 아동을 지원하기 위한 펄벅재단 지부를 설치했는데 지금도 유지되고 있으며, 이후 타이완, 오키나와, 태국, 필리핀, 베트남에도 지원의 손길을 베풀었다. 또한 일흔다섯 살이라는 고령에도 베트남전쟁에 반대하는 활동을 적극적으로 전개했다.

그러나 노 작가는 그즈음 40년 연하의 댄스 교사 테드 해리스와 사랑에 빠져 많은 비용을 낭비했다. 이 청년을 위해 1965년 한 해 옷값만 9천 달러를 썼고, 그중 모피코트 한 벌에 3천 달러를 지불하여 구설에 올랐다. 그녀

펄 벅 묘 펄 벅의 묘비는 자신이 직접 디자인했다고 한다. 묘비에는 영어 이름이 아닌 중국 이름인 賽珍珠(싸이전주)라고 새겼는데 한자 '賽(새)'는 중국어 발음이 '싸이'로, 결혼하기 전의 성인 'Sydenstricker(사이든스트리커)'의 첫음절 소리다.

는 만년에 엄청난 사기를 당해 재산을 탕진했다.

펄 벅은 1973년 여든한 살로 작고하여 펜실베이니아의 그릴힐스 농장에 안장되었다. 묘지석에는 그녀의 중국어 이름인 賽珍珠(싸이전주)가 새겨져 있다.

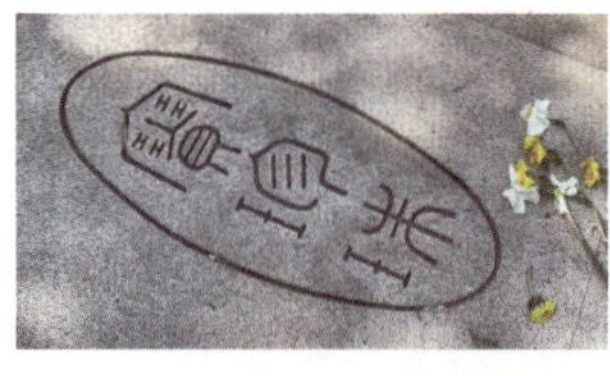

묘지석에 새겨진 펄 벅의 중국식 이름
'賽珍珠'라고 새겨져 있다. 한자의 한국어 독음은 '새진주'이며, 중국어 발음은 '싸이전주'이다.
펄 벅은 한국을 방문했을 때는 스스로 '박진주朴眞珠'라는 이름도 지었다.

William Faulkner
and
Margaret Mitchell

윌리엄 포크너
William Faulkner
1897. 9. 25 ~ 1962. 7. 6

마거릿 미첼
Margaret Mitchell
1900. 11. 8 ~ 1949. 8. 16

1 요크나파토파를 찾아서

괴벽이 심한 작가 윌리엄 포크너의 조상은 영국에서 신대륙으로 이주하여 처음 정착할 곳으로 사우스캐롤라이나주를 선택했다. 증조부 윌리엄 클라크 포크너(William Clark Falkner)는 남북전쟁 때 미시시피 제2보병대를 지휘했던 대령이었으며, 예편 후에는 남부 지역에서 정치·종교·문화 부문에서 기여한 공이 컸고, 작가로도 유명했다. 그의 가장 유명한 작품인 『멤피스의 백장미(The White Rose of Memphis)』(1881)는 증기선 안에서 벌어진 살인 사건을 다룬 소설로, 당시 큰 인기를 끌어 36판까지 찍었다고 한다. 마을 철도를 가설한 공로로 1889년 미시시피 주의회 선거에서 승리했지만 곧바로 전직 동업자가 쏜 총에 맞아 사망했다.

조부는 테네시주와 미주리주를 거쳐 미시시피주의 옥스퍼드에 터전을 잡아 큰 규모의 사업체를 운영했다. 아버지는 그 회사의 회계를 담당하며 상속을 노렸으나 할아버지는 아버지가 무능하다고 여겨 회사를 대물림하지 않고 팔아버렸다. 어쩔 수 없이 아버지는 다른 일거리를 찾아 미시시피 뉴앨버니(New Albany)로 갔고 그곳에서 미래의 작가 윌리엄 포크너를 낳았다. 네 형제 중에서 장남으로 태어난 포크너는 첫돌이 지나면서 아버지의 전근에 따라 이사를 다녔는데, 가장 오래 머문 곳은 미시시피주 라피엣 카운티(Lafayette County)였다.

포크너와 형제들

윌리엄 포크너는 사형제 중 맏이로 태어났다. 뒷줄 가운데 중앙에 서 있는 아이가 작가 포크너이다.(연도 불명)

아버지는 아들에게 사냥, 스포츠 등을 권했지만, 포크너는 어머니의 권유에 따라 열 살 전후부터 보들레르, 오스카 와일드, 셰익스피어, 조지프 콘래드(Joseph Conrad) 등을 읽었다. 포크너가 집안 성姓인 Falkner에 u자를 넣어 'Faulkner'로 쓰기 시작한 건 작품집을 내면서부터였는데, 조상과의 차별화를 위해 일부러 그랬다는 설과 타이피스트의 오류를 방관했다는 설이 있다.

할아버지가 정착했던 옥스퍼드에 포크너 일가가 다시 돌아간 것은 1902년으로, 작가의 나이 다섯 살 때였다. 옥스퍼드는 작가가 반생을 보낸 지역으로, 포크너 문학기행에서 단연 가장 먼저 찾아야 할 곳이다. 포크너의 많은 작품 속에 등장하는 가상 지명인 요크나파토파(Yoknapatawpha County)는 바로 라피엣 카운티 옥스퍼드가 그 모델이다. 옥스퍼드는 현재 작가의 마을로 조성되어 전 세계 여행자의 관광 거리로 변했다.

요크나파토파는 원주민 말로 '분열된 땅'을 의미한다. 가상의 이 마을에는 15,611명이 거주하는데 그중 흑인이 약 60%다. 이 마을을 무대로 포크너는 장편 9편, 단편 30편의 작품을 썼는데, 주로 다룬 테마는 다음과 같다.

(1) 남부의 전설적인 이야기(인디언의 생태와 남북전쟁 관련): 『수녀를 위한 진혼가(Requiem for a Nun)』, 『모세여, 내려가주십시오(Go Down, Moses)』, 『압살롬, 압살롬!(Absalom, Absalom!)』 등

(2) 남북전쟁 이후 구세대의 몰락과 사회 변천: 『음향과 분노(The Sound and the Fury)』(한국에는 『소리와 분노』, 『고함과 분노』로도 번역 출간되었다), 『사토리스(Sartoris)』

(3) 백인들이 시대에 따라 변모한 생태와 그들의 강인·무지·패악: 『내가 죽어 누워 있을 때(As I Lay Dying)』, 『마을(The Town)』, 『8월의 빛(Light in August)』

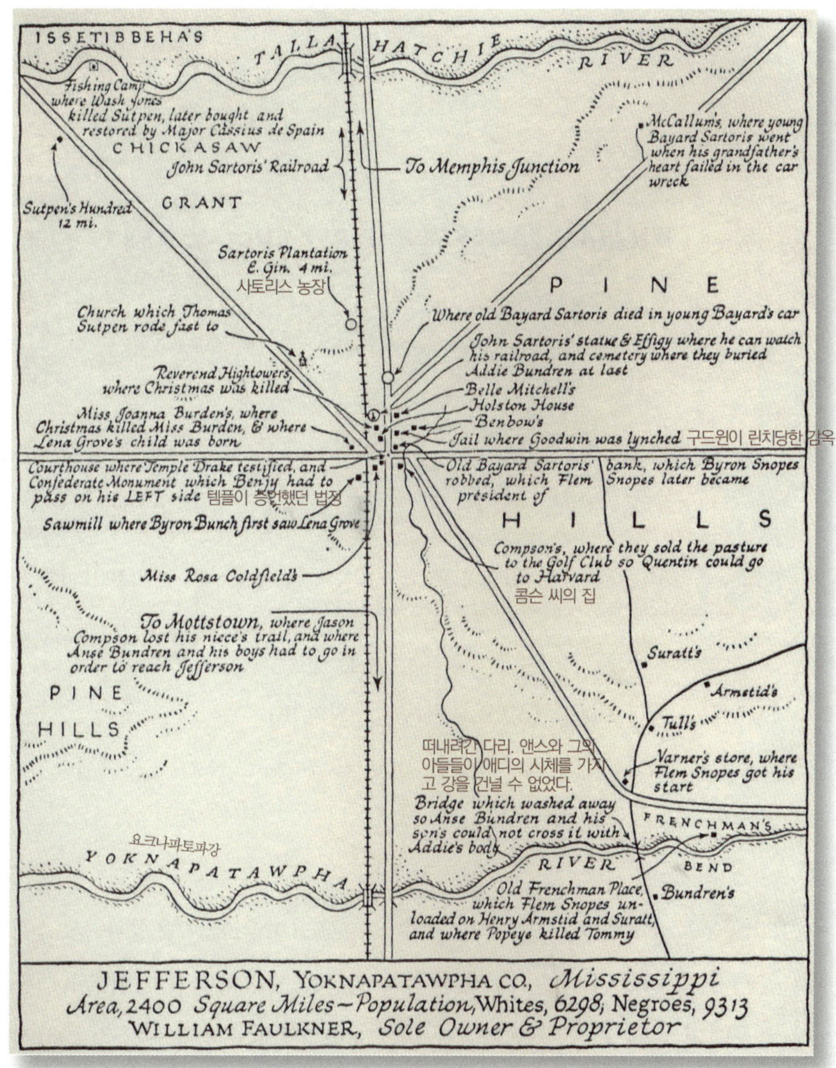

요크나파토파 포크너는 자신의 소설 대부분에서 요크나파토파 카운티라는 가상의 마을을 무대로 삼았는데, 이곳은 작가 자신의 고향이며 반생을 보낸 미시시피주 라피엣 카운티 옥스퍼드를 모델로 삼은 것이다. 포크너는 자신의 소설에 대한 이해를 돕기 위해 지도를 직접 그렸다.

포크너 동상 옥스퍼드는 포크너가 가장 오래 살았던 곳이고, 그의 소설에 영감을 불어넣은 곳이다. 옥스퍼드 시청(Oxford City Hall, Mississippi) 앞에는 벤치에 앉아 있는 포크너 동상이 있다.

(4) 남부 사회의 퇴폐상: 『성역(Sanctuary)』, 『8월의 빛』

(5) 남부 사회의 흑인 문제: 『어둠 속의 침입자(Intruder in the Dust)』, 『모세여, 내려가주십시오』, 『8월의 빛』

요크나파토파의 중심부인 제퍼슨 시내(Jefferson Town)는 『음향과 분노』에서 몰락 귀족 가문인 콤슨가家가 과거의 위용을 자랑하던 곳이며, 시내 광장 가운데의 법원 건물은 포크너가 서른네 살 때 발표하여 문단을 놀라게 한 『성역』의 조작된 범인 구드윈이 유죄판결을 받았던 곳이다. 또한 광장 북쪽의 감옥은 『8월의 빛』의 조 크리스마스와 『어둠 속의 침입자』의 루커스 뷰챔프가 투옥되어 있던 장소다. 포크너는 "나는 우표딱지만 한 내 작은 고향이 글을 쓸 만한 가치가 충분하다고 느꼈다"며, "내가 나의 우주를 창

라피엣 카운티 법원 Lafayette County Courthouse　　미시시피주 옥스퍼드에 소재한 이 법원은 포크너의 소설에서는 가상의 제퍼슨 시내 광장에 있다. 『음향과 분노』의 드라마틱한 결말이 이곳에서 펼쳐진다.

조한 셈이었다"고 정의했다.

　포크너의 소설에서 자주 등장하는 요크나파토파에 대한 이해를 돕고자 『음향과 분노』(1929)와 『성역』(1931) 두 작품을 살펴보기로 하자. 포크너의 대표작이자 그가 노벨상을 수상하는 데 중요한 역할을 한 『음향과 분노』는 남부 대귀족 콤슨가가 남북전쟁 후 20년에 걸쳐 서서히 몰락해가는 과정을 탁월한 기교로 등장인물들의 심리묘사를 통해 사건 전개를 해나간 작품으로, 사남매 중 3형제의 시선과 흑인 노예의 시선을 중심으로 4개 장으로 구성되어 있고 각 장마다 화자가 달라진다. 그리고 각 장의 제목이기도 한 날짜의 하루 동안 시점으로 서술했지만, 의식의 흐름에 따라 과거의 기억들이 끼어들면서 지난 시절 콤슨가에 있었던 주요 사건이 1장 벤지, 2장 퀜틴, 3장 제이슨의 관점, 그리고 4장 흑인 하녀 딜지의 시선 및 전지적 작가 시점으로 재구성된다.

제1장. 1928년 4월 7일 막내 벤지는 서른세 살이지만 세 살 정도의 정신연령인 발달장애인으로, 다정다감한 누나 캐디와 관련된 기억들을 서로 잇기에 여념이 없다. 그 기억들의 서술은 벤지의 연상에 따라 시점이 자주 이동한다. 그는 집 옆 골프장에서 캐디를 부르는 걸 누나를 부르는 줄 알고 달려가기도 하는 등 생뚱맞다. 또 하교하는 여고생을 따라다니다가 말썽이 나자 사고 예방 차원에서 거세를 당해버렸다.

제2장. 1910년 6월 2일 맏아들 퀜틴의 관점으로 서술된다. 하버드대학생인 퀜틴은 집안 장남으로서 남부 지역의 전통을 재건하고 콤슨 가문을 일으켜 세우려 하지만 알코올의존증 아버지와 누이 캐디의 사생아 출산 등으로 인한 집안의 붕괴를 예감하고 절망에 빠져 자살한다. 그는 누이에게 이성애를 느껴 집착하지만 실현하지는 못한다. 캐디는 아버지의 외도로 낳은 딸로 다정다감하고 매력적이지만 순결을 잃고 임신까지 하자 집안의 불명예를 염려한 아버지에 의해 강제 결혼을 당하고 만다. 그러나 출산한 아이가 남편의 자식이 아님이 밝혀지고 이로 인해 쫓겨나 방황하게 된다.

제3장. 1928년 4월 6일 둘째 아들로 냉소적이면서 자기중심적이고 편협하며 손익 계산에 능한 제이슨이 화자다. 캐디의 남편 덕에 취업했지만, 그 결혼이 파탄 나자 다른 길을 모색한다. 그러나 이뤄질 수 없음이 명백하게 드러난다.

제4장. 1928년 4월 8일 부활절 이 집안의 늙은 흑인 하녀 딜지의 시점과 전지적 작가 시점이 겹쳐진 가장 객관적인 관점으로 서술된다. 콤슨가의 사남매를 키운 유모이면서 살림을 맡아온 딜지는 이 가문을 사랑하며 부활하기를 바라지만 불가능하다.

원서의 제목 *The Sound and the Fury*는 셰익스피어의 4대 비극 중 하나인 『맥베스』의 제5막 제5장에 나오는 맥베스의 유명한 독백에서 따왔다. 맥베스는 아내가 목매 자살한 뒤 자신을 왕좌에서 끌어내리려는 정부군과 일전을 앞두고 이 독백을 한 후 전장으로 나갔으나 전사한다.

> 지금이 아니라도 어차피 죽어야 할 사람. 한 번은 그런 소식이 있고야 말 것이 아닌가. 내일, 또 내일은 매일매일 살금살금 인류 역사의 최종 음절까지 기어가고 있고, 어제라는 날들은 다 바보들에게 무덤으로 가는 길을 비쳐왔거든. 꺼져라 꺼져, 짧은 촛불아! 인생이란 한낱 걷고 있는 그림자, 가련한 배우. 제 시간엔 무대 위에서 활개치고 안달을 내지만, 얼마 안 가서 영영 잊혀버리지 않는가. 글쎄 천치가 떠드는 이야기 같다고나 할까. 고래고래 소리를 친다, 아무 의미도 없이(It is a tale / Told by an idiot, full of sound and fury / Signifying nothing).

『성역』은 선정적·폭력적 묘사로 요크나파토파에서 벌어지는 비도덕적인 범죄에 대한 불감증을 비판하면서 현대 문명의 비극적 타락상을 시사한다. 작가는 "내가 상상할 수 있는 가장 무시무시한 이야기"라 했고, 출판업자 해리슨 스미스(Harrison Smith)는 "맙소사, 난 이것을 출판할 수 없네. 우리 둘 다 감옥에 갈 거야"라고 말했을 정도로 이 소설은 미국 사회에 심각한 충격과 논란을 일으켰다. 파라마운트 픽처스는 포크너에게 6천 달러를 지불하고 이 작품의 판권을 사들여 〈The story of Temple Drake(템플 드레이크 이야기)〉(1933)라는 영화로 만들었다. 작가는 나중에 『성역』의 속편으로 『수녀를 위한 진혼가(Requiem for a Nun)』(1951)도 썼는데, 20세기 폭스사가 이 두 작품을 바탕으로 1961년에 〈Sanctuary(성역)〉라는 영화로 제작했다.

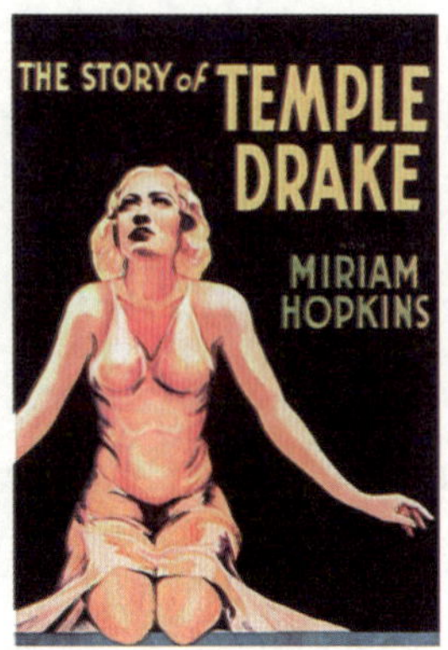

『음향과 분노』의 초판, 영화화 된 『성역』　왼쪽은 1929년에 출간된 『음향과 분노』의 초판 표지이고, 가운데는 『성역』을 원작으로 1933년에 제작된 영화 〈The story of Temple Drake〉의 포스터, 오른쪽은 1961년에 개봉한 〈Sanctuary〉의 포스터다. 한국에서는 상업영화로 개봉하지는 못했고 2022년 DRFA365 예술극장에서 〈진실, The story of Temple Drake〉로 상영한 바 있다.

『성역』의 개요는 이렇다.

미국 남부의 한 마을 지방 판사의 딸인 여대생 템플이 술에 취한 채 남자친구와 드라이브를 하다가 사고를 당해 밀주업자 구드윈의 집에서 하룻밤을 지내게 된다. 그 집에는 부랑아 토미와 포파이도 있었는데, 성불구자인 포파이는 옥수수 속대로 템플을 능욕하고는 매음굴로 팔아넘긴다. 이를 만류하던 토미는 포파이에게 살해된다. 포파이는 레드라는 사내를 템플과 성관계하게 함으로써 관음증으로 대리만족하다가 결국엔 질투에 못 이겨 레드를 죽이고 만다.

마을에서 벌어진 극악무도한 만행에 사람들은 신의 저주라면서 범인 체포를 독촉했고, 경찰은 밀주업자 구드윈을 살인범으로 오인하여 체포한다. 법정에서 변호사는 구드윈의 무죄를 주장하며 경찰의 오류를 지적하고 템플을 증인으로 세우지만, 템플은 오락가락 증언하다가 구드윈을 진범으로 지목한다. 결국 구드윈은 유죄판결을 받는다. 이에 흥분한 마을 사람들이 감옥으로 몰려가서 구드윈을 기름불로 태워 죽이면서도 신의 정당한 처벌 이라고 주장한다.

한편 포파이는 자신이 저지르지도 않은 또 다른 살인 사건의 범인으로 몰려 교수형에 처해진다. 이런 끔찍한 사건을 겪은 템플은 판사인 아버지 덕분에 아무 일도 없었다는 듯이 평화롭게 지내며 음악이 흐르는 고요한 공원 길을 산책한다.

포크너는 남북전쟁 후 남부 오지 마을의 쇠퇴상에 관심을 갖고, 전통적인 가치와 삶의 방식이 무너지는 가운데 옛 귀족은 급격히 몰락하고 신흥계급이 부상하면서 펼쳐지는 한 마을의 변모를 정밀하게 그려낸다. 그는 문체의 반란을 시도해 남부인의 정신세계에 만연한 유럽 낭만주의 문화의 감상적·환상적 언어에서 벗어나 실험적 서술 방법을 창안해냈다. 그의 글에는 복문과 중문이 많고 까다로운 수식어가 겹친 데다 문장 자체가 길기 때문에 일반 독자가 읽기에는 쉽지 않다. 간결하고 직설적인 문체로 창작 활동을 했던 동시대 작가인 어니스트 헤밍웨이(1899~1961)와 대조적이라 포크너는 '문학의 피카소'라는 별명도 얻었다. 세 번을 읽어도 모르겠다는 독자에게 작가는 "그럼 네 번 읽으세요"라고 농조로 응대했다.

그는 문학을 철학·사회학·심리학에서 완전 해방시켜 예술로서 완성하고자 했고, 사회문제를 다루지만 본질적으로 예술적 완성도 외에는 관심이 없었다. 전통적인 문학 형식을 파괴한 미국 모더니즘의 대표 작가인 포크너는 시제를 자유롭게 넘나들면서 까다롭고 긴 문장을 즐겼던 제임스 조이스 (James Joyce, 1882~1941)에 못지않은 심리묘사로 '미국의 제임스 조이스'라는 평판도 듣는다. 포크너는 외적 구조보다 인간의 내적 경험을 중시했으며,

작품 속 화자를 3~4명으로 설정하고 그들 각각의 독백과 유추를 통해 모든 작품에 등장하는 인물과 스토리가 서로 연관을 맺게 했다. 그런 까닭에 그의 전 작품이 이어져서 거대한 하나의 작품을 이루고 있다. 시간을 해체하고 시간의 제한에서 벗어나 자유롭게 이동하는 서술로 'Was'가 아닌 'is'의 개념을 연상케 하며, 남성들의 무용담보다는 전사로 변신한 남부 여성의 탁월한 능력에 초점을 맞췄다. 전후 50년간 남부인들을 매료시킨 전쟁소설은 모두 신화에 가까운 무용담 또는 낭만적인 서술로 구성되었지만, 포크너는 그런 신화를 산산이 부숴버렸다. 어쩌면 포크너가 그린 이런 남부 백인들의 몰염치에 가까운 반인간적 정서가 오늘날 미국 정치에서 타락한 보수성의 한 단면을 상징하는 것이 아닌가 싶기도 하다.

2 포크너의 굴곡진 삶

포크너의 어린 시절 멘토인 필 스톤(Phil Stone)은 네 살 위 친척 형으로 옥스퍼드 지역 용사들의 전쟁 무용담을 그에게 많이 들려줬다. 미시시피대학과 예일대학의 학위를 가진 필 스톤은 문학과 철학에 해박해서 포크너의 문학과 삶에 큰 영향을 주었다. 열세 살 때 등이 굽어 체형 교정 코르셋을 착용했던 포크너는 동년배와 잘 어울리지 못하고 여성스러워진 자신의 모습을 평생 콤플렉스로 여겼으나, 필 스톤과 인문학적 교류를 나누며 어머니의 지도를 받아 독서에 몰입하게 되었다. 독서량이 늘어나면서 앨저넌 스윈번(Algernon Charles Swinburne), 앨프리드 하우스먼(Alfred Edward Housman), 스테판 말라르메(Stéphane Mallarmé), 귀스타브 플로베르(Gustave Flaubert), 발자크(Honoré de Balzac), 세르반테스(Miguel de Cervantes), 허먼 멜빌, 토머스

장교복 차림의 포크너
포크너는 영국 공군에서 5~6개월 정도 복무했다. 제대 직전 그는 장교복을 구입하여 옥스퍼드로 돌아와서 제복을 입고 사진을 찍었다. 1919년에 발표한 「행운의 착륙(Landing in Luck)」은 자신의 공군 복역 경험을 과장해서 쓴 단편소설이다.

엘리엇(Thomas Stearns Eliot), 제임스 조이스, 마르셀 프루스트(Marcel Proust)까지 섭렵했고, 특히 구약성서와 셰익스피어는 평생토록 읽었다.

10대 시절에 같은 동네 소꿉친구였던 리다 에스텔 올덤(Estelle Oldham, 1897~1972)과 사귀면서 훗날 결혼하기 위한 준비로 할아버지의 은행에 들어가 일했지만, 그녀는 포크너의 장래성을 과소평가했다. 그녀는 결국 다른 남자와 결혼해서 중국으로 떠나버렸다. 이 일로 포크너는 크게 상심했다.

1918년 제1차 세계대전 중에 포크너는 미군에 자원했으나 체구가 작다는 이유로 불합격 판정을 받았다(그의 키는 154cm다). 그래서 캐나다 토론토로 가서 출신을 속이고 영국 공군에 입대했는데 5~6개월 만에 전쟁이 끝나 제대했다. 이듬해, 전역 군인에 대한 배려로 옥스퍼드의 미시시피대학에 등록하여 3학기 동안 프랑스어·스페인어·문학을 익혔다. 이때 쓰기 시작한 시를 모아 1924년 시집 『대리석의 목양신牧羊神(The Marble Faun)』을 발간해, 남의 아내가 되어 딸까지 둔 첫사랑 에스텔에게 헌정했다. 대학을 중퇴한 뒤에는 뉴욕의 책방 보조원으로 일하다가 곧 귀향하여 옥스퍼드 외곽의 우체국 책임자가 되었으나 음주 문제로 해고당했다.

그즈음 그는 루이지애나주 뉴올리언스로 모여든 문인들과 어울려 그 지역 문학 서클의 중심인물이 되었다. 이곳에서 만난 서우드 앤더슨(Sherwood Anderson, 1876~1941)은 포크너를 출판업자들에게 추천해주었다. 포크너는 미시시피강 유역의 패스커굴라(Pascagoula)에서 낮에는 골프 교사, 새우잡이 배의 갑판원, 페인트공, 심지어 밀선에 올라 럼주 밀수하기 등 생계를 위해 닥치는 대로 돈을 벌고, 밤에는 글을 썼다. 이 시기에 펴낸 첫 작품이 『병사의 보수(Soldier's Pay)』(1926, 29세)이고, 두 번째 소설이 『모기(Mosquitoes)』(1927)이며, 세 번째 소설이 『사토리스(Sartoris)』(1929)이다. 이때 출간된 『사토리스』는 많은 내용이 삭제되어 원작의 축약판이라고 할 수 있는데, 포크너 사후 1973년에야 『묘지의 깃발(Flags in the dust)』이라는 제목을 달고 무삭제판으로 출판되었다. 이 소설은 훗날 포크너가 요크나파토파를 무대로 발전시킨 많은 작품의 기본 바탕이어서 대부분의 주제가 여기에 포함되어 있다.

이렇게 작가로서 입지를 다지고 있을 때, 옛 애인이었던 에스텔 올덤이 두 아이를 데리고 나타났다. 1929년, 포크너는 이혼한 지 두 달밖에 안 된 에스텔 올덤과 결혼했다. 그러나 그는 자신을 버리고 떠났던 에스텔을 정신적으로 심하게 괴롭혔고, 그 학대가 너무 지나친 나머지 에스텔은 신혼여행 중 투신자살까지 시도했다. 이 때문에 포크너도 신혼 생활을 외면한 채 열악한 노동환경의 미시시피대학교 전기발전소(the University of Mississippi Power House)에서 오후 6시부터 새벽 6시까지 야간 근무를 자청하는 등 자학했다. 게다가 공화당 세력이 자신을 과소평가한다면서, 계층 의식이 강한 아내의 친정에 증오심과 복수심을 갖고 폭음하다가 알코올의존증으로 평생 병원 출입을 했다.

1930년은 포크너에게 일대 전환기였다. 바로 전해에 『음향과 분노』를 펴낸 데 이어, 1930년에 『내가 죽어 누워 있을 때(As I Lay Dying)』를 출간했다. 이 작품이 포크너에게 일대 전환기가 된 것은, 그동안 주로 몰염치하고 반인간적인 남부 백인들을 비판적으로 그렸던 것과는 달리 어머니의 유언을 온갖 고난을 극복해가면서 끝내 실현해내는 과정을 실감나게 그렸다는 점 때문이다. 포크너가 남부 백인 귀족들의 부정적인 측면에 몰두하다가 긍정적인 요인에도 시선을 돌린 게 큰 변화인 것이다. 전작과 마찬가지로 『내가 죽어 누워 있을 때』 역시 남부 지역이 배경인 요크나파토파 연작이라 할 수 있고, 매 장마다 1인칭 시점으로 화자가 바뀐다. 줄거리는 이렇다.

앤스와 애디 부부에게는 5남매가 있는데, 그중 둘째 아들은 애디가 마을 목사와 사랑하여 낳은 사생아이다. 애디가 중병에 걸려 죽음이 임박하자 목사는 그녀의 남편 앤스에게 사죄하려고 결심하나, 막상 애디가 죽자 시치미를 떼고 없던 일로 돌려버린다. 애디는 40마일이나 멀리 떨어진 자신의 고향 제퍼슨 땅에 묻어달라고 유언하고 숨을 거둔다. 이에 가족은 관을 싣고 장례 여행을 시작한다. 가는 도중 홍수로 불어난 물에 관이 떠내려가기도 하고, 화재가 일어나서 관이 탈 뻔하기도 했으며, 불륜으로 임신한 딸은 몰래 낙태시키려고 약을 사다가 사기를 당하는 등 장례 여행길은 마지막까지 순탄치 않다. 심지어 목적지 제퍼슨에 도착하니, 아버지 앤스가 새 양복에 의치를 해 넣고 새 여자를 데리고 나타난다. 그러나 어쨌든 가족은 애디의 유언을 끝내 지켜준다.

로언 오크 포크너가 처음 보자마자 한눈에 반해서 1930년에 빚을 내어 구입한 저택이다. 그는 이 집을 '로언 오크'라고 작명했다. 로언(Rowan)이라는 이름은 평화와 안보를 상징하는 스코틀랜드의 로언 나무에서 따오고, 오크(Oak)는 힘과 고독을 상징하는 미국의 참나무에서 따왔다.

몰락한 남부 귀족 아가씨의 기괴한 사랑 이야기를 그린 단편소설 「에밀리에게 장미를(A rose for Emily)」도 이해(1930)에 발표되었는데, 1983년 동명의 타이틀을 달고 영화로 만들어졌다.

또 이해에는 옥스퍼드에 거대한 고택을 매입했다. 포크너는 이 집에 큰 애착을 가지고 '로언 오크(Rowan oak)'라는 이름을 붙였으며 죽을 때까지 살았다. 그가 세상을 떠난 뒤에는 아내 에스텔 올덤과 딸이 계속 살았는데, 1972년 에스텔이 죽자 미시시피대학에서 인수하여 관리하고 있다.

남부 귀족을 주요 주제와 소재로 삼았던 포크너에게 남부 흑인들은 백인들의 목가적 배경으로 등장하거나 백인 귀족 일가의 반윤리적 범죄를 폭로하는 증언자로 등장하는 등 일관성이 없어 보인다. 그래서인지 그가 흑백

포크너 부부
1955년 봄, 로언 오크 현관
앞에서 부부가 함께 찍었다.

차별주의자였는지, 혹은 이를 극복했는지는 여전히 논쟁거리로 남아 있다.

포크너는 소설가로 명성을 날리고 노벨문학상도 수상했지만 시나리오 작가·각본가로도 활동했다. 그가 할리우드에서 22년간 지내며 50여 편의 시나리오를 집필, 각색한 특이한 이력이 있다는 사실은 널리 알려지지 않은 편이다. 할리우드에 있을 때 그는 영화감독 하워드 호크스(Howard Hawks, 1896~1977)의 비서이자 스크립터인 메타 카펜터(Meta Carpenter)와 18년간 연인 사이로 지냈는데, 그녀는 결혼을 원했지만 작가는 끝내 가정을 지켰다.

1949년 포크너의 나이 쉰두 살 때 노벨문학상 수상이 결정되면서 그의 작품은 세계문학의 무대로 올라섰다. 그러나 노벨상을 받았다고 해서 까다롭고 난해한 그의 소설이 쉬워지지는 않으며 그 괴팍스러움도 사라지지는

윌리엄 포크너 묘 포크너는 1962년 6월 낙마 사고로 심하게 다친 후 7월에 요양원에 있다가 심장마비로 세상을 떠났다. 그의 나이 예순다섯이었다. 유해는 가족묘가 있는 고향 미시시피주 옥스퍼드의 세인트 피터스 공동묘지(St. Peter's Cemetery)에 묻혔다. 왼쪽이 포크너의 묘, 오른쪽이 부인 에스텔 올덤의 묘다.

않는다. 그는 작가가 먹고살기 위해서는 어떠한 직업이라도 가져야 하는데, 예를 들면 유곽의 포주가 가장 적합하다면서 그 이유로 한가하고 여유롭게 소설을 집필하기에 좋기 때문이라는 말도 서슴지 않았다.

3 끼가 넘치는 폐기, 마거릿 미첼

소설 한 편으로 일약 유명해진 마거릿 미첼의 부계는 스코틀랜드에서 조지아주 애틀랜타로 이주해와 백 년간 지역 유지를 지낸 집안으로, 아버지는 변호사였다. 모계는 아일랜드(스페인 바스크, 스코틀랜드, 프랑스 등의 피가 섞인

마거릿 미첼(왼쪽)이 어릴 때 어머니 메이벨 스티븐스(Maybelle Stephens)와 오빠 알렉산더 스티븐스 미첼(Alexander Stephens Mitchell)과 함께 찍은 사진이다.(연도 불명)

집안)에서 이주해왔는데 역시 명문가로, 어머니는 여성참정권론자였다.

미첼이 두 살 때 가족이 애틀랜타 시내 동쪽의 잭슨힐(Jackson Hill)로 이사했는데, 이 일대는 'Darktown'이라 불릴 만큼 아프리카계 흑인 다수가 거주하는 지역이었다. 세 살 무렵 옷에 불이 붙어 큰 소동을 겪은 뒤부터 남장 차림으로 지낸 미첼은 말괄량이로 자랐다. 그런데 1906년 9월 애틀랜타에서 백인들이 흑인 수십 명을 죽이는 인종폭동(Atlanta Race Riot, 혹은 인종학살Atlanta race massacre)이 나흘간 끔찍하게 벌어졌다. 이 폭동이 끝난 뒤 흑인들은 집단 거주하게 되었다. 미첼 가족은 잭슨힐에서 멀리 떨어진 곳으로 옮겨야겠다고 결심하여 1912년 채터후치강(Chattahoochee River) 너머 숲과 가깝고 상가와는 떨어진 피치트리가(Peachtree Street)로 이사했다.

고교 과정인 사립 워싱턴신학교(Washington Seminary, 1953년에 웨스트민스터 학교로 통폐합) 시절 미첼은 연극과 문예부에서 적극적으로 활동했는데, 집

1층을 연극 연습 공간으로 꾸밀 정도였다. 1918년 워싱턴신학교를 졸업한 뒤 그녀는 하버드대학 출신의 육군장교 클리퍼드 헨리(Clifford West Henry)와 사랑에 빠졌다. 제1차 세계대전 중 전쟁터에 나가야 했던 그는 프랑스로 떠나면서 미첼에게 약혼반지를 주었다. 그러나 헨리는 프랑스 베르됭(Verdun) 참호에서 큰 부상을 입고 시 한 편을 남긴 채 그해 10월에 전사했다. 미첼은 그 한 달 전인 9월에 매사추세츠에 있는 스미스 칼리지(Smith College)에 입학했다. 여성 교육에 부정적이었던 아버지는 딸의 진학에 망설였으나, 어머니의 추천으로 의학을 전공했다(나중에는 기자로 진로를 바꾸었다). 하지만 애인을 잃은 슬픔을 달랠 길이 없었다.

그즈음 세계를 휩쓴 인류 최악의 인플루엔자(1918년 초부터 1920년 말까지 유행한 감염병. 흔히 '스페인독감'으로 불리며, 전 세계적으로 5천만 명이 사망)로 1919년 어머니가 사망하자, 아버지의 간청으로 학업을 중단하고 집안 살림을 맡았다. 이듬해 겨울, 사교계에 데뷔했는데 고교생 때 지은 자신의 별명 '페기(Peggy)'답게 끼 넘치는 아가씨로 이름을 날렸다. 페기는 그리스신화에 나오는 날개 달린 천마, 곧 페가수스(Pegasus)를 가리키는데, 그 이름이 작가에게 영감을 불러일으킨다고 생각해 지은 것이다. 그녀는 당시 최고의 에로틱한 춤으로 꼽히는 아파치 댄스(Apache dance)와 탱고로 남성들을 매료시켰다. 한 지방지가 애틀랜타에서 진지한 구혼을 가장 많이 받는 아가씨로 미첼을 꼽을 정도였으나, 그녀가 거의 매일 만난 데이트 상대는 두 남자였다.

첫 남자 베리언 업쇼(Berrien Upshaw)는 1901년생으로 햇수로는 미첼보다 한 살 어리지만 실제로는 넉 달 연하로, 해군사관학교에 합격했으나 성적 불량으로 퇴교당했다가 재입학하기를 반복했다. 그러나 끝내 퇴교당한 뒤 밀주업을 하는 등 문제투성이 남성이었다. 미첼은 그와 1922년에 결혼했는데 곧 불화하여 별거하다가 1924년에 이혼했다. 결혼 생활이 순탄치 않

마거릿 미첼 하우스 박물관　조지아주 애틀랜타 피치트리가에 있는 주택 박물관이다. 미첼이 1925년 재혼한 뒤 1932년까지 살았던 집이다. 원래 크레센트 아파트로 알려진 집인데, 미첼 부부는 이 아파트 1층에 살았다. 지금은 박물관으로 개조하여 작가와 관련된 유물, 유품, 사진 등을 전시하고 있다.

왔던 미첼은 1922~1926년 동안 일간지 『애틀랜타 저널(The Atlanta Journal-Constitution)』에서 특집 기사와 서평을 작성하는 등 기자로서 활약했다.

　두 번째 남자는 기자로 일하다가 조지아 전력회사의 광고국장으로 이직한 존 마시(John Robert Marsh)라는 사내로, 전남편의 친구이기도 했다. 미첼은 오빠의 권유로 1925년에 존 마시와 재혼했다. 이 부부가 신혼 시절부터 1932년까지 살았던 집이 조지아주 애틀랜타의 크레센트 아파트(Crescent Apartments) 1층인데, 결혼한 이듬해 경매에서 매각된 뒤 소유주가 파산하여 유지 보수를 소홀히 하자 부부는 이 집을 '덤프(The Dump)'('황폐한 집'을 일컫는 속어)라고 불렀다. 현재 이 집은 '마거릿 미첼 하우스 박물관(Margaret Mitchell House and Museum)'으로 관광객을 맞고 있다.

결혼하고 몇 달 뒤 미첼은 낙마로 발목을 다쳐서 1926년 신문사를 사직했다. 그후 전업주부로 지내면서 역사·의학·고고학뿐만 아니라 에로물까지 섭렵하고 남편의 권유로 소설을 집필하기 시작하여 1933년경에 초고를 완성했다. 바로 그 유명한, 미첼 생전의 단 한 편뿐인 작품 『바람과 함께 사라지다』이다. 하지만 미첼은 이 원고의 출판 가능성을 확신하지 못해 벽장 속에 묵혀두기만 했다.

1935년 4월, 맥밀런 출판사(1843년 영국에서 창립, 미국에서는 1869년 발족)의 편집장 해럴드 레이섬(Harold Strong Latham)이 새로운 원고를 모집차 지역 순회 중 애틀랜타에 들렀다. 맥밀런 출판사의 현지 보조원이 점심 식사 자리에 미첼도 초대했는데, 식사를 마치고 헤어지면서 미첼이 자기도 원고를 주겠다며 집에 가서 원고 봉투를 가지고 와 호텔 현관(어느 호텔이었는지에 대해서는 여러 설이 있는데, 그중 '조지언 테라스 호텔'이 가장 널리 알려짐)에서 편집장에게 건넸다. 이 이야기를 들은 미첼의 친구들은 "페기 같은 바보가 책을 쓴다니!"라며 한바탕 웃었다고 한다.

미첼은 곰곰이 생각한 끝에 얼른 자기 원고를 되돌려달라는 전보를 보냈지만, 출판사에서는 간행하겠다고 통보하면서 출간될 때까지 계속 손질해주기를 부탁했다. 이에 미첼은 시대적 배경에 대한 역사적 고증을 면밀히 조사하여 6개월간 퇴고의 과정을 거쳤는데, 특히 제1장은 수십 번 고쳐 썼다.

4 성서 다음으로 베스트셀러가 된 소설

마침내 1936년 6월 30일 『바람과 함께 사라지다(Gone with the Wind)』가 출간되었다. 이 책은 발간 6개월 만에 100만 부가 판매되는 경이로운 기록

을 세워 성서 다음으로 베스트셀러 목록에 올랐다. '바람과 함께 사라지다'
라는 책 제목은 영국의 퇴폐파 시인이자 소설가인 어니스트 다우슨(Ernest
Dowson, 1867~1900)의 시 한 구절에서 따왔다.

나는 착한 키나라의 지배하에 있을 때와 같지 않다

지난밤, 아 어젯밤, 그녀 입술과 내 입술 사이에 / 당신 그림자 드리워졌
소, 키나라! 당신 숨결이 / 키스와 술 사이에 내 영혼 위에 살포시 내려앉았
소; / 나는 외롭고 옛 연정이 그리워졌소! / 그렇소, 나는 외로워 머리를 숙였
소: …(중략)…

바람과 함께 사라진 키나라! 나는 모두 잊어버리고,(I have forgot much,
Cynara! gone with the wind) / 잃어버린 창백한 당신 백합화를 마음에서 지워
버리려고 춤추면서, / 무리들과 함께 마구 장미꽃, 장미꽃을 던져버렸소; / 그
러나 나는 외롭고 옛 연정이 그리워졌소, / 그렇소, 내내, 춤이 길었으니
까; / 키나라, 난 내 나름으로 당신에게 충실했었소.…(하략)…

—이명섭 엮음, 『빅토리아조 영시』, 탐구당, 2003, 366쪽.

소설의 시대적 배경은 남북전쟁과 그 이후의 재건기(1865~1877)에 걸쳐
있다. 전쟁 전 남부의 노예노동으로 번영했던 농장과 화려한 귀족 생활, 전
쟁이 터지면서 나타나는 파괴와 혼란상, 남부의 패배 후 남부 지역과 남부
인들의 변화가 치밀하고 생생하게 묘사된다. 남북전쟁 최고의 격전인 게티
즈버그 전투(1863) 외에 소설의 공간적 배경인 애틀랜타에서 벌어진 남북전
쟁의 실제 한 장면을 간단히 살펴보자.

애틀랜타는 남부의 교통 중심지로서 남부연합의 수도 리치먼드만큼 남군
에게 중요한 지역이었다. 1864년 7월 22일 남군의 후드 장군(John Bell Hood)

은 애틀랜타 외곽에 포진한 북군의 셔먼 장군(William Tecumseh Sherman)을 공격했지만 거듭 실패한다. 셔먼은 반격하여 후드를 물리친 뒤 애틀랜타를 점령하고(9. 2) 전역에 방화했다. 애틀랜타가 무너지자 링컨의 지지도가 급상승하여 1864년 11월 8일 대통령 선거에서 재선에 성공했다. 셔먼은 조지아를 가로질러 애틀랜타에서 동쪽의 서배너(Savannah) 해안에 이르는 행군, 이른바 '바다를 향한 진군(Sherman's March to the Sea)'을 시작했다. 이때 셔먼의 부대는 행군로 60마일 거리에 있는 군사시설은 물론 마을과 농장 등 민간인 시설까지 의도적으로 파괴하여 황무지화함으로써 '서부의 아틸라'라는 별칭을 얻었다. 1864년 크리스마스 3일 전 셔먼은 링컨에게 서배너 진입을 선물로 바쳤다. 이제 남군은 패색이 짙어졌고, 리(Robert E. Lee) 장군이 방어하던 남부연합의 수도 리치먼드도 북군의 그랜트(Ulysses S. Grant, 훗날 제18대 대통령) 장군에게 함락당하기 직전이었다.

『바람과 함께 사라지다』는 남북전쟁에 대한 묘사도 탁월하지만 여러 등장인물들의 다양한 관계와 성격 설정도 흥미롭다. 여주인공 스칼렛 오하라와 그를 중심으로 한 세 남자(남편 포함)는 다음과 같다.

(1) 스칼렛 오하라　그녀의 아버지는 가톨릭을 믿는 아일랜드계다. 반영국적인 아버지가 스물한 살 때 도미하여 서배너항에서 상인으로 출세한 뒤 망해가는 타라 농장주를 유인해 도박으로 그 땅을 차지했다. 어머니는 프랑스계 귀족의 딸로 부모가 대혁명을 피해 아이티로 피신한 뒤 다시 도미하여 찰스턴에 정착했다.

스칼렛은 검은 머리, 푸른 눈, 흰 살결, 17인치의 개미허리를 자랑하며, 어머니의 영향을 받아 프랑스적 문화 풍토에서 자랐다. 남부 귀부인의 전형적인 모습이고 치장이 요란하다. 여고 졸업 후 책 한 권 안 읽은 그녀는 소설

바람과 함께 사라지다 박물관 Marietta Gone With the Wind Museum 조지아주 마리에타(Marietta)에 있다. 영화와 관련된 기념물을 전시하고 있는데, 특히 배우들이 입었던 의상과 다양한 소품이 눈길을 끈다.

의 첫 장면(1861. 4)에서 열여섯 살로 등장한다.

스칼렛의 성姓은 세 남편을 따라 (A) 해밀턴, (B) 케네디, (C) 버틀러이며, 아이는 한 남편에 하나씩 (a) 아들 웨이드 해밀턴, (b) 딸 엘라 케네디, (c) 딸 보니 버틀러이다. 넷째도 임신했으나 계단에서 굴러떨어지는 사고로 낙태했다. 그녀는 마음속으로 오로지 애슐리 윌크스만 연모했다.

소설이 영화화될 때 스칼렛의 배역은 비비언 리(Vivien Leigh)로 확정되었는데, 당시 여주인공 후보로는 베티 데이비스(Bette Davis, Ruth Elizabeth Davis), 캐서린 햅번(Katharine Hepburn), 진 아서(Jean Arthur), 루실 볼(Lucille Ball, Lucille Désirée Ball) 등 당대 내로라하는 여배우들이었다.

(2) 레트 버틀러 웨스트포인트 사관학교에서 쫓겨난 '검은 양(black sheep)' 으로 불리는 사내로, 찰스턴 출신이다. 50만 달러(현재 가치로 800만 달러)라는

큰 재산을 가지고 있다.

그에 대해서는 악명이 자자했는데, 한 처녀를 데리고 나갔다가 말이 발광해 마차가 부숴지자 도주해서 길을 잃었다며 이튿날 귀가했을 정도다. 그 처녀와 "아무렇게도 안 했는데 왜 결혼해야 되느냐"고 하자 그녀의 오빠가 결투를 신청했으나 도리어 버틀러에게 죽임을 당했다. 이 이야기를 듣던 스칼렛은 두 가지 생각을 했다. "애슐리가 내 명예에 관계되는 일을 해줬으면" 하는 생각이다. 그는 신사이기에 결코 결혼하지 않겠다는 말은 못 할 테니까! 한편 오히려 버틀러에게는 존경심이 생겼다. 버틀러는 전쟁이 나면 북군이 이긴다고 예언해서 비난받기도 했다.

버틀러는 1849년 황금광 시대에 캘리포니아를 방랑했고 남미와 쿠바 등을 거치며 중미 혁명군에게 무기 밀매도 하면서 도박까지 하는 등 못하는 짓이 없었다. 미국 남부에서 수로 안내 전문인을 거느린 선박을 4척이나 소유한 선주이다. 그는 스칼렛이 애슐리와 행복할 수 없다는 걸 간파했다. 겉보기나 행동과는 달리 해박한 교양과 폭넓은 독서량에 독일 철학에도 밝았다.

영화에서는 클라크 게이블(Clark Gable)이 레트 버틀러 역을 맡았는데, 당시 그 배역의 후보로는 게리 쿠퍼(Gary Cooper), 새뮤얼 골드윈(Samuel Goldwyn) 등이 거론되었다고 한다.

(3) 애슐리　스칼렛이 일방적으로 사랑하는 남자로, 남부를 사랑하는 향토애가 강했으나 노예해방 의식을 지녔다. 그의 농장은 조지아주 클레이턴 카운티(Clayton County)에 있는 트웰브 오크스(Twelve Oaks)이다. 이 집안의 전통에 따라 사촌 여동생 멜라니와 결혼했다. 소설에 등장하는 남부인들 가운데 드물게 유식하여 남부의 패배를 예견했다.

(4) 해밀턴　멜라니의 오빠이며, 스칼렛의 첫 남편이다. 사우스캐롤라이나 전선에서 병사했다.

타라로 가는 길 박물관 Road To Tara Museum 애틀랜타 남향 24km 떨어진 존즈버러(Jonesboro)에 있으며, 마가렛 미첼의 육필 원고와 편지, 영화에 사용되었던 의상과 소품, 사진 등이 전시되어 있다.

전체 5부로 구성된 이 책의 제1부는 시기적으로 1861년 봄부터 1862년 5월까지다. 공간적 배경은 조지아주 타라 농장이다. 전쟁이 발발했다는 소식이 들려왔으나 초기에는 남군이 우세하여 농장주의 아들들은 유쾌하게 출정하는 분위기다. 스칼렛이 사랑한 애슐리가 멜라니와 결혼한다는 소식에 화풀이로 결혼한 남편 해밀턴도 출정했으나 얼마 안 있어 병사하고 만다. 제2부는 1862년 5월부터 1864년 봄까지로, 과부가 된 스칼렛은 신흥도시 애틀랜타의 시고모 댁에서 애슐리의 아내 멜라니와 함께 산다. 영화에서 기금 마련을 위한 자선바자회 무도회 중 버틀러와 스칼렛이 춤출 때 흘러나오는 왈츠곡 노래 〈잔인한 전쟁이 끝나는 날(When this Cruel War is Over)〉(1863)은 남북에서 두루 불렸던 당시 유행곡이다. 춤을 추면서 스칼렛이 버틀러에게 곡명과 가사를 묻자 버틀러는 답한다.

클라크 게이블과 마거릿 미첼
1939년, 〈바람과 함께 사라지다〉에서 남자 주인공 레트 버틀러 역을 맡은 클라크 게이블과 영화의 원작자 마거릿 미첼이 만났다.

내 사랑 그대여! 기억하나요 / 우리가 언제 마지막으로 만났는지? / 그대가 내 발아래 무릎 꿇고 / 나를 사랑하노라고 말하던 때를.

아! 그대는 쪽빛 군복도 늠름하게 / 내 앞에 서서 / 조국과 나에게 진정을 바쳐 / 뉘우침이 없다고 맹세했지요.

이제 나는 하염없이 눈물지으며 / 부질없는 탄식에 슬퍼합니다. / 잔인한 전쟁 언젠가 끝나는 날의 / 또 만날 날을 빌고 빕니다!(When the cruel war is over, Praying that we meet again!)

소설의 마지막 장면은 스칼렛이 불확실한 미래이지만 희망을 품는 독백으로 끝난다.

취역식에 참석한 미첼　제2차 세계대전 때 군함 두 척을 제조하여 기증한 미첼이 1941년 12월 24일 뉴욕 브루클린에서 애틀랜타 미 해군 전함(USS Atlanta CL-51) 취역식에 참석했다.

비록 패배에 직면했을지라도 패배를 인정하려고 하지 않는 조상의 피를 이어받은 그녀는 얼굴을 번쩍 들었다. 버틀러를 되찾을 수 있다. 반드시 그럴 수 있다. 한번 마음만 먹으면 내 것이 되지 않는 남자란 여태까지 절대로 없지 않았던가.

"모두 내일 타라에서 생각하기로 하자. 그러면 견딜 수도 있을 거야. 내일 그를 되찾는 방법을 생각하기로 하자. 내일은 또 새로운 날이니까."

1941년, 제2차 세계대전이 본격화되자 미첼은 마흔한 살의 나이로 적십자사 간호사 지원병을 자원했고, 전쟁채권 판매, 군복 제작 등 적극적으로 활동하며, 헌금을 모아 군함 두 척도 제조했다. 그녀가 제조한 군함 중 애

마거릿 미첼 묘　미첼은 교통사고로 1949년 8월 16일에 사망했다. 향년 49세였다. 조지아주 애틀랜타 오클랜드 묘지에 묻혔다. 1952년에 사망한 남편 존 마시도 이곳에 묻혔다.

틀랜타 해군 전함(The USS Atlanta CL-51)은 남태평양 해전에 투입되었다가 1942년 11월 13일 과달카날(Guadalcanal) 전투에서 침몰했고, 또 다른 애틀랜타 해군 전함(USS Atlanta CL-104)은 일본 항복 후 혼슈本州 순회 감시를 맡았다가 1970년 10월 1일 샌클레멘티섬(San Clemente Island, 캘리포니아주 채널 제도 남동쪽에 위치) 근해에서 폭발 실험으로 파괴됐다.

1949년 8월 11일 밤, 미첼은 남편과 애틀랜타 극장에 영화를 보러 가던 중 피치트리가(Peachtree Street)에서 길을 건너다가 술 취한 기사가 운전하는 택시에 치여 의식불명 상태가 되었다. 곧바로 병원에 옮겨졌으나 의식을 회복하지 못한 채 5일 뒤 사망했고, 애틀랜타의 오클랜드 묘지(Oakland Cemetery)에 안장됐다.

Ernest Hemingway

어니스트 헤밍웨이

Ernest Miller Hemingway

1899. 7. 21 ~ 1961. 7. 2

1 헤밍웨이의 문학 수업 시절

　어니스트 헤밍웨이는 마크 트웨인 이후 가장 널리 사랑받는 작가다. 그의 부계는 1634년 영국에서 이주해온 이민자였다. 아버지 클래런스 헤밍웨이(Clarence Edmonds Hemingway)는 러시 메디컬 칼리지(Rush Medical College) 출신의 산부인과 의사지만 월수입 50달러밖에 되지 않아 처가살이를 했다. 평생 3천여 명의 생명을 받아낸 의사였건만 당시 처지가 그랬다. 가톨릭 조합파(청교도적, 자연 사랑) 신앙을 갖고 있었으며 사냥과 낚시를 즐겼다. 어머니 그레이스 홀 헤밍웨이(Grace Hall Hemingway)는 시카고의 부유한 주식 중개인의 딸로 태어나 뉴욕에서 음악적 대성을 꿈꿨으나 그 꿈을 이루지 못

헤밍웨이 생가 Ernest Hemingway's Birthplace Museum　일리노이주 오크 파크에 있다. 헤밍웨이 가족이 이 집에서 6년 동안 살다가 매각했는데, 그 후 다가구 주택으로 개조되었다가 1992년부터 원래 상태로 복원하는 과정을 거쳐 지금은 헤밍웨이 박물관으로 유지되고 있다.

해 신경질적이었는데, 오페라 가수에 대한 야망을 가졌던 전력으로 50여 명의 학생을 레슨하고 받는 월수입이 1천 달러를 능가했다고 전한다.

작가 어니스트 헤밍웨이는 이런 부모 밑에서 일리노이주 시카고 서부 교외에 있는 인구 9만의 부촌인 오크 파크(Oak Park)에서 태어났다. 건강하게 태어나서 무척 울어댔으며, 열흘 만에 체중이 두 배로 늘어날 만큼 우량아였다고 한다. 어렸을 때부터 아버지를 따라 미시간주 북부의 왈론 호수(Walloon Lake)에 놀러 다니며 사냥과 낚시를 즐겼는데 커서도 낚시광이 되었다. 왈론 호숫가에는 헤밍웨이 가족이 여름을 나던 별장이 있다. 헤밍웨이는 이곳을 좋아해서 그의 여러 작품에도 미시간 북부를 배경으로 한 오두막집이 등장한다.

어니스트 헤밍웨이의 별장 Ernest Hemingway Cottage '윈드미어(Windemere)'라는 이름으로도 알려진 이 집은 미시간주 베어강(Bear River) 상류의 왈론 호숫가에 있다. 어머니 그레이스가 집을 설계하고 이름을 붙였으며, 헤밍웨이는 1920년(21세)까지 매년 여름을 이곳에서 가족과 함께 보냈다.

고등학교 재학 시절 헤밍웨이는 두 여교사의 지도로 창작 활동을 시작했으며, 이 시기에 특히 구약성서를 정독했다. 그러나 1917년, 졸업 3개월을 앞두고 제1차 세계대전에 참전한 미 육군에 지원했지만(미국은 이해 4월에 참전) 왼쪽 눈의 시력이 너무 낮아 신체검사에서 탈락했다. 7월에 졸업한 후 숙부의 추천으로 『캔자스시티 스타(The Kansas City Star)』의 신문기자로 6개월 동안 일했는데, 이때 그는 다음과 같은 문장 작법을 익혔다.

【문체 요령법】

제1조 짧은 문장을 써라. 첫 연은 짧게 하라. 생동하는 영어를 써라(Use short

sentences. Use short first paragraphs. Use vigorous English).

제3조　낡아빠진 속어는 쓰지 말라. …(중략)… 속어가 즐거우려면 신선해야
　　　　된다(Never use old slang. …… Slang to be enjoyable must be fresh).

제21조　형용사를 피하라(Avoid the use of adjectives). 특히 splendid(훌륭하다),
　　　　gorgeous(멋지다), grand(웅장하다), beautiful(아름답다), magnificent(장
　　　　엄하다) 따위의 단어는 사용 금지다.

기자는 "먼저 행동하고 다음에 말하라(First do, then talk)"라는 현장주의에 투
철해야 한다.

1918년 4월, 열아홉 살의 헤밍웨이는 동료 기자와 함께 적십자사 구급차
의 운전병으로 유럽 전선에 종군했고, 그해 7월 북이탈리아에서 독일군 포
탄의 파편을 맞는 중상을 당해 밀라노에 있는 미국 적십자 병원에서 6개월
간 요양했다. 이 시기에 겪은 경험을 바탕으로 쓴 소설이 『무기여 잘 있거
라(A Farewell to Arms)』(1929)이다. 그는 이때 소설 속 간호사 캐서린의 실제
모델인 애그니스(Agnes von Kurowsky)를 만났다. 독일계의 미모에 유머 감
각도 뛰어난 뉴욕 출신의 이 간호사에게 헤밍웨이는 곧바로 사랑을 느껴
구혼했으나 거절당했다. 그녀는 이탈리아의 소령과 약혼했는데 곧 파혼하
고 귀국함으로써 헤밍웨이와의 인연은 끝나버렸다. 캐서린은 단편소설 「킬
리만자로의 눈(The Snows of Kilimanjaro)」(1936)에도 등장한다.
　1919년, 부상자들을 용감하게 구출한 공로로 이탈리아로부터 무공훈장과
연금을 받고 제대한 헤밍웨이는 캐나다 토론토에서 『토론토 스타 위클리
(Toronto Star Weekly)』의 기자로 일하다가 1920년 시카고로 귀향했다. 이후
잡지, 신문 등에서 범죄 관련 기사를 하청받아 쓰는 프리랜서로 지냈다.
　당시 시카고는 셔우드 앤더슨(Sherwood Anderson, 1876~1941), 칼 샌드버그

제1차 세계대전 때의 헤밍웨이 왼쪽 사진은 1918년 이탈리아에서 미국 적십자사 구급차의 운전병으로 종군한 헤밍웨이의 모습이다. 구급차를 몰다가 다리에 포탄 파편을 맞은 헤밍웨이는 곧바로 야전병원으로 수송되어 수술을 받았다. 오른쪽 사진은 1918년 9월, 밀라노에 있는 적십자 병원에서 다리 부상을 회복하고 있을 때다.

(Carl Sandburg, 1878~1967), 시어도어 드라이저(Theodore Dreiser, 1871~1945) 등 시카고 그룹(1910년대부터 1920년대 중반까지 시카고에서 활동했던 작가들, 산업화·물질화로 사라져가는 전통적 가치관의 상실을 비판하고 사실주의에 기반한 작품을 발표)이 활발하게 활동하던 때였다. 헤밍웨이는 그들의 도움으로 작품을 발표하면서 본격적인 문학 수업을 하던 중 세인트루이스 출신의 여덟 살 연상인 해들리 리처든슨(Hadley Richardson, 1891~1979)과 1921년 9월에 결혼하고 두 달 뒤 주간지 『토론토 스타(Toronto Star)』의 특파원이 되어 파리로 떠났다.

1922년 3월, 헤밍웨이는 앤더슨의 소개로 파리 문화계의 대모 격인 거트루드 스타인(Gertrude Stein, 1874~1946)을 만났다. 그녀는 대가답게 문학청년 헤밍웨이에게 그 유명한 '문장의 집중론'을 강조했다. 특히 한 작품 속에서

헤밍웨이의 첫 번째 결혼 1921년 9월 3일, 헤밍웨이는 해들리 리처드슨과 미시간에서 결혼했다. 허니문은 왈론 호숫가의 오두막으로 가서 보냈다.

같은 단어를 집중적으로 반복하여 강조함으로써 독자들에게 강력한 인상을 심어주라는 기법을 역설했다. 그리하여 그는 '좋아하다(liked)'라는 단어를 단편 「미시간 북쪽에서(Up in Michigan)」(1921)의 한 문단에서 8회, 『무기여 잘 있거라』의 한 문단에서는 '그리고(and)'를 25회나 반복 사용하기도 했다. 헤밍웨이의 파리 시절 또 한 명의 스승으로는 시인 에즈라 파운드(Ezra Pound, 1885~1972)를 빼놓을 수 없는데, 그는 헤밍웨이에게 귀스타브 플로베르의 문장을 익히라면서 형용사를 다 삭제한 일화로 유명하다.

헤밍웨이는 초기엔 시를 열심히 썼지만 거트루드 스타인으로부터 문학과 기자 생활은 병행할 수 없다며 한쪽을 택하라는 충고를 듣고서 신문사를 사직한 뒤 본격적인 창작 활동에 들어갔다. 1924년 소품집 『우리들의 시대에(in our time)』를 파리에서 출간한 데 이어 1926년 스물일곱 살에 파리 생

헤밍웨이의 두 번째 결혼   1927년 헤밍웨이는 폴린 파이퍼와 두 번째 결혼을 했다. 이 사진은 파리에서 결혼기념으로 찍은 것이다. 헤밍웨이는 스물여덟, 파이퍼는 서른두 살 때다.

활의 종지부를 상징하는 첫 장편소설 『태양은 다시 떠오른다(The Sun Also Rises)』를 펴내면서 그 자신도 해처럼 떠올랐다. 두 작품 모두 '상실의 세대(Lost Generation)'를 그린 대표작이라는 호평을 받으며 서유럽 문단에서 주목을 받았다. F. 스콧 피츠제럴드(F. Scott Fitzgerald, 1896~1940)의 『위대한 개츠비(The Great Gatsby)』(1925)도 전후戰後 청년들의 방황과 지향점 상실을 그려 '상실의 세대'를 대표하는 작품이지만, 두 작가의 작품 세계는 확연하게 달랐다. 헤밍웨이는 제1차 세계대전 이후 유럽과 미국에서 절망·허무에 시달리는 전후 세대의 사조를 깊이 반영한 데 비하여, 피츠제럴드는 전후 미국에서 경제적 호경기로 들뜬 세대의 사회 풍조를 반영했다.

헤밍웨이는 네 번의 결혼을 치렀을 정도로 결혼과 이혼을 반복했다. 파리 시절부터 그가 이탈리아 밀라노 병원의 간호사와 주고받은 편지로 아내 해들리는 골머리를 앓았는데, 심지어 저널리스트인 폴린 파이퍼(Pauline Marie Pfeiffer, 1895~1951)와 불륜 관계임을 알아채고 이혼을 요구했다. 그는

키웨스트에서 즐긴 바다낚시 1935년 7월, 아내 폴린, 세 아들과 함께 비미니(Bimini)로 낚시 여행을 떠나 찍은 기념사진이다. 키웨스트에 살면서 바다로 나가 낚시를 즐겼던 경험은 훗날 그의 걸작 『노인과 바다』를 낳는 밑거름이 되었다.

결국 해들리와 1927년 1월에 이혼했는데, 헤어지기가 무섭게 같은 해 5월 폴린 파이퍼와 재혼했다. 공교롭게도 그는 이혼하고 나서 이상적 여인상을 그리는 작품을 쓰고는 새로운 여인을 맞아들여 주거지까지 옮기기를 거듭했다.

재혼한 이듬해인 1928년 3월 파리를 떠나 휴양지로 유명한 플로리다의 키웨스트(Key West)로 이사한 것이 그 첫 시작이었다. 왜 하필 키웨스트로 갔는지에 대해서는 아내 폴린 파이퍼의 친정이 사냥으로 이름난 아칸소주 피곳(Piggott)인데 그곳과 아주 멀지 않았고, 또 바다낚시를 좋아하는 그가 바다로 나가기 쉬웠기 때문이라고도 한다. 한편 폴린은 출산할 때 난산으로 엄청 고생했는데, 그때의 일이 『무기여 잘 있거라』에서 캐서린이 고통스

어니스트 헤밍웨이 하우스 Ernest Hemingway House 키웨스트에 있는 이 저택은 두 번째 부인인 폴린 파이퍼와 살았던 집이다. 1940년 이혼한 뒤 폴린이 1951년까지 거주하다가 이후 세를 놓았다. 1961년 헤밍웨이 사후에 집이 경매에 부쳐져 어느 사업가가 매입한 뒤 1964년 박물관으로 개장했다.

럽게 출산하는 장면에 투영되었다. 폴린의 난산은 헤밍웨이가 『무기여 잘 있거라』의 마지막 장면(41장)을 39번이나 고쳐 쓰게 만들었다.

2 키웨스트 시절의 주요 작품

키웨스트에 살 때 헤밍웨이의 애칭은 헴(Hem)이었다. 현재 남아 있는 그의 사진을 보면 커다란 청새치를 옆에 두고 배에서 찍은 것 외에 고양이와 함께 찍은 사진이 유난히 많다. 그는 고양이를 매우 좋아해서 30여 마리를 키웠다. 키웨스트에 가면 지금도 거리 곳곳에 고양이들이 득시글거리고, 그

애묘 무덤 키웨스트 저택 뒤뜰에는 헤밍웨이가 길렀던 고양이들의 무덤이 조성되어 있다.

가 살았던 저택(어니스트 헤밍웨이 하우스)에도 여전히 많은 고양이가 어슬렁 거리며 돌아다닌다. 모두 헴이 직접 길렀던 고양이의 후손이라고 한다.

키웨스트에서 개인주택으로는 처음 설치한 수영장, 아름다운 정원, 현관 과 지하실, 고양이를 위한 분수대 등 볼거리가 많은 헤밍웨이의 저택은 관 광객들로 언제나 만원이다. 1층 거실의 가구류는 폴린이 파리 시절에 사용 했던 것을 그대로 가져왔거나 유럽에서 수집해온 것들이다. 벽에 걸린 사 진들이 눈에 띄는데, 이 저택은 두 번째 아내와 살았던 곳이지만 1964년 박 물관으로 개장하면서 헤밍웨이의 삶 전반을 다룬 사진들을 모두 전시하여 네 아내의 사진을 비롯해 아이들 사진도 다 있다. 2층엔 침실로 사용했던 안방, 복도에는 그가 즐겨 읽었던 책이 꽂혀 있는 책장이 있으며, 아들 방과 유모 방, 물탱크와 작업실 등이 있다.

슬로피 조스 바 Sloppy Joe's Bar   키웨스트에서 1937년부터 영업을 시작한 유서 깊은 술집이다. 헤밍웨이가 이곳을 자주 찾아서 유명해졌다. 지금도 영업 중인 이곳에서는 매년 7월에 '헤밍웨이의 날' 기념 행사를 벌인다. 공교롭게도 헤밍웨는 7월에 태어나서(1899) 7월에 죽었다(1961).

키웨스트 시절(1928~1940)은 헤밍웨이의 문학적 황금기로, 반전反戰 소설인 『무기여 잘 있거라』(1929), 투우 문화와 역사를 집대성한 논픽션 『오후의 죽음(Death in the Afternoon)』(1932), 단편집 『승자에겐 아무것도 주지 마라(Winner Take Nothing)』(1933), 『가진 자와 못 가진 자(To Have and Have not)』(1937), 스페인 내전을 다룬 『누구를 위하여 좋은 울리나(For Whom the Bell Tolls)』(1940), 그리고 『우리들의 시대에(In Our Times)』 개정판(1930, 출판사를 바꿔 재출간) 등을 펴냈다.

헤밍웨이의 초기 걸작인 『무기여 잘 있거라』의 개요는 이렇다.

때는 제1차 세계대전. 이탈리아 전선은 많은 외국인 지원병들로 채워져 있었다. 미국 출신 헨리 프레더릭 중위도 북부 이탈리아 전선에서 부상병 운반을 위한 운전병으로 지원 근무 중이었다. 군목이 "당신은 무얼 믿느냐"는 물음에 서슴없이 "잠자는 것뿐이지요"라고 답할 만큼 헨리는 세계 평화니 자유 수호니 애국주의니 하는 것들과 상관없는 허무주의자였다.

이런 위인인데 전쟁이 가져다준 허망감까지 겹친 터라 헨리는 운전석과 술집과 창녀촌을 오가는 나날 속에서 황폐화되어가고만 있었다. 이럴 때 색다른 인간, 특히 여인을 만난다는 것은 구원이 될 수도 있지만 인생 자체를 날려버릴 여지도 있다. 헨리를 이끌어간 여인은 영국 출신의 간호사 캐서린 바클리였다. 그녀는 애인이 전사한 후 종군간호사를 자원한 처지였다.

허무주의자 헨리를 현실 적응에로 이끌기에는 그녀 스스로도 이미 지쳐 있었기에 오히려 헨리의 절망감을 더욱 키우는 역할을 한다. 둘은 친구로 만나서 연애를 거쳐 인생 전체를 걸어버리는 단계인 절망적 사랑에 빠진다. 박격포탄이 터지면서 흉부에 부상을 입고 밀라노로 수송되어온 헨리는 병원에서 캐서린을 마주쳤다. 지난번 만났을 때 키스를 하려다가 뺨을 얻어맞았던 분위기와 달리, 두 사람은 병실이 신혼여행 온 침실이라도 되는 양 향락적인 사랑을 즐겼다. 사랑이라는 기묘한 무기는 한 인간 개체의 인격과 지성에 못지않게 분위기를 중시하기 때문일까. 헨리의 절망감은 오히려 캐서린에게 매력적인 요소가 되었다. 완치된 헨리가 전선으로 떠날 무렵 캐서린은 임신 3개월이었다.

"당신은 함정에 빠진 듯한 기분이 아니세요?"라고 캐서린이 묻는데, 이 말 속에는 그녀 자신의 절망적 허무의식이 간접적으로 드러난다. 그런데 더욱 가관인 것은 헨리가 "나빠진 원인이 당신에게 있는 것이 아니다"라고 대답한 점이다. 두 사람은 자신의 허망감을 달래고자 서로를 함정에 몰아넣은 셈이다.

전선으로 돌아가보니, 오스트리아군이 독일군의 지원을 받아 여세를 몰아붙였고 이탈리아군은 막대한 피해를 입은 채 후퇴를 거듭하고 있었다. 부대 소속도 잃은 채 무질서한 후퇴가 행렬을 이을 만큼 지리멸렬해지자 이탈리아 헌병대가 낙오병과 탈주병을 검거하기 시작한다. 이탈리아어의 악센트가 이상하여 검문을 당하게 된 헨리는 눈앞에서 탈주병들이 즉결 총살당하는 광경에 놀라서 강물에 뛰어들어 위험한 순간을 넘긴다. 그는 계급장을 뜯어 팽개치고는 "나의 공포도 나의 모든 의무도 이제는 이 강물과 같이 깨끗이 씻어 내려갔다"면서 지나는 화물열차에 몸을 싣고는 캐서린이 있을 밀라노로 향한다.

캐서린은 이미 이탈리아 북서부의 스트레사로 옮긴 뒤였지만, 그는 헌병들의 감시의 눈을 피해 그녀를 찾아간다. 그리고 폭풍우가 심한 밤, 그들은 작은 보트를 타고 스위스로 도주하는 데 성공한다. 전쟁과 완전히 두절된 곳에서 둘만의 조용하고 행복한 겨울을 보내던 중에 캐서린의 출산일이 닥쳐왔다. 제왕절개수술을 했으나 끝내 아기와 캐서린 둘 다 생명을 잃는다.

"이것이 함정의 결말이었구나. 이것이 서로 사랑한 때문에 얻는 대가였구나"라고 생각하며 허탈한 헨리는 비가 쏟아지는 병원문을 빠져나온다.

헨리는 전장에서 "나는 신성, 영광, 희생, 이따위 단어와 헛된 수작을 들을 때마다 역증이 난다"면서 정작 감동을 주는 것은 구체적인 명사(Concrete names)라고 독백할 만큼 어쩔 수 없는 허무주의자다. 이런 허무주의자와는 미래를 약속하는 사랑보다 뜨겁지만 불행한 결말을 재촉하는 열애를 할 수밖에 없으리라. 다분히 헤밍웨이적 여인상 – 허무주의적 이기주의자상 또는 자본주의적 유한층이 전쟁과 같은 위기가 닥칠 때 나타나는 절망적 향락의 한 표본이다.

캐서린의 죽음 장면은 압권이다.

"나에게 뭐 해달라고 하고 싶은 건 없소, 캐트? 뭘 갖다줄?"

캐서린은 미소를 지었다.

"없어요." 그러고 나서 조금 있다가 말했다. "다른 여자와 우리들이 하던 것과 같은 짓은 하지 말아요. 똑같은 말은 하지 말아주세요, 네?"

"안 하구 말구."

"하지만 당신에게 좋은 사람이 생기길 바라요."

"난 그런 거 필요 없어." …(중략)…

나는 바깥 복도에서 기다리고 있었다. 오랫동안 기다렸다. 간호사가 문을 열고 나와 내 곁으로 다가왔다.

"부인께서 위독한 것 같습니다." 하고 그녀는 말했다. "걱정이에요."

"죽었소?"

"아뇨, 하지만 의식이 없어졌어요."

연신 출혈이 계속되었던 모양이다. 그것을 막아낼 수가 없었던 것이다. 나는 방으로 들어가 캐서린이 숨을 거둘 때까지 옆에 붙어 있었다. 그녀는 죽 의식이 없었다. 숨을 거둘 때까지 그다지 오래 걸리지 않았다.

—양병탁 옮김, 『세계문학전집 21: 무기여 잘 있거라 외』, 동서문화사, 218쪽.

3 스페인혁명과 헤밍웨이

네 명의 부인 중에서 가장 가정적이었다고 하는 아내 폴린의 만류에도 불구하고 헤밍웨이는 세계 각지로 모험을 즐기는 여행과 낚시에 전념하다가 마침내 역사의 현장으로 뛰어들었다. 바로 스페인혁명(1936~1939)이었다. 사랑과 모험과 허무주의적 인생관으로 일관하던 그에게도 투철한 역사의식의 문학에 매달렸던 시기(1935~1945)가 있었다. 첫 계기는 1935년 9월 3일 키웨스트에 불어닥친 허리케인으로 200명 이상의 사상자가 발생하고 엄청난 피해와 혼란을 겪으면서였다. 그는 의분이 끓어올라 좌익 잡지 『새로운 대중(New Masses)』에 피해자 실정 보고를 기고했다. 그 이듬해인 1936년 7월 17일 스페인 내전이 발발하자 그는 1937년에 스페인으로 건너가 공화파를 지지하며 적극 참여했다.

당시 스페인은 유럽의 정치 후진국으로, 1873년 스페인 제1공화국이 수립되어 분리주의를 극복하기 위해 연방제를 추진했으나 지역별 분리·독립운동으로 인한 좌절과 혼란 속에서 군부가 막강해져 군부독재가 실시되고 급기야 왕정이 복귀했다. 이러한 혼란의 외중에 다시 왕정이 붕괴되고 공화정이 들어섰다. 그러나 1931년에 수립된 제2공화국 역시 혼란을 거듭하다가 1936년 2월 총선에서 반파시즘 좌파 연합의 인민전선파가 승리해 집권하자 극우파 프란시스코 프랑코(Francisco Franco, 1892~1975)가 자신의 군대를 이끌고 7월 17일 스페인령 모로코에서 쿠데타를 일으켜 3년간 내전으로 치달았다. 내전 중에 프랑코는 무솔리니와 히틀러의 지원을 받았는데, 1937년 4월 26일 독일의 전투폭격기가 스페인 바스크 지방의 게르니카를 무차별 폭격하여 수백 명의 민간인을 학살하는 만행을 저질렀다. 결국 1939년 프랑코 군대가 수도 마드리드를 함락하고 인민전선파가 항복함으로써 프랑코가 죽음을 맞는 1975년까지 장기 독재가 이루어졌다.

헤밍웨이는 스페인을 워낙 좋아했기에 내란이 일어나기 전에도 11차례나 다녀왔을 정도였다. 특히 투우 관람을 즐겼는데, 스페인 전역에서 열리는 수많은 투우 경기에서 1,500마리의 황소가 죽는 것을 목격했다. 한번은

요리스 이벤스와 헤밍웨이 1937년 스페인혁명 중 요리스 이벤스(왼쪽), 헤밍웨이(가운데), 히틀러 정권
에 반대하여 스페인으로 온 군인이자 작가 루드비히 렌(Ludwig Renn, 오른쪽)이 만났다.

눈이 내려 투우 경기가 중단되자 오전 중에 침대에서 단숨에 단편 「살인자
(The Killers)」(1927)를 쓰게 만들었던 나라다. 그러나 1937년 2월 27일의 방
문은 그 성격이 완전히 달랐다. 스페인 민주주의를 위해 여러 단체의 회장
직을 맡고 개인 명의로 4만 달러를 마련하여 뉴욕에서 배를 타고 출발해
프랑스 툴루즈에서 다시 비행기로 갈아타 바르셀로나를 거쳐 『누구를 위하
여 좋은 울리나』의 현장(나바세라다 고개를 넘어 과다라마 전선, 세고비아가 보인다)
을 체험하며 마드리드로 갔다. 그곳은 상황이 매우 위태로워서 기관총탄이
호텔 창문을 뚫고 들어올 지경이었다.

그는 이처럼 위험한 상황에서 네덜란드의 영화제작자이자 감독 요리스
이벤스(Joris Ivens, 1898~1989)와 합작으로 52분짜리 기록영화 〈스페인의 땅
(The Spanish Earth)〉(1937)을 제작했다. 1937년 5월 19일 그는 일시 귀국하여

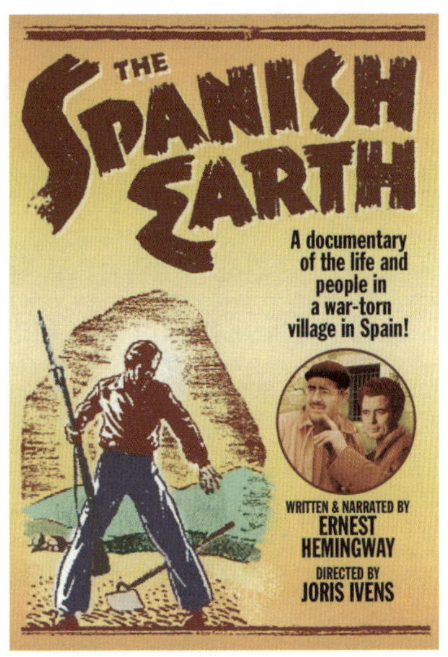

〈스페인의 땅The Spanish Earth〉 다큐멘터리 포스터
헤밍웨이는 요리스 이벤스와 함께 스페인 내전에 관한 기록영화를 제작했다. 이 다큐멘터리 영화에서 헤밍웨이는 영어 버전의 나레이션도 맡았다.

전미작가회의에서 반나치 연설을 하는가 하면, 7월엔 백악관에서 〈스페인의 땅〉을 상영하며 프랭클린 루스벨트 대통령에게 미국이 스페인 민주화에 나서줄 것을 호소했으나 허사였다. 8월 14일, 그는 다시 스페인으로 돌아가 아라곤 전선에서 인민전선파와 함께 싸우는 캘리포니아대학 대학원 과정의 학생 로버트 매리맨(Robert Hale Merriman, 1908~1938, 『누구를 위하여 종은 울리나』에서 로버트 조던의 모델)을 만났다.

1938년 1월 28일 그는 귀국해서 패색이 짙은 스페인의 투사 동지들을 위해 산악전에 필요한 비품을 챙겨 3월 19일 또 스페인으로 향했다. 혼란 속을 헤집고 다니다가 5월 31일 다시 귀국길에 올랐고, 9월에 또다시 스페인으로 갔다. 그러나 1939년 1월 26일 바르셀로나가 프랑코 파시스트에게 점령당한 데 이어 3월 28일에는 마드리드가 함락되었다. 마침내 4월 1일 라디오방송에서 프랑코가 승리를 선언하면서 내란은 끝나고 프랑코 체제가 성립되었다.

앙드레 말로(André Malraux, 1901~1976)와 헤밍웨이는 스페인혁명을 소재로 소설을 분담해 쓰기로 약속하고 각자 『희망(L'Espoir)』(1937)과 『누구를 위하여 종은 울리나』(1940)를 발표했다. 헤밍웨이가 스페인을 다시 찾은 건 1953년으로, 14년 만이었다. 이 재방문에는 프랑코 독재에 대한 증오와 그

때까지도 여전히 투옥 중인 동지들에 대한 애정이 스며 있다. 내전이 일어나기 전 스페인에서 투우 경기를 즐겼던 그는 프랑코 독재 정권하의 스페인 대신 멕시코에서 투우를 관람했는데, 14년 뒤에야 자기 친구들이 다 석방되었다고 썼다.

자신만만하고 정력적으로 활동하며 자아가 강한 남자들에게 부족한 것은 배우자에 대한 배려인데, 헤밍웨이 역시 예외가 아니었다. 그의 부인들이 이혼을 제기한 가장 큰 이유는 '아내 유기'였는데, 그건 변명의 여지가 없었을 것이다. 가정적이었다는 두 번째 아내 폴린과는 비교적 무난하게 지냈으나 그녀가 낙태를 반대하며 난산한 뒤로 사실상 성생활이 불가능했다. 그녀는 헤밍웨이가 자신을 방기했다면서 먼저 이혼을 요구했고, 결국 헤어졌다(1940). 모험을 즐기며 뻔질나게 밖으로 나도는 헤밍웨이의 사냥과 여행에 지친 그녀로서는 남편을 따라다닐 기력도 모자랐지만 만류할 수조차 없었다. 남편은 순종적인 여성을 바랐기 때문에 부부 관계는 이래저래 파탄에 직면했다.

두 번째 이혼 뒤에 나온 『누구를 위하여 종은 울리나』의 마리아는 그 무렵 헤밍웨이가 원한 이상적 여인상을 엿보게 해준다. 물론, 부부 사이에 냉전이 시작되었던 게 1936년부터라는 사실을 감안하면 이 작품의 창작 시기나 발표 연도와는 상관없이 작가의 여인상이 반영되었음을 충분히 짐작할 수 있다. 마리아의 모델로 삼은 여인은 1938년 봄에 만난 간호사와 셋째 아내가 될 작가 겸 기자인 마사 겔혼(Martha Ellis Gellhorn, 1908~1998)의 혼합형이라는 게 정설이다.

『누구를 위하여 종은 울리나』가 출간된(1940. 10) 직후 인기 절정 속에서 헤밍웨이는 1940년 11월 4일 두 번째 이혼을 하고, 열엿새 뒤인 11월 20일에 마사 겔혼과 세 번째 결혼을 감행했다. 이 시기 그의 애칭은 '헴'에서

핑카 비히아   헤밍웨이가 마사 겔혼과 세 번째로 결혼한 뒤 쿠바 아바나에 매입한 저택이다. 그는 1945년 겔혼과 이혼한 뒤 이듬해 네 번째로 결혼한 메리 웰시와 1959년까지 이 집에서 계속 살았다.

'파파(Papa)'로 바뀌었다.

전에 살았던 키웨스트에서 가까운 쿠바 아바나로 옮긴 헤밍웨이는 처음엔 호텔에 세들어 살다가 겔혼과 결혼한 1940년에 61,000m²(15에이커, 18,000평) 규모의 대지에 지어진 저택을 매입했다. 핑카 비히아(Finca Vigía)라는 이름의 이 집에서 헤밍웨이는 1959년까지 거주했다. 지금은 헤밍웨이 박물관으로 꾸며져 있다.

『누구를 위하여 종은 울리나』는 헤밍웨이의 키웨스트 시절 대표작 가운데 하나로 꼽히기는 하지만, 그가 실제로 이 소설을 대부분 집필한 곳은 아바나에서 머물던 호텔과 아이다호주의 선밸리(Sun Valley)였다. 이 소설의 제목은 영국의 성직자이면서 철학자이자 형이상학파 시인으로 유명한 존 던(John Donne, 1572~1631)의 산문 『긴급한 상황에서의 기도와 내 질병의 여러 단계(Devotions Upon Emergent Occasions, and severall steps in my Sicknes)』
(1624)에서 따온 것이다. 존 던이 원인 불명의 심각한 열병으로 죽음의 위기
를 맞았을 때 삶의 의미를 되새겨보는 명상과 기도문 등 23부로 구성한 산
문인데, 그중 「묵상(Meditation) 17」에 이런 구절이 있다.

> 사람은 그 누구도 자체만으로 온전한 섬이 아니다. 모든 사람은 대륙의 일
> 부이고 유럽 본토의 일부이다. 만일 흙덩이가 바다에 휩쓸려가면 유럽이 더
> 작아지나니. 그건 곶이나 그대의 친구나 그대 자신의 영지가 줄어드는 거나
> 마찬가지다. 어떤 사람의 죽음도 나를 감소시킨다. 왜냐하면 나는 인류에
> 속해 있기 때문이다. 그러므로 누구를 위해 조종을 울리느냐고 묻지 말라.
> 그건 그대를 위해 울리는 것이다(and therefore never send to know for whom
> the bell tolls; it tolls for thee).

4 제2차 세계대전 후의 미국과 헤밍웨이

1941년 12월 7일 일본이 진주만의 미군 기지를 기습공격하자 미국이 제
2차 세계대전에 참전했다. 헤밍웨이는 자기 낚싯배인 필라호(Pilar)를 미 해
군 정보부에 소속시킨 뒤 그 자신이 함장이 되어 9명의 승무원을 거느리고
무장을 숨긴 채 쿠바 해안에서 2년간 독일 잠수함 추적에 나서기도 했다.

제2차 세계대전이 말기로 접어든 1944년 봄, 그는 런던에 머물고 있었는
데, 등화관제하에 자동차를 타고 가다가 교통사고가 크게 나는 바람에 머리
에 57바늘을 꿰매는 대수술을 했다. 그해 6월 연합군의 노르망디 상륙작전
이 실행될 때 그도 머리에 붕대를 감은 채 따라가 프랑스에 함께 진입했다.

필라호 헤밍웨이가 1934년에 구입한 보트다. 필라는 헤밍웨이의 두 번째 아내인 폴린의 별명이기도 하다. 그는 이 배로 낚시를 즐겼으며, 제2차 세계대전 때는 카리브해 해역을 순찰하면서 독일 U보트를 수색하기도 했다. 지금은 쿠바 아바나의 핑카 비히아 박물관에 전시되어 있다.

그런 그를 보고 레지스탕스 시민군이 '장군'으로 오인하기도 했다. 파리에서 피카소, 사르트르, 시몬 보부아르 등을 만나며 분주하게 지내다가 1945년 3월에 귀국했다. 그러고서 12월에 세 번째 이혼을 했는데 좀 기묘했다. 아내 겔혼은 헤밍웨이보다 더 바삐 돌아다닌다고 노골적으로 비난받았고, 여행 중 부상당해 입원해 있는 남편의 면회조차 게을리했다. 하지만 그녀의 이혼 청구 사유 역시 남편의 '아내 유기'였는데, 정작 유기를 당한 쪽은 헤밍웨이였다는 게 주위의 평이다.

런던에 있을 때 헤밍웨이는 제2차 세계대전의 취재를 위해 『타임』의 특파원으로 나와 있던 메리 웰시(Mary Welsh, 1908~1986)를 보고 한눈에 반했다. 이번에도 그는 겔혼과 이혼한(1945. 12) 후 세 달이 지나지 않은 1946년

3월에 메리와 결혼했다. 이렇듯 세 번의 이혼과 네 번의 결혼을 한 헤밍웨이지만, 그가 늘 이상적 여인 베아트리체로 숭앙했던 미의 여신은 독일 출신의 배우 마를레네 디트리히(Marlene Dietrich, 1901~1992)와 스웨덴 출신의 배우 잉그리드 버그먼(Ingrid Bergman, 1915~1882)으로 알려져 있다.

1947년 3월, 미 의회에서 소련권의 팽창을 저지하기 위해 '반소·반공'의 외교정책을 표명한 트루먼독트린이 선언되자 세계 각지의 진보적 민주화운동은 된서리를 맞았고, 한국도 예외가 아니었다.

남의 나라를 침탈한 미국은 제2차 세계대전과 한국전쟁에서 귀환한 퇴역 장병들로 1946~1964년까지 베이비 붐을 이루어 7,640여만 명의 신생아가 태어났고, 그에 따라 전후 세대의 부모들은 아이를 잘 기르기 위한 육아서를 많이 찾았다. 당시 벤저민 스폭(Benjamin McLane Spock, 1903~1998) 박사의 『아기와 육아에 대한 상식(The Common Sense Book of Baby and Child Care)』(1946)이 대인기를 끌어 한국에까지 유명해졌다. 스폭은 소아과 의사이자 작가이며 시민운동가로, 1960년대 들어서서 베트남전쟁 반대, 방사능 오염 경고 등 진보적 활동을 이어가자 보수파의 맹공격을 받았다. 보수파는 1960~1970년대 미국 젊은이들의 히피 문화, 반전 데모, 민권운동이 일어난 데는 스폭의 육아법(아이의 본능과 욕구를 금기시하지 말고 직접적인 체벌을 하지 말아야 한다 등등)이 영향을 끼쳤기 때문이라고 비난을 퍼부었다. 게다가 매사추세츠대학에 재학 중인 맏아들이 스폭의 박물관(보스턴 아동박물관) 옥상에서 투신자살하자 그에 대한 불신이 팽배해졌다. 이데올로기 앞에서는 참으로 야비한 수구파의 작태였다. 20세기 세계적 베스트셀러의 하나로 꼽히고 그가 사망하기 전 5천만 권이 판매되었다는 스폭의 육아법은 그로 인해 슬그머니 자취가 사라져버렸다.

헤밍웨이는 아바나 근교의 보금자리에서 네 번째이자 마지막 아내인 메

아프리카 여행 헤밍웨이는 네 번째 부인인 메리 웰시와 함께 아프리카로 여행을 떠났다가 1954년 1월 비행기 사고를 당했다. 사망설이 나돌 만큼 큰 사고였으나 부부는 천운으로 살아났다.

리, 가정 관리사 2명, 정원사와 운전기사, 중국인 요리사, 그리고 고양이 20 마리와 개 8마리를 키우며 살았다. 이 저택에서 만년의 걸작 『노인과 바다(The Old Man and the Sea)』를 200번이나 고쳐 쓴 끝에 완성하여 1952년에 발표했다. 이 소설로 쉰세 살의 원숙한 작가혼을 과시했지만 이미 그의 청춘은 기울고 있었다.

1953년 5월 『노인과 바다』로 퓰리처상을 수상한 뒤 6월에 헤밍웨이는 잡지사의 지원을 받아 아내 웰시와 함께 아프리카를 여행했다. 그런데 이듬해 1월 2일 비행기로 이동하던 중 조종사가 아이비스(ibis, 따오기의 일종) 떼를 피하려다가 폭포 부근에 불시착하게 되었다. 이에 구조하러 온 비행기를 타고 이륙 준비를 하던 참에 활주로의 미비로 화재가 일어나서 비행기

헤밍웨이의 마지막 집 아이다호주 케첨에 있는 이 집은 헤밍웨이가 1960년에 이사 온 곳이지만, 1년 뒤 이곳에서 생을 마감했다. 부인 메리도 1986년 이 집에서 죽음을 맞았다. 이후 이 집은 커뮤니티 도서관협회(The Community Library Association)에서 작가들을 위한 거주지로 운영하고 있다.

가 폭발했다. 이 비행기 사고로 헤밍웨이 부부는 치명적인 부상을 당했다. 한동안 신문에 헤밍웨이의 사망 기사가 나돌 만큼 끔찍한 사고였다. 그러나 부부는 천만다행으로 살아나 회복했다. 그해(1954) 말에는 노벨문학상도 수상했다.

그 뒤 다시 아프리카를 여행하는 등 겉보기로는 분주하고 화려하게 지냈으나, 내면적으로는 우울증에 시달리며 고혈압과 당뇨 등으로 고투했다. 더욱이 쿠바에서는 카스트로와 체 게바라의 혁명(1959)으로 1960년에 외국인 자산을 접수하여 국유화한다고 선포했다. 헤밍웨이 부부는 1960년 7월, 미국 북서부의 아이다호주 케첨(Ketchum, Idaho)으로 영구 이사했다. 아바나 은행 금고에 수집품과 작품 필사본들을 맡기고 떠났는데, 쿠바 정부는

어니스트 헤밍웨이 묘　1961년 7월 2일 세상을 떠난 어니스트 헤밍웨이는 아이다호주 케첨 공동묘지에 묻혔다. 사진 중앙에 참배객들이 놓고 간 캔 음료가 놓인 곳이 헤밍웨이 묘이고, 그 왼쪽이 부인 메리의 묘다.

1961년 핑카 비히아에 있는 여러 물건과 6천여 권의 장서를 접수하여 보관했다. 만년에 헤밍웨이는 친쿠바파로 분류되어 FBI 후버 국장의 감시를 받았고, 그런 상황은 그에게 심리적인 부담을 주었다고도 한다.

　헤밍웨이는 1961년 7월 2일 아침 7시쯤 총기로 자신의 목숨을 끊었다. 나흘 뒤 7월 6일, 그는 케첨 공동묘지의 25달러짜리 묘지에 옛 사냥 친구였던 테일러 윌리엄스의 옆자리에 묻혔다. 훗날 부인 메리가 임종을 앞두고 헤밍웨이 곁에 묻어달라고 유언함에 따라 현재 케첨 공동묘지에는 부부의 묘가 나란히 있다.

헤밍웨이 추모비

아이다호주 선밸리에는 헤밍웨이를 추모하는 기념비가 있다. 기념비에는 헤밍웨이의 두상과 함께 그가 수십 년 전 세상을 떠난 친구를 위해 쓴 다음과 같은 추도문이 새겨져 있다.

Best of all he loved the fall	그는 가을을 가장 사랑했다.
the leaves yellow on the cottonwoods	미루나무 잎사귀는 노랗게 물들고
leaves floating on the trout streams	그 잎사귀는 송어가 헤엄치는 개울 위를 떠내려가며
and above the hills	언덕 위에는
the high blue windless skies	바람 한 점 없는 푸른 하늘만 높이 있구나
… Now he will be part of them forever	… 이제 그대도 자연의 하나로 영원히 남기를

Martin Luther King

마틴 루서 킹
Martin Luther King Jr.
1929. 1. 15 ~ 1968. 4. 4

1 침례교 목사 집안의 평화주의자

마틴 루서 킹은 미국 흑인인권운동의 대부이자 세계평화운동가로 널리 알려져 있다. 그의 부계는 아일랜드와 아프리카 혼혈이며, 모계는 부분적으로 노스캐롤라이나 백인 혈통이 섞여 있다. '킹(King)'이라는 성姓은 침례교 목사였던 증조부 네이선 브래넘(Nathan Brannum)이 네이선 킹(Nathan King)으로 바꾼 뒤부터 사용하기 시작했다. 아버지 마틴 루서 킹 시니어(Martin Luther King, Sr.) 역시 침례교회 목사였다.

어머니 앨버타 윌리엄(Alberta Christine Williams King)은 교회 오르간 연주 및 지휘자이며 민권운동가였는데, 아들 마틴 루서 킹이 피격되고 6년 후인 1974년에 교회에서 암살당했다. 범인은 스물세 살의 흑인으로, "모든 기독 교인은 내 원수"라는 게 살해 이유였다. 원래 살해 대상은 그녀의 남편, 곧 마틴 루서 킹의 아버지였으나 그녀가 자신과 가까운 곳에 있기에 킹 목사 대신 쏘기로 마음먹었다고 말했다. 범인에게 사형이 선고되었지만 킹 목사 가족이 사형 집행에 반대하여 종신형으로 감형되어 살다가 1995년에 옥중 병사했다.

마틴 루서 킹은 조지아주 애틀랜타의 성직자 집안에서 1929년 1월, 3남매 중 둘째로 태어났다. 누나 크리스틴(Christine

킹의 가족사진

1939년 마틴 루서 킹이 열 살 때 찍은 가족사진이다. 왼쪽 위부터 시계 방향으로 어머니 앨버타 윌리엄, 아버지 마틴 루서 킹 시니어, 외할머니, 마틴 루서 킹 주니어, 누나 크리스틴, 동생 앨프리드 대니얼이다.

King Farris)은 훗날 스펠먼 칼리지(Spelman College, 애틀랜타 소재)에서 다문화 교육 전공 교수를 지냈으며, 남동생 앨프리드 대니얼(Alfred Daniel Williams King)은 침례교 목사이면서 시민운동가가 되었다.

마틴 루서 킹의 본명은 마이클 킹(Michael King Jr.)이며 아버지 이름과 똑같은데, 아버지가 1934년 독일에서 개최된 제5회 침례교 세계연맹(Baptist World Alliance) 회의에 참석한 뒤 종교개혁가 마르틴 루터(Martin Luther, 1483~1546)를 존경하는 뜻에서 자신과 아들 이름을 함께 개명했다. 철자는 같지만 독일어 발음과 영어 발음이 다르기 때문에 이 책에서는 표기를 다르게 쓴다(다만 우리나라에서는 '마틴 루터 킹' 또는 '마르틴 루터 킹'이라고도 쓴다).

킹은 어머니의 지도로 교회 어린이 합창단에서 성가를 불렀는데, 1939년에 영화 〈바람과 함께 사라지다〉가 애틀랜타에서 첫 상영될 때 축하 합창단의 일원으로 참가했다. 열세 살 때 킹은 예수의 육체적인 부활 등을 설파하는 교리에 회의를 느끼기도 했지만 이내 신앙심을 회복하고 신학을 전공하기로 마음을 굳혔다. 부커 T. 워싱턴 고등학교(Booker T. Washington High School) 재학 때는 글쓰기와 웅변에 탁월하여 『애틀랜타 저널(Atlanta Journal)』의 최연소 학생 기자가 되었고, 니그로 엘크스(Negro Elks) 클럽 주관의 웅변대회에서는 1등 상을 받았다. 수상하고 돌아오는 귀갓길 버스에서 그는 백인이 좌석에 앉을 때까지 서서 기다리라는 운전기사의 명령에 불복종했는데, 인솔 교사가 그를 타일러 간신히 따르긴 했지만 분노를 참을 수 없었다. 처음으로 흑백 차별을 뼈저리게 느낀 사건이었다.

1944년 애틀랜타에 소재한 흑인 남성 중심의 대학인 모어하우스 칼리지(Morehouse College)에 입학했는데, 이 무렵 헨리 데이비드 소로의 '시민 불복종' 사상에 경도했다. 1948년 모어하우스 칼리지를 졸업한 뒤 그해에 바로 펜실베이니아 크로저 신학원(Crozer Theological Seminary)에서 석사과정을 밟았다. 재학 중 킹은 학생회장을 맡는 등 학생회 활동에 활발히 참여했다. 이즈음 그는 카페테리아에서 일하던 독일계 여성과 사랑에 빠져 결혼까지 고려했으나 흑백 갈등 문제, 특히 흑인 교회의 목사직을 맡기 위해서는 아내도 흑인이어야 한다며 주변의 강력한 충고와 만류로 결국 그녀와의 결혼을 포기했다. 하지만 오랫동안 그녀를 잊지 못했다.

1951년 스물두 살 때 보스턴대학에 들어가 박사학위과정을 밟던 킹은 보스턴의 뉴잉글랜드 음악원에서 성악과 바이올린을 전공한 코레타 스콧(Coretta Scott, 1927~2006)을 만나 1953년 6월에 결혼식을 올렸다. 그녀는 남편과 함께 민권운동에 열성적으로 뛰어들었고, 남편 사후에도 그 유지를 이어 활동했다. 둘 사이에는 큰딸 욜란다(Yolanda King), 맏아들 마틴 루서 킹

킹과 부인, 자녀들
1963년 3월, 애틀랜타 자택에서 마틴 루서 킹과 코레타 스콧 부부, 그리고 네 자녀 중 셋이 함께 찍은 사진이다.

3세(Martin Luther King III), 둘째 아들 덱스터 스콧(Dexter Scott King), 막내딸 버니스(Bernice King) 등 2남 2녀를 두었는데, 훗날 모두 목사나 민권운동가로 활동했다.

1954년, 킹은 스물다섯 살에 앨라배마주 몽고메리에 있는 덱스터 애비뉴 침례교회(Dexter Avenue Baptist Church)의 담임목사가 되었다. 그는 설교의 초점을 "그대들 자신처럼 이웃을 사랑하라. 무엇보다 하나님을 사랑하고, 원수를 사랑하며 그들을 위해 기도하고 그들에게 축복을 내려라"라는 데 맞췄다.

이 시기 킹은 성서의 다음과 같은 가르침을 중시했다.

(1) 「마태복음」 5~7장의 '산상 설교(산상수훈)'

눈은 눈으로, 이는 이로 갚으라 하였다는 것을 너희가 들었으나 나는 너희

덱스터 애비뉴 침례교회   마틴 루서 킹이 1954~1960년까지 담임목사로 재직했던 곳이다. 킹은 이 교회 목사 시절 민권운동에서 처음 두각을 나타냈다. 현재 이 교회는 킹을 기려 '덱스터 애비뉴 킹 기념 교회(Dexter Avenue King Memorial Baptist Church)'로 명칭을 변경했다.

에게 이르노니 악한 자를 대적하지 말라. 누구든지 네 오른편 뺨을 치거든 왼편도 돌려대며 또 너를 고발하여 속옷을 가지고자 하는 자에게 겉옷까지도 가지게 하며 또 누구든지 너로 억지로 오 리를 가게 하거든 그 사람과 십 리를 동행하고 네게 구하는 자에게 주며 네게 꾸고자 하는 자에게 거절하지 말라.　　　　　　　　　　　　　　　　　　—「마태복음」 5:38~42

(2) 「누가복음」 6장의 '평지 설교(평상수훈)'

그러나 너희 듣는 자에게 내가 이르노니 너희 원수를 사랑하며 너희를 미워하는 자를 선대하며, 너희를 저주하는 자를 위하여 축복하며 너희를 모욕하는 자를 위하여 기도하라. 너의 이 뺨을 치는 자에게 저 뺨도 돌려대며 네

겉옷을 빼앗는 자에게 속옷도 거절하지 말라. 무릇 네게 구하는 자에게 주며 네 것을 가져가는 자에게 다시 달라 하지 말며, 남에게 대접을 받고자 하는 대로 너희도 남을 대접하라. —「누가복음」 6:27~31

1955년 킹은 보스턴대학에서 신학 박사학위를 받고, 이때서야 주일학교 시절에 익힌 근본주의 신학에서 탈피했다. 그런데 그의 박사학위 논문인 「폴 틸리히와 헨리 넬슨 위먼의 신개념에 대한 비교 연구(A Comparison of the Conceptions of God in the Thinking of Paul Tillich and Henry Nelson Wieman)」는 표절 등 많은 문제가 제기되어 보스턴대학 도서관에서는 그의 논문에 대해 "적절한 인용과 전거 표시가 없는 여러 대목이 포함되어 있다"는 주의 사항을 명시했다. 그뿐만 아니라 킹의 연설문을 포함한 여러 글에서 표절이 발견됨에 따라 영문판 위키피디아 백과사전 항목에는 '마틴 루서 킹의 저작권에 관한 논쟁(Martin Luther King Jr. Authorship Issues)'이라는 항목까지 생겨났다.

크로저 신학원과 보스턴대학 시절 킹은 비폭력운동가이자 사회주의자이면서 스스로 동성애자임을 밝힌 베이어드 러스틴(Bayard Rustin, 1912~1987)을 통해 간디의 비폭력 저항 사상을 접하였고, 보스턴대학의 교수·교목이며 흑인운동가이면서 간디 연구자인 하워드 서먼(Howard Thurman, 1899~1981)의 저서를 통해 간디 사상에 더욱 밀착했다. 특히 1959년 2월 인도를 여행하면서 간디의 비폭력·불복종 저항과 톨스토이 사상에도 심취하게 되었다.

1955년의 몽고메리 버스 보이콧(Montgomery Bus Boycott) 사건은 킹을 비폭력 저항운동의 지도자로서 전국적 지지를 얻게 해주었다. 당시 남부 지역에서는 「짐크로우법(Jim Crow laws)」(1876~1965)이 쟁점화되고 있을 때였다. 「짐크로우법」이란 모든 공공기관에서 합법적으로 인종을 분리하고 차별할

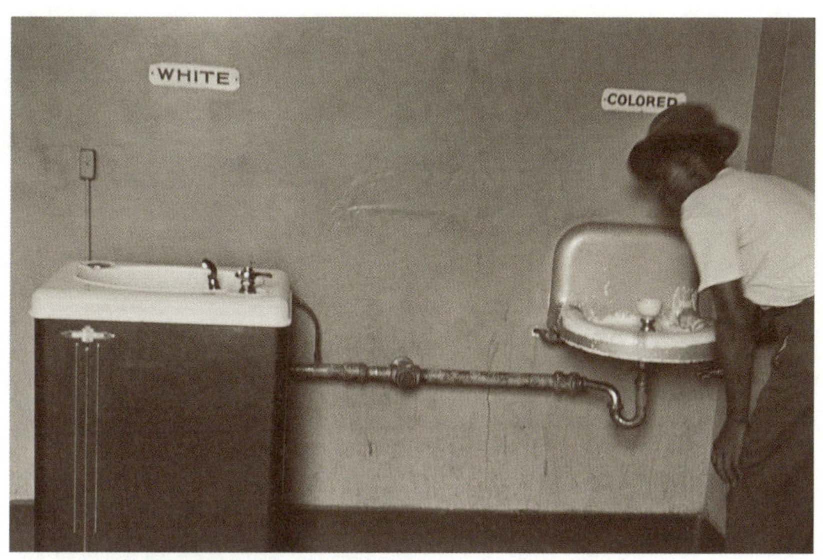

식수대를 따로 사용하는 흑인 「짐크로우법」에 따라 흑인과 백인은 학교, 병원, 대중교통, 식당 등 모든 공공기관에서 분리되었다. 식수대조차 흑인과 백인은 따로 이용해야만 했다.

수 있게 한 인종분리주의 정책법이었다. 남북전쟁이 끝나자 형식적으로는 노예해방이 이루어졌지만 정작 현실 사회에서는 여전히 흑인의 권리가 제한당했고 법적 보호를 받지 못했으며, 차별받는 상황이 지속되었다.

1955년 3월 2일, 열여섯 살의 클로뎃 콜빈(Claudette Colvin)이 혼잡한 버스에서 흑인용 좌석에 앉으려는 백인 여성에게 자리를 양보하지 않아 「짐크로우법」을 위반했다는 혐의로 체포되었다. 그 지역 목사인 킹을 비롯해 시민운동가들은 그녀가 미혼모라는 사실을 들어 대중적 저항의 표본으로 삼기에는 부적절하다고 판단했다. 그런데 그해 12월 1일 로자 파크스(Rosa Louise McCauley Parks, 1913~2005) 사건이 일어났다. 로자 파크스는 일을 마치고 퇴근길 버스의 앞좌석에 앉았는데, 버스 운전기사가 그녀에게 서 있는 백인 승객들을 위해 자리를 양보하라고 지시했다. 로자 파크스가 기사의

로자 파크스 동상　앨라배마주 덱스터 애비뉴에는 몽고메리 버스 보이콧운동(1955~1956)의 발단이 된 인물인 로자 파크스를 기리는 등신상이 서 있다. 훗날 미 의회는 그녀를 '시민인권운동의 첫 여성', '자유화운동의 어머니'로 호칭했다.

지시를 거부하자 기사는 경찰을 불렀고, 결국 그녀는 「짐크로우법」 위반 혐의로 체포되었다.

흑인민권운동가들이 로자 파크스와 클로뎃 콜빈까지 포함하여 5명 명의로 법정 소송을 진행했고, 킹 목사 등은 항의 시위(5만 참여)를 시작했다. 또한 킹 목사 등이 주도하여 흑인들은 1년 넘게 '버스 안 타기 운동'(몽고메리 버스 보이콧운동)을 전개했다. 마침내 지방법원에서 버스 좌석 분리가 위헌임을 판결했고, 이 판결이 1956년 11월 13일 연방대법원에서 확정되었다. 이 투쟁으로 킹에게는 살해 위협이 이어졌으며, 그의 집이 폭탄 테러를 당해 불타기까지 했다.

킹 목사 등이 1957년에 설립한 '남부 그리스도 교도 지도자회의(Southern

마틴 루서 킹과 맬컴 엑스　마틴 루서 킹(왼쪽)이 비폭력 온건주의 방법으로 투쟁했던 반면, 맬컴 엑스(오른쪽)는 급진적 해방운동을 통해 인종차별 문제를 해결하고자 했다. 1964년 3월 26일, 「민권법(Civil Rights Act)」 통과를 앞두고 미 상원에서 논의하던 날 두 사람이 처음이자 유일한 만남을 잠시 가졌다.

Christian Leadership Conference, SCLC)'는 흑인 교회의 조직력을 활용하여 비폭력 온건의 흑인민권운동을 주도했는데, 당시 흑인인권투쟁으로 가장 명망이 높았던 맬컴 엑스(Malcolm X, 1925~1965)는 그 투쟁 방식에 반대하여 참가하지 않았다. 네브래스카주 오마하(Omaha) 출신인 맬컴 엑스는 흑인 민족주의자로, 아프리카계 미국 흑인통일기구(Organization of Afro-American Unity, OAAU)를 설립하여 인종차별 철폐를 주장했으나, 1965년 2월 21일 뉴욕에서 열린 집회에서 연설하던 중 암살당했다.

　맬컴 엑스와 달리 킹은 비폭력 평화주의 노선을 걸었는데도 1958년 9월 자신의 저서 『자유를 향한 행진(Stride Toward Freedom)』의 사인회 때 한 정신병자의 테러로 목숨이 위태로웠던 적이 있었다.

2 나에게는 꿈이 있습니다

킹의 새로운 탄생은 서른 살 때인 1959년에 간디의 감동을 찾아 인도 여행을 떠나면서부터 이루어졌다. 미국 퀘이커봉사위원회(American Friends Service Committee, AFSC)의 지원을 받아 떠난 이 인도 여행에서 그는 간디의 사상에 흠씬 빠져들었다.

마침 미국에서는 1960년대부터 시민의식이 급상승기를 탔다. 이에 발맞춰 1961년 흑인들도 올버니운동(Albany Movement)으로 새 시대의 막을 올렸다. 그해 11월 조지아주 올버니(Albany)에서 차별 철폐를 위한 운동 단체가 연대하여 대규모 시위를 전개했는데, 마틴 루서 킹도 참여하여 비폭력 저항운동을 벌였다. 이 시위에서 천 명 이상이 체포되고, 킹도 피체되었으나 곧 풀려났다.

1963년 4월, 앨라배마주 버밍햄에서 공공장소에서의 인종차별, 일자리 차별, 상점에서의 흑백 차별에 항의하며 대대적인 시위(버밍햄 캠페인Birmingham Campaign 또는 버밍햄 운동)가 벌어졌다. 킹은 버밍햄이 미국에서 인종 간 폭력이 가장 심한 도시라면서 '인종차별의 수도(capital of racism)'라 명명하고 시위에 동참했다. 흑인을 차별하는 상점에 대한 불매운동에 어린이들까지 참여하는 등 항의 시위 규모가 날로 확대되자 경찰은 경찰견과 소방호스를 동원하여 강경 진압했다. 이에 흑인민권운동을 지지하고 강경 진압을 비난하는 국내외 여론이 비등해져 경찰서장이 해직되었다. 킹은 이때도 경찰에 자진 출두하여 피체되었다(4. 12~19). 그는 부활절을 감옥에서 보내며 「버밍햄 감옥으로부터의 편지(Letter from Birmingham Jail)」를 썼다.

이 편지에서 킹은 "어느 한 곳에서라도 불의가 존재한다면, 그것은 결국 모든 곳의 정의를 위협하게 된다(Injustice anywhere is a threat to justice

버밍햄 캠페인과 정부의 강경 진압   1963년 4월 3일 앨라배마주 버밍햄에서 흑백 차별하는 상점에 대한 불매운동으로 시작된 버밍햄 캠페인은 흑인민권운동으로 발전하여 5월 10일까지 계속되었다. 경찰은 사나운 개로 시위대를 위협하고 소방호스로 물을 뿌려 공격하는 등 강경 진압했다.

everywhere)"라고 역설했다. 자유는 고통스러운 투쟁을 통해 얻는다면서 "자유란 압제자가 자발적으로 주는 것이 아니라 피압제자의 요구로만 얻을 수 있다는 것을 고통스러운 경험을 통해 알게 되었다"라고 했다. 비폭력운동 원칙 아래서 불법적인 것은 용인된다며, 이는 보스턴 차 사건은 불법이고 히틀러의 나치는 합법이지만 전자는 옳고 후자는 나쁘다고 했다. 버밍햄 캠페인이 끝나고 1년 뒤인 1964년에 킹은 이 편지 내용을 기반으로 버밍햄에서의 비폭력 저항운동 전개 과정과 인종차별 해소를 위한 행동의 긴급성을 강조한 『왜 우리는 기다릴 수 없는가(Why We Can't Wait)』라는 책을 냈다.

1963년 8월 28일은 킹 생애에서 절정의 순간이었다. 바로 이날 '일자리와 자유를 위한(for Jobs and Freedom)'이라는 캐치프레이즈를 내건 워싱턴대

워싱턴대행진 1963년은 링컨이 노예해방선언을 한 지 100주년 되는 해였다. 흑인노예제는 법적으로 철폐되었지만, 미국 사회에서 흑인들은 여전히 정치적·사회적·경제적 차별을 받고 있었다. 내셔널 몰 앞에서 거행된 워싱턴대행진은 그러한 인종차별 종식을 부르짖는 시위였다.

행진(March on Washington)이 전개되었다. 인종차별을 종식하고 흑인의 시민적·경제적 권리를 찾기 위한 이 집회는 워싱턴 D.C의 링컨기념관과 내셔널 몰(National Mall) 앞에서 거행됐다.

두 달 전인 6월, 케네디 대통령(재임 1961~1963)은 「민권법(Civil Rights Act)」을 의회에 제출했는데, 민권운동 시위가 민권법의 입법화에 도리어 역풍으로 작용할까 우려했다. 그래선지 워싱턴대행진은 원래 계획보다 훨씬 완화된 형태로 진행되었다. 하지만 이 집회는 25만여 명이 운집하여 대단히 성공적으로 치러졌다. 맬컴 엑스는 워싱턴대행진이 인종 화합적 행사라면서 '워싱턴의 희극(Farce on Washington)'이라고 비꼬았다.

킹은 링컨기념관 앞에 서서 내셔널 몰에 모여든 수많은 사람들을 향해

링컨기념관 앞에서 연설하는 마틴 루서 킹　1963년 8월 28일, 내셔널 몰에 모인 25만여 군중 앞에서 킹은 「나에게는 꿈이 있습니다」라는 연설을 통해 인종차별 철폐와 인종 간의 공존을 호소했다.

「나에게는 꿈이 있습니다(I Have a Dream)」라는 명연설을 17분간에 걸쳐 열정적으로 토해냈다.

…(상략)… 이제 절망의 계곡에서 뒹굴지는 맙시다. 나의 친구인 여러분들에게 말씀드립니다. 고난과 좌절의 순간에도 나는 꿈을 가지고 있다고. 이 꿈은 아메리칸 드림에 깊이 뿌리를 내리고 있는 꿈입니다.

나에게는 꿈이 있습니다. 언젠가 이 나라가 모든 인간은 평등하게 태어났다는 것을 자명한 진실로 받아들이고, 그 진정한 의미를 신조로 살아가게 되는 날이 오리라는 꿈입니다. 언젠가는 조지아의 붉은 언덕 위에 예전에 노예였던 부모의 자식과 그 노예의 주인이었던 부모의 자식들이 형제애의

식탁에 함께 둘러앉는 날이 오리라는 꿈입니다.

언젠가는 불의와 억압의 열기에 신음하던 저 황폐한 미시시피주가 자유와 평등의 오아시스가 될 것이라는 꿈입니다.

나의 네 자녀들이 피부색이 아니라 인격에 따라 평가받는 그런 나라에 살게 되는 날이 오리라는 꿈입니다.

오늘 나에게는 꿈이 있습니다.

주지사가 늘 연방정부의 조처에 반대할 수 있다느니, 연방법의 실시를 거부한다느니 하는 말만 하는 앨라배마주가 변하여, 흑인 소년 소녀들이 백인 소년 소녀들과 손을 잡고 형제자매처럼 함께 걸어갈 수 있는 상황이 되는 꿈입니다. …(하략)…

—미국 국무부, 『미국의 명연설: 미국의 개관』, 주한미국대사관 공보과, 2004.

3 흑인민권운동을 넘어 시민운동으로

정치는 언제, 어느 나라든 예견할 수 없다. 워싱턴대행진이 끝난 직후 케네디 대통령은 민권운동 지도자들을 백악관으로 초청해 민권법 입법화와 관련해 논의도 했는데, 석 달 뒤인 11월 22일 피격당해 마흔여섯의 나이로 사망했다. 케네디의 죽음은 여러모로 링컨과 비교되기도 한다. 두 대통령이 모두 머리에 총을 맞아 사망했고, 범인이 의문사했으며, 백악관에서 자식을 잃었고(링컨은 1862년 삼남 윌리엄 링컨을, 케네디는 1963년 자신이 죽기 몇 개월 전 차남 패트릭 부비어 케네디를 잃었다), '테쿰세의 저주'에 해당하는 죽음을 맞았으며(20년마다 0으로 끝나는 해에 당선된 대통령은 임기 중 목숨을 잃는다는 예언, 링컨은 1860년에 당선, 케네디는 1960년에 당선), 대통령직을 승계한 부통령의 성이

노벨평화상 메달을 들어 보이는 마틴 루서 킹
1964년 12월, 마틴 루서 킹은 민권운동을 이끈 공으로 노벨평화상을 받았다. 당시 서른다섯 살인 그는 그때까지 노벨상 수상자들 가운데 최연소였다.

존슨(앤드루 존슨, 린든 B. 존슨)이고, 흑인의 민권 향상을 위해 노력했으며, 동전에 초상이 새겨졌고(1센트 동전에는 링컨이, 50센트 동전에는 케네디가 새겨져 있음), 암살당한 곳이 '포드'라는 단어와 관련 있다는(링컨은 포드 극장에서, 케네디는 포드자동차 회사의 고급 세단인 링컨 컨티넨탈에서 암살) 점 등이다. 또한 영부인인 메리 토드 링컨(Mary Todd Lincoln)과 재클린 케네디(Jacqueline Kennedy) 둘 다 프랑스어를 구사했다는 점도 비슷하다.

케네디의 장례식 때 재클린이 무릎을 꿇고 관의 중간쯤에 키스하는 걸 본 킹이 "음, 이 부분이야말로 그녀가 가장 아쉬워하는 부분이지"라고 지나친 농을 했다는 게 재클린의 귀에까지 들어갔다. 재클린은 발끈하며 킹의 사생활 문란을 들어 위선자라고 혹평했다는 후문도 있다.

1964년 12월, 서른다섯 살의 킹은 인종차별 철폐를 위한 비폭력 저항운동을 이끈 공으로 노벨평화상을 받았다. 그의 명성은 더욱 높아졌고, 이제 세계적인 인물로 우뚝 섰다. FBI 국장 에드거 후버는 그의 수상에 분노했다.

후버가 보기에 킹은 매우 위험한 인물이었으며 제거해야만 하는 대상이었다. 후버는 킹의 약점을 찾기 위해 일거수일투족을 감시했고, 도·감청을 통해 사생활을 집요하게 파헤쳤다. 그리하여 킹의 문란한 성생활을 알아냈는데, 킹이 여러 여성과 섹스하는 장면을 몰래 사진 찍어서 신문사에 보냈다. 그러나 신문사에서는 전혀 보도하지 않았고, 오히려 수사기관이 치졸하다며 비판했다. 이에 후버는 기자들을 FBI 사무실로 초청하여 "킹은 미국에서 가장 악명 높은 거짓말쟁이며 가장 비열한 사람 중 하나"라고 악담을 퍼부었다. 하지만 이 역시도 효과가 없었다. 그러자 FBI 국장보 윌리엄 설리번(William C. Sullivan)이 익명으로 킹 목사 부부에게 협박 편지를 보냈다. "킹, 당신의 천한 계급을 생각해서 미스터나 목사, 박사 따위의 호칭은 붙이지 않겠다. 당신은 완전한 사기꾼이며 우리 흑인 모두에게 큰 짐이 되고 있음을 알 것이다. 이 나라의 백인들 가운데도 협잡꾼이 많지만 지금 어디에도 당신에게 비견될 만한 협잡꾼은 없다고 확신한다. 다른 모든 사기꾼들과 마찬가지로 당신 역시 끝장날 날이 다가오고 있다." 이 편지와 함께, 한 여성과 정사 중인 킹의 목소리가 녹음된 테이프도 동봉했다. 훗날 설리번은 회고하기를, 조사 결과 킹은 "창녀 두 명과 함께 밤을 보낼 때가 많았고, 술과 음담패설이 난무하는 파티를 수시로 벌였다는 사실을 부정할 수 없었다"라고도 했다.

몽고메리 버스 보이콧운동이 일어난 지 10년 후, 1960년대 흑인인권운동의 중요한 전환점이 된 사건이 벌어졌다. 바로 1965년에 전개된 셀마-몽고메리 행진이다. 앨라배마의 셀마에서 주도(capital city)인 몽고메리까지 약 87km(54마일)를 도보 행진하면서 흑인 투표권 보장을 외친 시위였다. 당시 셀마 인구의 57%가 흑인이었지만 그들 중 겨우 1%만이 투표권을 행사할

수 있었다. 이에 민권 활동가들이 중심이 되어 셀마-몽고메리 행진을 계획했고, 총 세 차례에 걸쳐 전개되었다. 3월 7일에 1차 행진, 이틀 뒤인 9일에 2차 행진, 다시 2주 뒤인 3월 21일에 3차 행진을 했고, 마침내 3월 24일 몽고메리 주의회에 도착했다. 1차 행진은 '피의 일요일(Bloody Sunday)'이라고도 불리는데 경찰의 강경 진압으로 유혈 사태가 벌어졌다. 킹은 예배 등으로 불참했다가 2차 행진부터 참여했다. 이 행진은 국내외적으로 큰 주목을 받아, 같은 해 린든 존슨(Lyndon B. Johnson, 1908~1973, 재임 1963~1969) 대통령이 투표에 관한 차별을 금지한 「선거권법(Voting Rights Act of 1965)」에 서명하고 8월에 시행되는 성과를 만들어냈다.

킹은 1965년부터 1966년까지 2년간 미 북부에서 전개된 시카고 자유운

시카고 자유운동　킹은 시카고 자유운동에서 흑인민권운동을 넘어 교육 불평등, 교통 및 고용 차별, 주택 차별 문제 등을 지적하며 삶의 질 개선운동을 전개해 나갔다. 사진에서 둘째 줄 한가운데 인물이 킹이며, 피켓에 그려진 기호 ⊻는 '빈민가를 끝장내자(END SLUMS)'라는 의미다.

동(Chicago Freedom Movement)에도 주도적으로 참여했다. 인종차별 철폐가 제1의 목표이지만, 일상생활에서 실질적으로 겪는 주거·교육 등의 문제에서 나타나는 흑백 차별도 큰 문제였다. 예컨대 북부의 대도시에서는 공인중개사들이 흑인들에게 질 나쁜 주택을 제공했고, 흑인들은 빈민가를 형성해 사는 경우가 흔했다. 그는 도시의 주택·교육·교통·직업·노동·건강 등 삶의 질 개선 운동에 나섰다. 보스턴대학 시절 킹은 이미 다음과 같이 말한 바 있다.

인간의 영혼을 갉아먹는 빈민가, 인간의 영혼을 억압하는 경제적인 조건, 인간의 영혼을 짓누르는 사회적인 조건에는 무관심한 채 인간의 영적인 구원

킹의 마지막 모습 1968년 4월 3일 테네시주 멤피스의 로레인 모텔 발코니에 서 있는 모습이다(오른쪽에서 두 번째). 킹이 피격당하기 하루 전에 찍힌 사진으로, 바로 이곳에서 다음 날 총에 맞아 사망했다.

에만 관심을 갖는 종교는 사멸하게 된다.

이제 킹의 활동은 흑인을 넘어 빈민 등 모든 시민과 인류를 향하였다. 베트남전쟁에 부정적 견해를 갖고 있던 그는 1967년 공개적으로 반전 의사를 피력했다. 베트남전쟁에 미국의 개입을 비판하면서 파병을 반대하고, 베트남의 운명은 베트남인들에게 맡겨야 한다며 '베트남의 베트남인화'를 주장했다.

1968년 3월 29일, 킹은 테네시주 멤피스를 방문했다. 3월 12일부터 시작된 그 지역 환경미화원들의 임금 인상과 근로조건 개선을 위한 파업을 지원하고 동참하기 위해서였다. 킹 일행은 멤피스의 로레인 모텔(Lorraine

로레인 모텔 앞에서 기념촬영한 필자 안내판에는 마틴 루서 킹의 생몰년과 「창세기」 37장 19-20절이 적혀 있다. "서로 이르되 꿈꾸는 자가 오는도다. 자, 그를 죽여 한 구덩이에 던지고 우리가 말하기를 악한 짐승이 그를 잡아먹었다 하자. 그의 꿈이 어떻게 되는지를 우리가 볼 것이니라 하는지라."

Motel)에 투숙했다. 킹을 암살하기 위해 인종차별주의자가 파견되었다는 소문이 파다했지만, 그는 신경 쓰지 않았다. 오히려 피신하라는 충고를 거절하며 4월 3일 설교에서는 "여느 사람과 마찬가지로 저 또한 오래 살고 싶지만 지금은 그런 것에 개의치 않습니다. 단지 주님의 뜻에 따라 행동하고자 할 뿐입니다"라고 말했다.

4월 4일 오후 6시 1분, 모텔 2층 발코니에 서 있는 킹에게 총알이 날아왔다. 범인은 백인 우월주의자인 제임스 얼 레이(James Earl Ray, 1928~1998)로 밝혀졌다. 킹은 과다 출혈로 한 시간 뒤 사망했고, 범인은 도망다니다가 2개월 뒤 체포되어 99년 형을 선고받았다.

킹 피격 사건 이후 전국적으로 항의 집회와 소요, 방화, 약탈 등이 오랫동

마틴 루서 킹 묘   조지아주 애틀랜타에 킹 목사와 코레타 스콧 부부의 석관묘가 있다. 묘비명에는 이렇게 새겨져 있다. "Free at last, Free at last, Thank God Almighty I'm Free at last(마침내 자유롭게, 드디어 자유롭게, 전능하신 하나님 감사합니다. 저는 마침내 자유로워졌습니다)."

안 이어지기도 했지만, 일부 흑인 지도자들이 폭력 시위는 킹의 뜻의 아니라면서 멈춰주기를 당부했고, 경찰까지 출동하자 결국 시위대는 저절로 해산했다. 그러나 미국의 흑백 갈등은 오늘날까지도 풀리지 않고 있다.

작가 일람표

이름	생몰년 (향년)	출생지 묘지	주요 작품	특기 사항
워싱턴 어빙 Washington Irving	1783~1859 (76세)	뉴욕 맨해튼 슬리피 할로 공동묘지(뉴욕)	스케치북(립 밴 윙클, 슬리피 할로의 전설 수록); 알함브라 이야기	미국 작가로는 처음 유럽에 소개, 콜럼버스와 조지 워싱턴 전기에서 그들을 신화화함, 스페인 주재 미국공사
랠프 에머슨 Ralph Waldo Emerson	1803~1882 (79세)	매사추세츠 보스턴 슬리피 할로 공동묘지(매사추세츠 콩코드)	자연; 미국의 학자; 에세이; 위인이란 무엇인가	초절주의 클럽 창설, 미국식 문화의 정체성 확립을 강조한 지적 독립선언
헨리 소로 Henry David Thoreau	1817~1862 (45세)	매사추세츠 콩코드 슬리피 할로 공동묘지(콩코드)	시민 불복종; 월든	에머슨과 사상적 교류, 월든 호숫가에서 2년 2개월여 동안 오두막 생활, 평화운동(미국-멕시코 전쟁 반대)
헨리 롱펠로 Henry Wadsworth Longfellow	1807~1882 (75세)	메인 포틀랜드 마운트 오번 묘지(매사추세츠 케임브리지)	밤의 소리; 발라드와 기타 시; 에반젤린; 하이어워사의 노래; 마일스 스탠디시의 구애	노변 시인, 외국어에 능통, 『신곡』을 번역하여 미국에 처음 소개, 영국 웨스터민스터 사원에 외국 작가 최초로 흉상이 세워짐
월트 휘트먼 Walt Whitman	1819~1892 (73세)	뉴욕 헌팅턴 할리 묘지(뉴저지 캠던)	풀잎; 북소리; 월트 휘트먼 시선; 민주주의의 미래상(논문)	국민시인·민중시인, 민중을 위무하고 민주주의를 찬미, 논문 「민주주의의 미래상」에서 물질주의 비판, 자유토지당 창립 당원, 링컨 추모시 지음
너새니얼 호손 Nathaniel Hawthorne	1804~1864 (60세)	매사추세츠 세일럼 슬리피 할로 공동묘지(콩코드)	낡은 목사관의 이끼; 주홍 글씨; 일곱 박공의 집	엄격한 청교도 정신 비판, 세일럼 마녀재판과 관련된 조상에 대한 속죄, 리버풀 영사
해리엇 비처 스토 Harriet Beecher Stowe	1811~1896 (85세)	코네티컷 리치필드 필립스 아카데미 공동묘지(매사추세츠 앤도버)	엉클 톰스 캐빈; 드레드, 디즈멀 대습지 이야기; 목사의 구애; 오르 섬의 진주	미국 최초의 밀리언셀러, 노예제에 대한 논쟁 초래, 『엉클 톰스 캐빈』을 비꼬는 '안티-톰 문학' 생겨남, 동생 헨리의 스캔들 두둔
에드거 앨런 포 Edgar Allan Poe	1809~1849 (40세)	매사추세츠 보스턴 웨스트민스터 홀(메릴랜드 볼티모어)	애너벨 리; 더 레이븐(The Raven); 어셔가의 몰락; 모르그가의 살인 사건; 황금벌레; 검은 고양이; 도둑맞은 편지	유미주의적·그로테스크한 추리문학, 탐정소설 개발(뒤팽이라는 인물 창조), 보들레르가 포의 작품을 유럽에 소개

이름	생몰년 (향년)	출생지 묘지	주요 작품	특기 사항
허먼 멜빌 Herman Melville	1819~1891 (72세)	뉴욕 우드론 공동묘지(뉴욕 브롱크스)	타이피; 흰 재킷; 모비딕; 빌리 버드	20대 때 포경선 선원 생활, 19세기 해양문학 대표, 인간의 소외와 허무 탐구, 『모비딕』 권두에 호손에 대한 존경을 표하는 헌사
마크 트웨인 Mark Twain	1835~1910 (75세)	미주리 플로리다 우드론 공동묘지(뉴욕 엘마이라)	캘러베러스군郡의 명물 뜀 뛰는 개구리; 톰소여의 모험; 왕자와 거지; 허클베리 핀의 모험; 적도를 따라서	수로 안내인(이로부터 '마크 트웨인'이라는 필명을 사용), 니콜라 테슬라와 친밀, 60세 때 세계일주, 미국-스페인 전쟁 및 필리핀-미국 전쟁 비판, 미국반제국주의연맹 부의장
펄 벅 Pearl S. Buck	1892~1973 (81세)	웨스트버지니아 힐즈버러 그린힐스 농장(펜실베이니아)	동풍, 서풍; 대지; 베이징에서 온 편지; 어머니; 살아있는 갈대	미국 여성작가 최초로 노벨문학상 수상, 제2차 세계대전 때 OSS의 중국 담당 고문, 동서협회 설립, 전쟁고아와 혼혈아 입양을 위한 웰컴하우스 설립, 혼혈 아동 지원을 위한 펄벅재단 설립, 한국 관련 소설 집필
윌리엄 포크너 William Faulkner	1897~1962 (65세)	미시시피 뉴앨버니 세인트 피터스 공동묘지(미시시피 옥스퍼드)	음향과 분노; 내가 죽워 누워 있을 때; 성역; 8월의 빛, 압살롬, 압살롬!; 모세여, 내려가주십시오	미국 모더니즘의 대표 작가, 인간의 내적 경험을 중시, 퓰리처상·노벨문학상 수상, 시나리오 작가·각본가로도 활동
마거릿 미첼 Margaret Mitchel	1900~1949 (49세)	조지아 애틀랜타 오클랜드 묘지(애틀랜타)	바람과 함께 사라지다	소설 한 편만 남기고 교통사고로 사망, 제2차 세계대전 때 전함 2척을 기증하고 자신은 간호사 지원병 자원
어니스트 헤밍웨이 Ernest Hemingway	1899~1961 (62세)	일리노이 오크파크 케첨 공동묘지(아이다호 케첨)	태양은 다시 떠오른다; 무기여 잘 있거라; 누구를 위하여 종은 울리나; 노인과 바다	간결한 문체와 절제된 표현, 전후 젊은이들의 상실감 표현, 제1차 세계대전 종군, 스페인혁명 지지·지원, 퓰리처상·노벨상 수상

1700~1900년대 미국사 주요 사건 연표
(이 책의 내용을 중심으로)

연대		
1700	1754 프렌치–인디언 전쟁(~1763) 1770 보스턴 학살 사건 1764 영국, 「설탕법」 제정 1765 영국, 「인지세법」·「숙영법」 제정 「버지니아 결의」 1773 보스턴 차 사건 1774 영국, '참을 수 없는 법' 제정 제1차 대륙회의	1775 렉싱턴·콩코드 전투(미국 독립전쟁) 제2차 대륙회의(~1781) 1776 토머스 페인, 『상식』 출간 「독립선언」 발표 1783 파리조약(미국 독립 승인) 1787 제헌회의, 미국헌법 제정 1789 조지 워싱턴, 초대 대통령 취임
1800	1803 프랑스로부터 루이지애나 매입 1810 포트웨인 조약 1812 미영전쟁(~1815) 1813 템스 전투(원주민 부족연맹 와해) 1819 워싱턴 어빙, 『스케치북』 출간 1820 미주리 타협 1823 먼로독트린 1836 텍사스, 멕시코로부터 독립선언 / 에머슨, 『자연』 출간 1839 롱펠로, 『밤의 목소리』(「인생찬가」 수록) 출간 1845 에드거 앨런 포, 「도둑맞은 편지」 발표 1846 미국–멕시코 전쟁(~1848) 1850 호손, 『주홍글씨』 출간	1851 멜빌, 『모비딕』 출간 1852 스토, 『엉클 톰스 캐빈』 출간 1854 소로, 『월든』 출간 1855 휘트먼, 『풀잎』 출간 1857 드레드 스콧 사건 1859 존 브라운, 하퍼스페리 무기고 습격 1861 섬터 요새 포격 사건 / 남북전쟁(~1865) 1863 노예해방선언 / 게티즈버그 전투 1865 KKK단 결성 1870 록펠러, 스탠더드 오일 창립 1876 마크 트웨인, 『톰소여의 모험』 출간 1882 「중국인배제법」 제정 1892 홈스테드 학살 사건 1898 미국–스페인 전쟁
1900	1903 파나마운하 건설권과 운하지대 관리 통제권 획득 1914 러들로 광산 학살 사건 / 파나마운하 개통 / 제1차 세계대전(~1918) 1918 윌슨 대통령의 14개조 평화 원칙 선언 1929 경제대공황 / 포크너, 『음향과 분노』 출간 / 헤밍웨이, 『무기여 잘 있거라』 출간 1931 펄 벅, 『대지』 출간 1933 뉴딜 정책 1936 스페인혁명(~1939) / 미첼, 『바람과 함께 사라지다』 출간	1939 제2차 세계대전(~1945) 1945 알타회담 / 포츠담회담 1947 트루먼독트린 1950 매카시 광풍(~1954) / 한국전쟁 발발 1952 헤밍웨이, 『노인과 바다』 출간 1955 몽고메리 버스 보이콧운동 1959 카스트로 집권(쿠바) 1963 버밍햄 캠페인 / 워싱턴대행진 1964 「민권법」 제정 1965 셀마–몽고메리 행진 / 미군 베트남 파병(1973 철수)